U0524821

本书为 2016 年湖南省"湖湘青年英才"支持计划成果

本书为 2015 年"湖南省青年骨干教师"支持计划阶段成果

诗说虫语

唐诗宋词里的昆虫世界

李璐 —— 著

《咏秋萤》

的历流光小，
飘飖弱翅轻。
恐畏无人识，
独自暗中明。

《蝉》

垂緌饮清露，
流响出疏桐。
居高声自远，
非是藉秋风。

——唐·虞世南

中国社会科学出版社

图书在版编目（CIP）数据

诗说虫语：唐诗宋词里的昆虫世界／李璐著. —北京：中国社会科学出版社，2017.6
ISBN 978-7-5161-8924-5

Ⅰ.①诗… Ⅱ.①李… Ⅲ.①唐诗-诗歌研究 ②宋词-诗词研究 Ⅳ.①I207.2

中国版本图书馆 CIP 数据核字（2016）第 221719 号

出 版 人	赵剑英
责任编辑	黄　山
责任校对	张文池
责任印制	李寡寡

出　　版	中国社会科学出版社
社　　址	北京鼓楼西大街甲 158 号
邮　　编	100720
网　　址	http://www.csspw.cn
发 行 部	010-84083685
门 市 部	010-84029450
经　　销	新华书店及其他书店

印刷装订	北京君升印刷有限公司
版　　次	2017 年 6 月第 1 版
印　　次	2017 年 6 月第 1 次印刷

开　　本	710×1000　1/16
印　　张	22.5
字　　数	330 千字
定　　价	58.00 元

凡购买中国社会科学出版社图书，如有质量问题请与本社营销中心联系调换
电话：010-84083683
版权所有　侵权必究

目 录 CONTENTS

第一章　写在前面 　　001
第一节　昆虫文学的形成　　003
　　一　昆虫社会属性的形成　　003
　　二　昆虫文化属性的形成　　005
　　三　昆虫文学的形成与发展　　007
第二节　我们对昆虫文学的了解　　009
第三节　如何走进唐诗宋词里的昆虫世界　　010
　　一　打开昆虫文学世界的钥匙　　010
　　二　昆虫文学需要创新思维　　011
第四节　内容提要　　012

第二章　先唐文学与昆虫文化溯源　　017
第一节　中国古代昆虫文化与文学　　019
第二节　《诗经》里的昆虫及其科学阐释　　022
第三节　先唐寓言与昆虫　　033
第四节　先唐昆虫赋与文人精神　　037
　　一　曹植与蝉的悲剧人格意识　　038
　　二　傅氏家风与昆虫赋　　039
　　三　陆云"至德"人格在昆虫文学中的投射　　043

第三章 唐宋昆虫诗词的意象表现 047

第一节 象征美好春季的昆虫意象 049
一 蜂、花意象组合,展示春景 049
二 蜂、蝶意象组合,渲染春情 051
三 蜂、鸟意象呼应,体现春意 053
四 书写酿蜜,表达哲思 054

第二节 蟋蟀意象的文化符号意义及其影响 057
一 蟋蟀意象最早源自西周时期的农耕文化 058
二 蟋蟀由物候指针转变为惜时的意象 059
三 蟋蟀意象的三种文化内涵 061

第三节 蝴蝶意象的文学书写 081
一 蝴蝶意象的文学源头 081
二 蝴蝶意象内涵的丰富与哲学旨归的定型 086
三 蝴蝶意象与唐宋诗词的爱情书写 090
四 蝴蝶意象的文学功能 096

第四节 其他昆虫意象 102
一 萤火虫意象的生成及其在唐宋诗词中的演进 102
二 螳螂意象的文学意蕴及其在唐宋诗词中的文本书写 128
三 蚂蚁意象及其在古代诗词中的形态书写 138

第四章 唐宋昆虫诗词的文化意蕴 151

第一节 昆虫诗与社会民生 153
一 灾害敬畏与唐宋蝗虫诗的兴盛 153
二 农桑之基与赋税的深层思考 172

第二节 昆虫诗词的生命意识 213
一 蜉蝣与中国古代文人的生命情怀 213
二 蝉文化与历代文人的生命意识 226

第三节 昆虫诗词与唐宋科举 242
一 昆虫意象与举子备考诗的文本书写 242

二　昆虫意象与文人干谒诗的文学表达　244
　　三　昆虫意象与士子金榜挂名诗的情感展现　248
　　四　昆虫意象与举子落第诗词的心境抒发　250
　　五　昆虫意象与考官锁院诗词的意境营构　253
第四节　昆虫诗词的讽刺功能　256
　　一　苍蝇诗词——讽刺作品的杰出代表　256
　　二　唐宋蚊意象的讽刺功能　281

第五章　昆虫诗词与唐宋文人精神　283
第一节　蟋蟀意象的个案考察——蟋蟀意象与白居易诗歌　285
　　一　白居易的蟋蟀诗　285
　　二　白居易诗中蟋蟀意象的特征　294
　　三　蟋蟀意象对白居易诗歌主题生成的作用　295
第二节　吕渭老与昆虫词　300
　　一　残梦迷蝶："南渡"人生的伤怀咏叹　301
　　二　寂寂飞萤：孤旅伤怀的生命体验　302
　　三　暮蝉啼歇：日薄西山的凄婉相思　303
　　四　蜂愁蝶恨：无奈而居的闲愁清泪　306
第三节　王沂孙与昆虫词　308

结　语　321
附　录　327
主要参考文献　337
后　记　355

第一章

写在前面

昆虫文学，顾名思义，主要指文学作品中以各类昆虫为题材，以及涉及昆虫意象的文学。就其内涵而言，它包括各时期的发展演变规律和盛衰之状况；各类昆虫的意象表现和文化意蕴的差异；不同作家写作的思想倾向，以及凡与昆虫直接或间接有关系之各事项，如思想、经济和政教之类。

事实上，昆虫文学由来已久，但这类表现微观世界的作品一直没有受到足够的关注。因此，本书提出"昆虫文学"这一概念并加以论述，试图通过古人对这个微观世界的关注与表现，来反映唐、宋这两个时期的文化、文学及学风的悄然转变。在各种物象中，昆虫不仅在社会生活中具有高度的实用价值，还具备独特的形态之美和声音之美，给人们回味无穷的想象空间。自西周时期到现在，昆虫的形象在文学作品中一直持续存在。因此，对昆虫文学进行关注和研究是有必要并且是有价值的。

本书初步建构了昆虫文学的研究框架，从而开拓了文学研究领域，丰富了文学研究的文本关注范围，使咏物文学的题材研究走向分类更细致、主题更专一、意义更深刻的探索阶段。通过对昆虫文学的研究可以发现，微观的文学世界有丰富的文学蕴含，其以小见大的文学功能，甚至使其拥有其他题材不具备的优越性。

第一节　昆虫文学的形成

一　昆虫社会属性的形成

人生活在自然环境之中，宇宙万物无时无刻不在影响着人类的文明进程。昆虫是整个生态社会中不可忽视的重要一环。昆虫纲是动物界中最大的纲,在汉语中,"昆"有"众多""庞大"的意思。中国古代文学中出现过很多以昆虫作为描写对象的专题咏虫作品,这些作品或多或少地保留下了昆虫与人类社会生活息息相关的信息,反映了当时人们的科学认知水平,还体现了人们的好恶之情以及寄托在昆虫身上的讽喻寓意。

昆虫纲的繁盛尤具自身的特点。在人类出现以前,昆虫就与地球上的其他动植物建立了悠久的生存关系。人类社会种植业和养殖业的发展给其他生物种群带来了巨大的影响。古人在长期的农业生产中积累了丰富的昆虫知识,在害虫防治、益虫利用、玩虫育赏等方面有着丰富的经验。从人类自身的经济观念和健康观念来看,昆虫进入人类社会后,除了部分观赏性昆虫带来的审美感受之外,它们扮演了害、益两个方面的角色。

害虫之害表现在对经济植物及其产品的危害和对动物的危害两大方面。农业害虫使农作物产量下降、品质降低,甚至造成严重的社会危害。从公元前707年到1949年的2000多年中,中国仅蝗灾就有800多次,平均每3—5年就有一次。《旧唐书·五行志》中载唐贞元元年(785)夏的蝗灾:"蝗尤甚,自东海西尽河、陇,群飞蔽天,旬日不息。经行之处,草木牛畜毛,靡有孑遗。关辅已东,谷大贵,饿馑枕道。"[①] 林业害虫使森林及木材遭受严重灾害,尤其是果树、蔬菜、药材等经济作物受损严重。昆虫还是传播植物病害的媒介,在已知的300多种植物病毒中,仅蚜虫传播的就占一半以上。飞虱、叶蝉等刺吸式口器的昆虫也都是重要的传病媒介。除了植物生长期间所受的虫害,在百姓日常的粮食储藏和加工期间,虫害也是不可避免的。因此,历代文人笔下的害虫都是面目可憎的。

昆虫对动物有直接和间接的危害。直接危害是指昆虫对人、畜的直接取食、蜇刺和骚扰、恐吓等;间接危害是指由其传播疾病所造成的危害。人类的传染病大约2/3是以昆虫为媒介的,蚊、蝇、蚋、蚤、虱、臭虫等是疾病的主要传播者。畜、禽等经济动物也常受昆虫寄生和传染病的危

[①] (后晋)刘昫等:《旧唐书·五行志》卷37,中华书局2000年版,第946页。

害。古人在文章中透露了很多对害虫的憎恶，如刘禹锡的《聚蚊谣》、陈继儒的《憎蚊赋》等。

益虫在现代可以分为传粉昆虫、工业原料昆虫、天敌昆虫、食用饲用昆虫、药用昆虫、模式昆虫、仿生资源和文化昆虫八大类。此外，腐食及粪食性昆虫、指示昆虫、法医昆虫、生物工程昆虫等都对人类的生活有着十分重要的贡献，从古到今都影响着人类生活的各个方面。当然，人们对昆虫的益害观是由人类的经济利益和社会利益决定的。最典型的例子是人们对家蚕与苍蝇的益害看法的变化：在中国古代的蚕业未形成之前，蚕对于桑树肯定是害虫，随着家蚕驯化，养蚕业形成以后，蚕则变成了人们千百年来倚赖的益虫；苍蝇传播病菌，但是近年来"随着蝇体抗菌肽及蛋白质等的提取，人们又把蝇类作为有价值的资源昆虫而进行大规模的人工饲养"①。在益虫利用上，上古时代的中国人就会养蚕纺纱、养蜂取蜜。玩虫的育赏是中国人的独创，春秋战国时期有人养螽斯，唐代斗蟋延续至今，唐都长安将"鸣蝉"作为宠物当街叫卖，还有人专养蝴蝶观赏、驯养蚂蚁列队打仗的绝技等。

总之，只要有人类社会的存在就有昆虫活跃的身影，这是自古以来不可避免的生物链条决定的。反过来，昆虫也成为了记录社会发展变迁的重要见证。人类与昆虫世界的紧密联系而产生的种种昆虫文化，推动了社会物质文明和精神文明的双重进步。

二　昆虫文化属性的形成

昆虫作为文化出现，与社会物质生活是紧密相关的。首先是昆虫食物，最早在《周礼》中记载的高级贡品"蚳醢"②，属于"馈食之豆"中

---

① 彩万志等编著：《普通昆虫学》，中国农业大学出版社2011年版，第13页。
② 杨天宇：《周礼译注》，上海古籍出版社2004年版，第84页。

的一种，即"蚁卵酱"。蚳醢是宗庙祭祀时行朝事礼时所进献的珍贵食物，说明了昆虫在饮食中已经被周人所重视和利用。此后，人们食用昆虫及其副产品的例子不胜枚举。其次是昆虫药物，人们在生活实践中发现了昆虫的药用价值并加以利用。《神农本草经》里记载了22味可以入药的昆虫及其副产品，发展到明代李时珍《本草纲目》时，专辟"虫部"录106种药用昆虫，到今天依然有重要的医疗价值。第三是以蚕、蜜蜂等资源昆虫为代表的养殖经济，随之产生的蚕文化、养蜂业广泛地影响了上至帝王将相、下至蚕妇蜂农的社会各阶层。与上述昆虫的物质文化属性有差异的还有应对蝗灾的两种方式，一是盲目崇拜的蝗神文化，这是农业社会对自然灾害不可控制的一种精神崇拜，将希望寄托在蝗神身上，以求得"避蝗之道"；二是积极灭蝗的控灾之举。上述种种都是昆虫文化在社会生产生活中的具体表现，与物质文化的关联更为紧密。

　　昆虫自古以来就对人们的精神世界产生重要的影响。从晋代干宝《搜神记》中记载的"马头娘"传说到唐代李公佐《南柯太守传》中梦游大槐安国的"书生蚁梦"，从"庄周梦蝶"的物我两忘到"梁祝化蝶"的爱情历程，人们将自己的精神渴望通过神话寄托在了昆虫的身上。原始图腾崇拜中昆虫也有一席之地，蚕和蝉的崇拜分别体现了人们对蚕丝创造者的感激和对死而复生、长生不老生命理想的追求。而此后文学中的昆虫形象则广为生发，得到了历代文人的重视与青睐，尤其是在特定的历史时期，昆虫更是担负着重要的社会精神诉求载体之责任。还有蝉与民俗之关系，也是人们因对昆虫的喜好而产生的。斗虫、鸣虫的畜养在我国已有上千年的历史，至今仍有旺盛的生命力。

　　生态文化是昆虫文化另一个显著的特征。这是一种有关人与自然关系的文化，生态文化既有与"天人合一"自然观一脉相承的历史积淀，又具有鲜明的时代特色。古人对自然界中昆虫的动人描绘，是基于人与自然和谐生态观的体现。在我们祖先的眼中，自然始终是友好、可信和亲近的，大自然不仅是人类生存的摇篮，更是艺术创作的源泉。中国文学在几千年前就表达了生态伦理的观念,从《诗经》中各地采诗而来的《风》开始,就奠定了千百年来对自然的艺术认知,人与自然融为一体,彼此对话,获得和谐的共存空间。

正因为有了这些鳞次栉比的昆虫文化,才有了昆虫文学汲取养料的浩瀚海洋。昆虫们化身文人的精神翅膀,在翩跹间代替人们倾泻真实的情感,在吟唱时寄托伤春悲秋的心境,在辛劳里针砭巧取豪夺的社会,从而有了我们今天所见的丰富多彩的昆虫文学。

三 昆虫文学的形成与发展

《文心雕龙·物色》中的"物"指的就是"自然万物",这篇文章是对自然景物描写的实践所做的一次较为全面的理论总结。"情以物迁,辞以情发"① 即阐明了情与物的关系。"一叶且或迎意,虫声有足引心。"② 说一片飘零的落叶尚且会牵动人的思绪,几声秋虫的吟唱就足以动人心弦。再说到"《诗》人感物,联类不穷"③ 的情况,"'喓喓'学草虫之韵"④,以最少的文字概括丰富的内容。诚然,昆虫文学始于《诗经》,《卫风·硕人》中的"手如柔荑,肤如凝脂,领如蝤蛴,齿如瓠犀,螓首蛾眉。巧笑倩兮,美目盼兮"⑤ 之句已成为后世形容美女的圭臬,其"多识草木鸟兽虫鱼"的亲民化、生活化路线特征,注定了《诗经》接受与传播的生生不息,成为昆虫文学的滥觞。

秦汉魏晋六朝很好地延续了《诗经》里的意象传统,在诗、赋中将昆虫文学发扬光大,诞生了大量与文人精神相呼应的昆虫赋,例如曹植的

---

① 王志彬译注:《文心雕龙》,中华书局2012年版,第519页。
② 同上书,第519页。
③ 同上书,第520页。
④ 同上。
⑤ 周振甫译注:《诗经译注》(修订本),中华书局2010年版,第76页。

《蝉赋》、傅咸的《蝉赋》等。值得重视的是魏晋涌现的14种多达25篇的昆虫赋，深刻践行了"言有浅而可以托深，类有微而可以喻大"[①]的文学观念。唐宋时期的文人早已不满足于对昆虫本身的刻画，把他们深邃的目光更多地投向了昆虫身后那广阔的社会人生，思考和呐喊交织在字里行间，牵挂与怨愤洋溢在心头笔端，种种复杂的情感指向，皆因一虫！

在唐宋昆虫诗词的世界里，被吟咏最多的首推蝶、蜂、蝉、蚕，从"穿花蛱蝶深深见，点水蜻蜓款款飞"[②]的优美描绘到"庄生晓梦迷蝴蝶，望帝春心托杜鹃"[③]的深情寄托；从"鸟散千岩曙，蜂来一径春"[④]的报春使者到"采得百花成蜜后，为谁辛苦为谁甜"[⑤]的社会反思；从"西陆蝉声唱，南冠客思侵"[⑥]的怅惘迷茫到"日夕凉风至，闻蝉但益悲"[⑦]的悲秋写照；从"春蚕到死丝方尽，蜡炬成灰泪始干"[⑧]的千古一叹到"无哗战士衔枚勇，下笔春蚕食叶声"[⑨]的科举号角，无一不展示出唐宋昆虫诗词的无限魅力。今日之众人，在回顾"夕殿萤飞思悄然，孤灯挑尽未成眠"[⑩]的长恨之叹时，在重温"斜拔玉钗灯影畔，剔开红焰救飞蛾"[⑪]的柔情关怀时，依然会为这充溢了古人内心那股最温柔的力量所撼动！

王安石在《游褒禅山记》中说："古人之观于天地、山川、草木、虫鱼、鸟兽，往往有得，以其求思之深而无不在也。"[⑫]我们无法否认昆虫与文学不可分割的联系，然而，各类昆虫意象什么时候以什么样的姿态进入

---

① （清）陈元龙编：《历代赋汇·鹡鸰赋》，江苏古籍出版社、上海书店1987年版，第528页。
② 《全唐诗》第7册，中华书局1960年版，第2410页。
③ 《全唐诗》第16册，中华书局1960年版，第6144页。
④ 同上书，第6059页。
⑤ 《全唐诗》第19册，中华书局1960年版，第7594页。
⑥ 《全唐诗》第2册，中华书局1960年版，第848页。
⑦ 《全唐诗》第5册，中华书局1960年版，第1634页。
⑧ 《全唐诗》第16册，中华书局1960年版，第6168页。
⑨ 北京大学古文献研究所编：《全宋诗》第6册，北京大学出版社1998年版，第3698页。
⑩ 《全唐诗》第13册，中华书局1960年版，第4819页。
⑪ 《全唐诗》第15册，中华书局1960年版，第5841页。
⑫ （宋）王安石：《王安石集》，三晋出版社2008年版，第108页。

了文学视野？昆虫入诗、入词对于文学的发展、繁荣究竟有着什么样的贡献和意义？昆虫们所指代的感情蕴藉又经历了什么样的演变过程？具有怎样的文学影响？诗人、词人对昆虫有着什么样的特殊喜好等这些问题，就是等待当代学者去探索的新宝藏。

第二节　我们对昆虫文学的了解

迄今为止，学术界对于昆虫文学还没有进行过全面、系统而深入的研究。学者们仅在自己的研究兴趣范围内，针对单一的昆虫如蟋蟀、蝴蝶、蝉等常见意象发表了少量的研究论文，且主要集中在文学领域，很少含有生物学论述。当代学者所著文学与昆虫的研究成果主要有：陈文华的《梦为蝴蝶也寻花》[1]，高明乾、佟玉华、刘坤合著的《诗经动物释诂》[2]，林赶秋的《诗经里的那些动物》[3]以及台湾学者邱静子的《〈诗经〉鱼虫意象研究》[4]等；论文则有尚永亮、刘磊的《蝉意象的生命体验》[5]，靳然、侯毅、李生才的《飞虫走蝶入诗来》[6]，白福才的《蝉在中国古代诗词中的审美意义》[7]，陈爱平、杨正喜的《从雁蝉蛩声看古代诗歌的悲秋意识》[8]，姜

---

[1]　参见陈文华《梦为蝴蝶也寻花》，上海古籍出版社2007年版。
[2]　参见高明乾、佟玉华、刘坤《诗经动物释诂》，中华书局2005年版。
[3]　参见林赶秋《诗经里的那些动物》，重庆大学出版社2010年版。
[4]　参见邱静子《〈诗经〉鱼虫意象研究》，（台北）文史哲出版社2007年版。
[5]　尚永亮、刘磊：《蝉意象的生命体验》，《江海学刊》2000年第6期。
[6]　靳然、侯毅、李生才：《飞虫走蝶入诗来》，《山西农业大学学报》（社会科学版）2007年第1期。
[7]　白福才：《蝉在中国古代诗词中的审美意义》，《延安教育学院学报》2005年第4期。
[8]　陈爱平、杨正喜：《从雁蝉蛩声看古代诗歌的悲秋意识》，《华南农业大学学报》（社会科学版）2003年第1期。

金元的《夜音谛听——中国古典诗歌中的蟋蟀意象》[①]，嵇保中的《昆虫诗话》[②]，等等。

　　这些成果已经让我们欣喜地看到了昆虫文学研究的广阔前景，但其中的内容比较单一，将文学与昆虫意象整体把握而进行历史溯源、全面探讨和深入研究的学术成果目前还很少见，将生物学知识应用在唐宋文学探讨中的研究先例则更少，基本上是只针对一种昆虫的多样化意蕴或者一部作品如《诗经》中的昆虫进行单独论述，大多站在文学的角度从不同方面对单一的昆虫与文学情况进行梳理和探讨，没有顾及整个昆虫世界的多样性和延续性。将目光投向昆虫的生物性、社会性与文学、文人、文化进行综合研究的也非常鲜见。限于条件，本书暂以唐宋时期为限，尝试探索昆虫诗词的文学意义及其文化价值，以期能引发对昆虫文学价值和意义的思考。

第三节　如何走进唐诗宋词里的昆虫世界

一　打开昆虫文学世界的钥匙

　　唐宋诗词中"昆虫"意象博大精深，本书的研究领域涉及古代文学、文化学、生物学、文献学、历史学、统计学、心理学、生态学、农业学、民俗学等诸多内容，是典型的交叉型学科研究。本书在诗词基础与文化背景下，选定唐宋诗词中的昆虫作为研究对象。

　　一是广泛涉猎资料。以《全唐诗》《全宋诗》《全宋词》里的昆虫作品

---

① 姜金元：《夜音谛听——中国古典诗歌中的蟋蟀意象》，《理论月刊》2007 年第 5 期。
② 嵇保中：《昆虫诗话》，《南京林业大学学报》（人文社会科学版）2003 年第 1 期。

为研究底本，以《中国基本古籍库》《四库全书》《汉籍全文检索》等电子检索系统为辅助手段，尽量做到全面而不散乱，深刻而不片面，充分掌握昆虫入诗、入词的基本情况和规律。

二是跨文体研究的全面观照。因为昆虫的意蕴在各类文学作品中均有体现，溯源部分必须涉及各方面的共同影响，诗词以外的文、赋自然也在研究的范围之内，以综合研究来全面揭示昆虫文学的丰富意蕴。

三是跨学科研究的有机结合。昆虫不仅仅是常见的文学现象，也是较早开发和利用的农业物象，与人类社会生产生活息息相关。言昆虫而不先述其生物科学属性是说不通透的，只有吃透了昆虫本身的生物特性，才能准确把握其在文学、文化中的作用与意义。

四是纵横交错的历时性研究与共时性分析相统一。首先纵向厘清每一种昆虫在整个文学史上的发展脉络、地位、变化情况，全面、系统、深入地阐述其习性特征、审美特征、文化蕴含，将不同种类昆虫的若干相同特征进行比较分析，对不同特征进行分类论述与提炼，最终展示出一幅完整的唐宋昆虫诗词面貌。

五是突出主题学及方法论方面的研究。

在以上几种研究方法的指导下，借鉴原型研究、意象研究、主题学研究方法，广泛参阅唐宋历史地理志、文人传记、重要文人群体研究、咏物文学论著，开阔思路，对中国古代文学中昆虫形象有着较为全面的主题把握。

二 昆虫文学需要创新思维

本书注重问题意识，每一章节均紧密围绕要解决的问题展开论述，旨在通过不同的侧面，探究昆虫诗词的各种深层含义，发掘独具特色的中国古代昆虫文学意蕴，能够全面开启昆虫文学的研究领域，有较高的学术价值。本书的主要创新之处有：

第一，在当今学术界首次提出"昆虫文学"这一命题，建构了昆虫文学研究框架，从而开拓了文学研究领域，丰富了文学研究的文本关注范围，使咏物文学的题材研究走向分类更细致、主题更专一、意义更深刻的探索阶段。

第二，选题上的创新。第一次对各类昆虫在文学中的形象进行全面剖析，以问题意识统揽全文，探索昆虫这一生物群体在文学中的表现和意义。

第三，对咏物作品分析方法上的创新。准确使用定量分析方法，还原昆虫诗词在创作、传播接受过程中的真实面貌。本书的整个研究都以科学的数据为基础，避免因个人因素而产生的详略失当，能够较好地完成对各类昆虫诗词时间、数量、作者、意蕴分类等的科学统计。

第四，研究内容上，打破前人对单一昆虫多种意蕴的研究方式，创造性地提炼出不同昆虫所蕴含的共同情感指向，展示出整个文学方式反映昆虫界的全景。探索了由诗词表现的昆虫生态文化，以生态元素来反思社会政治制度及其在文学中的反映。将词中的昆虫进行意象提炼，寻找出昆虫形象在诗词之间的异同。

第四节　内容提要

本书关注的时期为唐宋阶段。先唐的昆虫文化及文学发展、各种文体中的昆虫现象仅作为历史的溯源，进行简单回顾。本书研究的主体为唐宋诗词里的昆虫意象，同期的其他文体如赋、散文、小说、戏剧等暂不涉及。本书拟从以下四章进行论述：

第二章，写先唐文学与昆虫文化溯源。分昆虫文化与文学、《诗经》里的昆虫及其科学阐释、先唐寓言与昆虫、先唐昆虫赋与文人精神四节进行论述。

第一节，重点介绍中国古代昆虫文化与文学。一方面是昆虫与上古社会的紧密联系。在人类认知水平的初级发展阶段，人们对大自然不甚了解，对身边事物有着强烈的依赖意识。人们面对无从抵御的蝗灾，产生了原始的蝗神崇拜；因为对生的眷恋和对死的恐惧，见到从地底钻出而上树羽化的蝉，以为找到了死而复生的希望，从而产生了玉蝉图腾；因为衣食住行条件的逐步改善，对能吐丝做茧的蚕产生了膜拜，诞生了蚕神崇拜；等等。这一系列图腾崇拜是人与自然之间交错前行的产物，昆虫已经成为原始图腾中重要的组成部分。另一方面是对昆虫文化典故的探讨。从茹毛饮血的利用、图腾的简单崇拜与信仰进化到蕴含人格特征的社会文化，这中间的具体发展历程已经无从考问，但先秦时期产生的大量与昆虫相关的文化典故已成为后世昆虫文学发展的源头。依托先秦文学的基础，昆虫意象不断地丰富和深化，才有了今天我们所见的满园春色。螳螂捕蝉、螳臂当车、庄周梦蝶、飞蛾扑火、南柯一梦等韵味十足的文化典故，对文学的思想意义、审美习惯都产生了不可忽视的作用。第二节，以《诗经》为蓝本，对昆虫的科学含义进行基本的文学解读。作为我国第一部诗歌总集，《诗经》中的各类昆虫具有广泛的代表性。第三节，回顾先唐寓言与昆虫文化的形成机制。先秦时代是古代文学中的昆虫意象萌芽期，也是昆虫以寓言的形式深入人们的思想和心灵深处的塑造期。这一时期诸如蝶、螳螂、蚕等活跃于诸子的笔下，在那个百家争鸣的时代，借助昆虫意象抒发理想信念的作品已经产生，昆虫也因此具有明确的文学意蕴。第四节，回顾历代赋中的昆虫形象，探索该时期的文人精神及其对诗词创作产生的影响。同时可以看出，魏晋时期善写的"微贱之虫"是文人在开拓文学题材中的努力。重点从荀子的《蚕赋》、曹植的《蝉赋》、傅咸的《萤火赋》等名篇入手，以期进行先唐昆虫文学的横向对比。不同的文人因为自身经历、学识水平、所处环境的迥异，对于昆虫题材的运用也大不一样。昆虫文学有着浓厚的人格化倾向，是贯注了作者个人体会和感受的结晶。曹植、傅咸、陆云等文人对昆虫的独特喜好，赋予了昆虫不一样的人格特征。

第三章，写唐宋昆虫诗词的意象表现。分美好春季的象征、悲秋意境的代言、蝴蝶意象、其他昆虫意象四节进行论述。

唐代是昆虫诗独立审美价值的确立时期，宋代是昆虫诗进一步发展的承续期和流行于词界的起始阶段。唐宋昆虫诗创造了日常生活普遍诗化的氛围，对诗歌题材的开拓具有重要意义。第一节从昆虫活跃的春季入手，以丛中蝶、花上蜂等昭示美好春光的图景，探索诗人感物而诗情萌发的原因和写作特色。重点发掘"春虫"身上的共性与经典意象。"夏虫"因季节模糊，与春秋季均有交集，故置入春、秋昆虫之中，不再单独列出。第二节，转入对"秋虫"的论述。悲秋是中国古代文学悠久的母题，悲秋之情往往是因眼前秋季的特定之景、之声而产生。蟋蟀、萤火虫、秋蝉这些或以声感人、或因貌动人的昆虫就成为诗人抒发情感的最好载体。第三节，重点研究爱情主题与昆虫意象，蝴蝶双飞的翩跹姿态，历来就是人们心中美好爱情的象征，因为梁祝化蝶的凄美故事而更加充满了人性和自由的光辉。第四节，探索对萤火虫、螳螂、蚂蚁等昆虫意象的文本书写。

第四章，分析唐宋昆虫诗词的文化意蕴。分昆虫诗词与社会民生、昆虫诗词的生命意识、昆虫诗词与唐宋科举、昆虫诗的讽刺功能四节进行论述。

唐宋昆虫诗词不仅有着上一章所展现的丰富意象，还体现了丰富的文化意蕴。第一节，我们探索昆虫诗词与社会民生之间的联系。在农业社会，害虫与百姓疾苦有着直接关系，例如蝗灾在诗中的反映就是多样化的，有对灾害本身的描述，有对生态自然的反思，还有对灾后酷吏的鞭挞。封建社会的农桑之基与赋税更值得我们进行深层思考，蚕与蜂的勤劳形象，其背后的蚕妇、蜂农之辛苦，蚕丝、蜂蜜等农业副产品被掠夺的现状，归结到"兴，百姓苦；亡，百姓苦"的严肃追问。第二节，阐述昆虫诗词的生命意识。生命文化是一个不容回避的社会话题，从古至今人们依然津津乐道，本节重点论述朝生暮死的蜉蝣文学形象与蝉文化蕴含的生命意识。借蝉之餐风饮露的高洁形象，研究中国古代文人对蝉的独特喜好，探索蝉所蕴含的中国式文人理想的审美追求。第三节，专题论述中国科举制度产生后的昆虫诗词。这是一块罕有人涉足过的领域，因而弥足珍贵。科举考试的特殊场地、时间、应试制度等都给举子描写昆虫提供了合适的土壤。从举子备考，踏上离家第一步的时候，昆虫就如影随形。举子们思乡、怀人、志忐的心情，通过蝉鸣、蛩吟得以尽情抒发。及至考前"槐花黄，举子忙"的时候，为了增大及第的希望，举子们四处干谒，抒发对对方高山仰止般的敬仰，往往把自己置于非常低微之地位，或自怜身世，或自比至微之虫，以哀情动人，以谦卑感人。等到金榜挂名时，"一日看尽长安花"的狂喜之中，自然少不了探花郎蜂飞蝶舞的映衬，曾经在寂寞、无助时感叹过的小昆虫突然都换上了喜庆的面貌，这种转变实实在在地折射出科举的残酷。放榜之后，有人欢喜有人忧，下第举人继续着伤春悲秋的话题，笔下的昆虫愈发显得凄凉，因为考试制度的原因，羁旅多年的科考生活成为大多数举子的常态。昆虫就这样年复一年地伴着举子的希望和失望，交替轮回，春秋不息。还有因锁院制让考官长时间不能与外界交流，他们的昆虫诗词充满了科举的文化特色。第四节，探讨体现讽刺艺术的昆虫诗词，以蝇、蚊等为例，探索诗人针砭社会的勇气和人格的追求。这一部分的昆虫主要以人们厌恶的形象出现，多用比兴的手法，结合昆虫本身的生物特性，对社会上某类相似的群体进行辛辣的讽刺。

　　第五章，探寻昆虫诗词与唐宋文人精神。以白居易、吕渭老和王沂孙为个案，分析昆虫与诗人创作个性的关联。中唐以后，写昆虫的诗作数量有了明显的增加，意义内涵也更为深刻。第一节是蟋蟀意象的个案考察——蟋蟀意象与白居易诗歌。白居易与昆虫有着极深的渊源，尤善于描述昆虫的自然之性情，白氏大量诗作中留下了昆虫的痕迹。尽管作为专题咏虫诗的篇章不多，但他经常将昆虫作为自己诗歌的有机组成部分，尤其是蟋蟀的"二号配角"写法，极具特色。昆虫词是伴随着词的兴盛而发展起来的，南渡词人写昆虫词的数量已经大大增加，写作手法也日臻完善。随着社会的变化，昆虫词在南渡、宋末呈现了不同的风貌。同样，因为写作主体的差异，同一种昆虫，不同的人能写出不同的韵味，因此第二节重点探索南渡词人吕渭老与昆虫复杂的情感历程。第三节，分析王沂孙与萤、蝉意象。这个时期哀怨凄婉的遗民昆虫词有着强烈的末世情结。这一部分以王沂孙、陈恕可、周密等集中在《乐府补题》中的昆虫词为主要分析对象，在宋词辉煌的最末端，展示昆虫词所带来的最后一缕自然清丽而沉重的叹息。

第二章 先唐文学与昆虫文化溯源

第一节　中国古代昆虫文化与文学

　　文化是一个含义极广的范畴，囊括了人类物质和精神的全部财富。与诸多显赫的文化现象相比，昆虫文化显得有些微不足道，却又无时无刻不存在于人们的视线之内，影响甚至改变着人类文明的进程。

　　昆虫文化不像深奥的哲学，但古代哲人依旧慷慨地赋予了昆虫深邃的哲学蕴含，庄子物我两忘的蝴蝶梦，让自由之光闪耀在历史的天空；螳臂当车的背后，沉淀着多少关于勇气和忠诚的力量；螳螂捕蝉，黄雀在后的箴言，包含了多少劝诫的智慧！昆虫文化也不像光彩夺目的文学，但它见证了文学史上"春蚕到死丝方尽"[①]的千古名句，使人感受到了"夕殿萤飞思悄然"[②]的千古长恨，更记载了文人"无人信高洁，谁为表予心"[③]的呐喊。因此，没有昆虫的文学世界是不完整的，昆虫文化深深扎根于民间，在日常的生产、生活中展现质朴的特色，因为文学的介入，使昆虫插上了精神的双翼，载着诗人多样的情思，深刻地传达出汉民族特有的文化心理和审美观念，凝聚了博大精深的历史内涵与世俗民情。

　　昆虫以一种文化现象进入人类生活，远远晚于它们在地球上的出现时期。《礼记·礼运》记载了先民茹毛饮血的饮食"未有火化，食草木之实、鸟兽之肉，饮其血，茹其毛"[④]。那么，部分个头较大又容易捕捉的昆虫，肯定会成为先民的重要选择。随着火的发现，让昆虫变得更加美味，昆虫就逐渐融进了古代饮食文化的圈子。《周礼》中记载了专供上层人物使用

---

①《全唐诗》第 16 册，中华书局 1960 年版，第 6168 页。
②《全唐诗》第 13 册，中华书局 1960 年版，第 4819 页。
③《全唐诗》第 3 册，中华书局 1960 年版，第 848 页。
④ 丁鼎：《礼记解读》，中国人民大学出版社 2010 年版，第 268 页。

的珍贵食品蚁卵酱,《礼记》中记载了蝉、蜂属于君主筵席上的山珍海味类高级食品。这些昆虫都是经过了长期的实践和实验而选择出来的,是古人饮食经验逐步完善的历史积累。昆虫从自然界进入饮食系列,再被选择为高端食品,就是其人文化的典型过程。接下来的养蚕制丝、养蜂食蜜、灭蝗减灾等大量与社会物质生产、生活紧密相关的昆虫文化极大地丰富了中国古代文化的蕴含。

我们想追问的是,昆虫是如何进入古人的精神世界的?这和古代的善恶观念有怎样的联系?民族心理投射到昆虫世界是一个什么样的反映?昆虫进入精神领域源自人们的物质需求,例如蚕图腾的崇拜意识,先有了蚕神崇拜,后来形成了天子重视的先蚕祭祀,充分表现了古人祈求丰收的心理。由于生产力水平的低下,人们只能寄希望于想象中的蚕神,还萌生了焚蚕致祸的吉凶观念和因果报应思想,而因果报应在蝗虫问题上表现得更为明显。蝗灾过后的土地基本寸草无存,人们因此附会出暴政致蝗、仁政避蝗的说法,体现了古人原始的政治态度,这是借昆虫以表达民生愿望非常珍贵的精神进步,虽然在今天看来是没有什么直接的科学根据,不过如果官吏重视对生态环境的有效治理,确实能够减轻蝗灾的危害。在古人的精神世界,有明显的善恶情感之分,长相丑陋而于人有害的苍蝇、蚊子被视为凶兆,餐风饮露的蝉被视为高洁的象征,美丽轻盈的蝴蝶被当作爱情的使者,这是汉民族精神中的宝贵渊源,也是昆虫文化的价值精华。

中国古代昆虫文化的内容十分丰富,我们还要追问的是这些由远古而来的昆虫文化在千百年的历史涤荡中,消失了什么?留下了哪些富有生命力的部分?文学作品在历史选择中起了什么作用?消亡的昆虫文化现在已经只能通过典籍的记载来回顾,例如《诗经》中曾经记载的以螽斯象征子孙繁盛的原始生殖崇拜,"螽斯羽,诜诜兮。宜尔子孙,振振兮"[①],现在人们早已抛弃了这个观念。"酷吏致蝗""暴政致蝗"的思想最初仅是朴素的比喻,人

---

① 周振甫译注:《诗经译注》(修订本),中华书局2010年版,第8页。

第二章 先唐文学与昆虫文化溯源

们看到铺天盖地的蝗虫贪婪吞噬庄稼的样子就自然会联想到巧取豪夺的官吏，伴随着治蝗技术的提高，这种思想随之消失。其他当时认为是凶兆的昆虫，因为科学认知水平的提高，人们在观察自然、改造自然、利用自然的进程中，或找到了消灭驱赶之法，或加以科学利用，不再被动地惧怕。

流传至今仍生生不息的昆虫文化，除了养鸣虫、斗蟋蟀等民俗传承，文学的记载和传播起到了直接作用，赋予了昆虫文化以新的生命活力。春秋采诗，留下了昆虫在文学史上最宝贵的第一手资料。诸子争鸣，将昆虫各异的生物特征和巧妙的哲理完美融合，成为引领一个时代之精神指南。秦汉焚书，使无数儒生遭遇灭顶之灾，文学视野随之转移，继而诞生了托物寓情的汉代虫赋。三国文学，建安风骨里有曹植以蝉感生世的振聋发聩，发后世蝉文学之滥觞。魏晋南北朝的昆虫赋蔚为大观，奠定了昆虫文学坚实的基础，为唐宋昆虫诗词的繁荣做好了意象、意境的铺垫，也成为联结不同时代文人的精神纽带。

文人托物言志，首先必须找到景物与情志之间的契合点，才能达到情景交融、物我同一的艺术效果。在这里我们要追问的是昆虫为什么拥有如此丰富的文学蕴含？昆虫文学以虫为描写对象，自然少不了虫与作者主观感情的媒介。比如咏蝉，最突出的两个生物特征，一是饮露而不食；二是响亮的嘶鸣。蝉饮露而不食的自然属性本不值得特别赞美，也无关清浊，但若联系作者高洁独立的人生理想、自由无争的生活境界，便有了深刻的意味。而蝉鸣之悦耳、沉吟而养心、清亮之盎然等特征与人们追求上进的想法产生了共鸣。古人咏萤借助萤能发光这一特征，以萤火表明心迹，或以萤火之微光象征黑暗中的光明与希望，或以眼前萤火的转瞬即逝指代人生的短暂。其他蝶、蜂、蚕、螳螂等昆虫诗，也是抓住其最突出的生物特性，借题发挥，利用想象的手法，最终达到情志与昆虫的有机融合。

弄清楚了习性与情志之关联，我们就不难回答为什么昆虫文学在数量上出现了非常大的差异这个问题了。第一是之前分析的生物属性与个人感情的共鸣，昆虫各自的特征就是文学与生物学的媒介。第二是基于它们在自然界的种类、数量。比如蝗虫就有很多种，如中华稻蝗、东亚飞蝗、红后负蝗、台湾大蝗等，大面积的存在使它们轻易能被人们所见、所识。第三是昆虫的地域分布。人们总是首先认识自己身边的昆虫，北方的文人写不了江南的特有昆虫，南方的作品中也看不到北方的昆虫。伴人昆虫例如蝴蝶、蟋蟀，就比蜻蜓、蝼蛄等更容易被人们所吟咏。第四是不同昆虫活跃的时间。夜行昆虫如萤就只能在夜间闯入文人的心境。蜉蝣朝生暮死的景象因见之者少而数量不多。冬季中原地区的昆虫基本全部蛰伏，故而这一季节的昆虫文学创作尤为罕见。春季蜂蝶群舞，夏季蝉声噪天，秋季鸣蛩啼悲，这些代表着特定时节的应景昆虫诗就很丰富。

第二节　《诗经》里的昆虫及其科学阐释

《诗经》中的昆虫意象很丰富。害虫多象征小人；斯螽、阜螽、蟋蟀与物候相关；蠉、蛾、螵蛸等象征美人；螽斯象征子孙后代众多；蜉蝣象征短暂的虚华不实；蜩螗象征乱象等。表现的主题既有反映国家之象，又有反映社会之貌的，不仅有一般人民的生活，还有位高权重者的生活，并涉及女子、贤与不肖、美貌等多方面、立体的图景。昆虫意象透露当时政治之现状，展现古人浸润于自然的体察。

《诗经》向世人展示了先秦时代的政治、经济、文化各方面的情况，《诗》可以兴，可以观，可以群，可以怨。迩之事父，远之事君，多识于鸟兽草木之名，因此"兴、观、群、怨、事父、事君"是《诗经》留给后世的大道理，"多识于鸟兽草木之名"则是用来增长见识的小事情。《诗经》中多用比、兴，而这类诗句大多是由鸟兽草木虫鱼构成的，"兴、观、群、怨、事父、事君"的大道理就寄寓在鸟兽草木虫鱼中，从某种意义上说，了解这些"小事情"往往是了解"大道理"的重要途径，昆虫意象是名副其实的"小事情"。

自陆玑《毛诗草木鸟兽虫鱼疏》之后,有人做过《诗经》鸟兽、草木的专门研究,但让人完全清晰的并不多,而研究昆虫这类更"微小"的事物更是鲜有人问津。这中间有两个难点,一是从生物学层面上来说,《诗经》中的实物难知,现代生物学中,同一种类别的昆虫有不同的名称,例如蟋蟀的别称就有促织、莎鸡等,斯螽和阜螽究竟是什么?前人研究众说纷纭。二是从文学层面上说意象不明确,究竟是要表达什么内涵,这些昆虫身上所承载的意义尚不明确。如何将生物学和文学融而为一?重视昆虫的形态、习性、功能,用现代生物学名称进行分类,在此科学基础上探究《诗经》的昆虫意蕴及情致是有重要意义的。

数据统计是还原文学创作的一个重要手段,通过数据的整理所反映出来的情况可以给我们直观的印象,尽管数据本身不一定能完全揭示它的文学意义,却能够给人最真实的原貌,对研究工作和文本分析有着极为重要的意义。《诗经》单独使用了"虫"字的地方不多,例如《召南·草虫》的"喓喓草虫"、《齐风·鸡鸣》的"虫飞薨薨"、《大雅·桑柔》的"如彼飞虫"、《大雅·云汉》的"蕴隆虫虫"、《周颂·小毖》的"肇允彼桃虫"。这中间仅有"草虫"为昆虫,其他几个如"虫虫""虫飞薨薨"泛指鸟和虫,"飞虫""桃虫"指鸟。

按《风》《雅》《颂》分别进行人工统计,情况如下表:

《诗经·风》中昆虫出现次数统计						
昆虫名称	次数	昆虫名称	次数	昆虫名称	次数
蟋蟀	4次	螽斯	3次	蜉蝣	3次
蜩	1次	蚕	1次	草虫	1次
阜螽	1次	熠耀	1次	蟏蛸	1次
蛾	1次	蠋	1次	苍蝇	1次
斯螽	1次	莎鸡	1次	蟓	1次
小计	22次,15种				

续表

《诗经·雅》中昆虫出现次数统计					
昆虫名称	次数	昆虫名称	次数	昆虫名称	次数
螽	5次	青蝇	3次	蜩	2次
贼（专指）	3次	蚕	1次	草虫	1次
阜螽	1次	螣	1次	蟏蛸	1次
螟	1次	蜾蠃	1次	蟥	1次
小计	21次，12种				
《诗经·颂》中昆虫出现次数统计					
昆虫名称	次数	昆虫名称	次数	昆虫名称	次数
蜂	1次				
小计	1次，1种				
《诗经》昆虫种、数合计	44次，24种				

昆虫的分类阶元与其他动植物相同，包括界、门、纲、目、科、属、种，按照蔡邦华氏2亚纲34目系统，本书将《诗经》中出现的24种昆虫依次归入以下七目。

1. 蜉蝣目

蜉蝣组成一个小目，已描述约3000种，在温带地区种类最多。通称蜉蝣，"体细长，软弱，口器为退化的咀嚼式，已丧失功能，触角刚毛状，前翅大，后翅小或缺，尾须长，常有1根中尾丝。原变态，即稚虫发育至成虫，有一个很短的亚成虫期，此期足较短，翅较不透明，较不活跃，经蜕皮羽化为成虫。稚虫捕食小型水生动物，捕食范围很广，是淡水植物链中重要的一环。成虫寿命极短，'朝生暮死'，飞翔力弱，部分种类有趋光性。在飞翔中交配"[①]。蜉蝣一词最早出现在《诗经·曹风·蜉蝣》：

---

① 陈振耀：《昆虫世界与人类社会》（第2版），中山大学出版社2008年版，第25—26页。

> 蜉蝣之羽，衣裳楚楚。心之忧矣，於我归处。
> 蜉蝣之翼，采采衣服。心之忧矣，於我归息。
> 蜉蝣掘阅，麻衣如雪。心之忧矣，於我归说。①

借美丽而短暂的蜉蝣（又叫渠略），讽喻时事，因其羽翅薄而鲜洁，休息时双翅张开，直立背面，非常漂亮却不能久存。《毛诗序》："蜉蝣，刺奢也。昭公国小而迫，无法以自守，好奢而任小人，将无所依焉。"② 郑玄《笺》亦认为"喻昭公之朝，其群臣皆小人也。徒整饰其衣裳，不知国之将迫胁，君臣死亡无日，如渠略然"③。朱熹在《诗集传》说："此诗盖以时人有玩细娱而忘远虑者，故以蜉蝣为比而刺之。言蜉蝣之羽翼，犹衣裳之楚楚可爱也。然其朝生暮死，不能久存，故我心忧之，而欲其于我归处耳。"④ 这首诗中就是借蜉蝣的自然生长规律来讽喻君臣只重视华饰而轻朝政的做法，是不会长久的。

2. 直翅目

《诗经》中属于直翅目的昆虫有螽斯、草虫、阜螽、斯螽、莎鸡、蟋蟀六种。"该目昆虫为头下口式，口器咀嚼式，触角丝状，复眼发达，多数单眼3个，前翅为覆翅，后足跳跃足或前足开掘足。渐变态。部分种类的雄虫能以声求偶、示敌，雌虫则无声。"⑤《诗经》中，直翅目昆虫象征着两种意义，一为象征子孙众多；二为象征时令。先看象征子孙众多的《周南·螽斯》：

> 螽斯羽，诜诜兮。宜尔子孙，振振兮。
> 螽斯羽，薨薨兮。宜尔子孙，绳绳兮。

---

① 周振甫译注：《诗经译注》（修订本），中华书局 2010 年第 2 版，第 192 页。
② 同上书，第 193 页。
③ 同上。
④ 同上。
⑤ 陈振耀：《昆虫世界与人类社会》（第 2 版），中山大学出版社 2008 年版，第 30 页。

螽斯羽，揖揖兮。宜尔子孙，蛰蛰兮。①

《毛诗序》云："螽斯，后妃子孙众多也。言若螽斯不妒忌，则子孙众多也。"② 中国先民颂祝多子多孙的诗旨，显豁而明朗。就意象而言，螽斯产卵孵化的若虫极多，年生两代或三代，真可谓是宜子的动物。诗篇正以此作比，寄兴于物，即物寓情，"子孙众多，言若螽斯"即此之谓。因此，"螽斯"不只是比喻性意象，也可以说是《诗经》中不多见的象征性意象。

第二是象征时令。草虫、阜螽言夏秋均可，《召南·草虫》的"喓喓草虫，趯趯阜螽"③、《小雅·出车》的"喓喓草虫，趯趯阜螽"④皆言昆虫的声、貌、状，以它们的自然生物习性和出现时间来象征夏秋之交的时令。斯螽、莎鸡分别象征五月、六月，《豳风·七月》言："五月斯螽动股，六月莎鸡振羽"⑤，斯螽、莎鸡二虫五六月始有，因此诗中乃应时之态。二虫接连出现，言季节之流转，"七月在野，八月在宇，九月在户，十月蟋蟀入我床下"。⑥ 象征天寒到来。诗中从蟋蟀在野、在宇、在户、入床下，由外而内，由远而近，象征天气逐渐寒冷，蟋蟀都从外面躲进屋内避寒了，古人观其习性，就能总结规律。《唐风·蟋蟀》"蟋蟀在堂"则象征岁暮将至，蟋蟀已不在户外活动，点出这个时间段以后，劝人及时行乐，不然日月将舍之而去。古人常将昆虫活动与季节月份相连，从而总结候虫纪时之规律，昆虫虽然微小，却与人类生活密切相关，以上即是最初的文学印证。

3. 同翅目

同翅目昆虫最为人知者是蝉，《诗经》中的蝉类计蟓、蜩、螗三种，

---

① 周振甫译注：《诗经译注》（修订本），中华书局2010年版，第8页。
② 同上书，第8页。
③ 同上书，第19页。
④ 同上书，第229页。
⑤ 同上书，第201页。
⑥ 同上。

"头后口式,口器刺吸式,雌雄异形现象常见,渐变态。产于美洲的十七年蝉是生活历期最长的一种昆虫。昆虫界中叫得最响的是某些种类的雄蝉。植食性、陆生,不少是农林作物的重要害虫,除直接危害外,还传播植物病毒,尤以蚜虫最为重要。有的叶蝉和飞虱在黄昏或昏暗的灯光下会刺人吸血"①。多栖于植物枝干,五月到九月最为常见。《诗经》中"螓首"为拟态,以物比之,象征额之宽广,见《卫风·硕人》:

> 手如柔荑,肤如凝脂,领如蝤蛴,齿如瓠犀,螓首蛾眉。巧笑倩兮,美目盼兮。②

写美人之美,多以物象比之,以蝉的美丽形态作比。

《诗经》中,蜩、螗则多言声,以声之到来或象征月份,或象征和谐之声、混乱之声。《豳风·七月》"四月秀葽,五月鸣蜩"③,这里的蝉就不是秋蝉,而是比较早出现的蝉,象征月份。再看《小雅·小弁》:

> 菀彼柳斯,鸣蜩嚖嚖。有漼者渊,萑苇淠淠。
> 譬彼舟流,不知所届,心之忧矣,不遑假寐。④

多柳树的地方就多蝉,蝉虽微小,却也群聚,和谐相处,有伴可依,象征人也应该求友合群。诗中体现无友群之苦,就像舟流,不知所往,有这样的愿景,却事与愿违。蝉在这里是象征和谐之声的。在《大雅·荡》中,则表现出混乱之声:

> 文王曰咨,咨女殷商。如蜩如螗,如沸如羹。
> 小大近丧,人尚乎由行。内奰于中国,覃及鬼方。⑤

---

① 陈振耀:《昆虫世界与人类社会》,中山大学出版社2008年第2版,第32页。
② 周振甫译注:《诗经译注》(修订本),中华书局2010年版,第76页。
③ 同上书,第200页。
④ 同上书,第292页。
⑤ 同上书,第422页。

蜩、螗之音杂沓，足以乱人视听，当时国事不定，无所适从，就像沸腾的羹汤，胡乱无理。这里的蝉一指乱声；二指乱象。

4. 鞘翅目

鞘翅目通称甲虫，系昆虫纲第一大目，已知有35万种，占昆虫总数的三分之一。《诗经》的蝤蛴、熠耀、螣、蟊、贼均属此目。鞘翅目昆虫食性复杂，许多种类为农林害虫，有趋光性和假死性。蝤蛴，天牛幼虫，色白身长，在《卫风·硕人》中以"领如蝤蛴"来象征美人庄姜之颈白而长，此后文学作品中多有沿袭。熠耀指萤火虫，腹部有发光器，多为夜行发光者。幼虫肉食性，以螺类为生，成虫较少进食，仅以露水、花粉、花蜜度日。萤分水生、陆生两种，喜欢在潮湿、杂草丛生的地方出现，《礼记》腐草为萤的说法虽然不科学，但是也能够反映出萤的习性。"熠耀宵行"在诗中象征荒凉景象，见《豳风·东山》：

> 我徂东山，慆慆不归。我来自东，零雨其濛。
> 果臝之实，亦施于宇。伊威在室，蠨蛸在户。
> 町畽鹿场，熠耀宵行。不可畏也，伊可怀也。①

这首诗说东征之士归来后，述其归途所见及归来之情，结果却是苍凉一片，本该干净整洁的家里，却杂草丛生，萤火虫乱飞，处处呈现荒凉的景象。

螣、蟊、贼皆是害虫，《小雅·大田》有"去其螟螣，及其蟊贼，无害我田稚"②，《大雅·桑柔》有"降此蟊贼，稼穑卒痒"③，在农业社会中，虫害轻则减产，重则饥荒，从帝王到百姓皆不敢轻视。螟是蛀食稻心的害虫，螣是食苗叶的害虫，蟊是食稻根的害虫，贼是食稻茎的害虫，螟、螣、蟊、贼指代了一切害虫。蟊贼还经常用来象征小人，《大雅·召

---

① 周振甫译注：《诗经译注》（修订本），中华书局2010年版，第206页。
② 同上书，第328页。
③ 同上书，第431页。

旻》有"天降罪罟，蟊贼内讧"①，《大雅·瞻卬》里有：

  瞻卬昊天，则不我惠。孔填不宁，降此大厉。
  邦靡有定，士民其瘵。蟊贼蟊疾，靡有夷届。
  罪罟不收，靡有夷瘳。②

《毛诗序》曰："《瞻卬》，凡伯刺幽王大坏也。"③ 小人为恶，残害生灵，民不聊生，以蟊贼比喻众多残酷之人，恶人，即邪僻之小人。小人作恶，犹如蟊贼残害禾苗，由此作比。

5. 鳞翅目

《诗经》中蛾、蚕、蠋、螟蛉、螟属鳞翅目，其中，螟蛉、螟象征害虫和小人的意义和上节螟、螣、蟊、贼的意义重复，不再赘述。蛾，在"螓首蛾眉"中主要用来表示女子之美，其眉细长如蛾。蚕则有另外两层含义，一指蚕事忙碌时节；二指男耕女织社会体系中的养蚕织布女红之事。先看《豳风·七月》：

  七月流火，八月萑苇。蚕月条桑，取彼斧斨，以伐远扬，猗彼女桑。七月鸣鵙，八月载绩，载玄载黄，我朱孔阳，为公子裳。④

这里指的就是蚕事忙碌之际的景象，蚕月的说法不一，有指蚕事既毕之月，有指蚕长之月。《大雅·瞻卬》中则表达妇女的分内之事：

  鞫人忮忒，谮始竟背。岂曰不极，伊胡为慝？
  如贾三倍，君子是识。妇无公事，休其蚕织。⑤

---

① 周振甫译注：《诗经译注》（修订本），中华书局2010年版，第460页。
② 同上书，第457页。
③ 同上书，第459页。
④ 同上书，第200页。
⑤ 同上书，第458页。

蠋在《诗经》中只出现过一次，象征独宿之征夫，"蜎蜎者蠋"一句，以蠋的孤独形象作比，形容征夫的形单影只，茕茕孑立。

6. 双翅目

《诗经》里苍蝇、青蝇属双翅目，这一目的种类已知9万种，多喜吸食动物血液或昆虫体液，常传播人畜共通的疾病，站在人类的立场，这是妨害人类环境卫生的害虫。《齐风·鸡鸣》：

> 鸡既鸣矣，朝既盈矣。匪鸡则鸣，苍蝇之声。①

蝇不夜飞，这是它的生理习性，天未亮的时候听见的声音肯定不会是苍蝇之声，此乃国君妄称之词，明明是鸡叫声，因为不肯起床，就以苍蝇为托词。这是贤夫人警君之诗，如喻人，则苍蝇为谗人，以这种谗人做挡箭牌，找个不起床、不做正事的理由。《小雅·青蝇》：

> 营营青蝇，止于樊。岂弟君子，无信谗言。
> 营营青蝇，止于棘。谗人罔极，交乱四国。
> 营营青蝇，止于榛。谗人罔极，构我二人。②

这是《小雅》中一首著名的谴责诗。它的鲜明特色是借物取喻形象生动，劝说斥责感情痛切。《毛诗序》说："《青蝇》，大夫刺幽王也。"诗歌以青蝇比喻小人，营营往来，搬弄是非，危害善良甚巨，君王应远之，故引以为喻。

7. 膜翅目

螟蛉、蜂属于膜翅目，在《诗经》中代表两种完全不同的意义。螟蛉在现代生物学的解释上和古人所看到的表象是不同的，《小雅·小宛》中

---

① 周振甫译注：《诗经译注》（修订本），中华书局2010年版，第123页。
② 同上书，第339—340页。

"螟蛉有子，蜾蠃负之。教诲尔子，式穀似之"①，蜾蠃即细腰蜂，它捉螟蛾的幼虫作为它自己幼虫的食物。古人不察，错认为细腰蜂领养螟蛉为己子。古人还误以为细腰蜂用行为感化螟蛉，使螟蛉像它。因此，在诗中蜾蠃不辞辛劳，乃勤勉之虫，象征着勤于修德者。诗人见螟蛉子为蜾蠃负去之象，言王若不勤政以固位，必将有勤于修德者取而代之。蜂是《颂》中唯一出现的昆虫，来看《周颂·小毖》：

予其惩而毖后患。莫予荓蜂，自求辛螫。肇允彼桃虫，拼飞维鸟。未堪家多难，予又集于蓼。②

蜂在这里象征着小人，说的是不要自己扰乱群蜂，招致蜇刺，喻咎由自取。作为自警之诗，近蜂则被蜇，近小人则受其惑。

《诗经》是农业社会的时代产物，既是社会生产、生活的反映，也是人类感情的流露。昆虫由此成为那个时期社会生活文化中不可或缺的对象，这是先民朴素的自然观与文学的天生联系。由此，我们可以得出以下几个结论：

第一，《诗经》中昆虫多为常见之类。即便时代久远，环境变迁，在今天依然能够准确区分它们各自的生物学特征。

第二，昆虫意象反映农业社会的特征。具有明显时节指向性的昆虫如斯螽、阜螽、蟋蟀等，有的细致到了特定的月份、季节，有的粗略象征着岁暮、天寒的不同物候。

第三，昆虫意象与古人的好恶观已经进入文学视野。螽斯象征子孙后代众多，符合古人希望人丁兴旺的美好愿景；蜉蝣朝生暮死，有对短暂生命的惋惜，也有认为它虚华不实的体会；蚕、蛾、蜻蛉等多以美好的外表象征女性容貌；蜩螗声音的混杂象征社会政治乱象；害虫多象征小人等。

---

① 周振甫译注：《诗经译注》（修订本），中华书局2010年版，第289页。
② 同上书，第484—485页。

第四，昆虫意象出现在《风》中最多，《雅》次之，《颂》最少，仅一例，说明昆虫与当时农业社会普通百姓的文化、生活密切相关，与上层社会政治、祭祀、神灵的正面关系尚未建立起来。

第五，《诗经》无蝶，此为特例。我国昆虫文学溯源几乎全部始于《诗经》，唯独蝴蝶源于《庄子》。为什么会出现这种情况呢？原因在于《诗经》的内容。《诗经》是我国最早、最伟大的诗歌总集，也是世界最早、最灿烂的诗集之一。与希腊的《伊利亚特》《奥德赛》，巴比伦的《吉尔伽美什》，印度的《摩诃婆罗多》和《罗摩衍那》等大多描写英雄人物且笼罩着宗教的神秘色彩的长篇史诗相比，《诗经》几乎描写了世间万物，"141篇492次提到动物，144篇505次提到植物，89篇235次提到各种自然现象"。① 从这个意义上说，它就是一部别具一格的百科全书。在一字千金的古代文字中，诗人为何写了那么多草木鸟兽虫鱼？为什么在后世文学发展中大行其道的蝴蝶，在《诗经》中间竟然一字未提？原因就在于《诗经》记载的昆虫几乎都与农事有关，而蝴蝶对原始农业的影响微乎其微。

先秦农耕经济的独特结构，使先民们在长期的生产实践中认识到农业生产与大自然的紧密联系，并认为昆虫正常的存在和繁殖并不会影响到农业的丰歉，除非是像蝗虫非正常地、大量地出现危及庄稼，才会破坏这种天、地、人之间的和谐。古代农业中所面临的害虫不少，人们也基本上可以找到相应对的防治办法，多数情况下，古人"防虫"胜于"治虫"，因而《诗经》对农业害虫描述得比较多。蝴蝶不属于先秦农业里人们要面对的昆虫，既无益也无害，也没有将其作为欣赏的对象来入诗的文学意识。蝴蝶在春天出现，飞舞于花间，不像蜜蜂那样带来副产品供人类食用，在物质条件极为简陋的先秦时代，它就是无用的。由此可见，因为与农业生产的疏离才是导致《诗经》中没有蝴蝶的原因。除《诗经》以外，《说

---

① 胡淼：《〈诗经〉的科学解读》，上海人民出版社2007年版，第1页。

文》《尔雅》《史记》也都鲜有蝴蝶的记载，连汉赋这类善于比兴的作品中都没有蝴蝶，先秦时代仅"庄周梦蝶"这一个典故流传。直到《乐府诗集》中的《蜨蝶行》才又有了蝶的身影，然后是南朝梁萧纲的《咏蛱蝶诗》、刘孝绰的《咏素蝶》、李镜远的《蜨蝶行》、北魏温子昇的《咏花蝶诗》等，直到唐宋时期蝴蝶才真正迎来了诗词里的春天。

总之，《诗经》的昆虫形象反映了国家之象、社会之貌的主题，涵盖了上达君王众臣下至平民百姓，涉及女子、贤与不肖、美貌等多方面的立体生活图景。把昆虫的形态、习性、声音糅合到诗中，展现出古人浸润于自然的体察能力，成功地开创了后世昆虫情感体验的"微"模式。

第三节　先唐寓言与昆虫

中国古代寓言中蕴含了大量文化内容，昆虫也是寓言的重要组成部分。《庄子·山木》中写道庄子正准备执弹对付一只异雀时：

"睹一蝉，方得美荫而忘其身，螳螂执翳而搏之，见得而忘其形；异鹊从而利之，见利而忘其真。庄周怵然曰：'噫！物固相累，二类相召也！'捐弹而反走，虞人逐而谇之。"①

这是"螳螂捕蝉，黄雀在后"寓言最初的来源，表达了庄子的"物固相累，二类相召也"观点。在当时的条件下，庄子能够准确地看到生物间的生存链条，是难能可贵的进步。该链条中还引起了庄子关于事物联系的哲学思考，更显弥足珍贵。螳螂在庄子进行哲学思考的过程中，扮演了人与自然的媒介。这个寓言在之后的几千年里深刻地影响了人们对螳螂的文

---

① 陈鼓应注译：《庄子今注今译》，中华书局2009年版，第560页。

化解读。大自然生物链条何其多，诸如"蛙捕蚊，蛇吞蛙，人捉蛇"等，却再没有一条能有"螳螂捕蝉，黄雀在后"的经典之作。

因为庄子的社会影响力，"利益与丧身"这个故事不断地被当成臣子谏君的途径，沾上了浓郁的政治色彩。刘向《说苑·正谏》中有：

> 吴王欲伐荆，告其左右曰："敢有谏者死！"舍人有少孺子者，欲谏不敢，则怀丸操弹，游于后园，露沾其衣，如是者三旦。吴王曰："子来，何苦沾衣如此？"对曰："园中有树，其上有蝉，蝉高居悲鸣饮露，不知螳螂在其后也！螳螂委身曲附欲取蝉，而不知黄雀在其傍也！黄雀延颈欲啄螳螂，而不知弹丸在其下也！此三者皆务欲得其前利，而不顾其后之有患也。"吴王曰："善哉！"乃罢其兵。①

《韩诗外传》中有孙叔敖谏楚庄王：

> 臣园中有榆，其上有蝉。蝉方奋翼悲鸣，欲饮清露，不知螳螂之在后，曲其颈欲攫而食之也。螳螂方欲食蝉，而不知黄雀在后，举其颈欲啄而食之也。黄雀方欲食螳螂，不知童挟弹丸在下迎而欲弹之。童子方欲弹黄雀，不知前有深坑，后有窟也。②

寓意从物竞天择、人类社会亦处于无休止的争斗，逐步转换为不能只贪图眼前利益而不顾后患，以上皆为该典故的传承，还有《战国策·楚策》记为庄辛谏楚襄王，《吴越春秋·夫差内传》记为太子友谏夫差，大多没有更多创新的含量。

晋在这生物利益链条之外，出现了螳螂的勇士形象，并被当成自我警示的工具。

---

① （汉）刘向撰，程翔译注：《说苑译注》，北京大学出版社2009年版，第229页。
② 屈守元笺疏：《韩诗外传笺疏》，巴蜀书社2012年版，第456页。

仰及茂阴,俯缘条枝。冠角峨峨,足翅岐岐。寻乔木而上缀,从蔓草而下垂。戢翼鹰峙,延颈鹄望。推髻徐翘,举斧高抗。鸟伏蛇腾,鹰击隼放。俯飞蝉而奋猛,临螟蛄而逞壮,距车轮而轩鬐,固齐侯之所尚。乃有翩翩黄雀,举翮高挥,连翔枝干,或鸣或飞。睹兹螳螂,将以疗饥,厉嘴胁翼,其往如归。①

庄子另一则著名寓言是"螳臂当车,自不量力"。《庄子·人间世》中说:"汝不知夫螳螂乎? 怒其臂以当车辙,不知其不胜任也,是其才之美者也。"②庄周认为螳螂奋力举起臂膀,去阻挡车轮也许肯定了它这种明知不可为而为之的举动,但更多的却是因为把自己的才能看得太高的缘故,逞匹夫之勇而已。由此他又为螳螂树立了一个有勇无谋的恶劣形象,《全唐诗》中化用"螳臂当车"的典故的仅一例,即温庭筠的《鸿胪寺有开元中锡宴堂,楼台池沼雅为胜绝,荒凉遗址仅有存者,偶成四十韵》中"四凶有獬豸,一臂无螳螂"③。"四凶"喻凶狠贪残之恶臣,獬豸为传说中之异兽,一角,能辨曲直,见人相斗,则以角触邪恶无理者,此喻直臣。据《新唐书·玄宗本纪》开元元年七月,太平公主及岑义、萧至忠、窦怀贞谋反,伏诛,此"四凶"或指其事。或泛解为有直臣制裁凶恶之臣,亦通。一臂无螳螂则是"指凶恶谋逆者如螳臂当车,不自量力"④。"螳臂当车"的寓言意蕴在宋代一分为三,分化成了与之前相对立的观照。螳螂在宋代文学中被用来张扬诗人的"勇气人格",从而使螳螂从长期的反面形象走向正面舞台,得到了文人高度的赞誉,这一点下一章再另行分析。

庄子还有一个哲理故事"庄周梦蝶"。《庄子·齐物论》记载:

昔者,庄周梦为胡蝶,栩栩然胡蝶也;自喻适志与,不知周

---

① (清)陈元龙编:《历代赋汇》(影印本),凤凰出版社2004年版,第556页。
② 张松辉:《庄子译注与解析》(上册),中华书局2011年版,第80页。
③ 《全唐诗》第17册,中华书局1960年版,第6758页。
④ 刘学锴:《温庭筠全集校注》(卷9),中华书局2007年版,第811页。

也。俄然觉，则蘧蘧然周也。不知周之梦为胡蝶与？胡蝶之梦为周与？周与胡蝶，则必有分矣——此之谓物化。①

这个梦境是为了说明"物化"的道理，取消物与物之间的界限，弱化主体对于自身的执着，实现精神上的放松和逍遥。蝴蝶是庄子的一个梦，庄子是蝴蝶的一个梦，蝴蝶和庄子又是大自然的一个梦。

"庄周梦蝶"启发了文人无数的灵感，"蝴蝶梦"代表了人类走向逍遥的自由精神，"是生命本真的诗意挥洒和恣意呈现，代表人类精神灵动而诡谲的一面"②。这栩栩如生的美梦并不是庄子对现实的否定，而是认同内心真实想法的表达，是一种逍遥自由的心境。延续这条文化发展的脉络，李商隐在《锦瑟》中写道："庄生晓梦迷蝴蝶，望帝春心托杜鹃。"③ 这一经典诗句中美好而又虚渺的梦境，构成了诗歌最朦胧的美感。"物我不分的逍遥心境，任何的变化也就只是一个自然的过程。庄周梦中变为蝴蝶，就安于做一只快乐的蝴蝶，而完全忘记自己是庄周，这是对于人生境遇的安然处之的态度，也是物我合一境界的最高表达。"④

蝴蝶诗词在唐宋时期的繁盛，是文人在生命思考中与庄子自由逍遥意识的契合，唐宋都是文人思想空前活跃的时期，但凡使用到这一典故的蝴蝶诗里，都会弥漫着这种浓郁的自我意识、自由意识和对于逍遥的多样化追求。庄周一梦之后，文人雅士便开始重视蝴蝶了，因为蝴蝶带来了他们所憧憬的自由和逍遥，尤其是在壮志难酬、郁闷烦忧之时，更需要借助蝴蝶给自己一个心理暗示，来排解这种情绪。自此以后，蝶梦便在文人的不断完善和发展中成为经典。

---

① 杨柳桥：《庄子译注》，上海古籍出版社2012年版，第26页。
② 成云雷：《庄子·逍遥的寓言》，上海古籍出版社2009年版，第183页。
③ 刘学锴、余恕诚：《李商隐诗歌集解》（增订重排本），中华书局2004年版，第1579页。
④ 暴庆刚：《千古逍遥——庄子》，江西教育出版社2008年版，第105页。

第四节　先唐昆虫赋与文人精神

昆虫第一次进入赋中是荀子的《蚕赋》：

> 有物于此，傮傮兮其状，屡化如神，功被天下，为万世文，礼乐以成，贵贱以分。养老长幼，待之焉而后存。名号不美，与暴为邻。功立而身废，事成而家败。弃其耆老，收其后世，人属所利，飞鸟所害。臣愚而不识，请占之五泰。
>
> 五泰占之曰：此夫身女好而头马首者与？屡化而不寿者与？善壮而拙老者与？有父母而无牝牡者与？冬伏而夏游，食桑而吐丝，前乱而后治，夏生而恶暑，喜湿而恶雨。蛹以为母，蛾以为父。三俯三起，事乃大已。夫是之谓蚕理。①

蚕是来源于生活的意象，荀子用《蚕赋》完整地记录了蚕业的特点。围绕蚕本身的形状、生物习性、生长变化、生命过程等方面，刻画出了栩栩如生的蚕的形象，并表达了荀子一贯坚持的"礼乐以成，贵贱以分"的伦理道德思想。

从《蚕赋》开始，两汉拓其堂宇，蚕的形象就不断地进入文学的世界。晋代以后，出现了如杨泉的《蚕赋》、王祯的《亲蚕赋》、闵鸿的《亲蚕赋》、梁代姚翻的《同郭侍郎采桑诗》等多篇赋作。蚕不再仅仅是织妇手下的绵绵细丝、制衣做被的生计之本，更多丰富的情感被倾注在这小生命的身上，体现了蚕不同寻常的文化活力，成为千百年来文人的心灵宠物，更成为中国农业社会的文化缩影。

---

① （清）陈元龙编：《历代赋汇》（影印本），江苏古籍出版社、上海书店1987年版，第297页。

○ 诗说虫语
唐诗宋词里的昆虫世界

秦汉到魏晋的文人精神里，有明显的喜好细微之物的共性。正因为他们情感的倾注，才有了昆虫人格化的历史渊源。这里以建安时期曹植演绎蝉的悲剧命运、西晋傅氏家风与昆虫正直、光明的品质、陆云儒家思想与寒蝉"五德"的光辉形象最具代表性。

一 曹植与蝉的悲剧人格意识

曹植（192—232），字子建，曹操第四子，曹丕弟，沛国谯（今安徽亳县）人，生于父辈征战的乱世，是我们熟悉的一个悲剧性人物。曹植的一生非常富有戏剧性，东征西讨的童年生活，增长了曹植的军事思想，培养了他建功立业的远大理想。他是邺下文人的领袖，是曹操引以为傲的儿子，天资聪颖却恃才傲物继而失宠。出身高贵却被迫害遭遇手足相残。他的诗赋创作伴随他大起大落的人生分成了两个截然不同的阶段。他是政治的牺牲品，但这悲剧却又促成了他卓越的文学成就。在这样一个有着传奇命运的人物笔下，不同事物均能助他表达"万物著我之色彩"的横溢才华。微小的蝉印证了曹植悲剧的生命体验，作为其后期咏物赋之典型的《蝉赋》就是借言蝉而言己，委婉地表达了自己如蝉般的清素之心和举步维艰、饱含身世沧桑之感。这篇赋极大地影响了六朝的咏物赋题材的选取和抒情方式，蝉也因曹植而披上了文学史上高洁而悲情的外衣。

唯夫蝉之清素兮，潜厥类乎太阴。在盛阳之仲夏兮，始游豫乎芳林。实澹泊而寡欲兮，独怡乐而长吟。声皦皦而弥厉兮，似贞士之介心。内含和而弗食兮，与众物而无求。栖高枝而仰首兮，漱朝露之清流。隐柔桑之稠叶兮，快啁号而遁暑。苦黄雀之作害兮，患螳螂之劲斧。冀飘翔而远托兮，毒蜘蛛之网罟。欲降身而卑窜兮，惧草虫之袭予。免众难而弗获兮，遥迁集乎宫宇。依名果之茂阴兮，托修干以静处。有翩翩之狡童兮，步容与于园圃。体离朱之聪视兮，姿才捷于猱猿。跾周叶而不挽兮，树无干而不缘。翳轻躯而奋进兮，跪侧足以自闲。恐余身之惊骇兮，精曾睆而目连。持柔竿之冉冉兮，运微黏而我缠。欲翻飞而逾滞兮，知性命之长捐。委厥体于膳夫，归炎炭而就燔。秋霜纷以宵下，晨风烈其过庭。气憯怛而薄躯，足攀木而失茎。吟嘶哑以沮败，状枯槁以丧形。乱曰：《诗》叹鸣蜩，声嗺嗺兮。盛阳则来，太阴逝兮。皎皎贞素，侔夷节兮。帝臣是戴，尚其洁兮。①

这篇赋展示了一个绝望而高洁的生命形象。蝉所处的环境使它无法逃避，只有一死。树上有黄雀、螳螂，空中有蜘蛛，地下有草虫，处处危机四伏，处处是险恶陷阱。即便躲入花园，却躲不了狡童的袭击。即便没有种种意外，却依旧会随着秋霜下降，终归枯槁而丧形。这种无法逃脱的绝望，是曹植人生悲剧的总结。集万千迫害于一身，身后死神如影随形，从高高在上到手足相残、远徙外放的巨大生命跌宕，曹植借蝉将生命体验汇进了无垠的文学世界。

二 傅氏家风与昆虫赋

魏晋时期，傅氏家族以其儒学传统而著称。在诗文创作方面，以傅玄、傅咸父子成就最高。傅氏家族的性格及其文化特征有着紧密的联系，这父子二人的昆虫赋以小见大，融情于理，对蝉、萤火虫在文学中的传播起到了重要作用。

傅玄（217—278）是西晋初年著名的文学家、思想家，有《蝉赋》：

美兹蝉之纯洁兮，禀阴阳之微灵。舍精粹之贞气兮，体自然之妙形。潜玄昭于后土兮，虽在秽而逾馨。经青春而未育兮，当

---

① （清）陈元龙编：《历代赋汇》，凤凰出版社2004年版，第550页。

隆夏而化生。忽神蜕而灵变兮，奋轻翼之浮征。翳密叶之重阴兮，噪闲树之肃清。缘长枝而仰观兮，吸渥露之朝零。泊无为而自得兮，聆商风而和鸣。声嘒嘒以清和兮，遥自托乎兰林，嗟群吟以近唱兮，似箫管之馀音。清激畅于遐迩兮，时感君之丹心。①

　　傅咸写了大量的咏物赋，这是其中唯一一首写昆虫的赋。也正是这一首《蝉赋》，在晋代首倡蝉"纯洁微灵"的美好和"无为自得"之品质，概括了他所认为的蝉"化生""神蜕""奋翼"的过程，赞赏蝉之"丹心"。这首《蝉赋》暗合了傅玄的政治经历，他在入晋前后的境遇、地位变化较大，这对他的思想产生了相应的影响。傅玄祖上势单力孤，祖父傅燮在汉末兵乱中殉节，父亲傅幹虽机敏有谋，却在傅玄年幼时即离世。傅玄可谓幼年丧父，处境维艰，但他勤奋好学，于孤贫中成才，因博学而闻名。"入仕后，遭到何晏等人的打击而处于逆境。"② 高平陵之变后命运出现重大转机，司马氏对他关照有加。在随司马昭南征北战的过程中积累了高官厚禄的基础，入晋后地位显赫。他是典型的由逆境走向顺境的人物，因而其作品中写蝉"潜玄昭于后土兮，虽在秽而逾馨"是有其深刻的人生体会在中间的，蝉如此，司马昭如此，傅玄他自己又何尝不是如此？

　　傅玄影响并带动了整个晋代借蝉托意的赋作大兴局面。傅玄之子傅咸（239—294）在晋武帝时袭父爵为清泉侯，历任御史中丞、司隶校尉等职。他继承父亲的儒术思想，为人正直，执法严峻，疾恶如仇，推贤乐善。有《鸣蜩赋》《萤火赋》《黏蝉赋》。傅咸的文学创作体现了"赋微物""物小而喻大""触类是长"的原则。《鸣蜩赋》可能作于其御史中丞任上，即元康元年（291）。因赋中有"台府之高槐"，"台府"可能就是指御史府，他的《御史中丞箴序》有"余承先君之踪，窃位宪台"之句。按照陆侃如

---

① （清）陈元龙编：《历代赋汇》，凤凰出版社2004年版，第550页。
② 魏明安、赵以武：《傅玄评传》，南京大学出版社2011年版，第365页。

《中古文学系年》的看法，"傅咸为御史中丞在元康元年"①。该赋在咏蝉中寄托自己珍惜时光、正道直行的政治信仰。

鸣蜩赋

>有嘒嘒之鸣蜩，于台府之高槐。物处阴而自惨，奚厥声之可哀？秋日凄凄兮，感时逝之若颓，曷时逝之是感兮？感年岁之我催。孰知命之不忧？咏梁木之有摧。生世忽兮如寓，求富贵于不回。且明明以在公，唯忠说之是与；佚履道之坦坦，登高衢以自栖。②

傅咸在位时写蝉，写出自己感悟时光有限，生命有极后，能够在仕途中正直行事，明明白白，刚正不阿的自足情绪。从咏蝉到言志，通过时光这个人、蝉的共同媒介，表达着自己坚守的方向。

傅咸另一篇写蝉的《粘蝉赋》写其悠然长吟而被人轻易捕捉的事，以蝉为喻，告诫世人，暗含深刻的人生哲理，例如"匪尔命之遵薄，坐偷安而忘危。嗟悠悠之耽宠，请兹览以自规"③，就阐述了得意自满必致危难的道理，这种"自规"之举提醒自己，也让读者引以为戒。在傅咸的两篇与蝉相关的赋作中，体现了对蝉不一样的情感寄托，蝉作为自然界的昆虫，本身是不具备任何情感体验的。傅玄父子相继对蝉意象的不断探究、融合，才让蝉有了鲜明的西晋文人精神和完整的情感蕴含，从污浊中奋翼，有清洁而高远之志。意识到了忧患，懂得珍惜时岁。通过这样体物而作的蝉，基本代表了文人在魏晋时期的心态，影响了后世蝉文学的发展。

和自然界中的月亮、梅花、柳树等较早的固定意象不同，整个先秦到两汉的诗歌中，萤火虫都是寥寥可数的。到魏晋南北朝，随着抒情写景的

---

① 赵逵夫、杨晓斌：《历代赋评注》，四川出版集团、巴蜀书社2010年版，第241页。
② （清）陈元龙编：《历代赋汇》（影印本），凤凰出版社2004年版，第550页。
③ 同上书，第551页。

文学发展，在五言诗成熟、繁荣的基础上，诗歌理论开始孕育它的审美理论，萤火虫全面进入文学视野。从《萤火赋》的主旨来看，应作于傅咸为官之时，借萤"不竞于天光""在晦而能明"的奉献品质，赞扬了有坚贞品德的忠臣良将。

萤火赋并序

余曾独处，夜不能寐，顾见萤火，意遂有感。于是执以自照，而为之赋，其辞曰：

潜空馆之寂寂兮，意遥遥而靡宁。夜耿耿而不寐兮，忧悄悄而伤情。哀斯火之湮灭兮，近腐草而化生。感诗人之攸怀兮，鉴熠耀于前庭。不以姿质之鄙薄兮，欲增辉乎太清。虽无补于日月兮，期自竭于陋形。当朝阳而戢景兮，必宵昧而是征。进不竞于天光兮，退在晦而能明。谅有似于贤臣兮，于疏外而尽诚。盖物小而喻大兮，固作者之所旌。假乃光而谕尔炽兮，庶有表乎洁贞。①

潘岳（247—300）也有《萤火赋》：

嘉熠耀之精将，与众类乎超殊。东山感而增叹，行士慨而怀忧，翔太阴之元昧，抱夜光以清游。颎若飞焱之霄逝，昔似移星之云流。动集阳晖，灼如隋珠。熠熠荧荧，若丹英之照葩；飘飘颎颎，若流金之在沙。载飞载止，光色孔嘉；无声无臭，明影畅遐。饮湛露于旷野，庇一叶之垂柯；无干欲于万物，岂顾恤于网罗。至夫重阴之夕，风雨晦螟；万物眩惑，翩翩独征；奇姿燎朗，在阴益荣。犹贤哲之处时，时昏昧而道明；若兰香之在幽，越群臭而弥馨；随阴阳之飘繇，非饮食之是营；问螽斯之无忌，

---

① （清）陈元龙编：《历代赋汇》（影印本），凤凰出版社2004年版，第552页。

希夷惠之清贞；美微虫之琦玮，援彩笔以为铭。①

《文心雕龙》在"独照之匠，窥意象而运斤"②里提出了"意象"一词，指创作构思时，客观现实反映在作家脑中的一种艺术想象。"缘情"是意境理论的源头，这一时期的萤火虫已经从单纯的物态描写进入到了文人暗夜思绪的空间，成为寄托感情的载体了。

三 陆云"至德"人格在昆虫文学中的投射

陆云（262—304）是吴郡华亭（今上海）人，三国吴时名将陆抗第七子，陆机之弟。晋武帝泰始十年（274），父陆抗卒，与其兄晏、景、玄、机分别统领父兵。十六岁，举贤良。太康元年（281），吴平，举家迁往寿阳。太康十年，与兄陆机被征入洛，此后历任各职，永宁二年（302），为清河内史，故有"陆清河"之称。他有托物言志的《寒蝉赋》，"序言蝉外有仪容，内有五德，君子法之，可以立身事君。然蝉缘木凄鸣，于侨居异乡的诗人之心戚戚焉，故作此赋"③。

寒蝉赋有序

昔人称鸡有五德，而作者赋焉。至于寒蝉，才齐其美，独未之思，而莫斯述。夫头上有緌，则其文也。含气饮露，则其清也。黍稷不食，则其廉也。处不巢居，则其俭也。应候守节，则其信也。加以冠冕，则其容也。君子则其操，可以事君，可以立身，岂非至德之虫哉！且攀木寒鸣，负材所叹，余昔侨处，切有感焉，兴赋云尔。

---

① （清）陈元龙编：《历代赋汇》（影印本），凤凰出版社2004年版，第552页。
② 戚良德撰：《文心雕龙校注通译》，上海古籍出版社2008年版，第322页。
③ （晋）陆云著，刘运好校注：《陆士龙文集校注》上册，凤凰出版社2010年版，第182页。

○ 诗说虫语
唐诗宋词里的昆虫世界

伊寒蝉之感运,近嘉时而游征。含二仪之和气,禀乾元之清灵。体贞精之淑质,吐哼嗜之哀声。希庆云以优游,遁太阴以自宁。

于是灵岳幽峻,长林参差。有蝉集止,轻羽莎佗。承南风而轩景,附高松之上华。黍稷惟馨而匪享,竦身晞阳乎灵和。

唉乎其音,翩乎其翔。容丽蜩螗,声美宫商。飘如飞鸿之遭惊风,眇如轻云之丽太阳。华灵凤之羽仪,睹皇都乎上京。跨天路于万里,岂苍蝇之寻常?

尔乃振修矮以表首,舒轻翅而迅翰。吸朝华之坠露,含烟煴以夕餐。望北林以鸾飞,集樛木以龙蟠。彰渊信以严时,禀清诚于自然。

翩眇微妙,绵蛮其形。翔林附木,一枝不盈。岂黄鸟之敢希,惟鸿毛其犹轻,凭绿叶之馀光,景秋华之方零。思凤居以翘竦,仰伫立而哀鸣。

若夫岁聿云暮,天上其凉,感运悲声,贫士含伤;或歌我行永久,或咏之子无裳。原思叹于蓬室,孤竹吟于首阳。

不衔草以秽身,不勤身以营巢。志高于鸤鸠,节妙于鸲鹆。附枯枝以永处,倚琼林之迥条。惟雨雪之霏霏,哀北风之飘飘。

既乃雕以金采,图我嘉容。珍景曜烂,晔晔华丰。奇伟黼黻,艳比衮龙。清和明洁,群动希踪。缀以玄冕,增成首饰。缨绥翩纷,九流容翼。映华虫于朱衮,表馨香乎明德。

于是公侯常伯,乃纡紫黻,执龙渊,俯鸣佩玉,仰抚貂蝉。饰黄庐之多士,光帝皇之侍人。腾仪象于云闼,望景曜乎通天。迈休声之五德,岂鸣鸡之独珍。聊振思于翰藻,阐令闻以长存。

于是贫居之士,喟尔相与而俱叹曰:寒蝉哀鸣,其声也悲。四时云暮,临河徘徊。感北门之忧殷,叹卒岁之无衣。望泰清之巍峨，思希光而无阶。简嘉踪于皇心，冠神景乎紫微。咏清风以慷慨，发哀歌以慰怀。①

太安元年（永宁二年），即公元302年，"陆云四十岁，外任，愁思转多，欲作十篇许小赋以忘忧"②，《寒蝉赋》即作于此时。《寒蝉赋》写蝉，实为自况。序言及自身"侨处"，含有自己的流离之感，因而抒发迁逝之悲。正文以蝉为线索，以蝉之"德"为核心，展开描述与议论。先言"蝉之德"是"文、清、廉、俭、信"，"其五德之美，推己及人之情怀，思琼林而不得之哀鸣"正是作者自我人生的写照。③"五德"也应当成为君子所效仿的对象。后言"蝉之悲"，一方面借咏蝉歌颂贫士的美好品质，一方面又借蝉之哀鸣写贫士的伤怀，蝉"天生高贵、品格高洁、姿势轻盈、高瞻远瞩且淡泊名利、所求无多"的品质与贫士含伤相照应，蝉感运悲声的内涵便格外生动与深刻，成为隐士固守穷节的写照。再言"蝉之用"，发自己的感慨，志存高远，唯求一枝，时光流逝，不得其志，从而产生王业艰难之感。最后以困顿之叹结尾，这也表明了作者意隐于言外，欲言又止，进退两难的矛盾心态，留下了文学审美的空白。还有赋中那些闪亮的词句，歌颂贫士们大气、珍贵的思想，文笔如蝉之美、之丽、之精彩，成就了不可磨灭的道德光华。

---

① （清）陈元龙编：《历代赋汇》，凤凰出版社2004年版，第550页。
② 俞士玲：《陆机陆云年谱》，人民文学出版社2009年版，第249页。
③ （晋）陆云著，刘运好校注：《陆士龙文集校注》上册，凤凰出版社2010年版，第182页。

第三章 唐宋昆虫诗词的意象表现

第一节　象征美好春季的昆虫意象

大自然里，昆虫的生命轨迹严格地遵守着自然法则。一年四季中，它们按照自己的时间出现，在自己的生存环境里活动。从这个规律来进行文学的划分，我们可以清晰地看出唐宋昆虫诗词明显的季节性特征，而这季节性特征恰恰是导致唐宋昆虫诗词面貌迥异的直接原因。如果说蝉是夏虫的代表，蟋蟀是秋虫的代表，那么蝴蝶、蜜蜂这一类无疑就是"春虫"的代表，这些差异化的因素也使唐宋昆虫诗词孕育了完全不同的文化内涵，促进了其文学经典化的演进。

唐诗中的蜂与春季的关系始终是占主导地位的，具体表现在游蜂采花游赏的情致，"采得百花成蜜后"的辛劳与思考，这中间有蜂与蝶的相映成趣，还有蜂与鸟的声声呼应等。虽说蜂和蝶都是飞翔在春天的典型昆虫，但蜂不以优美的舞姿和靓丽的外表见长，它有自己辛勤采花酿蜜的成果，亦能带给诗人深刻的思考。

一　蜂、花意象组合，展示春景

花是春天的使者，随花而来的是蜂。"鸟散千岩曙，蜂来一径春。"[①]（许浑《题宣州元处士幽居》）看到蜜蜂在花间飞舞也就预示着春天真正到来了。蜜蜂有逐甜的天性，蜂喜欢花间恋香，"露下添馀润，蜂惊引暗香"[②]（钱起《月下洗药》）即如此。许浑就在诗中写道："林晚鸟争树，

[①]《全唐诗》第16册，中华书局1960年版，第6059页。
[②]《全唐诗》第7册，中华书局1960年版，第2644页。

园春蜂护花。"①（《献白尹》）这是人们第一次说蜂是护花使者。花是蜂的食物来源，于蜂而言，花是值得眷恋的摇篮，是它们一生都依赖的对象，因此孙鲂说："蜂攒知眷恋，鸟语亦殷勤"②（《主人司空后亭牡丹》）；白居易也说："游蜂逐不去，好鸟亦来栖"③（《东坡种花二首》）。蜂在花中嬉戏、玩耍、饮食，这情景在文人墨客的眼中是非常幸福而诗意的事情，韦庄的一句"戏蝶游蜂花烂熳"④（《归国遥》）仿佛使人身临其境地感受到了热闹的春景。

蜜蜂是花的虫媒，孟郊曾写道："逃蜂匿蝶踏花来，抛却黄糜一瓷碗。"⑤（《济源寒食》）诗中黄糜即花粉，当时人们已经知道蜜蜂能从植物上采下花粉，但"蜂媒"一词直到宋代才出现。在大自然长期的选择中，传粉蜂类与虫媒植物间逐步建立了互相适应、依存的协同进化关系和同期成长、互为彼此的生存条件。蜜蜂在采蜜采粉过程中顺带着完成了植物传粉的使命，不仅使自身获得了充足的食物，还使植物得以传宗接代，繁衍昌盛。这蜜蜂完全自然的生态行为，促进了植物资源的发展，并间接地为人类提供了良好的自然生态环境。"树头蜂抱花须落"⑥（韩偓《残春旅舍》）就是形容蜜蜂在采集花粉时的样子，雄蕊因为蜜蜂的环抱而脱落。杜甫的"芹泥随燕觜，花蕊上蜂须"⑦（《徐步》），以蜂须来代指蜂，写蜜蜂的触角上沾满了花粉。

蜜蜂在花丛中尽情飞翔，这种畅快而自由的感受是诗人羡慕的，王建的"鸡睡日阳暖，蜂狂花艳烧"⑧（《原上新居十三首》）用"狂"字勾勒

---

① 《全唐诗》第 16 册，中华书局 1960 年版，第 6047 页。
② 《全唐诗》第 25 册，中华书局 1960 年版，第 10015 页。
③ 谢思炜：《白居易诗集校注》，中华书局 2006 年版，第 869 页。
④ 《全唐诗》第 25 册，中华书局 1960 年版，第 10075 页。
⑤ 《全唐诗》第 11 册，中华书局 1960 年版，第 4217 页。
⑥ 《全唐诗》第 20 册，中华书局 1960 年版，第 7808 页。
⑦ 《全唐诗》第 7 册，中华书局 1960 年版，第 2441 页。
⑧ 《全唐诗》第 9 册，中华书局 1960 年版，第 3395 页。

出慵懒的春日里蜜蜂在繁花中活跃的身影。齐己的"繁香浓艳如未已,粉蝶游蜂狂欲死"①(《石竹花》)也说蜜蜂之"狂"。"多少游蜂尽日飞,看遍花心求入处"②(裴谐《观修处士画桃花图歌》)展现了蜜蜂整日不停不歇地流连在花间的情景。诗人们形容蜜蜂在花蕊中的姿态也是各有千秋,元稹的"撩乱扑树蜂,摧残恋房蕊"③(《遣春十首》)尽抒野蛮却眷恋之态。"蜜蜂为主各磨牙,咬尽村中万木花"④(孟郊《济源寒食》)则更为夸张,尽抒蜜蜂饕餮大餐的模样。

有花有蜂组成了明丽的春景,待到花落季节,蜜蜂便淡出了春的视野。贺兰进明在《行路难》中写"君不见芳树枝,春花落尽蜂不窥"⑤,蜂远离了芳树枝的原因是春天的繁花已经落尽。于鹄也用"蕊焦蜂自散,蒂折蝶还移"⑥(《惜花》)来表达花落之后的寂寞。

二 蜂、蝶意象组合,渲染春情

宋之问的"蝶绕香丝住,蜂怜艳粉回"⑦(《奉和立春日侍宴内出剪彩花应制》)是唐代最早将蜂蝶并举的诗篇,岑参用"风恬日暖荡春光,戏蝶游蜂乱入房"⑧(《山房春事二首》)描绘了春光里蜂蝶游戏的情景。而杜甫"蜜蜂蝴蝶生情性,偷眼蜻蜓避百劳"⑨(《风雨看舟前落花,戏为新句》)将小昆虫拟人化,顽皮的天性跃然纸上。裴说也用拟人手法写道:

---

① 《全唐诗》第24册,中华书局1960年版,第9586页。
② 《全唐诗》第21册,中华书局1960年版,第8221页。
③ (唐)元稹著,冀勤点校:《元稹集》(修订本),中华书局2010年版,第86页。
④ 《全唐诗》第11册,中华书局1960年版,第4218页。
⑤ 《全唐诗》第5册,中华书局1960年版,第1613页。
⑥ 《全唐诗》第10册,中华书局1960年版,第3502页。
⑦ 《全唐诗》第2册,中华书局1960年版,第631页。
⑧ 《全唐诗》第6册,中华书局1960年版,第2106页。
⑨ 《全唐诗》第7册,中华书局1960年版,第2379页。

○ 诗说虫语
唐诗宋词里的昆虫世界

"游蜂与蝴蝶,来往自多情。"①(《牡丹》)孟郊则是用"游蜂不饮故,戏蝶亦争新"的喜新特征来抒发"万物尽如此,过时非所珍"②(《罗氏花下奉招陈侍御》)的感慨。元稹的"蝶舞香暂飘,蜂牵蕊难正"③(《与杨十二、李三早入永寿寺看牡丹》)生动描绘了一幅动态的场景,蝴蝶伴随花香而舞,花蕊因为蜜蜂的牵绊而摇摆不定。耿湋将蜂蝶并用,营造了充满哲学思考的《寒蜂采菊蕊》:

> 游飏下晴空,寻芳到菊丛。带声来蕊上,连影在香中。去住沾馀雾,高低顺过风。终惭异蝴蝶,不与梦魂通。④

诗中写蜂在晴日的菊花丛中流连有声、有影,高低错落,占尽风姿,但始终不像蝴蝶那般承载了庄周的自由逍遥之梦。李商隐在多首诗中关注了蜜蜂这一文学形象,如"花须柳眼各无赖,紫蝶黄蜂俱有情"⑤(《二月二日》)、"蝶衔红蕊蜂衔粉,共助青楼一日忙"⑥(《春日》)、"红露花房白蜜脾,黄蜂紫蝶两参差"⑦(《闺情》),等等。他还善于运用蜂来寄托自己的情感,《当句有对》中"但觉游蜂饶舞蝶,岂知孤凤忆离鸾"⑧就是借蜂写落寞的典范。其著名的《蜂》诗:

> 小苑华池烂熳通,后门前槛思无穷。宓妃腰细才胜露,赵后身轻欲倚风。红壁寂寥崖蜜尽,碧帘迢递雾巢空。青陵粉蝶休离恨,长定相逢二月中。⑨

---

① 《全唐诗》第 21 册,中华书局 1960 年版,第 8268 页。
② 《全唐诗》第 11 册,中华书局 1960 年版,第 4216 页。
③ (唐)元稹著,冀勤点校:《元稹集》(修订本),中华书局 2010 年版,第 58 页。
④ 《全唐诗》第 8 册,中华书局 1960 年版,第 2990 页。
⑤ 刘学锴、余恕诚:《李商隐诗歌集解》(增订重排本),中华书局 2004 年版,第 1325 页。
⑥ 同上书,第 2199 页。
⑦ 同上书,第 2050 页。
⑧ 同上书,第 1856 页。
⑨ 同上书,第 1141 页。

诗歌借用了丰富的文化典故，营造出春天惆怅的意境。再往后发展，温庭筠的"蜂争粉蕊蝶分香，不似垂杨惜金缕"[1]（《惜春词》）、"蝶繁经粉住，蜂重抱香归"[2]（《牡丹二首》）以更加华美的描写丰富了蜂蝶入诗的形象。司空图在《歌者十二首》中道出蜂、蝶的亲人特性："蜂蝶绕来忙绕袖，似知教折送邻家。"[3] 随着诗歌创作的发展，诗人们将蜂与蝶并举出现的频率越来越高，由此开启了唐五代及宋词中蜂蝶组合典型意象的滥觞。

三 蜂、鸟意象呼应，体现春意

蜂声虽小，却也生机勃勃，它让春天的图景更加生动逼真。杜甫笔下的春天是一幅有声的画面，"风轻粉蝶喜，花暖蜜蜂喧"[4]（《弊庐遣兴奉寄严公》）、"草牙既青出，蜂声亦暖游"[5]（《晦日寻崔戢、李封》）不仅写灵动的蝴蝶轻舞飞扬，更因为蜜蜂的嗡嗡飞去来声，使繁忙的劳动景象充满生活味。李贺的"蜂语绕妆镜，拂蛾学春碧"[6]（《相和歌辞·难忘曲》），薛逢的"戏蝶狂蜂相往返，一枝花上声千万"[7]（《醉春风》），诗僧齐己的"采去蜂声远，寻来蝶路长"[8]（《庭际晚菊上主人》），以及侯冽的"乱蝶枝开影，繁蜂蕊上音"（《花发上林》）都用蜜蜂的嗡嗡声去开启春天的序幕。

大自然中，还有大量活跃的鸟类和蜂蝶一起丰富春景的内涵。韦应物巧妙融合杜鹃之声与晴蝶游蜂的形象，以"密竹行已远，子规啼更深。绿

---

[1] 《全唐诗》第17册，中华书局1960年版，第6706页。
[2] 同上书，第6760页。
[3] 《全唐诗》第19册，中华书局1960年版，第7279页。
[4] 《全唐诗》第7册，中华书局1960年版，第2486页。
[5] 同上书，第2270页。
[6] 《全唐诗》第1册，中华书局1960年版，第237页。
[7] 《全唐诗》第16册，中华书局1960年版，第6320页。
[8] 《全唐诗》第24册，中华书局1960年版，第9492页。

池芳草气,闲斋春树阴。晴蝶飘兰径,游蜂绕花心。不遇君携手,谁复此幽寻"①(《与卢陟同游永定寺北池僧斋》) 勾勒出寺庙高远清丽的景色,一声子规啼更凸显了春的静谧幽深。还有沈佺期"啼鸟弄花疏,游蜂饮香遍"②(《乐府杂曲·鼓吹曲辞·芳树》) 突出啼鸟和游蜂闲适的状态。韩愈在《感春四首》中则用"蜂喧鸟咽留不得,红萼万片从风吹"③将乍暖还寒的伤春之情缓缓溢出。更有诗人赋予了它们人的思想,如韩愈的"双燕无机还拂掠,游蜂多思正经营"④(《戏题牡丹》),元稹的"山翠湖光似欲流,蜂声鸟思却堪愁"⑤(《春词》)等。张若虚善于摹状,他写燕与蜂:"燕入窥罗幕,蜂来上画衣"⑥(《代答闺梦还》),巧妙地用了一"窥"一"上"的动作,和杜甫的"巢边野雀群欺燕,花底山蜂远趁人"⑦《题郑县亭子》一样,写活了蜂和燕的举动。还有刘禹锡在诗中将鹤与蜂相提并论,如"游蜂驻彩冠,舞鹤迷烟顶"⑧(《和郴州杨侍郎玩郡斋紫薇花十四韵》)以及"静看蜂教诲,闲想鹤仪形"⑨(《昼居池上亭独吟》)等,都是将蜂与鸟类互为衬托使用。

四 书写酿蜜,表达哲思

"一年之计在于春,一生之计在于勤",这句话对蜜蜂是再合适不过的描述了。唐人早已知道蜂蜜的好处,并喜欢蜂蜜的美味,但蜂蜜不容易获得,因而显得尤为宝贵。元稹《大云寺二十韵》中"新英蜂采掇,荒草象

---

① 《全唐诗》第 6 册,中华书局 1960 年版,第 1977 页。
② 《全唐诗》第 1 册,中华书局 1960 年版,第 170 页。
③ 《全唐诗》第 10 册,中华书局 1960 年版,第 3792 页。
④ 同上书,第 3847 页。
⑤ (唐)元稹著,冀勤点校:《元稹集》(修订本),中华书局 2010 年版,第 267 页。
⑥ 《全唐诗》第 4 册,中华书局 1960 年版,第 1184 页。
⑦ 《全唐诗》第 7 册,中华书局 1960 年版,第 2415 页。
⑧ 《全唐诗》第 11 册,中华书局 1960 年版,第 3989 页。
⑨ 同上书,第 4017 页。

耕耘"① 描写蜜蜂在新生的花蕊上采蜜。姚合形容蜜蜂因采蜜而沾上了香味，飞过时都能闻到甜甜的蜜香味："惊蝶遗花蕊，游蜂带蜜香"②（《武功县中作三十首》）。李咸用的"蕊繁蚁脚黏不行，甜迷蜂醉飞无声"③（《远公亭牡丹》）道出蜜蜂嗜甜的特性，描述了在花丛中"甜醉"了的样子。韩偓则用拟人的手法写蜂采蜜："蜂偷野蜜初尝处，莺啄含桃欲咽时"④（《多情》），将蜂对花的多情眷恋写得异常生动。

唐代大一统时期，政治、经济、文化空前繁荣，蜂业得到发展，成为从收集野生蜂蜜向养蜂采蜜的转折阶段。《新唐书·地理志》中有陕西、山西、安徽、湖北、四川、甘肃、浙江、福建、贵州等多地进贡蜂、蜡等蜂产品的记载，成为唐代蜂业走向繁荣的可靠证据（见附录一）。唐代蜂农不仅继承了前代养蜂的经验，扩大了养蜂的规模，深化了蜂产品的使用，还进行了家养采蜜的实践，打破了单纯靠收集野生蜂蜜的限制。由唐发端的蜂产品普及之风也在宋代得到较好的传承，尤其是在医疗保健、饮食养生、美容健体、制烛制香等方面，对宋代经济社会产生了重要而深远的影响，在后一节再专门论述。

那时人们食用的野外蜂蜜多为崖蜜，孟浩然的诗中有记载："入洞窥石髓，傍崖采蜂蜜"⑤（《疾愈过龙泉寺精舍，呈易、业二公》），张祜在《寄题商洛王隐居》中说"随蜂收野蜜，寻麝采生香"⑥，许浑的《晓过郁林寺戏呈李明府》中有"洞花蜂聚蜜，岩柏麝留香"⑦，都说明人们已经知道如何在野外寻找可以食用的蜂蜜。"燕觅巢窠处，蜂来造蜜房。"⑧（《夏

---

① （唐）元稹著，冀勤点校：《元稹集》（修订本），中华书局2010年版，第175页。
② 《全唐诗》第15册，中华书局1960年版，第5658页。
③ 《全唐诗》第19册，中华书局1960年版，第7368页。
④ 《全唐诗》第20册，中华书局1960年版，第7843页。
⑤ 《全唐诗》第5册，中华书局1960年版，第1625页。
⑥ 《全唐诗》第15册，中华书局1960年版，第5824页。
⑦ 《全唐诗》第16册，中华书局1960年版，第6066页。
⑧ 《全唐诗》第5册，中华书局1960年版，第1648页。

日辨玉法师茅斋》）孟浩然甚至用蜜房来代替蜂窝，这样的称呼也是他第一次使用。杜甫诗"柱穿蜂溜蜜，栈缺燕添巢"[1]（《陪诸公上白帝城宴越公堂之作越公杨素所建》）点明了蜂房对于酿蜜的重要性，他还经常将之与燕巢的重要性相提并论。杜甫另一首《入乔口》诗中有"树蜜早蜂乱，江泥轻燕斜"[2]，说明蜜蜂采蜜时的情景。白居易善于观察身边的细微之物，他笔下的昆虫非常多，而且有人情味，如"四月一日天，花稀叶阴薄。泥新燕影忙，蜜熟蜂声乐"[3]（《和微之四月一日作》），说的就是蜜蜂采到蜜后的喜悦之情。

唐代诗人们开始体恤蜜蜂的辛勤劳动。原因便是人们认识到了蜂在授粉中的重要作用，还有它们可以酿造广为人们喜爱的副产品——蜂蜜。如李商隐将蜂比喻成忙碌的劳动者，他的《夜思》中有"鹤应闻露警，蜂亦为花忙"[4]。白居易则在体恤蜜蜂的基础上，更为深刻地发现了蜂的劳动果实被夺取的悲哀，"蚕老茧成不庇身，蜂饥蜜熟属他人"[5]（《禽虫十二章》），这是诗中第一次有了对"他人"夺取蜜蜂劳动成果的认识，并对此不劳而获的行为表示了不满。而后，罗隐的《蜂》无疑是唐代最杰出、最有社会价值的咏蜂名篇：

> 不论平地与山尖，无限风光尽被占。采得百花成蜜后，为谁辛苦为谁甜？[6]

诗歌前两句写了蜜蜂看似风光的生活，占尽了无限风光，转而进入另一层反问，这么辛苦采集的蜂蜜，到底自己能够享受多少呢？这些辛苦而

---

[1] 《全唐诗》第 7 册，中华书局 1960 年版，第 2506 页。
[2] 同上书，第 2568 页。
[3] 谢思炜：《白居易诗集校注》，中华书局 2006 年版，第 1687 页。
[4] 刘学锴、余恕诚：《李商隐诗歌集解》（增订重排本），中华书局 2004 年版，第 1973 页。
[5] 谢思炜：《白居易诗集校注》，中华书局 2006 年版，第 2826 页。
[6] （唐）罗隐著，潘慧惠校注：《罗隐集校注》（修订本），浙江古籍出版社 2011 年版，第 244 页。

来的成果，最终是被谁占有了呢？蜜蜂好比无数的贫苦百姓，日出而作，日落而息，却依然过着拮据的生活，他们每天辛勤劳动产生的价值又到哪里去了呢？作者借蜜蜂发出了对社会人生不公的质问，这是蜜蜂第一次承载了沉重的社会责任意识。

第二节 蟋蟀意象的文化符号意义及其影响

蟋蟀和蝉一样，在唐宋诗中是特点非常突出的一类，它们都是以鸣声而闻名，并让文学作品借"声"说话的功能得到体现。蟋蟀还有几个别名：一为蛩，一为促织，一为莎鸡，还有一个不常用的名字"蜻蛚"①，而历代文人用得最多的名称是蛩。

蟋蟀意象在《全唐诗》《全宋诗》和《全宋词》中有着广泛的存在，经过笔者的统计，《全唐诗》共出现蟋蟀（包括蛩、促织、莎鸡）意象244次，其中蟋蟀66次、促织15次、莎鸡9次（重复2次）、蛩154次；《全宋诗》共出现蟋蟀（包括蛩、促织、莎鸡）意象929次，其中蟋蟀232次、促织62次、莎鸡8次、蛩627次。《全宋词》共出现蟋蟀（包括蛩、促织、莎鸡）意象169次，其中蟋蟀5次、促织9次、莎鸡1次、蛩154次。

从上述庞大的数据可以看出，蟋蟀是昆虫诗中的重要意象，在文学中的出镜率很高。为什么蟋蟀会频频进入文人墨客的视野，它是怎样一步步登上大雅之堂的呢？在生态的世界中的存在物，都会用自己的方式来"说话"，蟋蟀正好切合了文人"发声"的需要。除了考虑到蟋蟀的自然属性，

---

① 不同时代都有极少量的出现，如晋代张载《七哀诗》里"仰听离鸿鸣，俯闻蜻蛚吟"；傅玄《怨歌行》的"蜻蛚吟床下，回风起幽闼"；唐陆龟蒙《和袭美新秋即事次韵》之三："鸐鹈阵合残阳少，蜻蛚吟高冷雨疏"以及《宋书·傅亮传》里的"聆蜻蛚于前庑，鉴朗月于房栊"。

我们还要翻开历史的典故，找到变化的依据，才能真正理解文人创作时的心态，以此来读懂诗词中蟋蟀的文化内涵与人生的共鸣。

一　蟋蟀意象最早源自西周时期的农耕文化

蟋蟀最早出现在文学作品中是《诗经·豳风·七月》的："五月斯螽动股，六月莎鸡振羽。七月在野，八月在宇，九月在户，十月蟋蟀入我床下。"① 在河南安阳小屯村出土的3000多年前的殷墟甲骨文里，专家考证确定了60多种动物的名称，其中就有蟋蟀。在科学出版社1965年出版的《殷契粹编》第345页里记载了郭沫若的看法，认为象形蟋蟀的那个古字可以假借为秋季的"秋"②。《礼记·月令》："秋夏之月，蟋蟀居壁，腐草为萤"，也把蟋蟀当成秋天的候虫。

古人用蟋蟀观察物候变化，"七月在野"是说七月的时候因为天气尚暖，蟋蟀都还在野外生存，"八月在宇"指天气转凉则躲在屋檐之下活动，"九月在户"谓因寒冷转而进入人们的户下，也就是门内生存，到了十月不得不"入我床下"，来谋得一点点温暖御寒。它们随着天气转凉而不断转移自己的位置，人们也就可依据此状来判断天地时序的运行规律，在合适的时候做好御寒的准备，迎接严冬的到来。

《豳风》大多为西周作品，《七月》是《诗经》里最著名也是最美的农事诗。《汉书·地理志》说豳地"其民有先王遗风，好稼穑，务本业，故豳诗言农桑衣食之本甚备"③。一个能够征服异族并兴邦建国而绵延不绝的民族，其依靠的绝不仅仅是武力的攻杀和掠夺。公元前1600—前1500年，当夏朝的民众不无怨愤地诅咒夏桀"时日曷丧？予及汝皆亡"时，后

---

① 白鸣凤：《先民生存的艰难与悲喜〈国风〉读注》，中国社会科学出版社2011年版，第449页。
② 林赶秋：《诗经里的那些动物》，重庆大学出版社2010年版，第168页。
③ 程志、杨晓红、吕俭平：《诗经国风诗性解读》，齐鲁书社2009年版，第312页。

稷的曾孙公刘却默默地带领周人修复后稷之业，图谋振兴。他"相土地之宜，水土之便"，自漆水、沮水渡渭水，在远离夏商的西部豳地勤耕作、务农桑、取材用，蓄积财富，万民归附，周民族的兴盛自此开始。① 这首农事诗所带来的是经验也好，总结也罢，都是孕育了先人的智慧和希望，充满了对脚下这片土地最深沉的热爱和依赖，饱含着人与自然和谐统一的愿望，在此之后的一两千年都持续闪耀着温暖的光芒。

二 蟋蟀由物候指针转变为惜时的意象

《诗经》中还有一篇以蟋蟀为题的作品即《唐风·蟋蟀》，《唐风》各诗产生于春秋前（公元前8—前6世纪）的两百年间，比《豳风》晚百年以上。朱熹《诗集传》说："其地土脊民贫，勤俭质朴，忧深思远。"②《唐风·蟋蟀》以蟋蟀起兴，其中"蟋蟀在堂"之句，很可能来自《豳风·七月》中的描述。首先来看为什么唐地会有这样的诗歌：一是郑氏《谱》曰："唐者，帝尧旧都之地，今曰太原晋阳，是尧始居此，后乃迁河东平阳。昔尧之末，洪水九年，下民其咨，万国不粒。"二是《地理志》曰：河东土地平易，有盐铁之饶，本唐尧所居，《诗·风》唐、魏之国也。其民有先王遗教，君子深思，小人简陋，故《蟋蟀》篇曰"今我不乐，日月其迈"，"思奢俭之中，念死生之虑"③。这两处都说明了唐的历史起源和治理状况，周公东征平叛后，周室封武王幼子、成王的弟弟唐叔虞于唐，叔虞死后其子燮父又迁都于晋水旁，改唐为晋，《唐风》即《晋风》。"在历时六百几十年的漫长过程中，尤其是西周末至春秋，晋国的历史舞台上

---

① 白鸣凤：《先民生存的艰难与悲喜〈国风〉读注》，中国社会科学出版社2011年版，第434页。
② 程志、杨晓红、吕俭平：《诗经国风诗性解读》，齐鲁书社2009年版，第228页。
③ （宋）王应麟撰，张保见校注：《诗地理考校注》，四川大学出版社2009年版，第102页。

风起云涌，不断演绎着丛林法则和胜者通吃的逻辑。"①"兴，百姓苦，亡，百姓苦"在这里得到了切实的应验，在这样的社会大背景之下，《唐风》不可避免地染上了艰难时势中的坚守和颓废，有远行者孤独的追问和苦役者的怨诉，也有时过境迁的伤逝和时不我待的警醒。《唐风·蟋蟀》说明诗人是个热爱生活又忠于职守的聪明人：

蟋蟀在堂。岁聿其莫。今我不乐。日月其除。
无已大康。职思其居。好乐无荒。良士瞿瞿。
蟋蟀在堂。岁聿其逝。今我不乐。日月其迈。
无已大康。职思其外。好乐无荒。良士蹶蹶。
蟋蟀在堂。役车其休。今我不乐。日月其慆。
无已大康。职思其忧。好乐无荒。良士休休。②

抓紧时间做好农活，"无论大夫君子，还是小民百姓，'好乐无荒'是最高统治者最愿意看到的情状"③。诗歌在对时光流逝的伤感中又赋予了其动人的感染力，它不再是一篇生硬的教化之文，而是充满了人情和艺术的动人篇章。

朱熹《诗集传》评价《诗经·蟋蟀》时说："唐俗勤俭，故其民间终岁劳苦，不敢少休。及其岁晚务闲之时，乃敢相与宴饮为乐。而言今蟋蟀在堂，而岁忽已夜矣，当此之时而不为乐，则日月将舍我而去矣。然其忧深而思远也。故方燕乐而又遽相戒曰，今虽不可以不为乐，然不已过于乐乎？盍亦顾念其职之所居者，使其虽好乐而无荒，若彼良士之长虑却顾焉，则可以不至于危亡也。"④ 这段话概括了诗歌的原旨，古人面对休息享

---

① 白鸣凤：《先民生存的艰难与悲喜〈国风〉读注》，中国社会科学出版社 2011 年版，第 321 页。
② 同上书，第 324 页。
③ 同上书，第 324 页。
④ 李立：《看似逍遥的生命情怀——诗词与休闲》，云南人民出版社 2004 年版，第 6—7 页。

乐和辛勤劳作的分歧时，曾经会患得患失。但终岁劳苦后的岁末农暇，还是应该松弛有度。诗人本想畅快地休闲，而勤劳的本性又使他担心影响了来年的工作，所以他在诗中时时告诫自己要有节制地享受，"无已大康""好乐无荒"，做到休之有节，休之有礼，保持自己的忧患意识，要及时行乐，又不要享乐太过。

三 蟋蟀意象的三种文化内涵

蟋蟀意象由物候演变成为惜时的代表，由惜时而衍生出三种文化内涵：其一是因"悲秋母题"引起的伤感；其二是因"促织讽刺"激发的批判；其三是"生命意识"带来的反思。蟋蟀入诗，古已有之。远溯至周代高远广袤的天空大地与先民思想的契合而来，人与自然在历史发展的进程中总是不断地去读懂彼此的眼神。华丽的语言在最质朴的感情面前总是苍白的，而当蟋蟀承载了千百年游子佳人的哀怨与彷徨、勤苦百姓的希望与愤慨、壮志大夫时不我待的渴求与失落款款出现时，我们会讶异这不过一寸的小小身躯里所蕴蓄的巨大的文化感染力。

（一）蟋蟀意象与"悲秋母题"引起的伤感

蟋蟀喜栖息于阴凉、土质疏松、较湿的环境中，一般在立秋后开始鸣叫。蟋蟀鸣秋，严寒将至，故被称为秋虫。又因鸣声动听，且多发生在人类居住区附近，常入室昼夜长鸣，所以人们就很自然地把它当成了"秋声"的代言，在感叹秋风的萧瑟之时，瑟瑟而歌的蟋蟀在文人墨客的眼里便成了悲秋之虫，进入他们的笔尖纸端。在物质与精神生活相对贫瘠的春秋时期，在思念游子却"道阻且长"的无奈下，听到这蟋蟀之鸣，的确会令人陷入秋思。冬天快到了，蟋蟀在堂，常用来提醒深知惜时如金的重要，勤劳的妇女听到蟋蟀的催促，必将日夜加紧纺织，准备寒衣。

○ 诗说虫语
唐诗宋词里的昆虫世界

战国时楚人宋玉在《九辩》中有："独申旦而不寐兮，哀蟋蟀之宵征"①的诗句，整篇辞的第一句第一个词就是"悲哉"，这种基调难免会在人的心里打下烙印，那些只有到了秋天才会格外感人的生物，带给作家敏锐的秋愁之感，蟋蟀夜晚活动，整夜哀鸣，诗人也是一整晚到天亮都没有睡着，心事谁知？失意的自己在异乡的孤独，在小昆虫的映衬下，楚楚可怜。西晋文士潘岳《秋兴赋》中"熠耀粲于阶闼兮，蟋蟀鸣乎轩屏"也是写秋季的应景之作，萤火虫的闪亮和蟋蟀的鸣声构成了一幅秋夜的画面。到唐代以后，这类赋作尤其增多，比如唐代张随的《蟋蟀鸣西堂赋》：

岁云秋矣，秋亦暮止。西堂寂听之时，蟋蟀寒吟之始，纷稍稍以惊节，洞喓喓以横耳。若夫八月在宇，三秋及门，清韵昼动，哀音夜繁。潘生感而增思，宋玉伤而断魂。于时招摇北驰，河汉西泻，烟澄寥廓，露肃原野。背暑而出尔草间，惊寒而入我床下。或有声相应，气相依，杂螗蜩于内屏，混熠耀于前除。罗幌灯寂，珠帘月疏，披庭闻而夜久，华省听而秋馀。若乃愁云结阴，暮雨流湿，拂寒威之密迹，当暝色而逾急。我堂既在，我室既入，亦可异群鸟养羞，昆虫闭蛰？懒妇也惟尔可以促女功，羁人也惟尔可以催客泣。

夜如何其夜未央，天晴地白月如霜。士有衣绨绤，坐藜床，怨空阶之槁叶，聆暗壁之寒螀。乃言曰："何彼蛩矣？与时行藏。"火氛郁蒸，迹迈于中野；秋气融朗，声闻于西堂。然后屏轻箑，卷凉簟，时岁忽以徂谢，功名曷其荏苒，美龆化之有成，陋晋风之太俭。夫如是，莫不惊白露之虫跃，望青云之鸿渐。②

该赋将悲秋之情描述得非常动人，从声音到感时之紧迫，光阴流逝，

---

① 詹杭伦、张向荣编：《楚辞解读》，中国人民大学出版社2008年版，第171页。
② （清）陈元龙编：《历代赋汇》，江苏古籍出版社、上海书店1987年版，第554页。

岁月无情，最后是蟋蟀催人发愤、希望有所作为的情感由此自然抒发。这类赋作数量不少，各朝都有，比如唐代写蟋蟀的赋还有李子卿的《听秋虫赋》，宋代有孔武仲的《鸣虫赋》、陈造的《秋虫赋》、杨万里的《放促织赋》等，而往后推移到明清时代，蟋蟀入赋的数量已是翻倍增加。

当孤寂遭遇秋夜的时候，任何出现的事物都可能染上悲秋的痕迹，比如秋高气爽时南飞的北雁、高枝叶底的鸣蝉、深山哀鸣的猿啸、入夜闪闪的萤火、耳畔床下的蛩鸣、屋檐窗角的蜘蛛等。浓浓的秋思总是那么容易被轻易勾起，古人的这类诗词自是最多的，里面包含了远客对家乡的无尽相思、友朋离别时的惺惺相惜、佳人与游子缱绻的爱恋，还有和往事告别的那一声叹息。

伤感，因蟋蟀之声唤起的家乡思绪。不管走多远，故乡永远是游子温馨的港湾；因为乡音，念而不得归，这种思乡的痛，在漫漫秋夜难以排遣；还是因为乡音，人们习惯于对月抒怀，因为在家乡也能看到这代表着团圆的喜悦！家乡和他乡共有的，无非就是这些身边常见的景致、常闻的音律吧。因而，当耳畔想起熟悉的蟋蟀声时，家乡的记忆就这样被轻易地唤出来了。李白就在《感时留别从兄徐王延年、从弟延陵》中抒发"鸣蝉游子意，促织念归期"[①]的游子之感。促织声声伤人心，诗人戎昱在《客堂秋夕》写道：

> 隔窗萤影灭复流，北风微雨虚堂秋。虫声竟夜引乡泪，蟋蟀何自知人愁。四时不得一日乐，以此方悲客游恶。寂寂江城无所闻，梧桐叶上偏萧索。[②]

北风在窗外萤火虫的明灭之间刮着，秋天的堂屋在小雨淅沥的时候空无一人。耳边传来的秋虫叫声，竟然让听者落泪，蟋蟀怎么这么通人性，

---

① （清）王琦注：《李太白全集》，中华书局2011年版，第618页。
② 《全唐诗》（上册），上海古籍出版社1986年版，第673页。

○ 诗说虫语
唐诗宋词里的昆虫世界

知道我背井离乡的哀愁呢？这整一年快乐的时间加起来不会超过一天，只是到了今天才为自己的飘零感到悲哀。这是一首饱含思念之泪的作品，字里行间通过蟋蟀的声音，掩盖了哭泣的痕迹，但这愁怨又岂是轻易去得掉的？由蟋蟀而思乡的作品还有张祜的《晚秋江上作》：

> 万里穷秋客，萧条对落晖。烟霞山鸟散，风雨庙神归。地远蛩声切，天长雁影稀。那堪正砧杵，幽思想寒衣。①

诗的主人翁是一个万里之外的贫穷游子，在寄人篱下的异地他乡，面对萧条的夕阳和归巢的倦鸟，已悄然生出了对家乡的怀念，然而当蟋蟀之声响起时，那切切的呼唤就如同远方的家乡在召唤他一样，归乡的心是急不可待，可遥远的距离，连北雁南飞的身影都拉长了，该怎样度过这秋冬的严寒？怀念着家人熟悉的捣衣声，幽怨地梦想有越冬的暖和衣服穿上身。相比游子个人的感情，杜牧的《寝夜》不再是小家之思，而是上升到了家国的情怀和抱负：

> 蛩唱如波咽，更深似水寒。露华惊弊褐，灯影挂尘冠。故国初离梦，前溪更下滩。纷纷毫发事，多少宦游难。②

这是杜牧在外放期间写的表达故园之思的诗歌，有对故园的眷恋，还隐含着对当朝统治者的怨恨，每遇时移节换，家远身孤，年龄又大了，白首无成还宦游在外，听到蟋蟀那如泣如诉的哀鸣，独处在天冷水寒的秋夜，感觉自己的心也包含在一片冰凉的天地，那纷纷扰扰的公务事阻碍了回乡的路，归家的愿望在日复一日的等待中渐行渐远，这种无可奈何的情绪随着蟋蟀的声声呼唤而逐渐加重。

诗人贾岛也有一首让人读着触目惊心的怀乡之作《客思》：

---

① 《全唐诗》（下册），上海古籍出版社1986年版，第1290页。
② 同上书，第1332页。

促织声尖尖似针,更深刺著旅人心。独言独语月明里,惊觉眠童与宿禽。①

诗人因身在他乡而怅惘,听着蟋蟀的鸣叫而无法入眠。独自面对那夜凉如水的寂静,唯有这样的单调之音陪伴着他,一个人自言自语,恍然发现孩子已经睡熟,家禽也早已进入梦乡,不觉又到深夜了。这首诗前两句看似写得非常尖利,如针如刺地扎进人的心里,而后回到现实,仿佛还能隐隐触碰到心里的那层痛感。

宋代梅尧臣的《舟中闻蛩》展现了一幅远游者在途中思乡的画面:

秋月满行舟,秋虫响孤岸。岂独居者愁,当令客心乱。
展转重兴嗟,所嗟时节换。时节不苦留,川途行已半。
霜落草根枯,清音从此断。谁复过江南,哀鸿为我伴。②

景祐元年(1034),尧臣三十三岁,应进士举不第。以德兴县令知建德县事。七月,钱惟演死。八月,别谢绛南归。到家不久,赴建德县任。③ 这首诗便写于这一年之中。诗歌首句便以秋月、秋虫来作铺垫,秋月满的时候,本该人月两团圆的,但作者却在行舟的路上,两岸传来了秋虫的鸣叫。不仅是岸上听到这哀鸣之声的独居者会感到忧愁,我这个船上的过客心也是乱糟糟的。这一年梅尧臣辗转迁移,时节变换很快,转眼天凉霜落,草根已干枯,蟋蟀再也不见踪影,那思乡的声音也就生生断了。这一年,梅尧臣选官江南④,"谁复过江南"即指此事。长路漫漫,蛩吟曾和他做伴。现如今只有天上的哀鸿随同了。

---

① 《全唐诗》(下册),上海古籍出版社 1986 年版,第 1471 页。
② 北京大学古文献研究所编:《全宋诗》第 5 册,北京大学出版社 1998 年版,第 2745 页。
③ (宋)梅尧臣著,朱东润编年校注:《梅尧臣集编年校注》,上海古籍出版社 2006 年版,第 57 页。
④ (宋)梅尧臣著,朱东润编年校注:《梅尧臣集编年校注》,上海古籍出版社 2006 年新 1 版,第 62 页。

诗说虫语
唐诗宋词里的昆虫世界

和梅尧臣所抒发的宦游之感不同,王令的两首关于蟋蟀的诗更侧重对年华的更迭之感。例如《和人促织》:

> 秋虫何尔亦匆匆,何处人心与尔同?梦枕几年悬客泪,晓窗残月破西风。人思绝漠冰霜早,妇叹穷阎杼柚空。更有孤砧共岑寂,平明华发满青铜。①

秋虫的生命和转瞬而逝的季节一样短暂,回想自己几年寄人篱下的客居生活,面对窗外一弯新月好像要割破呼啸而来的西风。人心凉了,连天气都觉得寒冷,贫困的生活和孤寂的夜,催生了诗人的白发,一夜之间青铜镜里的人就憔悴了。王令的生命仅有 28 年,即便在这么短暂的生命里,他依然饱受了世间冷暖的摧残,一生贫病交加。和王令许多著名的阐发民生疾苦的社会问题有所区别的是,这首诗歌的主题更多地关注了自身的功业未成而年华匆匆的切身感受,让人读来唏嘘不已。

在宋词中,由蟋蟀之鸣而引发乡情之思的作品也不少,南宋著名词人赵长卿的《念奴娇·客豫章秋雨怀归·秋景》即如此:

> 江城向晓,被西风揉碎,一天丝雨。乱织离愁千万缕,多少关心情绪。促织鸣时,木犀开后,秋色还如许。那堪飘泊,异乡千里孤旅。应想帘幕闲垂,西楼东院,齐把归期数。记得临歧收泪眼,执手叮咛言语。白酒红萸,黄花绿橘,莫等闲辜负。朱笼归骑,甚时先报鹦鹉。②

赵长卿是宋宗室贵族才子,他有《惜香乐府》十卷以春夏秋冬四季为排列顺序,把自己的感情融会到四时之景中,伤感是他的基本情调,四时之变化也是他心境转变的寄托。这首词是他南渡后虽过着衣食无忧的生

---

① 北京大学古文献研究所编:《全宋诗》,北京大学出版社 1998 年版,第 12 册第 8182 页。
② 唐圭璋编:《全宋词》,第 3 册,中华书局 1999 年版,第 2316—2317 页。

活,却依然难忘故园的写照。赵长卿写秋之作颇多,也许是因悲秋最能抒发自己的强烈感触吧。词中的秋雨如同"乱织离愁千万缕",缕缕伤情,促织一鸣昭示已经入秋,这漂泊异乡的千里孤旅是令人难过万分的,尤其是想着自己故国"西楼东院"的家中亲人,定是倾注了自己的心血,当然无法割舍,总是不断地数着归家的日期,家人执手叮咛的情景还历历在目。只期盼着回家之前,放回报信的鸟儿先传达这份喜悦。

　　伤感因蟋蟀之音唤起的友情牵挂。古往今来的诗篇里记载了数不清的离愁别绪和殷殷嘱托;因为友情,送别知己、遥思故人,赋诗一首便是最好的寄托;也是因为友情,才让今天的我们能够从故纸堆的字里行间,去见证那个时代最可贵的信任。今天,我们依然乐意在秋高气爽的季节重温诗人们当初离别的感触。蟋蟀悲秋,睹物思人,蛩吟同样容易引起异地友朋的感伤。中唐著名的诗人、画家刘商有一首《赋得月下闻蛩送别》:

　　　　物候改秋节,炎凉此夕分。暗虫声遍草,明月夜无云。清迥檐外见,凄其篱下闻。感时兼惜别,羁思自纷纷。①

　　诗歌首句点明了创作的时间在夏秋更迭之际,暗虫则是晚上的时候,"七月在野",蟋蟀尚还能在屋外活动,夜空晴朗无云,只有一轮明月静静地衬托着鸣叫的秋虫。蟋蟀好靠近人居住的区域生存,檐外、篱下均是它们停留驻足的场所。诗中的"虫声"与"明月"从听觉和视觉两个方面为"感时兼惜别"做了感情的铺垫,感慨这悲秋的时节,又在这时候与朋友惜惜相别,羁旅的心境、悲凉的气氛扑面而来,也只能默默承受了。

　　刘禹锡和白居易这两位大诗人同于代宗大历七年(772)出生,一生宦游的经历非常相似,同样胸怀报国志愿,却同有被贬谪的弃置之伤,同样有对佛教的信仰与崇拜,后期都有着隐逸的想法和对生命老病的无奈。两人志向、兴趣皆相近,且作诗水平相当,多年来往来酬唱,惺惺相惜,

---

① 《全唐诗》(上册),上海古籍出版社1986年版,第765页。

○ 诗说虫语
唐诗宋词里的昆虫世界

在两人 70 多年的生命历程里，从神交已久到现实生活中的数次见面，他们频繁作诗互赠，《刘白唱和集》三卷本记载多达 200 余首。诗情与友情成为支撑两人晚年生活的精神家园，一直到 842 年刘禹锡离世，白居易作《哭刘尚书梦得二首》，才宣告了刘白唱和的曲终人散，两人可谓是"相知尽白首"的挚友。刘白的诗歌处处体现"交心"之感，刘禹锡的《秋夕不寐寄乐天》就是把自己的心事向友人细细道来：

洞户夜帘卷，华堂秋簟清。萤飞过池影，蛩思绕阶声。
老枕知将雨，高窗报欲明。何人谙此景，远问白先生。①

秋季的夜晚，门帘卷着，冷清清的堂屋可看到同样孤寂飞行的萤火，看着它形影相吊的模样，听着屋门台阶地下蟋蟀此起彼伏的声音，秋雨欲来，一夜无眠，此情此景，还有谁能够体会？肯定是那知心的白先生啊。经过统计发现，反映亲情、友情的唱和诗是两人唱和诗中数量最多的部分，这首诗作于刘禹锡在三任上州刺史期间，这段时期，刘、白写了大量诉说怀念之情的唱和诗，记录了他们的深厚情谊，表达了两人心有灵犀的默契。两人同心相知，虽不在身边，也要远远地向白先生倾诉。

辛弃疾《菩萨蛮·和夏中玉》：

与君欲赴西楼约。西楼风急征衫薄。且莫上兰舟。怕人清泪流。临风横玉管。声散江天满。一夜旅中愁。蛩吟不忍休。②

这是辛弃疾与友人夏中玉的唱和之作，这位南宋著名的爱国词人怀着"收复神州"的伟大理想而效忠南宋，孤旅的仕途生涯，让他的思乡怀人之情突出，他有着明显的孤独意识，友情于他而言，是稀少而宝贵的。词上片交代了作词的背景，西楼、风急、衫薄、兰舟等物象都时刻提醒这离

---

① 《全唐诗》（上册），上海古籍出版社 1986 年版，第 892 页。
② 周笃文、马兴荣主编：《全宋词评注》第 5 册，学苑出版社 2011 年版，第 1299 页。

别的情绪,但词人却隐忍不发。他对友人充满了牵挂、不舍和担忧之情。兰舟催发,独自吹箫,荡漾一江的寂寞。一夜无眠,唯有耳畔的蟋蟀鸣叫读懂了词人心中的无限离情别绪。

伤感因蟋蟀之鸣唤起的爱情记忆。因为爱情,一点窸窣的声响都会让人怅然神伤;还是因为爱情,让平平凡凡的秋季变得缠绵悱恻。蛩吟之声从诗词里来,还原那文字里的过往,会发现蟋蟀的鸣叫在千百年里都是这样的扣人心扉!杜甫的咏物诗《促织》便让蟋蟀成为爱情的寄托:

　　促织甚微细,哀音何动人。草根吟不稳,床下夜相亲。
　　久客得无泪,放妻难及晨。悲丝与急管,感激异天真。①

《促织》虽不如《月夜》般遐想长思、深情地歌咏爱情,但作为咏物诗,它饱含着杜甫乾元二年寓秦州期间的深沉之爱。这段时间里,他创作了题材多样的"秦州咏物诗",不过十首的作品中写到鸟兽昆虫草木瓜蔬、武器和用具、星月和烽烟,再现了秦州的社会实景。遭遇"逐臣"的境遇使他对深秋零落的草木、哀鸣的蛩吟特别在意。他怜惜弱小细微的生命,常把自己的感情灌注其中,以小见大,将难以言表的眷恋之情通过蟋蟀的细微哀音、床下相亲的细节表现出来,悲秋之凄冷,诗人将蟋蟀的自然属性写成了人的心性,在户外已经冷得待不住了,便进入到人的床下相依相伴,度过寒夜,这种传神的描摹不正是诗人被蛩吟哀音打动的写照吗?

《促织》首联从蟋蟀微细的外形写起,"哀"字概括其声;颔联写主人公夜闻促织之声而不寐,它们从户外的草根吟唱进入到人的床下,引发了床上之人孤枕难眠、辗转反侧的忧伤。颈联运用想象手法,分别描写长期在外的丈夫和被抛弃的妻子听到蟋蟀鸣叫时的心理活动。在外的丈夫因思乡而垂泪,家中的妻子独对长夜而落寞。最后即便是悲凉或激越的丝竹管乐,在两地相思的人的眼里,都比不上这天真的蟋蟀鸣声。杜甫传神地写

---

① 《全唐诗》(上册),上海古籍出版社1986年版,第549页。

出了蛩音的作用。而他首开"哀音"以描摹蛩吟，则被后人广加推崇。南宋姜夔《齐天乐》词中就有："露湿铜铺，苔侵石井，都是曾听伊处，哀音似诉。"

宋人吕陶的《和闻蛩有感二首》其二写思妇对游子的无限牵挂之情：

思妇感离别，夕霖殊未晴。九秋消息近，千里梦魂清。
续缕有深意，促机无缓声。寒衣远须寄，人去在幽并。①

诗中通过思妇在闻蛩之后的具体行动来表达对游子的深刻爱恋，织机上的每一缕丝线都是爱的见证，机杼之声和蟋蟀鸣叫一样急促，丝毫也舍不得耽搁下来，因为天气就要转凉，远方的人还在苦苦等待着爱人所做的冬衣来御寒呢。宋人郭印也有《蟋蟀》讲述在家的妻子听到蟋蟀鸣叫之时，牵挂着远征的丈夫并为其赶制冬衣的情景。诗云：

秋虫推尔杰，风韵太粗生。衰草年年恨，寒砧夜夜声。
轴闲催妇织，衣薄念夫征。谁谓心如石，欹眠不挂情。②

一到天气转凉，本来尚没有那么强烈的相思也被秋虫唤起，声声促织敲打着在家的妻子，这会儿丈夫的衣服应该是太单薄了，怎么能抵挡得了寒风的侵袭？妻子在家想着这件事，越思越急，牵挂之情油然而生。

和男性诗人借思妇之口而托物言情不一样，著名南渡女词人李清照则完全站在自然的女性角度来写词。她的爱情曾经无比幸福甜美，而随着政局的动荡，被迫与志同道合、相敬如宾的丈夫赵明诚飘零两地，面对这份时局带来的哀痛，女词人默默承受了巨大的心理落差，在词中细细诉来，哀怨难当。例如她的《行香子》：

---

① 北京大学古文献研究所编：《全宋诗》第 12 册，北京大学出版社 1998 年版，第 7771 页。
② 北京大学古文献研究所编：《全宋诗》第 29 册，北京大学出版社 1998 年版，第 18707 页。

草际鸣蛩。惊落梧桐。正人间天上愁浓。云阶月地，关锁千重。纵浮槎来，浮槎去，不相逢。
　　星桥鹊驾，经年才见，想别情离恨难穷。牵牛织女，莫是离中。甚霎儿晴，霎儿雨，霎儿风。①

第一句就是草边的蟋蟀在鸣叫，这是词人感情的触发点。周围沉寂的自然环境和孤独痛苦的主人公交织在一起，而且词人巧妙地运用了以动写静的手法，来写蟋蟀之鸣。本来蟋蟀的叫声是轻微的，词人却大加夸张地描述，说那飘然落地的梧桐叶子是"鸣蛩""惊落"的，那一张张阔叶飘飞的情状勾勒出了凄美的秋景，写出了周围万籁俱静的特点，烘托了她内心孤寂凄怆的真实感受，一股深闺庭院的悲秋之情自然扑面而来。而后借着七夕的爱情故事，以牛郎、织女作比，句句含情地抒发了自己与丈夫身在异地、心相牵系的离情别恨，倾诉了与爱人千里之隔、不得聚首的人间生离之痛。

（二）蟋蟀意象与"促织讽刺"激发的社会批判

蟋蟀有时候也没有完全延续前人惯用的意象，除了作为秋虫来抒发秋愁，写离情别绪、空闺幽怨之外，还被当成谴责时弊的工具，用来讥刺社会现实，表达对普通劳动者的同情与尊重。例如晚唐张乔的《促织》：

　　念尔无机自有情，迎寒辛苦弄梭声。椒房金屋何曾识，偏向贫家壁下鸣。②

诗歌同情劳动者，而讥讽椒房金屋之不劳而获。蟋蟀之鸣，见证了贫苦织女在寒冷的季节依然勤于女红，辛劳持业，而那些高贵的人呀，生活在"椒房金屋"里的有钱女子从不参与这些纺纱之事，只追求精美的华

---

① （宋）李清照著，黄墨谷辑校：《重辑李清照集》，中华书局2009年版，第40页。
② 《全唐诗》（下册），上海古籍出版社1986年版，第1610页。

服，却不知其过程之艰。

　　武则天时期的诗人郭震在《蛩》中除了悲情之外还赋予了蟋蟀"苦吟"的深刻内涵：

　　　　愁杀离家未达人，一声声到枕前闻。苦吟莫向朱门里，满耳笙歌不听君。①

　　怀才不遇而又不甘沉沦的诗人刻画了一个离家求取功名而尚未显达的寒士形象。因壮志难酬而忧从中来，而后又是声声蛩吟搅乱了他内心的愁思。后两句运用了对比和比喻，以蟋蟀喻百姓，百姓的苦不能向统治阶级去诉说，巧妙而准确地表达了对劳动人民的深切同情。而"朱门里"的贵人日日笙歌，对老百姓的"苦吟"不屑一顾，体现了诗人对社会不公强烈的批判精神，在历代咏蟋蟀诗中，这类诗因为数量少而尤为珍贵。

　　由蟋蟀而指时政的主题在宋人诗作中亦有所见，如王安石的《促织》：

　　　　金屏翠幔与秋宜，得此年年醉不知。只向贫家促机杼，几家能有一绚丝？②

　　诗前两句极言有钱人生活的奢侈腐化，连制作屏风上那么大的帷幔都是用昂贵的丝线织成，富人们沉浸在这享乐的生活中。而后笔锋一转，讽刺促织只向穷人家发出连续不断的催促声，就像个监工一样张罗着要穷人们赶快织布劳动，却不管贫苦人家已经穷到什么程度，他们连一绚丝都没有了。作为官员，王安石能够通过塑造"促织"这不知民众疾苦的无情形象，去表达对日日醉生梦死却享有荣华富贵的达官贵人们的讽刺与批判，同时表达了他对穷苦百姓的深切同情。

　　杨万里的咏物诗喜欢以小见大，从自然界的细微之处入笔，用世俗化

---

① 《全唐诗》第3册，中华书局1960年版，第759页。
② 北京大学古文献研究所编：《全宋诗》第10册，北京大学出版社1998年版，第6727页。

的取材表达自己的想法。他也有咏促织的诗,他的《促织》也是表达对贫苦劳动者的体恤之情,但与王安石的借物讽刺又有所不同,杨诗以场景感人:

一声能谴一人愁,终夕声声晓未休。不解缫丝替人织,强来出口促衣裘。①

没有写蟋蟀的外表,也没有跳出来表达自己的意见,杨万里只是重现了一幅有声的画面,一声鸣叫就足以勾起一人的愁绪,连续一个晚上的鸣叫,到天亮还在困扰着一个发愁的人,发愁的人是一位正在纺织的农妇,这些天连续的纺织已经让她心力交瘁,还要听着促织的声声催促,而愈发埋怨起来:你不会缫丝也不会织布,却又要叫着催我快点缝衣服。通过织妇对促织又气又无奈的抱怨,表达自己对贫苦百姓困苦与无奈的同情。

南宋岳珂是抗金名将岳飞之孙,是一个在文学、史学、书法艺术上都有相当成就的著名学者。青少年时期他积极为祖父岳飞辩诬,对朝廷尽忠尽力,积极热忱地入仕,晚年遭构陷罢官而消极避世,但这都不妨碍他成为一个著名的学者。他有一首写蟋蟀的诗《观物四首·蛩》:

春蚕缲茧白如霜,机妇停机待天凉。井蛩一夜秋已至,寸丝千结萦柔肠。催租吏嚣翁媪怒,裘葛未成心转苦。篝灯促织永夜忙,悔杀比邻日长语。②

这首诗是他经世致用思想的体现,一个勤劳的农家妇女,在等待纺丝织布的合适时候,谁知井边的蟋蟀一夜叫唤后,天气就转凉了,这是抢着工期要限时完成的活儿,严酷的官吏日日相逼,衣服没有织好而心已经凄苦了。夜里只能点灯通宵达旦不眠不休地加班,真后悔白天浪费了时间在

---

① 北京大学古文献研究所编:《全宋诗》第42册,北京大学出版社1998年版,第26204页。
② 北京大学古文献研究所编:《全宋诗》第56册,北京大学出版社1998年版,第35349页。

说话，这种辛苦谁能体会呢？在词里，姜夔《齐天乐·蟋蟀》也有现实的意义：

> （序）丙辰岁，与张功父会饮张达可之堂。闻屋壁间蟋蟀有声，功父约予同赋，以授歌者。功父先成，辞甚美。予裴回末利花间，仰见秋月，顿起幽思，寻亦得此。蟋蟀，中都呼为促织，善斗。好事者或以三二十万钱致一枚，镂象齿为楼观以贮之。
>
> 庾郎先自吟愁赋，凄凄更闻私语。露湿铜铺，苔侵石井，都是曾听伊处。哀音似诉。正思妇无眠，起寻机杼。曲曲屏山，夜凉独自甚情绪。
>
> 西窗又吹暗雨。为谁频断续，相和砧杵。候馆吟秋，离宫吊月，别有伤心无数。《豳》诗漫与。笑篱落呼灯，世间儿女。写入琴丝，一声声更苦。①

"为楼观以贮之"——王仁裕开元、天宝遗事："每秋时，宫中妃妾皆以小金笼闭蟋蟀置函畔，夜听其声。民间争效之。"张镃词"笼巧妆金"句用此。郑校引宋故文荐《说郛》卷十八《负暄杂录》"禽虫善斗"条："斗虫亦起于天宝间。长安富人镂象牙为笼而畜之。以万金之资，付之一喙，其来远矣。"《西湖老人繁胜录》曰："促织盛出，都民好养，或用银丝为笼，或作楼台为笼，乡民争捉入城货卖，斗赢三两个，便望卖一两贯钱，若生得大更会斗，便有一两银卖。每日如此，九月尽天寒方休。"②

这两首都写蟋蟀。作为文人交游唱和的词，由姜夔的序可见作词的缘起是丙辰岁（1196年）秋，张镃和姜夔在宴饮时听到"屋壁间蟋蟀有声"，因而蟋蟀声成为感情的触发点，成为两人吟咏的对象。在文学意象不断演进的历程中，当悲秋主题出现的时候，蟋蟀等一大批自然之物

---

① 唐圭璋选编：《全宋词简编》，上海古籍出版社1986年版，第571页。
② （宋）姜夔著，夏承焘笺校：《姜白石词编年笺校》，上海古籍出版社1981年版，第59页。

的内涵由单纯的农事诗扩展为思念、感时、伤世等"秋愁"。杜甫也说《促织》"促织甚细微,哀音何动人"。促织,顾名思义就是到了催促着要织衣裳过冬的季节了,促织开始用声音提醒人们秋凉了,寒衣要准备了,特别是当秋季逢着亲人远离的时候,织布做衣裳就更加寄托了无限情意,一针一线,丝丝牵绊与挂念,这个名字和离别又产生了令人遐想联翩的空间。

姜夔在花间"仰见秋月,顿起幽思",说明蟋蟀与明月、秋风、落叶等经常互为生发。在首句就提到了一个与之心意相通的南朝人庾郎,为什么提他呢?因为庾郎也在和他相似的情形下写过蟋蟀。词作中的庾郎即庾信,庾信曾写过《愁赋》,现已佚,在姜夔的《霓裳中序第一》中有"乱蛩吟壁。动庾信,清愁似织"句,说明庾信对于蟋蟀的理解应和秋愁相关。他们通过蟋蟀心意相通,找到了遥相呼应的载体。1196年,姜夔写此词时虽为偶发之感,却不可避免地打下了家国之愁的烙印。那时候,南宋王朝偏安一隅,在江南不思进取,正逐步滑入灭亡的深渊。从文字来看,这首词是写悲秋伤别的,思妇无眠,伤心无数,而"离宫"则可理解为徽、钦两个皇帝被俘的愁怨,从而增加了全词寄托和家国之忧。还有一个更为现实的原因,即在序里提到的,时人喜欢斗蟋蟀,经常高价购买娱乐,且"宣政间,有士大夫制蟋蟀吟",就是在徽宗年间的北宋政权贪图享乐,玩物丧志导致皇帝被掳的事实。南宋还出现了"蟋蟀宰相"贾似道,这些都说明了蟋蟀和政治的某些关联。该词熔铸了蟋蟀悲秋、感时、伤别离的传统意象内涵,还有着对斗蟋蟀这一社会之风的深刻忧虑,乱世颓风与南宋王朝走入没落之际的现实感慨,将作者的忧患意识真切地带进了"一声声更苦"的境地。这一"苦"字的定其声情,归根到底还是于国家、于民族的反思与忧虑。

明代高启(1336—1374)著有《闻早蛩赋》,见存于《高太史凫藻集》。该赋作于至正二十六年(1366)五月十三日,系元顺帝退出大都的前两年,属于元末的作品。时高启三十一岁。是年八月,朱元璋手下将领徐达、常遇春率军攻湖州、杭州等地，至十一月湖、杭张氏守军投降。清雍正间人金檀所作《高青丘年谱》记此年作者出处为："时先生在围中。"可知高启此时被困杭州城中。① 此时的农民起义已遍及大江南北，元朝统治已处于风雨飘摇、岌岌可危之中，面临末日。这篇赋所表现的正是这种穷途末路的感受。

闻早蛩赋

至正丙午五月十三日，夜坐中庭，闻蟋蟀之声，感而有赋。

龙集丙午，仲月维夏。祝融当衡，蓐收伏驾。怅炎氛之兴昼，欣湛露之流夜。于是莲塘涵清，梧馆闷静，纤绤方御，轻箑未屏。息号蝉之繁喧，罢栖鹊之暗警。何阴蛩之忽鸣，寤余寐而独省。稍入户而侵帏，才缘阶而傍井。若暑徂而律变，箪色凄兮欲冷。迅飙发兮骚骚，斜汉回兮耿耿。方其或咽或啼，或激或啸；嘤嘤孤吟，啧啧相吊。荫浅莎之蒙笼，翳深丛之窈窕。已厌闻而愈逼，乍欲寻而莫照。含清商之至音，非假器而为妙。促素机之惰工，乱朱瑟之哀调。未连响于络纬，暂依明于熠燿。若乃静院闲宫，荒园废驿。草长幽扉，苔滋坏壁。候月光而未旦，听雨声而乍夕。久弃长簪之妇，远寓穷居之客，莫不对镜兴愁，揽衣动戚。谬感年之将逝，误惊寒之已积。影就烛而谁依，泪横襟而自滴。不待风凋汉苑之柳，霜陨湘皋之兰。苟斯声之接耳，即掩抑而摧残。余何为而亦起，答悲韵而长叹。

闻七月而在野，实诗人之所志。今胡早而不然？岂天时之或异？乘大令之中衰，应金气而先至。推象类而占之，若有兆夫人事。然物生兮何常，庸讵测夫玄意。抱微忧而何言，返中闺而复睡。②

---

① 赵逵夫：《历代赋评注·明清卷》，巴蜀书社2010年版，第35页。
② （清）陈元龙编：《历代赋汇》，江苏古籍出版社、上海书店1987年版，第554页。

赋文分两大部分。第一部分写蛩鸣的情形,在五月的炎夏,夜晚清凉怡人,忽然听到蛩鸣,这种不合时宜的声音让人误以为进入了秋季。文章形象地描绘了悲凉的蛩声,那变化的情调和流露出的感情。第二部分是响在闲宫和荒园中的蛩鸣,让寡妇和客子的孤独凄苦之情伴随着作者的长吁短叹跃然纸上。蟋蟀之声正常出现的时间要到七月,高启认为这是老天爷的一种征兆,作者知道元朝在当时的境地,就像早鸣的蟋蟀预感到了时局的巨变,他用"天时或异"暗示元朝统治即将覆亡的结局。文中渲染了蛩鸣时五月夏季的晚景,清凉静谧,而野草的悲戚这些描述就是伏笔,为自己的政治见地蓄势。作为元朝的末代诗人,高启无疑也是明代最优秀的诗人,遗憾的是他三十九岁正当年的时候被朱元璋腰斩,还来不及形成自己的独特风格。

在这篇赋里,作者借夏夜的蛩声抒发自己对时势的忧虑之情,含而不露,却能引人共鸣。周忱《凫藻集原序》云:"取而读之,爱其意精而深,辞达而畅,有温纯典则之风,而不流于疏略;有谨严峻洁之度,而不涉于险僻;该洽而非缀缉,明白而非浅近,不粉饰而华采自呈,不追逐而光辉自著。盖由其理明气昌,不求其工而自负不工也。"① 另外,高启还有绝句《蛩声》:"空馆谁惊梦?幽蛩泣露莎。机声秋未动,应奈客愁何。"除高启以外,明代作蟋蟀赋并流传于世的还有陆可教、俞允文、高承埏、吴绮、程大约等人。

随着斗蟋蟀的盛行,斗蟋文化也值得注意。《夜航船·蟋蟀》记载:"贾秋壑《促织经》曰:白不如黑,黑不如赤,赤不如青麻头。青项、金翅、金银丝额,上也;黄麻头,次也;紫金黑色,又其次也。其形以头项肥,脚腿长,身背阔者为上。顶项紧,脚瘦腿薄者为上。虫病有四:一仰头,二卷须,三练牙,四踢脚。若犯其一,皆不可用。促织者,督促之意。促织鸣,懒妇惊。"当虫口过于密集时,雄虫之间常自相残杀,这种

---

① 赵逵夫:《历代赋评注·明清卷》,巴蜀书社2010年版,第39页。

特性便成为斗蟋蟀的源头。我国约从汉代始兴斗蟋蟀赌博游戏，至唐代大盛，但因玩虫丧志者也大有人在，蟋蟀相公、蟋蟀宰相、蟋蟀皇帝层出不穷。男人斗蟋蟀，女子听蟋蟀，从唐朝开始人们大规模地将昆虫作为宠物饲养。《开元天宝遗事》里记载，那些虽然锦衣玉食却困守深宫的宫女嫔妃们，都喜欢喂养鸣虫，瑟瑟的虫音伴随她们度过了无数清冷孤寂的夜晚。在倾听"小金笼"中幽幽的虫鸣时，也许她们找到了同病相怜的慰藉。这一始于皇宫的雅好，很快被当成时尚传入民间，"庶民之家皆效之"。这项由来已久的民间活动，丰富了人们的休闲生活，也由此繁衍了各地的蟋蟀文化。

（三）蟋蟀意象引发的人生反思

较之闻蛩悲秋和深重的社会责任意识而言，由蟋蟀而引发的还有一个值得关注的空间，那就是文人对于自身生命的反思意识，而这种意识的产生往往需要在作者曾经亲身经历之后，经过总结和回顾，才可能得出。而这又需要较长的时间积累和自身的阅历，要做到融入社会生活中，再提升高度，去反思社会生活与生命体验。一旦作者达到了这个生命反思的程度，他眼中所见、笔下所书就皆会使"万物著我之色彩"，看待大大小小的事物才有可能异于常人，且愈近暮年，这种意识愈强烈。

贾岛的作品中就借蟋蟀反映对生命意识的思考，比如《答王秘书》：

> 人皆闻蟋蟀，我独恨蹉跎。白发无心镊，青山去意多。信来漳浦岸，期负洞庭波。时扫高槐影，朝回或恐过。[①]

"人皆"二句当反用《诗经·唐风·蟋蟀》之意。朱熹《集传》："蟋蟀在堂，而岁忽已晚矣。当此之时而不为乐，则日月将舍我而去矣。"贾岛认为闻蟋蟀并不顾念乐不及时，而唯恨年华逝去有志无成也。"白发"

---

① 齐文榜校注：《贾岛集校注》，人民文学出版社2001年版，第206页。

二句谓无心修饰,唯思隐退。无心镊,古人于白发、白须始生时常用镊子除去以保持青春风采。"信来"二句谓王建做江陵幕时来信相约游洞庭而未果。漳,指今湖北漳水,源出今湖北南漳西南,东南流经当阳和沮水,又东南经今江陵县入长江。王粲《登楼赋》:"挟清漳之通浦兮,倚曲沮之长洲。"漳浦岸本此。王建元和初尝入江陵幕供职,故云。洞庭波,指洞庭湖,位于今湖南省北部长江以南。江陵距洞庭不远,故建邀岛往游。"时扫"二句意谓"前约已负,今建在朝,因时时清扫宅院以待建退朝后前来相会"①。

  诗歌首句阐明了他对蟋蟀之鸣的另一种感悟。世人都听过蟋蟀的鸣唱,唯独自己听过之后,遗憾着岁月的无情,将青丝蹉跎成了白发。贾岛年少曾为僧,中年还俗谋功名,然遭遇屡举不第的多次碰壁后,他那颗积极用世的纯粹之心不再平静。他逐渐生出了牢骚之意,且流露出逃世归隐的念头,然年纪尚轻、师友尚在,也许还有那么一点希望支撑着他。随着年岁逐增,恩师韩愈离世,入仕的可能性越发渺茫,入仕与隐退的矛盾在他身上由隐而显,并持续不断地影响了他的创作。"白发无心镊,青山去意多"就是贾岛咏唱这种矛盾的诗句。他的心已经向"去意"倾斜了,这小小的蟋蟀在他看来就是一个催他认清现实的"报信人",提醒他生命已经经不起如此蹉跎了。可他毕竟还是一个有着自己理想的人,他嫉恶如仇且执着坚忍,有着不达目的誓不罢休的勇气,因而从三十三岁考到了五十九岁还没有放弃②,种种磨难、耻辱让他有了像铁石般坚强的一面,反思归反思,最终他还是没有放弃自己的追求,即便年近花甲时方因贬谪而得长江主簿一微官,也不辞千里赴任,且一心为官,颇有政绩。③ 还有一首是他的《夜坐》:

---

① 齐文榜校注:《贾岛集校注》,人民文学出版社2001年版,第208页。
② 齐文榜:《贾岛研究》,人民文学出版社2007年版,第65页。
③ 同上书,第59页。

○ 诗说虫语
唐诗宋词里的昆虫世界

蟋蟀渐多秋不浅，蟾蜍已没夜应深。三更两鬓几枝雪，一念双峰四祖心。①

当人感觉到蟋蟀在增加的时候就是秋已深了，只有在越寒冷的时候，蟋蟀才会越靠近人居的场所。蟾蜍指月亮，作者深夜无眠，耳听蛩鸣，看着两鬓斑白如雪，不得不面对自己年岁已暮的现实。这是生命体验在沉沉浮浮中的反思，淡定地面对是他正确的选择。末句谓自己心如禅宗四祖道信，清静无念。

生命意识对于任何人来说都是客观存在的，这种自然反应有强烈的亦有平淡的，有超然豁达的也有悲伤无助的；有的人用积极的心态来应对，有的人则是无奈地适应。宋代诗僧释怀古有一首感叹流年的《闻蛩》：

幽虫侵暮急，断续苦相亲。夜魄沈荒垒，寒声出壤邻。霜清空思切，秋永几愁新。徒感流年鬓，茎茎暗结银。②

怀古是宋代著名的"九诗僧"之一，这首晚年的作品充满了时光永逝的愁绪。在诗人眼中，蟋蟀急切地出现在了秋天的夜晚，提醒着岁月流转的速度是这样快，而自己只能无可奈何地接受银丝已经悄悄爬满双鬓的现实。

宋宁宗庆元二年（1196）张镃与姜夔一起在张达可家会饮时，听到屋壁间的蟋蟀声，便约姜夔以蟋蟀为题，各写一词。姜夔的上文已经做了分析，再看张镃的《满庭芳·促织儿》：

月洗高梧，露漙幽草，宝钗楼外秋深。土花沿翠，萤火坠墙阴。静听寒声断续，微韵转、凄咽悲沉。争求侣，殷勤劝织，促破晓机心。

儿时曾记得，呼灯灌穴，敛步随音。任满身花影，犹自追

---

① 齐文榜校注：《贾岛集校注》，人民文学出版社 2001 年版，第 464 页。
② 北京大学古文献研究所编：《全宋诗》第 3 册，北京大学出版社 1998 年版，第 1477 页。

寻。携向华堂戏斗，亭台小、笼巧妆金。今休说，从渠床下，凉夜伴孤吟。①

词的上片从周边环境入手，长期过着悠游生活的张镃善于描写身边有情趣的自然之景，看萤火、听蟋蟀是人生的一大乐趣，首句一个"洗"字，足见月光之皎洁纯净。接着叙述耳畔所闻的断续蛩鸣，并由此引发了种种思量。下片转写儿时斗蟋之乐，身临其境般地把人们带入了他小时候快乐、淘气的生活环境之中，并借此反衬自己如今孤独悲苦的"老大伤悲"之感。

第三节　蝴蝶意象的文学书写

一　蝴蝶意象的文学源头

（一）蝴蝶意象的出现及其文学内涵的滥觞

在我们生活的周围，有一种"会飞的花朵"，它们以美艳的翅膀、翩跹的舞姿，吸引了人们关注的目光。"6000年前，浙江河姆渡新石器时代的古人，就按照蝴蝶的外形，以玉、陶土等制成了大量用于装饰的'蝶形器'。2500年前，中国第一部辞书《尔雅》里，出现了最早的'蝶'字。"② 蝴蝶进入文学视野的时间是在战国时期，《庄子·齐物论》是蝴蝶意象进入文学作品的开始。"庄周梦蝶"是中国文学千百年来历久弥新的美丽故事：

---

① 周笃文、马兴荣主编：《全宋词评注》第6册，学苑出版社2011年版，第443页。
② 赵力：《图文中国昆虫记》，中国青年出版社2004年版，第196页。

○ 诗说虫语
唐诗宋词里的昆虫世界

> 昔者，庄周梦为胡蝶，栩栩然胡蝶也；自喻适志与，不知周也。俄然觉，则蘧蘧然周也。不知周之梦为胡蝶与？胡蝶之梦为周与？周与胡蝶，则必有分矣——此之谓物化。①

取消了人与物、物与物之间的界限，弱化了主体自身的执着，也就实现了精神上的放松和逍遥。蝴蝶是庄子心神中的梦，庄子亦是蝴蝶的梦，二者又同时是大自然的一个梦。庄子和蝴蝶不仅有形体上的互相转化，也有情感上的沟通。翩翩起舞的蝴蝶，生命短暂而又无忧无虑，不具有任何实用价值却有一种生命的真与美。"蘧蘧然"惊醒的庄周也有一种类似婴儿初醒时对于生命的惊奇和喜悦，这其中蕴含了庄子对生命价值和意义的肯定。② 因此，可以这么说，蝴蝶从一进入文学领域开始，就带着浓厚的"人生如梦"的哲学思辨，这一点是远远超出其他昆虫诗的。

（二）唐宋诗词中蝴蝶意象的繁盛

蝴蝶诗词大量出现在唐宋，远远超过其前面所有的朝代。据笔者不完全统计，《全唐诗》中出现蝶 563 次，《全宋诗》中出现蝶 2234 次，专咏蝴蝶的为 92 篇，《全宋词》中出现蝶共 1143 次。其原因和历史上的著名文化典故的影响、人们对自由的向往和对爱情的追求是分不开的。

第一是"庄周梦蝶"的故事。它启发了文人无数的灵感，"蝴蝶梦"代表了人类走向逍遥的自由精神，"是生命本真的诗意挥洒和恣意呈现，代表人类精神灵动而诡谲的一面"③。这栩栩如生的美梦并不是庄子对现实的否定，而是认同内心真实想法的表达，是一种逍遥自由的心境。延续这条文化发展的脉络，李商隐在《锦瑟》中写道："庄生晓梦迷蝴蝶，望帝

---

① 杨柳桥撰：《庄子译注》，上海古籍出版社 2012 年版，第 26 页。
② 成云雷：《庄子·逍遥的寓言》，上海古籍出版社 2009 年版，第 182 页。
③ 同上书，第 183 页。

春心托杜鹃。"① 这一经典诗句中美好而又虚渺的梦境,构成了诗歌最朦胧的美感。物我不分的逍遥心境,任何的变化也就只是一个自然的过程。"庄周梦中变为蝴蝶,就安于做一只快乐的蝴蝶,而完全忘记自己是庄周,这就是对于人生境遇的安然处之,以及对于物我融合为一意境的最高表达。"②

蝴蝶诗词在唐宋时期的繁盛,是文人在生命思考中与庄子自由逍遥意识的契合,唐宋都是文人思想空前活跃的时期,但凡使用到这一典故的蝴蝶诗里,都会弥漫着这种浓郁的自我意识、自由意识和对于逍遥的多样化追求。庄周一梦之后,文人雅士便开始重视蝴蝶了,因为庄周使蝴蝶身上沾染了他们所憧憬的自由和逍遥,尤其是在壮志难酬、郁闷烦忧之时,更需要借助蝴蝶给自己一个心理暗示来排解这种情绪,抒发自己的心声。自此以后,蝶梦在文人的不断完善和发展中成为经典。

第二是延续民间口耳相传的"化蝶"爱情故事而来。这里要重点厘清"化蝶"之说进入文学记载的时间:"韩凭化蝶"最早入诗是在晚唐李商隐的《青陵台》中,"梁祝化蝶"最早入诗是南宋绍兴年间薛季宣的《游祝陵善权洞诗》中。韩凭夫妇相思树的故事始载于晋代干宝的《搜神记》,它和梁山伯祝英台化蝶虽然都是最终化蝶的爱情悲剧,但应该算是两个不同的故事。我们从内容上可以对其进行区分,先看韩凭妻的故事《相思树》:

> 宋康王舍人韩凭娶妻何氏,美,康王夺之。凭怨,王囚之,沦为城旦。妻密遗凭书,谬其辞曰:"其雨淫淫,河大水深,日出当心。"既而王得其书,以示左右,左右莫解其意。臣苏贺对曰:"其雨淫淫,言愁且思也。河大水深,不得往来也。日出当心,心有死志也。"俄而凭乃自杀。其妻乃阴腐其衣。王与之登台,妻遂自投台,左右揽之,衣不中手而死。遗书于带曰:"王

---

① 刘学锴、余恕诚:《李商隐诗歌集解》(增订重排本),中华书局 2004 年版,第 1579 页。
② 暴庆刚:《千古逍遥——庄子》,江西教育出版社 2008 年版,第 105 页。

利其生,妾利其死。愿以尸骨,赐凭合葬。"王怒,弗听。使里人埋之,冢相望也。王曰:"尔夫妇相爱不已,若能使冢合,则吾弗阻也。"宿昔之间,便有大梓木,生于二冢之端,旬日而大盈抱,屈体相就,根交于下,枝错于上。又有鸳鸯,雌雄各一,恒栖树上,晨夕不去,交颈悲鸣,音声感人。宋人哀之,遂号其木曰"相思树"。"相思"之名,起于此也。南人谓此禽即韩凭夫妇之精魂。今睢阳有韩凭城,其歌谣至今犹存。①

韩凭夫妇死后,《搜神记》《艺文类聚》《法苑珠林》《独异志》《北户录》《岭南录异》《太平御览》等所有典籍的记载都是两人坟间长出了枝叶环抱的大树,上面有一对悲鸣的鸳鸯,这种说法一直延续到晚唐李商隐的《青陵台》:

青陵台畔日光斜,万古贞魂倚暮霞。莫讶韩凭为蛱蝶,等闲飞上别枝花。②

其实韩凭妻衣服化蝶的传说在唐以前早已有之,不过这个说法直到宋代才有文字记载,《太平寰宇记》中将《搜神记》里"左右揽之,衣不中手而死"改成"左右揽之,着手化为蝶""化蝶者,韩凭妻所著之衣;化鸳鸯者,凭夫妇之精魂"③。民间故事的口耳相传肯定是早于文字记载的,从韩凭妻衣服化蝶到李商隐笔下韩凭精魂的化蝶,也是经过了民间对故事的加工和改进,化蝶和化鸳鸯虽然都是一种象征意义,但是后来"韩凭化蝶"的说法还是远远超过了相思树上化鸳鸯的说法,例如《十抄诗》中晚唐罗邺的"红枝袅袅如无力,粉翅高高别有情。俗说义妻衣化状,书称傲

---

① 马银琴译注:《搜神记》,中华书局2012年1月北京第1版,第265页。
② 刘学锴、余恕诚:《李商隐诗歌集解》(增订重排本),中华书局2004年版,第1153页。
③ (晋)干宝撰,汪绍楹校注:《搜神记》,中华书局1979年版,第142页。

吏梦彰名"(《蛱蝶》)、宋钱惟演的"陆凯传精梅暗落,韩凭遗恨蝶争飞"①(《柳絮》)等众多对韩凭夫妇化蝶故事的演绎,使这一蝴蝶传说最终得以大行于世。

关于梁山伯与祝英台的爱情悲剧在晚唐张读的《宣室志》里已有记载:

> 英台,上虞祝氏女,伪为男装求学,与会稽梁山伯者同肄业。山伯,字处仁。祝先归,二年,山伯访之,方知其为女子,怅然如有所失,告其父母求聘,而祝氏已字马氏子矣。山伯后为鄞令,病死,葬鄮城西。祝适马氏,舟过墓所,风涛不能进。问之有山伯墓,祝登号恸,地忽自裂陷,祝氏遂并埋焉。晋丞相谢安奏表其墓曰"义妇冢"。②

张说记载中指出梁祝故事产生在东晋,但这只是一个线索,且里面并没有提及"化蝶"。经过文人的代代加工,直到南宋薛季宣才写下了梁祝爱情化蝶第一诗《游祝陵善卷洞》:

> 万古英台面,云泉响珮环。练衣归洞府,香雨落人间。蝶舞凝山魄,花开想玉颜。几如禅观适,游鲥戏澄湾。③

梁祝这个故事也许是脱胎于韩凭夫妻相思树而来的④,在后来文人们的不断推动下,却远远超出了相思树的文化影响,人们往往直接歌颂梁祝化蝶的故事,高度赞颂二人为爱情抗争的精神,寄托了人们对爱情永存的向往,梁祝化蝶在不断被争相传诵的过程中,逐步上升为了自由爱情的母题。

---

① 北京大学古文献研究所编:《全宋诗》第 2 册,北京大学出版社 1998 年版,第 1063 页。
② 钱南扬等:《名家谈梁山伯与祝英台》,文化艺术出版社 2006 年版,第 262 页。
③ 北京大学古文献研究所编:《全宋诗》第 46 册,北京大学出版社 1998 年版,第 28617 页。
④ 钱南扬等:《名家谈梁山伯与祝英台》,文化艺术出版社 2006 年版,第 12 页。

二 蝴蝶意象内涵的丰富与哲学旨归的定型

从庄周的梦境开始，文人们在大脑中对蝴蝶的想象和加工就逐渐丰富起来，小小的蝴蝶承载了太多的梦想和情致，莎士比亚说过"一千个观众眼中有一千个哈姆雷特"，每一位诗人笔下的蝴蝶也肯定都是有差异的，这和诗人的家庭教育、文化修养、社会经历甚至地位高低等都有关系。不过，尽管唐宋时期蝴蝶诗词得到了极大的、多样化的发展，但有一点始终是非常突出的，蝴蝶意象最深刻的哲学内涵就在于庄周的这个梦，在于自由意识的文学阐释和深情抒发。

（一）对于自由生命的探索

初唐时期，诗人对庄周梦蝶的理解以"物化"的哲学内涵居多。在那个一切都刚刚走上正轨的社会，诗风尚沉浸在前朝绮丽的旧梦里，"初唐四杰"力图洗尽铅华的文学创新，为文坛带来了新的面貌。骆宾王和陈子昂都喜爱"庄周梦蝶"的典故，尤其是对于时光流逝、生命本真的独特哲学感受。这两人同与武后抗争，有着类似的政治体验，骆宾王在经历了世事沉浮之后对生命的看法是："居然同物化，何处欲藏舟。"[①]（《乐大夫挽词五首》）表达了自己一片忠心却常遭灾的苦闷，而在680年出任临海县令时写道："未安胡蝶梦，遽切鲁禽情。"[②] 表达对自由生命选择的向往，与陈子昂"闲卧观物化，悠悠念无生"[③]（《感遇诗三十八首》）一样，都有一种理想破灭的极度压抑，不过陈子昂更为自由的是他摆脱了情绪的纷扰，多了一种置身世外的超然与宁静。

这种自由到了盛唐时期王昌龄的笔下，就多了一份对生命禅意的思

---

① 《全唐诗》第3册，中华书局1960年版，第851页。
② 同上书，第855页。
③ 同上书，第891页。

索，他也喜欢庄周梦蝶之典，他用"物化"表达自己对平和人生的向往，"物化同枯木，希夷明月珠"①（《素上人影塔》）。李白对庄周梦蝶也有自己的解读，他的"庄周梦蝴蝶，蝴蝶为庄周。一体更变易，万事良悠悠"②（《古风》）非常切近庄周的哲学思想，他认为世事易变，不要太看重个人的功名利禄，也许"青门种瓜人"曾经就是"旧日东陵侯"，"富贵故如此，营营何所求"。李白的这首诗就是文学对庄周梦蝶哲学内涵比较准确的展示。

对于自由生命的探索逐步由盛唐之前的哲学"物化"观，进而发展到中晚唐时期及时享受生命之美，反思生命之忧的感悟，钱起爱写蝴蝶，他笔下的蝴蝶和人一样，有着自由而美好的生命体验："寄言庄叟蝶，与尔得天真。"③（《衡门春夜》）而之后的白居易则以蝴蝶来安适自己受伤的心灵，以此寻求生命的超然，他说："鹿疑郑相终难辨，蝶化庄生讵可知。假使如今不是梦，能长于梦几多时。"④（《疑梦二首》）借庄周梦蝶的典故，努力调适自己的生命状态。晚唐的特殊政治气氛，使大量的诗人同时关注庄周梦蝶的典故，也许是因为对自由生命的深刻反思，李商隐、罗隐、齐己、李中等近40位诗人共同营造了晚唐蔚为大观的蝴蝶文学图景，这中间尤其值得重视的是李商隐的蝶诗，因为庄周梦蝶的典故已经使蝴蝶与自由之间被赋予了相对稳定的联系，李商隐虽与庄周相隔千年，却能够在自由母题与蝴蝶特质之间找到共鸣，完成自由意识的稳定延续与抒发。李商隐是《全唐诗》作者中写蝴蝶最多的一位，他歌咏蝴蝶的诗歌高达31首，其中以《蝶》命名的诗歌就有6首。

南唐后主李煜也写了"莺狂应有恨，蝶舞已无多"（《落花》），借蝴蝶表达自己的生命体验。还有王安石的《蝶》：

---

① 《全唐诗》第4册，中华书局1960年版，第1440页。
② 《全唐诗》第5册，中华书局1960年版，第1672页。
③ 《全唐诗》第7册，中华书局1960年版，第2630页。
④ 谢思炜：《白居易诗集校注》，中华书局2006年版，第2216页。

翅轻于粉薄于缯，长被花牵不自胜。若信庄周尚非我，岂能投死为韩凭。①

当然，这越来越多的诗里面已经不仅仅只有对个人人生的情感表达，还有爱情的相思、家国的眷恋都因蝴蝶一梦而刻骨铭心，看似轻盈的蝴蝶，已经承载了诗人们深重的情感体验，成为快乐与忧伤相伴的象征。

（二）对于自由理想的表达

现实生活中的庄子是多愁善感的，他只有在化身蝴蝶的梦中才翩翩起舞，自由快乐，遗失了自我意识时他是快乐的，梦醒来，蝶不见了，他继续跌回百感忧心的现实做庄周。唐宋的诗人们深深地体味着庄子对自由理想的渴求，并化用于自己的笔下，寄托自己破茧成蝶的愿望和为自由理想而努力的行动。徐夤《蝴蝶二首》之一讲述了蝴蝶化茧成蝶的过程：

缥缈青虫脱壳微，不堪烟重雨霏霏。一枝秾艳留教住，几处春风借与飞。防患每忧鸡雀口，怜香偏绕绮罗衣。无情岂解关魂梦，莫信庄周说是非。②

诗歌从自然现象落脚到庄周之梦的典故，蝴蝶从茧中艰难蜕壳而出之后还面临着重重险境，要防止被烟雨濛濛的天气弄湿了翅膀，要经历多次风中起舞的历练，还要提防被鸡和鸟啄食。如果说一个人的理想要实现，要有飞跃的发展，不经历一番痛苦，是达不到的。陈子昂是初唐著名诗人，壮志难酬的困扰始终萦绕在他的诗中，理想远在那遥不可及的地方，诗人很努力地去靠近，却一无所获，在这种困境中，他写下了自伤自怜的诗句，来安放自己那颗没有归宿的心灵。他在诗中说："蛱蝶怜红药，蜻蜓爱碧浔。坐观万象化，方见百年侵。扰扰将何息，青青长苦吟。愿随白

---

① 北京大学古文献研究所编：《全宋诗》第 10 册，北京大学出版社 1998 年版，第 6729 页。
② 《全唐诗》第 21 册，中华书局 1960 年版，第 8173 页。

云驾,龙鹤相招寻。"①(《南山家园林木交映,盛夏五月幽然清,独坐思远率成十韵》)他希望远离这种痛苦的生活,有朝一日能伴随白云而去,与龙鹤为伴,这样超然是不愿埋没理想的另一种方式,追求理想的岁月就像茧中之蝶,但他的信念就像破茧而出的蝶,终有一天会看到真正的蓝天。

戴叔伦在《舟中见雨》中对自由理想的追求表达了自己的忧虑:

> 今夜初听雨,江南杜若青。功名何卤莽,兄弟总凋零。梦远愁蝴蝶,情深愧鹡鸰。抚孤终日意,身世尚流萍。②

就像蝶的破茧一样,追求理想是一段痛苦的过程,诗人雨天在船上的感触包含着一层凉凉的湿意,就如同他对功名未就的惆怅一般,令人辗转反侧。"远梦愁蝴蝶"化用了庄周梦蝶的故事,又加重了梦蝶的伤感情绪,一个人漂流异乡,放弃了兄弟之情、夫妻之情。然而,如同浮萍样的日子还在继续,这漫漫前路,怎样才能抵达自己理想的境界?自己想像蝴蝶一样自由自在地飞翔,这蒙蒙雨季,阻扰了多少求索的脚步啊。宋代曾几也用《蛱蝶》来巧妙地表达了自己的追求:

> 不逐春风去,仍当夏日长。一双还一只,能白或能黄。恋恋不能已,翩翩空自狂。计功归实用,终自愧蜂房。③

这是一首"自然轻快,近杨诚斋体,尾句尤好"④的作品,诗人以蜂蝶之用相比较,落脚在"致用"主题上,诗人笔下的蝴蝶没有随着春季的离开而消失,反而在夏季更加活跃,它们自以为是却一无是处,面对蜂房里的成绩,是应该感到惭愧的,不务实的蝴蝶怎能和采花酿蜜的蜂儿相提并论?这里充分体现了曾几务实、致用的精神。作为曾几的学生,陆游的

---

① 《全唐诗》第 3 册,中华书局 1960 年版,第 916 页。
② 《全唐诗》第 9 册,中华书局 1960 年版,第 3083 页。
③ 北京大学古文献研究所编:《全宋诗》第 29 册,北京大学出版社 1998 年版,第 18529 页。
④ (元)方回编:《瀛奎律髓》,上海古籍出版社 1993 年版,第 364 页。

爱国主义情感也是很浓的，他在自己的《蛱蝶词》《双蝶》里分别表示了对理想的选择和时光流逝而理想未成的苦涩。

蛱蝶词

　　蛱蝶子，去复来。草长齐腰花乱开。蜜蜂辛苦为人计，林莺百啭胡为哉？嗟尔蛱蝶独得意，飞来飞去无嫌猜。追花逐絮阑干角，人生安得如汝乐！①

双蝶

　　庭草何离离，清晨露犹湿。草头两黄蝶，为我小伫立。秋光亦已晚，行见霜霰集。方春不尽狂，汝悔尚何及！吾生更堪笑，去日如电急。功名竟何在？惆怅剑锋涩。②

《双蝶》借着对两黄蝶的叹息来反省自己"功名竟何在"的惆怅之情，理想与现实巨大的鸿沟让诗人追悔莫及，生命在迅速地流逝，而自己却和理想渐行渐远，家园之梦是一个遥不可及的理想，自己不能为理想而付出行动，"惆怅剑锋涩"已让诗人在蝴蝶面前体会到了无助与失落。

三　蝴蝶意象与唐宋诗词的爱情书写

　　唐宋反映爱情的蝴蝶诗词非常多，首先从爱情诗的文学溯源来说，关于蝶的爱情传说从东晋韩凭夫妻就有了，虽然没有用文字固定下来，只是民间的口耳相传，但这已经足够引起诗人们诗意的联想了。随着文化传播的不断发展变化，蝴蝶与爱情之间的文学联系也越来越多。其次从自然科学的角度上来说，有以下三个方面的原因。

---

① 北京大学古文献研究所编：《全宋诗》第 39 册，北京大学出版社 1998 年版，第 24516 页。
② 北京大学古文献研究所编：《全宋诗》第 41 册，北京大学出版社 1998 年版，第 25623 页。

（一）蝴蝶双宿双飞的文学情感映射

在古人眼里，双飞的蝴蝶就像是一对如影随形的恩爱夫妻，因此对它们的爱情加以热情的讴歌。刘希夷在《公子行》中就深情地写道："花际裴回双蛱蝶，池边顾步两鸳鸯。"① 将成双的蛱蝶和成对的鸳鸯并列，象征着爱情的美好。李白的《长干行二首》中"八月蝴蝶来，双飞西园草"② 也写了蝴蝶双飞的时间和姿态。

此外，像这样成双成对飞舞的蝴蝶还出现在其他很多诗人的作品中，白居易的《夜宴醉后留献裴侍中》里有："翩翩舞袖双飞蝶，宛转歌声一索珠。"③ 庄南杰在《阳春曲》中写道："芳草绵延锁平地，垄蝶双双舞幽翠。"④ 唐彦谦的《无题》中也有："多情惊起双蝴蝶，飞入巫山梦里来。"⑤ 还有吴融的《蛱蝶》："两两自依依，南园烟露微。住时须并住，飞处要交飞。草浅忧惊吹，花残惜晚晖。长交撷芳女，夜梦远人归。"⑥ 非常形象地写出了蝴蝶从早到晚都相依在一起的双飞、双栖的姿态。酷爱写蝴蝶的谢逸也有："粉翅双翻大有情，海棠庭院往来轻。当时只羡滕王巧，一段风流画不成。"⑦（《蝴蝶》）

双飞的蝴蝶是爱情的见证，当爱情生活不满意时，蝴蝶也就沾上了伤心的泪水。例如李白的《思边》：

去年何时君别妾，南园绿草飞蝴蝶。今岁何时妾忆君，西山白雪暗晴云。玉关去此三千里，欲寄音书那可闻。⑧

---

① 《全唐诗》第 3 册，中华书局 1960 年版，第 885 页。
② （清）王琦注：《李太白全集》，中华书局 2011 年版，第 225 页。
③ 谢思炜：《白居易诗集校注》，中华书局 2006 年版，第 2450 页。
④ 《全唐诗》第 14 册，中华书局 1960 年版，第 5345 页。
⑤ 《全唐诗》第 20 册，中华书局 1960 年版，第 7668 页。
⑥ 同上书，第 7876 页。
⑦ 北京大学古文献研究所编：《全宋诗》第 22 册，北京大学出版社 1998 年版，第 14857 页。
⑧ 《全唐诗》第 6 册，中华书局 1960 年版，第 1882 页。

诗歌记录了女子对丈夫远赴玉关后的思念之情，分别的时候眼前是蝴蝶双飞的美丽景色，丈夫离去后，眼里只有一片凄凉，那白雪暗晴云的西山，不正是思妇此时的悲凉心境吗？代表爱情的蝴蝶已经随着爱人的远行而离开了，这样的对比，让诗歌充满了对美好爱情的回忆与担忧之情。同样抒发愁绪的还有贾至的《长门怨》：

> 独坐思千里，春庭晓景长。莺喧翡翠幕，柳覆郁金堂。舞蝶萦愁绪，繁花对靓妆。深情托瑶瑟，弦断不成章。①

在离人思妇的眼里，再美的春景、再好的蝴蝶和繁花似锦的画面都是充满哀怨的，因为爱情已经远去，曾经象征爱情的这些事物，只会激起更多的苦闷，想把深情寄托在琴声里，却因为感情的失落而断不成章。

（二）蝴蝶出现季节的文学氛围渲染

蝴蝶是变温动物，只有在20℃左右才能灵活地飞舞，而当温度偏低时则行动迟缓甚或完全丧失了活动能力，这将产生它们动或静的行为会随着日照变化而变化的特殊现象。蝴蝶遵循自然之时而活动，如张籍的："晴明犹有蝶，凉冷渐无蝉。"②（《和左司元郎中秋居十首》）罗隐的："曲槛柳浓莺未老，小园花嫩蝶初飞。"③（《寄前宣州窦常侍》）都是指蝴蝶只在晴朗明媚的白天、天气暖和的时候才出来活动。

春天是万物复苏的季节，动人的爱情也随之苏醒。人们度过了漫长的严寒，走向春暖花开的户外，看着满眼欣欣向荣的景致，看到彩蝶纷飞的大自然，很容易抒发对甜蜜的爱情的渴望。这幸福的爱情如卢频《蛱蝶

---

① 《全唐诗》第 7 册，中华书局 1960 年版，第 2594 页。
② 《全唐诗》第 12 册，中华书局 1960 年版，第 4323 页。
③ （唐）罗隐著，潘慧惠校注：《罗隐集校注》（修订本），浙江古籍出版社 2011 年版，第 255 页。

行》里的："东园宫草绿，上下飞相逐。君恩不禁春，昨夜花中宿。"① 卢仝的《萧宅二三子赠答诗二十首·蛱蝶请客》中："粉末为四体，春风为生涯。愿得纷飞去，与君为眼花。"② 以及李贺《胡蝶飞》："杨花扑帐春云热，龟甲屏风醉眼缬。东家胡蝶西家飞，白骑少年今日归。"③ 等等。

春天是一个容易让人产生爱情联想的季节，但如果碰到爱情不如意的时候，却反而更容易引发难以排遣的季节性忧郁——春愁，例如郑愔的《春怨》：

> 春朝物候妍，愁妇镜台前。风吹数蝶乱，露洗百花鲜。试出褰罗幌，还来著锦筵。曲中愁夜夜，楼上别年年。不及随萧史，高飞向紫烟。④

并不是每个人都能从美丽的蝴蝶身上捕捉到美好的爱情，有时候，睹物思人反而更会引起对爱情的感伤，春愁的由来也往往是因为这小精灵而导致的。诗中间描绘了镜台前那个愁眉苦脸的女子，看着眼前的蝴蝶已经不再是成双成对的模样，被风吹乱的群蝶，找不到自己的方向，也不知道该往哪里飞，那慌乱的样子就像愁妇的心。在露水滋润过的鲜艳百花的衬托下，更显出蝴蝶的忙乱与人心的无助。

从另一个方面来看，如果进入秋冬，难免就会带来一片遗憾的图景。例如白居易的《秋蝶》：

> 秋花紫蒙蒙，秋蝶黄茸茸。花低蝶新小，飞戏丛西东。日暮凉风来，纷纷花落丛。夜深白露冷，蝶已死丛中。朝生夕俱死，气类各相从。不见千年鹤，多栖百丈松。⑤

---

① 《全唐诗》第 21 册，中华书局 1960 年版，第 8258 页。
② 《全唐诗》第 12 册，中华书局 1960 年版，第 4376 页。
③ 同上书，第 4419 页。
④ 《全唐诗》第 4 册，中华书局 1960 年版，第 1108 页。
⑤ 谢思炜：《白居易诗集校注》，中华书局 2006 年版，第 670 页。

还有李商隐的《蝶》：

> 孤蝶小徘徊，翩翩粉翅开。并应伤皎洁，频近雪中来。①

这样阴冷的天气中，明媚的蝴蝶也因此而蒙上了灰暗的色彩，孤独、徘徊、死寂的悲凉，与春景中生机勃勃的景象完全相反。当人们利用春天的蝴蝶来歌颂爱情时，必然也会在秋冬因蝴蝶的消失，而唱出爱情的悲歌。

（三）蝴蝶生活地点的文学情境关联

蝴蝶一生虽然短暂，却是始终与繁花相恋。在诗人们看来，这样的生命是自由而美好的，是令人向往的。因为生活在花丛中，花蝶之恋带给人缱绻缠绵的美感，历来就是爱情吟咏的对象。例如王建在《晚蝶》中形容蝴蝶在菊花间飞舞的身影："粉翅嫩如水，绕砌乍依风。日高出露解，飞入菊花中。"② 诗歌不仅写出了蝴蝶娇羞动人的模样，一双粉翅嫩如水，在清风中忽高忽低地飞舞，随着太阳升起温度增高以后，便飞到了菊花丛中传播花粉了。姚合的《寄安陆友人》中有："别路在春色，故人云梦中。鸟啼三月雨，蝶舞百花风。"③ 形象地写出了蝴蝶在百花丛中翩翩起舞的美丽。还有武瓘的："花开蝶满枝，花谢蝶还稀。"④（《感事》）都是写蝴蝶与花之间紧密的联系。

宋人姜特立的《蛱蝶二首》之一："水上蜻蜓木上蝉，醯鸡飞舞瓮中天。如何尔独多情思，结得千花百卉缘。"⑤ 宋人郑清之的《花间见蝶》："粉翅萦花几度忙，惜花长是为春光。争如简简蜂须上，到处分甘作乳房。"⑥ 还有刘克庄写蝶我两忘的情致，如《化蝶》："鹤肯从坡老，鸠能感醉翁。老夫曾

---

① 刘学锴、余恕诚：《李商隐诗歌集解》（增订重排本），中华书局2004年版，第1791页。
② 《全唐诗》第9册，中华书局1960年版，第3422页。
③ 《全唐诗》第15册，中华书局1960年版，第5640页。
④ 《全唐诗》第18册，中华书局1960年版，第6941页。
⑤ 北京大学古文献研究所编：《全宋诗》第38册，北京大学出版社1998年版，第24086页。
⑥ 北京大学古文献研究所编：《全宋诗》第55册，北京大学出版社1998年版，第34678页。

化蝶，飞入百花中。"① 非常形象地点明了蝴蝶生活在百花丛中。再如何应龙的《粉蝶》："宿粉栖香乐最深，暂依芳草避春禽。晚来风起还无定，舞入梨花何处寻。"② 将粉蝶寻香、身轻的特性形象地展现出来，舞入梨花中的美丽翅膀与花瓣太相似，竟然能使人找寻不着。在这样的诗意而美丽的生活环境里，蝴蝶在诗人的眼中是幸福的，因为它一生都在花丛里享受，这样的生命，叫人如何不羡慕？面对诸多不尽如人意的现状，所处社会的种种弊端，忧心前途的未卜，这种种情状交织着的人生，使诗人们多想也能化身蝴蝶，无忧无虑，一生流连于满园春色的芬芳美景之中。

然而，并不是人们眼前所见的就代表蝴蝶生命的全部，蝴蝶的一生也会面临很多的艰难和险境，即便生活在繁花似锦的画面中，蝴蝶也不可避免地会随着春花的凋零而失去食物的来源，失去栖息的领地，会因为自身的繁衍规律和生命周期而消逝，更何况在复杂的大自然中生活，还有天敌的影响，恶劣天气的伤害，人为的捕捉等，看起来那么无忧无虑的蝴蝶，实际上是生活在危机重重的环境之中的。例如，黄庭坚的《蚁蝶图》就是一幅非常令人难过的、对美好爱情的毁灭之图：

  胡蝶双飞得意，偶然毙命网罗。群蚁争收坠翼，策勋归去南柯。③

诗中一双飞舞的蝴蝶，正徜徉在美丽的花海，完全没有想到会有灭顶之灾在等待，一不小心粘上了蜘蛛宽阔的蛛网，美丽的翅膀扑脱不成，竟成为自己丧命的原因。花树下一群蚂蚁争抢着把碎片般的翅膀运回蚁洞，当成美味的佳肴。这该是让诗人感到多么震惊的反差！前一秒钟还是会飞的花朵，给人们带来无尽的遐思，后一秒钟就"毙命网罗"，世事难料，

---

① 北京大学古文献研究所编：《全宋诗》第 58 册，北京大学出版社 1998 年版，第 36735 页。
② 北京大学古文献研究所编：《全宋诗》第 67 册，北京大学出版社 1998 年版，第 42015 页。
③ 北京大学古文献研究所编：《全宋诗》第 17 册，北京大学出版社 1998 年版，第 11420 页。

蝴蝶如此，人生又何尝不是？

　　尤其值得关注的是词牌《蝶恋花》和《祝英台近》的产生。蝴蝶的大量入词现象，使其在诗的领域之外又有了一大片专属领地，词里的蝴蝶缠绵悱恻，温柔多姿，表达了更加直接、动人的爱情渴望。随着理学的兴盛以及对文学的影响，宋人偏好理性的内秀审美文化成就了词牌《蝶恋花》。《蝶恋花》分上下两阕，共六十个字，被用来固定业已成熟的蝴蝶美丽意蕴的意象母题，并著上了优美缠绵的爱情、伤春悲秋等多愁善感的内容，柳永、辛弃疾、苏轼、晏殊、温庭筠、李清照等名家均有大量《蝶恋花》和咏蝴蝶的佳作传世。《蝶恋花》是从简文帝的"翻阶蛱蝶恋花情"之句取的名字，又名《黄金缕》《鹊踏枝》《凤栖梧》，体现了蝴蝶对花永恒的热爱。另外，还有词牌《祝英台近》也是取材于民间流传的越调歌曲，因为梁祝化蝶的悲剧故事，使其调曲婉转悲凉，有旧曲遗音之感。这两个词牌的作品均蕴含着伤春的基调，借蝴蝶意象传达出富厚多姿的宋代文化。因为蝴蝶与花不可分离的关系，以及蝴蝶身上体现的爱情之美好，使它在宋代拥有极高的地位。据统计，《蝶恋花》词牌在《全宋词》中出现次数达 423 次之多，《祝英台近》也有 67 篇。宋人偏爱蝴蝶，其实就是折射出自我真性情的表现。

四　蝴蝶意象的文学功能

　　因为梦蝶深远的哲学影响，唐宋时期，蝴蝶总是不可避免地被文人墨客打上了庄周逍遥的印记，自由的生命在诗人们眼中就是美好的代言，春暖花开之时，看着令人赏心悦目的花上之蝶，无数的溢美之词都加在了蝴蝶的身上。

（一）蝴蝶意象可展现春景之美

　　首先我们可以看杜甫的《曲江二首》：

穿花蛱蝶深深见，点水蜻蜓款款飞。传语风光共流转，暂时相赏莫相违。①

这是蝴蝶诗中非常经典的一首。不仅仅因为诗歌韵律的朗朗上口，更在于由蝴蝶、蜻蜓织造的美景图中，蕴含了诗人对美好生活的向往，蛱蝶在花丛中穿行，灵动而智慧，时隐时现的姿态，让人欲罢不能，总想着让美景再多停留一会儿。点水的蜻蜓就像款款而来的淑女，飞行的姿态也那样楚楚动人。后来，宋代杨公远也在其《蝶》诗中说："款款穿芳径，双双度短墙。"②这样美好的春光是值得人们珍惜的，杜诗更深的含义在于，人生苦短，要学会珍惜眼前美好的一切，莫要纠缠于其他事情而耽误了享受生命的美好过程。见蝴蝶而知春，这个季节对温度非常敏感的蝴蝶，自然成为了报春的使者，戎昱《题槿花》中就写道：

自用金钱买槿栽，二年方始得花开。鲜红未许佳人见，蝴蝶争知早到来。③

如果说戎昱之蝶胜在报春的敏锐，那么南宋陆游的《蝶》则长于感同身受的体验之美。他使美丽的春景跃然纸上，似乎能够透过诗里行间，看到深深浅浅的花瓣与蝴蝶交相辉映，嗅到因春蝶的翅膀扇动而传来的阵阵花香：

庭下幽花取次香，飞飞小蝶占年光。幽人为尔凭窗久，可爱深黄爱浅黄。④

---

① 《全唐诗》第 7 册，中华书局 1960 年版，第 2410 页。
② 北京大学古文献研究所编：《全宋诗》第 67 册，北京大学出版社 1998 年版，第 42093 页。
③ 《全唐诗》第 8 册，中华书局 1960 年版，第 3018 页。
④ 北京大学古文献研究所编：《全宋诗》第 40 册，北京大学出版社 1998 年版，第 25020 页。

（二）蝶舞与寻香寄托着文人的雅情

除了咏蝶来表述春景之美外，蝴蝶本身也能带来不少美的体验，有赞扬蝴蝶舞姿的，也有赞扬蝴蝶寻香的，这两者都是基于蝴蝶的不同自然属性，且是相依相存的，罗邺在《野花》中有："时逢舞蝶寻香至，少有行人辍棹攀。"① 就是说正好碰见了蝴蝶寻香时飞舞的样子。赞赏蝴蝶身姿美好，往往和庄周梦中一般自由自在，例如罗隐的《蝶》就赋予了蝴蝶舞姿中更为深沉的意蕴：

滕王刀笔精，写尔逼天生。舞巧何妨急，飞高所恨轻。野田黄雀虑，山馆主人情。此物那堪作？庄周梦不成。②

蝶的舞蹈包含了罗隐对蝴蝶在无忧无虑之外的思考，庄周的梦最终还是要回归现实的，罗隐借蝴蝶表现自己"飞高所恨轻"的无奈，还有蝴蝶面临野地里的黄雀等一系列可能的危机，怎么可能真像自己想要的那样自由而快乐地度过逍遥的一生呢？徐夤喜欢写蝴蝶，他的多首专咏蝴蝶诗作中就多次写到了蝴蝶的灵动之感。例如《蝴蝶三首》：

不并难飞茧里蛾，有花芳处定经过。天风相送轻飘去，却笑蜘蛛谩织罗。

苒苒双双拂画栏，佳人偷眼再三看。莫欺翼短飞长近，试就花间扑已难。

栩栩无因系得他，野园荒径一何多。不闻丝竹谁教舞，应仗流莺为唱歌。③

---

① 《全唐诗》第 19 册，中华书局 1960 年版，第 7512 页。
② （唐）罗隐著，潘慧惠校注：《罗隐集校注》（修订本），浙江古籍出版社 2011 年版，第 207 页。
③ 《全唐诗》第 21 册，中华书局 1960 年版，第 8189 页。

诗歌从化茧成蝶开始，写到了蝴蝶经常过往的"花芳处"，身轻故而要随着天风的相送"飘去"，蝴蝶在他笔下是有个性的，不害怕漫天的蛛网反而笑蜘蛛"谩织罗"。第二首则与爱情相关了，双宿双飞引起了佳人的"偷眼再三看"，继续写蝴蝶灵动的舞姿，人们不要小看它，一旦进入它的花间领地，想要"扑蝶"可不是一件容易的事情了。最后一首"栩栩"如庄周梦中的自己，化为蝴蝶栩栩如生，这聪明的精灵不用丝竹的伴奏即可翩翩起舞，应该是黄莺在为它歌唱吧。这三首全是围绕蝴蝶的专题歌咏，充分展示出了蝴蝶动人的姿态和它们的个性，这种个性里可以看出作者对美好自由的向往，也可以看出对蝴蝶的疼惜，更有对蝴蝶个性的赞赏，赞赏它们不畏身轻不畏风的飞翔，赞扬它们对世间"罗网"的蔑视和嘲讽，自由主义的气息流畅地挥洒在诗人逍遥自得的笔下。

寻香是蝴蝶的特有自然属性，人们喜欢这种干净而优雅的举动，蝴蝶寻香正好切合了文人雅士的喜好。郑谷《赵璘郎中席上赋蝴蝶》：

寻艳复寻香，似闲还似忙。暖烟沈蕙径，微雨宿花房。书幌轻随梦，歌楼误采妆。王孙深属意，绣入舞衣裳。①

还有徐夤《蝴蝶二首》之二：

拂绿穿红丽日长，一生心事住春光。最嫌神女来行雨，爱伴西施去采香。风定只应攒蕊粉，夜寒长是宿花房。鸣蝉性分殊迂阔，空解三秋噪夕阳。②

这两首诗都特别展示了春天蝴蝶在花丛中忙碌的身影，它们给安静的百花带来了活跃的气氛，装点了花丛，也装点了赏花人的梦境。宋人刘焘

---

① （唐）郑谷：《郑谷诗集笺注》，上海古籍出版社2009年版，第87页。
② 《全唐诗》第21册，中华书局1960年版，第8173页。

的《蝶》："聚作梨梢白，轻争柳絮狂。夜来花里宿，通体牡丹香。"① 既形容了蝴蝶的聚集之貌，飘飞之逸，也形容了蝴蝶夜宿花间，通体含香的特征。宋代杨公远的《蝶》中也说："不知身是幻，抵死恋花香。"② 可见蝴蝶对花的依恋是多么深刻，它们的确是一生都在花丛中度过。还有宋人张明中的《蝶》："揽得风光忘却愁，千葩万蕊恣追游。香须点染黄金湿，小翅轻翻白玉柔。舞态恨渠春昼短，狂情不管好花羞。腻酥绛雪都相识，莫向红窗绣室休。"③ 全方位地描述了蝴蝶细微的状貌，甚至是心理描写，尤其是与女性的服装之美相映衬，表达了对蝴蝶"忘愁"心态的羡慕，"追花"举动的向往，尤其是轻柔舞态和"狂情"大胆的赞美。

（三）蝴蝶意象有美好的民俗象征

1. 蝴蝶象征长寿

汉族将蝴蝶视为吉祥之物，除了它那美丽的翅膀、翩翩的舞姿之外，还因为蝴蝶常在春天出现，象征着希望与朝气，且"蝶"字与"耄耋"的"耋"谐音，"耄"是七十岁的样子，"耋"是八十岁的样子，民间图案中常见将蝴蝶与猫画在一起的"猫蝶图"，谐音"耄耋"，表示吉祥祝福，象征长寿，所以给老人祝寿的时候，送耄耋图就是祝老年人健康长寿。清代还有百蝶寿字，也是和长寿相关的。

2. 蝴蝶象征子孙繁盛

《诗经·大雅·绵》有"绵绵瓜瓞，民之初生，自土沮漆"④。"瓞"指的是小瓜，"瓜瓞"在传统观念中是生殖繁衍的象征。蝶与"瓞"谐音，因此民间多以瓜和蝴蝶组成图样使用，称"瓜瓞绵绵"。《瓜蝶图》是蝴蝶展翼须顶南瓜，瓜上枝叶缠绕，茂盛异常；两侧衬雕一对并蒂莲，象征子

---

① 北京大学古文献研究所编：《全宋诗》第 21 册，北京大学出版社 1998 年版，第 13829 页。
② 北京大学古文献研究所编：《全宋诗》第 67 册，北京大学出版社 1998 年版，第 42093 页。
③ 北京大学古文献研究所编：《全宋诗》第 58 册，北京大学出版社 1998 年版，第 36791 页。
④ 周振甫译注：《诗经译注》（修订本），中华书局 2010 年版，第 373 页。

孙繁多、家族兴旺。外衬的"并蒂莲"象征夫妻和美，这是"多子多孙"的基础。一直到晚清，大年三十辞旧岁的时候，百官都要向慈禧行大礼，太监先在慈禧的房间里摆上香瓜和装着蝴蝶的盒子，百官拜礼的时候，太监会喊道"瓜瓞绵绵"，就是祝慈禧健康长寿，祝皇室多子多孙，江山后继有人。

3. 蝴蝶象征民族崇拜

蝴蝶的出现，从其生物习性来说，总是伴着百花盛开的春季，因而一般象征着春天的气息。苗族认为他们的祖先姜央是由蝴蝶的卵孵化而来的，因此将蝴蝶视为自己的始祖象征，特别崇敬。中国部分地区民间岁时风俗有扑蝶会，因为每年夏历二月二十五日为花朝节，也称"百花生日"，民间多在这一天扑蝶聚会。这个风俗的起源很早，据《崇阳县志》记载，湖北崇阳、应县等地遇到嫁娶、纳彩、问名均以这一天为吉日，在这一天女孩子穿耳洞，孩童开始留发，园丁移花接木，农民看天气占卜收成，妇女外出踏青，很多美好的事物在这一天开始。现代河南淮阳剪纸"炕围花蝴蝶"、山西平遥的刺绣"独占花魁"荷包、贵州施洞的苗族刺绣蝴蝶纹衣袖花样等以蝴蝶为主题的手工艺品已经成为经典。

4. 蝴蝶象征美满爱情

在宁夏、山西、辽宁、浙江等地流行一种民间舞蹈叫"蝴蝶舞"，一般在春节或者婚礼上进行表演，舞者多为翩翩少女，身上披着五彩缤纷的蝴蝶形背板道具，载歌载舞。云南大理白族婚俗中有一种"蝴蝶茶"，在嫁娶当天，新郎来到女方家里，女方的伴娘会让新郎敬蜂蜜茶和蝴蝶茶。蝴蝶茶的制作方法就是用松子和葵花子拼成一对蝴蝶，泡在红糖水中间。喝过蜂蜜茶和蝴蝶茶就象征着新婚夫妇如蝴蝶泉传说中的雯姑和霞郎一样恩爱甜蜜，白头到老。民间图案"蝶恋花"是始于唐教坊曲词牌名，后有蝶与花的图案纹样便流行起来了。彩蝶与繁花象征着春光美景，又因《梁山伯与祝英台》爱情悲剧的画蝶情节，表现了人间至爱、至善、至美，因此民间的蝶恋花图案多寓意爱情忠贞幸福。

第四节　其他昆虫意象

一　萤火虫意象的生成及其在唐宋诗词中的演进

萤火虫是夜虫的代表，也是夜思的重要昆虫形象之一。但凡诗词中出现萤火虫的，绝大多数是在长夜漫漫时的应景应情之作。长期以来，萤意象在中国文化中有着较为丰富的内涵，它是文人墨客的座上宾，经常在不经意间闯入诗人的视野，跃然纸上的生动形象为读者留下了难忘的想象空间。它的灵动与寂寞交织在一起，它的一明一暗为夜色带来星月般的光辉，古人爱写萤，不仅仅是见到和描述其生物特征，而且还在不断地拓展它的历史、文化甚至是人格上的意义，在朝代的更迭中，不断赋予文学中的萤火虫以新的姿态和形象含义。

（一）萤火虫进入文学视野及其发展

1. 萤火虫的生物学特性及古人的认知

萤火虫又名夜光、景天、熠耀、夜照、流萤、宵烛、耀夜等，因其文学特色，还有了流萤、窗萤、草萤、水萤等称呼，喜栖于潮湿温暖草木繁盛的地方，一般不会离开水源，孟诗"萤傍水轩飞"[1]可为之证。唐彦谦《萤》诗："日下芜城莽苍中，湿萤撩乱起衰丛"[2]亦点明了萤火虫生长的环境。

萤火虫的光是通过透明的表皮而发出。萤火虫常常一闪一闪地发光，

---

[1] 《全唐诗》第5册，中华书局1960年版，第1637页。
[2] 《全唐诗》第20册，中华书局1960年版，第7691页。

其能量很少能够转化为热能,所以当萤火虫停在手上时,我们不会被萤火虫的光给烫到,因此有些人称萤火虫发出来的光为"冷光"。梁元帝萧绎《咏萤火》一诗可为之注脚:

> 著人疑不热,集草讶无烟。到来灯下暗,翻往雨中燃。①

这首诗非常准确而生动地描绘了萤火虫发光却不会烫到人的"无热"、像火一样汇集在草上却点不燃的"无烟"、因发光个体小会"灯下暗"、不怕迎雨而飞的"雨中燃",充分刻画了它们灵动、奇妙的特点。李世民诗中也用"蝉啼觉树冷,萤火不温风"②写萤火虫的这个特点,诗僧处默也有"乱飞如拽火,成聚却无烟"③这样的描述。萤火虫是古代诗人夜间笔下的精灵,在文学的世界里相当活跃。

中国古人对萤火虫的认知首先是从其产生方式开始的,再到对萤火虫姿态、生活环境的描绘,以及被文人赋予的内涵。历史上有名的萤火虫典故有"腐草为萤""囊萤照读"。"腐草为萤"出于《礼记·月令·季夏之月》:"温风始至,蟋蟀在壁,鹰乃学习,腐草为萤"④,是一种传统的说法,因为古人在科学水平不高的时候,凭借看到的萤火虫经常出没于腐草间的景象,就认为它是由腐烂的草变化出来的,如梁简文帝萧纲《晚景纳凉》诗"草化飞为火,蚊声合似雷"⑤之句、唐代陈廷章写有《腐草为萤赋》,李商隐有"不见衔芦雁,空流腐草萤"⑥的句子,其《隋宫》"于今腐草无萤火,终古垂杨有暮鸦"⑦的句子、岑参《秋思》"吾不如腐草,翻

---

① (清)陈祚明评选,李金松点校:《采菽堂古诗选》,上海古籍出版社2008年版,第718页。
② 《全唐诗》第1册,中华书局1960年版,第10页。
③ 《全唐诗》第24册,中华书局1960年版,第9614页。
④ 丁鼎:《礼记解读》,中国人民大学出版社2010年版,第233页。
⑤ (清)陈祚明评选,李金松点校:《采菽堂古诗选》,上海古籍出版社2008年版,第709页。
⑥ 《全唐诗》第16册,中华书局1960年版,第6156页。
⑦ 刘学锴、余恕诚:《李商隐诗歌集解》(增订重排本)第3册,中华书局2004年第2版,第1551页。

飞作萤火"① 之句皆是如此。

另一个典故是"囊萤照读",讲的是晋代车胤好读书,因家贫而无法在夜晚点灯读书,于是每到夏夜,他就以囊盛萤火虫照着读书,这个故事记载在《晋书·车胤传》里:"胤恭勤不倦,博学多通,家贫不常得油,夏月则练囊盛数十萤火以照书,以夜继日焉。"②后来人们就以"囊萤照读"为家境贫寒、勤学苦读的典故。唐代蒋防有《萤光照字赋》。王维诗《清如玉壶冰》中的"晓凌飞鹊镜,宵映聚萤书"③之句,还有高适的"一生徒羡鱼,四十犹聚萤"④"江海呼穷鸟,诗书问聚萤"⑤ 等即从这个典故而来,唐人李渤亦用"次兄一生能苦节,夏聚流萤冬映雪"⑥ 来赞赏勤学苦读的兄弟。

2. 魏晋及以前文学中的萤火虫意象

中国古代咏物诗总是在进行着不断的演化与传承,古往今来,可供吟咏的事物也就只有人们身边经常出现的那些类型,可每朝每代的咏物诗都会较前代有着新的发展和表现形式,写萤火虫的也不例外。中国古代萤火虫在诗歌中出现的时间很早,《诗经·豳风·东山》中有:"果臝之实,亦施于宇。伊威在室,蟏蛸在户。町畽鹿场,熠耀宵行。不可畏也,伊可怀也"⑦,其中的"熠耀宵行"就是写萤火虫飞行的场景。

《东山》中的萤火虫给人的感觉是凄凉的,无奈的。前几句的铺垫足够将读者带进一个"结界",在这里身临其境地碰触到满屋的尘土,感受到东征久岁归家的败落。随着视线的转移,室内的、室外的各种昆虫上上下下占领了久无人住的屋子。郑玄笺云:"此五物者,家无人则然,令人

---

① 《全唐诗》第 6 册,中华书局 1960 年版,第 2102 页。
② (唐)房玄龄等撰,《晋书》,中华书局 2000 年版,第 1450 页。
③ 《全唐诗》第 4 册,中华书局 1960 年版,第 1292 页。
④ 《全唐诗》第 6 册,中华书局 1960 年版,第 2194 页。
⑤ 同上书,第 2235 页。
⑥ 《全唐诗》第 14 册,中华书局 1960 年版,第 5368 页。
⑦ 周振甫译注:《诗经译注》(修订本),中华书局 2010 年版,第 206 页。

感思。"① 诗中写的这五种事物，一般是家里无人才会出现并逐步繁殖增多，且萤多无近邻，主人在外东征未归，庭户因多年无人打理而破败，这么荒凉的房子旁边应该也没什么邻里往来，故而更衬托出返家后茕茕孑立、形影相吊的悲怆之感，人是物非和物是人非带给人心灵的撞击同样是猛烈的。后来，唐代沈佺期的诗歌中展现因闺怨而懒于整理的屋子时，也用"蜘蛛寻月度，萤火傍人飞"② 这样的意象组合来表达。

虽说春秋时期已经有了写萤火虫的诗句，但这毕竟只是一个起始，整个先秦甚至两汉的萤火虫出现在诗歌中的次数都是寥寥可数的，不像月亮、梅花、柳树等显著的早早就成为固定意象，到魏晋南北朝时期，抒情写景的文学发达了，诗歌理论在五言诗产生、繁荣、成熟的基础上，开始孕育它的审美理论。萤火虫真正大规模进入文学视野是在魏晋之后，伴随着咏物作品的大量出现而被文人所重视。

傅咸的《萤火赋》，作于其为官之时，文借萤"不竞于天光""在晦而能明"的奉献品质，赞扬了有着坚贞品德的忠臣良将。

萤火赋并序

  余曾独处，夜不能寐，顾见萤火，遂有感。于是执以自照而为之赋，其辞曰：

  潜空馆之寂寂兮，意遥遥而靡宁。夜耿耿而不寐兮，忧悄悄而伤情。哀斯火之湮灭兮，近腐草而化生。感诗人之悠怀兮，览熠燿于前庭。不以姿质之鄙薄兮，欲增辉乎太清。虽无补于日月兮，期自照于陋形。当朝阳而戢景兮，必宵昧而是征。进不竞于天光兮，退在晦而能明。谅有似于贤臣兮，于疏外而尽诚。盖物小而喻大兮，固作者之所旌。假乃光而谕尔炽兮，庶有表乎忠贞。③

---

① （清）王先谦：《诗三家义集疏》，岳麓书社2011年版，第558页。
② 《全唐诗》第4册，中华书局1960年版，第1035页。
③ （清）陈元龙编：《历代赋汇》（影印本），凤凰出版社2004年版，第552页。

○ 诗说虫语
唐诗宋词里的昆虫世界

这是一篇较短的咏物言志赋，借虽黯淡但仍有光明的萤火虫来比附遭弃仍尽心竭力的贤臣。以伤感孤独的点点萤光之景起头，却能以光明、积极的心态结束，有着向上、奋进的典型意义。传统意义上的萤并不会带来这种乐观、大气的想法，而该赋因作者的个人生活体验而增加了正直与光辉的含量。萤的出现打破了作者独处的寂寥，在这微光点点中，作者竟也能读出心中的明亮，萤火虫似乎是专为黑暗中的人指路的，不以自己微弱的光芒而自卑，在太阳落下、月缺之夜献出自己的光亮为夜空增加光辉，在日月当空时悄然隐去。自己受到萤的鼓舞，马上无比振作，只在乎奉献，不在意争辉。这种不争不比，清清爽爽的姿态正是作者自己和他关注的贤臣良士的真实写照。即使受到排挤、疏远，依然能够尽心尽力尽忠，奉献自己。作者在最后表达了对萤的赞赏，点点萤光，以小寓大，见微知著：达到了首尾照应的浑然一体。作品中并没有过多描写萤体貌特征的句子，留给读者的是浩渺的想象空间，在无垠的黑暗中，孕育着无数星星点点的力量，这就是作者构思的神妙之处。潘岳（247—300）也有《萤火赋》：

嘉熠耀之精将，与众类乎超殊。东山感而增叹，行士慨而怀忧。翔太阴之元昧，抱夜光以清游。颎若飞焱之宵逝，暜似移星之云流。动集阳晖，灼如隋珠。熠熠荧荧，若丹英之照葩；飘飘颎颎，若流金之在沙。载飞载止，光色孔嘉；无声无臭，明影畅遏。饮湛露于旷野，庇一叶之垂柯；无干欲于万物，岂顾恤于网罗。至夫重阴之夕，风雨晦螟；万物眩惑；翩翩独征；奇姿燎朗，在阴益荣。犹贤哲之处时，时昏昧而道明；若兰香之在幽，越群臭而弭馨；随阴阳之飘飖，非饮食之是营；问蠡斯之无忌，希夷惠之清贞；美微虫之琦玮，援彩笔以为铭。①

除此以外，还有一篇赋是记载于《初学记》中梁人萧和的《萤火赋》。

---

① （清）陈元龙编：《历代赋汇》（影印本），凤凰出版社2004年版，第552页。

那时候的咏萤诗也逐渐增加，南朝梁简文帝萧纲的《秋闺夜思》写道："迥月临窗度，吟虫绕砌鸣。初霜陨细叶，秋风驱乱萤"①，在一往情深的萤光里寄托相思，时间交代得非常清楚，主题也很突出，唯独闺怨心事"剪不断，理还乱"，就像秋风中乱飞的萤火虫。还有几首同时代作品，如南朝梁纪少瑜的《月中飞萤》："远度时依暮，斜来如畏窗。向月光还尽，临池影更双。"② 南朝陈阳缙的《照帙秋萤》："秋窗余照尽，入暗早萤来。忽聚还同色，恒然讵落灰？飞影黄金散，依帷缥帙开。含明终不息，夜月空徘徊。"③ 等皆在咏物中寄托了怅惘的情绪。《文心雕龙》中的"独照之匠，窥意象而运斤"④ 提出"意象"一词，它指的是创作构思时，客观现实反映在作家脑中的一种艺术想象，这是意境说的先声，"缘情"则是意境理论的源头，这一时期的萤火虫逐步从单纯的物态描写进入到暗夜思绪的空间，成为作者寄托感情的载体，大量借萤火虫抒情的作品即将源源不断地涌现。

3. 萤火虫意象内涵的丰富与唐代咏萤诗的异军突起

《全唐诗》里写到萤的有 309 处，这一美丽而神秘的小昆虫，吸引了唐朝近百位诗人的目光。元稹、杜甫、钱起、李商隐、许浑、李白、李贺、白居易等都是写萤次数比较多的诗人。因为萤火虫的某些特性、典故与唐代尤其是中唐以后的社会情绪相契合，蕴含了作者或褒或贬或直露或隐晦的心境，这些丰富而生动的萤意象，极大地丰富了昆虫诗的内涵。另外就是专题咏萤的赋也不少，例如《历代赋汇》中收录的骆宾王的《萤火赋》、李子卿的《水萤赋》、陈廷章的《腐草为萤赋》、蒋防的《萤光照字赋》等。

有了魏晋南北朝的铺垫，入唐后诗歌的高度繁荣，各种题材、体制、

---

① （清）陈祚明评选，李金松点校：《采菽堂古诗选》，上海古籍出版社 2008 年版，第 707 页。
② 同上书，第 905 页。
③ 同上书，第 1010 页。
④ 王运熙、周锋撰：《文心雕龙译注》，上海古籍出版社 2012 年版，第 183 页。

○ 诗说虫语
唐诗宋词里的昆虫世界

风格竞放异彩，诗歌审美的核心逐步归结到了"意境"上，唐代咏萤诗构造了多样化的意境，《全唐诗》写萤有单独写的，也有与其他意象搭配的，如"雁飞萤度愁难歇"①"猿响寒岩树，萤飞古驿楼"②等。"腐草为萤"亦有两种写法，一种是写其唯美如精灵，如杜牧的《秋夕》"银烛秋光冷画屏，轻罗小扇扑流萤"③；另一种反衬阴暗凄凉，如"陈根腐叶秋萤光"④"不见衔芦雁，空流腐草萤"⑤。初唐骆宾王不仅赋作中有萤，在其著名的《秋晨同淄川毛司马秋九咏》中还有一首专门的《秋萤》：

玉虬分静夜，金萤照晚凉。含辉疑泛月，带火怯凌霜。散彩萦虚牖，飘花绕洞房。下帷如不倦，当解惜馀光。⑥

这首诗将人们带入了一个静静的夜晚，金黄的萤火虫为晚间的凉意带来了一点点暖意，它的光辉使人似乎看到了月光的影子，而这可爱的小生命即便发着光，也是害怕秋凉的冷霜的。含辉、带火、散彩、飘花都是形容萤火虫飞翔的美态，进而生出应当珍惜的感慨。

郭震的《萤》有着更为明显的价值取向，全诗虽然不着一个萤字，却也将它出现的时间、飞行的姿态甚至隐含的积极意义展现了出来：

秋风凛凛月依依，飞过高梧影里时。暗处若教同众类，世间争得有人知。⑦

世间的人谁都不应该妄自菲薄，即便自己再弱小，也有用武之处，就像小小的萤火虫一样，每个人都应该发挥自己的作用，只要努力发现，总

---

① 《全唐诗》第2册，中华书局1960年版，第627页。
② 《全唐诗》第3册，中华书局1960年版，第957页。
③ 《全唐诗》第16册，中华书局1960年版，第6002页。
④ 《全唐诗》第11册，中华书局1960年版，第4001页。
⑤ 《全唐诗》第16册，中华书局1960年版，第6156页。
⑥ 《全唐诗》第3册，中华书局1960年版，第851页。
⑦ 同上书，第758页。

会找到自己与众不同的作用，总会发挥自己的用途。在这首诗里，作者已不是单纯地描写萤火虫这一小小的昆虫了，他在昆虫身上寄托了自己对于社会人生的思考，"但见性情，不睹文字"，使形式适合内容而与内容浑然一体，并起到了教化的作用，要积极，要争取，要实现自我的价值。

还有于季子的《咏萤》同样表达以小见大的积极励志之心：

卉草诚幽贱，枯朽绝因依。忽逢借羽翼，不觉生光辉。直念恩华重，长嗟报效微。方思助日月，为许愿曾飞。①

诗里首先从萤火虫的缘起开始写，它并不是简单的出生，而是卉草的寄托和演化，枯朽的卉草忽然借到了飞翔的翅膀，怎不欣喜若狂？即便自己只能发出微小的光芒，也可以想到去助日月增辉。这首诗里我们可以看到感恩、看到乐观，更能看到小人物积极向上的力量，达到了"若文王太姒有容有德"，形式和内容相统一的程度。

韦应物有两首咏萤诗，一是《玩萤火》"时节变衰草，物色近新秋。度月影才敛，绕竹光复流"②；一是《夜对流萤作》"月暗竹亭幽，萤光拂席流。还思故园夜，更度一年秋。自惬观书兴，何惭秉烛游。府中徒冉冉，明发好归休"③。前一首是明显的咏物诗；后一首则在咏物之外寄托了自己的情致。他还有其他的如"寒雨暗深更，流萤度高阁"④等写萤火虫的诗句，可见作者对它是用得较多、也较顺手的对象。单纯的咏萤作品还有李嘉祐的《咏萤》：

映水光难定，凌虚体自轻。夜风吹不灭，秋露洗还明。向烛仍分焰，投书更有情。犹将流乱影，来此傍檐楹。⑤

---

① 《全唐诗》第3册，中华书局1960年版，第871页。
② 《全唐诗》第6册，中华书局1960年版，第1993页。
③ 同上书，第1992页。
④ 同上书，第1911页。
⑤ 同上书，第2149页。

这首诗赞美了萤火虫的品质，因为近水飞行的原因，小小的萤光难以捉摸，在空中因为小小的身躯被风托着轻轻飞舞，但这坚定的萤火却不会轻易被夜风吹灭，更不会被露水浇熄，反而愈发明亮。借着萤囊照读的典故，赞扬萤火虫投书之情，作者对萤火虫的喜爱之情油然而生。

杜甫喜欢写萤火虫，据统计，在杜诗中出现萤火虫的地方高达十余处，杜甫笔下的萤火虫所表达的意义很丰富，有抒发自己愁绪的，如《遣闷》中："萤鉴缘帷彻，蛛丝胃鬓长。"[①] 有引用典故的，如："无复随高凤，空余泣聚萤。"[②] "穷巷悄然车马绝，案头干死读书萤。"[③] "官冗趋栖凤，朝回叹聚萤。"[④] 还有写在离别时的："百年双白鬓，一别五秋萤。"[⑤] "即今萤已乱，好与雁同来。"[⑥] "主人念老马，廨署容秋萤。"[⑦] "客来洗粉黛，日暮拾流萤。"[⑧] 等等。专题咏萤的作品有《萤火》：

> 幸因腐草出，敢近太阳飞。未足临书卷，时能点客衣。随风隔幔小，带雨傍林微。十月清霜重，飘零何处归。[⑨]

这首诗前四句是因为古人误以为腐草得暑湿之气可化为萤，因此杜甫说萤火虫侥幸从腐草中生出，却敢于向着太阳飞行，它的光亮虽然小得不足以照亮书中的文字，却能够点缀人们的衣裳，"临书卷"是化用了车胤的典故。后四句说它小小的身影隔着帘幕在风中飘零，担心这小生命在雨中，在冷霜中如何度过。杜甫在秦州时期有不少咏物作品，这首就是其中之一，有人说诗人借此讥讽宦官，但这层意义远不如它作为咏物小诗状物

---

① 《全唐诗》第 7 册，中华书局 1960 年版，第 2561 页。
② 同上书，第 2400 页。
③ 同上书，第 2412 页。
④ 同上书，第 2427 页。
⑤ 同上书，第 2463 页。
⑥ 同上书，第 2540 页。
⑦ 同上书，第 2264 页。
⑧ 同上书，第 2366 页。
⑨ 同上书，第 2422 页。

逼真、生活味十足的艺术魅力，就像方回《瀛奎律髓》卷二十七着题类这样阐述："着题诗"即"六义"之所谓"赋而有比"焉，极天下之最难。老杜诗集大成于"着题诗"，无不警策。说者谓此诗"腐草""太阳"之句，以讥李辅国。"凡评诗政，不当如此刻切拘泥。言之者无罪，闻之者足以戒，大丈夫耿耿者，不当为萤爝微光。于此自无相关，世之仅明忽晦不常者，又岂一辅国？则见此诗而自愧矣。学者观大指可也。"① 还有另一首非常有名的《见萤火》：

巫山秋夜萤火飞，帘疏巧入坐人衣。忽惊屋里琴书冷，复乱檐边星宿稀。却绕井阑添个个，偶经花蕊弄辉辉。沧江白发愁看汝，来岁如今归未归。②

这是一首借萤火写秋愁的诗，且多用口语，倍感亲切，贾岛在《夏夜登南楼》里有"一点新萤报秋信"③的句子，说明萤是秋天的信使，杜甫在异乡有一次看到了萤火虫飞舞的身影，不觉联想到又是一季年华的过去，岁月忽已晚，能否回到家乡还是个问题，光阴流逝，点点滴滴的心事在诗里缓缓流淌，抒离愁别绪、叹时光荏苒。该诗首句有两种不同的看法，其一是仇注的"坐如黄莺并坐之坐"。又引梁元帝《萤》诗："着人疑不热"。指萤火虫坐在人的身上。其二是施鸿保《读杜诗说》于卷十八《峡口》："枫树坐猿深"条云："萤火言坐，并无所本。"④ 就是指萤火虫落在坐着的人身上。之后宋代曾茶山的《萤火》："浑忘生朽质，直拟慕光辉。解烛书帷静，能添列宿稀。当风方自表，带雨忽成微。变灭多无理，荣枯会一归。"⑤ "此当与老杜《萤火》诗表里并观，皆所以讥刺小人。而

---

① （元）方回编：《瀛奎律髓》，上海古籍出版社1993年版，第359页。
② 《全唐诗》第7册，中华书局1960年版，第2550页。
③ 《全唐诗》第17册，中华书局1960年版，第6678页。
④ 徐仁甫：《杜诗注解商榷》，中华书局1979年版，第77页。
⑤ 北京大学古文献研究所编：《全宋诗》第29册，北京大学出版社1998年版，第18529页。

"'当风方自表'一句最佳,'带雨忽成微'亦妙,其瘦健若胜老杜云。"①

钱起也喜欢写萤火虫,他在《初黄绶赴蓝田县作》里表达要有所作为:"萤光起腐草,云翼腾沉鲲"②,关于仕途志向的如《酬考功杨员外见赠佳句》中的"潢潦难滋沧海润,萤光空尽太阳前"③;写宫怨的如《长信怨》中的"长信萤来一叶秋,蛾眉泪尽九重幽"④;表达惜别之情的如《送李协律还东京》中的"愁见离居久,萤飞秋月闲"⑤等。还有诗人卢纶也在诗中不少地方写到了萤火虫。元稹更是咏萤的高手,他的"学问攻方苦,篇章兴太清。囊疏萤易透,锥钝股多坑"⑥化典故于平易,其他诗里对萤的用法也是多样,《落月》里"蚊声霭窗户,萤火绕屋梁"⑦写得真切而有韵味,同样富有生活趣味的"试滴盘心露,疑添案上萤"⑧将自酿美酒喻为闪亮之萤,趣味十足;写秋愁的有《秋相望》里的"蟏蛸低户网,萤火度墙阴"⑨,《景申秋八首》里的"帘断萤火入,窗明蝙蝠飞"⑩,《夜坐》中的"萤火乱飞秋已近,星辰早没夜初长"⑪,等等。

唐代还有一位非常值得关注的写萤火虫比较多的诗人白居易,他不光诗歌写萤数量多,而且佳作颇丰。伴随着《长恨歌》的问世,一句"夕殿萤飞思悄然"已打动无数读者的心,萤在他笔下多是凄凉而无力的代言,不仅萤光微弱,连人的思绪也跟着哀怨起来:"昨夜凉风又飒然,萤飘叶

---

① (元)方回编:《瀛奎律髓》,上海古籍出版社1993年版,第364页。
② 《全唐诗》第7册,中华书局1960年版,第2620页。
③ 《全唐诗》第8册,中华书局1960年版,第2672页。
④ 同上书,第2668页。
⑤ 同上书,第2676页。
⑥ 《全唐诗》第12册,中华书局1960年版,第4523页。
⑦ (唐)元稹著,冀勤点校:《元稹集》(修订本),中华书局2010年版,第100页。
⑧ 《全唐诗》第12册,中华书局1960年版,第4539页。
⑨ (唐)元稹著,冀勤点校:《元稹集》(修订本),中华书局2010年版,第181页。
⑩ 同上书,第196页。
⑪ 同上书,第258页。

坠卧床前。"① "却顾宦游子,眇如霜中萤。"②

李商隐的诗总能用他奇特的意境打动人,营造出"可睹而不可取"的氛围。他作品中将雁、燕、鹤、鸽、鸦等与萤对比,如"不见衔芦雁,空流腐草萤"③"稍促高高燕,微疏的的萤"④"日下徒推鹤,天涯正对萤"⑤"鸽寒栖树定,萤湿在窗微"⑥"于今腐草无萤火,终古垂杨有暮鸦"⑦,还有富含励志意义的如"拟填沧海鸟,敢竞太阳萤"⑧。

4. 宋代及以后咏萤诗、词的发展与嬗变

《全宋诗》出现萤833次,其中有51首专题咏萤诗。《全宋词》中,萤共出现106次,与萤相关的时序几乎都是夏秋季的夜晚,露萤、流萤、萤窗、湿萤、草为萤,与诗不同的是,词更多展示一片静谧的空间,因而萤火虫在词中的形象往往伴随着作者的独处心境而生,似乎更加轻柔与委婉。且看陈著《念奴娇·夏夜流萤照窗》一词:

> 暑天向晚,最相宜、一簇凉生新竹。潇洒轩窗还此景,此景真非凡俗。猿鹤相随,烟霞自在,与我交情熟。人生如梦,个中堪把心卜。
>
> 休叹乌兔如飞,功名富贵,有分终须足。不管他非非是是,不管他荣和辱。净几明窗,残编断简,且恁闲劳碌。流萤过去,文章如在吾目。⑨

这是一幅夏季的晚景,作品透露出一种词中难得的富足之态,慵散闲

---

① 《全唐诗》第14册,中华书局1960年版,第5138页。
② 同上书,第5280页。
③ 《全唐诗》第16册,中华书局1960年版,第6156页。
④ 同上书,第6213页。
⑤ 同上书,第6215页。
⑥ 同上书,第6275页。
⑦ 刘学锴、余恕诚:《李商隐诗歌集解》(增订重排本),中华书局2004年版,第1551页。
⑧ 《全唐诗》第16册,中华书局1960年版,第6253页。
⑨ 周笃文、马兴荣主编:《全宋词评注》,学苑出版社2011年版,第762页。

适中包含着通透的智慧,大气而淡定。词的上片从窗前之景写到心中之梦,赞赏如闲云野鹤般洒脱的自在生活,下片不羡功名富贵,不恼荣辱得失,守着窗明几净的居室,静下心来做自己想做的事情,落脚在最空灵的流萤身影,淡然而笑。这种词境,不是卿卿我我的小儿女,亦不是繁花胜景的美娇娘,处处体悟着禅意,字字显示出个性。陈德武的《清平乐·咏萤》则相对单纯,所吟咏的含义也只是在闺中之思:

> 星星散散。绕地无人管。一点寒光虽有烂。飞不到河西畔。
> 画堂花暗银釭。井阑添个双双。欲照相思两字,藉风扶过虚窗。①

起句描绘了野地萤火虫如漫天繁星般散乱的样子,但远远不及繁星的亮度,只是有一点点带着寒意的光,这点点光让人担心着它没法飞到自己想去的河畔。柔弱的身影勾起了离人的相思之情,只因人的相思无力,让这萤也要借着风的力量,才能勉强飞过窗子。相比之下,王沂孙《齐天乐·萤》则被寄托了更加深重的历史沧桑感:

> 碧痕初化池塘草,荧荧野光相趁。扇薄星流,盘明露滴,零落秋原飞磷。练裳暗近。记穿柳生凉,度荷分暝。误我残编,翠囊空叹梦无准。
> 楼阴时过数点,倚阑人未睡,曾赋幽恨。汉苑飘苔,秦陵坠叶,千古凄凉不尽。何人为省。但隔水馀晖,傍林残影。已觉萧疏,更堪秋夜永。②

王沂孙的咏物词历来为评论家所推崇,或论之为"运意高远,吐韵妍和",或称之为"咏物最争托意,肃事处以意贯串,深化无痕"。这首《咏

---

① 周笃文、马兴荣主编:《全宋词评注》,学苑出版社2011年版,第896页。
② 同上书,第610页。

萤》里寄托了亡国之恨，立意深远又不着痕迹。第一句的"碧痕初化池塘草，荧荧野光相趁"用了腐草为萤的典故，写萤的出现和野外发光的样子。草色与萤光交织在一起，"扇薄星流"和唐代杜牧《秋夕》中"轻罗小扇扑流萤"[①]一句相仿，流动的萤火虫像星光一样闪烁，怎是一把小扇子就能扑到的呢？接下来再用一个"盘明露滴"的汉代典故，意为承接上天的露泽，这里意为流光。而"零落秋原飞磷"则是用鬼火这令人生畏的字眼来大兴亡国之慨。王沂孙是借着萤火虫周边的环境，一步步渲染出阴冷而恐怖的气氛。"练裳暗近"指萤暗中飞近人身。接下来"记穿柳生凉，度荷分暝"是从作者自身的回忆来写穿柳、度荷，描述萤的姿态优美，构思巧妙新颖。"误我残编，翠囊空叹梦无准"，用囊萤照读的典故，自叹国亡读书无用。整体来看，词的上片以写萤起，归结到自身的亡国失志。

下片也是从萤开始，落脚到深刻的亡国之恨。"楼阴时过数点，倚阑人未睡，曾赋幽恨"由写萤飞，过渡到人见萤生恨，既是写萤，又是写人。"汉苑飘苔，秦陵坠叶，千古凄凉不尽"这是词中最直白的感慨，汉宫旧苑已经荒凉到长出青苔，秦陵树叶飞坠，都是预示着亡国之景，千古凄凉，此恨绵绵，暗中关合宋亡的忧虑。回想刘禹锡的《秋萤引》："汉陵秦苑遥苍苍，陈根腐叶秋萤光。夜空寂寥金气净，千门九陌飞悠扬。"[②]一诗，同样是写萤与汉苑、秦陵的关系，两者都将这沉重的亡国哀音加在了萤火虫飞舞中。词人以人萤交织的情感统领全词，在萤身上暗寓自己的遗民身世，倾注了深切的情感。"已觉萧疏，更堪秋夜永。"秋寒霜重的漫漫长夜，那一丁点弱小的萤光怎抵挡得住呢？面对宋朝遗民所面对的破败山河，抒发前途未卜的感同身受。王沂孙这首词全文没有出现一个"萤"，却完整地依靠萤烘托出了自己怀恋故国的郁闷心绪，这种托物咏志的词在整个宋词中都是值得珍视的。

---

① 《全唐诗》第 16 册，中华书局 1960 年版，第 6002 页。
② 《全唐诗》第 11 册，中华书局 1960 年版，第 4001 页。

再来看宋赵闻礼《贺新郎·萤》一词：

> 池馆收新雨。耿幽丛、流光几点，半侵疏户。入夜凉风吹不灭，冷焰微茫暗度。碎影落、仙盘秋露。漏断长门空照泪，袖纱寒、映竹无心顾。孤枕掩，残灯炷。
>
> 练囊不照诗人苦。夜沈沈、拍手相亲，骏儿痴女。栏外扑来罗扇小，谁在风廊笑语。竞戏踏、金钗双股。故苑荒凉悲旧赏，怅寒芜、衰草隋宫路。同磷火。偏秋圃。①

这也是一首包含深刻意义的词，为作者游隋宫后的所见所思，以小小萤火虫寄托家国之痛、黍离之悲。作品中的典故运用较多，有"汉武帝仙人承露盘""车胤囊萤照读""金屋藏娇的长门泪""隋宫放萤"等。上片先交代时地，营造氛围，几点萤火飞去来，风吹不灭焰光冷与雨后天气相呼应。萤火虫已经勾起了作者对往事的回忆，仙人承露盘和长门往事历历在目，曾经的金屋藏娇变成独守长门，面对孤枕残灯哀怨一生，作者由流萤往溯的清切凄凉，为下片抒情做好了铺垫。练囊句表明萤火之光即便能照耀眼前，却不能明亮内心，突然间一群无忧小儿女闯入思绪，强烈的对比让作者更加忧虑，战乱中的孩子其实和大人一样都在承担同样的苦难，孩子们的将来会怎样？！最后词人再次将当年隋宫的骄奢淫逸、集萤夜放的美景同如今的衰草萤火相对比，暗藏荒淫误国的讽刺，不仅在隋，还有宋。

《历代赋汇》中记载了著名的咏萤赋作有元代陈樵（1278—1365）的《放萤赋》、明代钱薇的《萤赋》。就元诗而言，元代高启（1336—1374）的《夜斋见萤火》："拂竹绿莎复点台，夜窗无月见飞来。旧书乱后都抛却，懒就微光更展开。"② 比较出色，前面写萤火虫在无月的夜晚飞到窗外，后面写看萤之人将翻旧的书随意放置，不再有借萤光苦读的勤奋，隐

---

① 周笃文、马兴荣主编：《全宋词评注》，学苑出版社2011年版，第15页。
② （清）钱谦益撰集：《列朝诗集》甲集卷四中，中华书局2007年版，第1040页。

隐透出一种落寞无奈的幽怨。

清初钱谦益继承了前代写萤意象的一贯做法，他在《书梅村宫詹艳诗后》四首中写："挝鼓吹箫罢后庭，书帏别殿冷流萤。宫衣蛱蝶晨风举，画帐梅花月夜停。"萤火虫美如精灵，代代传承下来的文学意象不仅在男性作家笔下栩栩如生，寄托无限情意，在女性作家更为细腻的文思里，更寄托了柔弱美好却无力抗拒现实残酷的真实生活。清代史震林在《西青散记》里记载过一个令他终生难忘的奇美才女贺双卿，她自幼天资聪颖，灵慧超人，七岁时就开始独自一人跑到离家不远的书馆听先生讲课，十余岁就做得一手精巧的女红，长大后容貌秀美绝伦，令人"惊为神女"。贺双卿不仅诗才冠绝当时，其出身之贫寒、身世之悲凉亦世所罕见，被叔父以三石谷子的聘礼把她嫁给一个粗鄙残暴的佃户樵民，还摊上个更加阴险恶毒的婆婆，母子两人把双卿当牛马奴役，非打即骂，百般折磨。双卿最终在肉体与精神的双重打击下，花颜凋落，含恨离开人世，留下一段千古遗憾。贺双卿善于运用孤独、衰残、暗淡、凄冷的意象，来抒写绝望的情怀，她的《凤凰台上忆吹箫·残灯》里写灯写萤，融物于情，令人心疼。

> 已暗忘吹，欲明谁剔？向侬无焰如萤。听土阶寒雨，滴破残更。独自恹恹耿耿，难断处、也惹多情。香膏尽，芳心未冷，且伴双卿。
>
> 星星。渐微不动，还望你淹煎，有个花生！胜野塘风乱，摇曳渔灯。辛苦秋蛾散后，人已病、病减何曾。相看久，朦胧成睡，睡去还惊。①

这是有一次因劝谏丈夫，反被丈夫禁闭在厨房里，只有一盏半明不灭的残灯陪着她，暗夜里灯火本该是温暖的，而长久没人搭理，发出的竟是如萤般的"冷光"，连残灯的点点热度都没有了，作者似乎看到了自己残

---

① （清）谭献辑：《清词一千首·箧中词》今集卷五，西泠印社2007年版，第220页。

灯般的命运，浸透着一个封建社会中受尽侮辱、欺凌的女子的血和泪，人凄凉，景凄凉，词凄凉，把萤用到这里该是最悲伤和无力的了。

（二）萤火虫意象的审美特色与功能

上文纵览了萤火虫在历代作品中出现的形象演变过程，因为一个意象的延续不是固定的、静止的，而是流动的、进化的，就像白居易的《长恨歌》中有一句写萤火虫的经典之句"夕殿萤飞思悄然"①，我们把这句诗和南北朝诗人谢朓的《玉阶怨》放在一起比较看："夕殿下珠帘，流萤飞复息。长夜缝罗衣，思君此何极。"②就会感觉有异曲同工之妙，白居易简化诗行，提取"夕殿""萤飞""思"三个词，对之进行深沉而寂寥的组合，一句话就将孤人静思的沧桑展示了出来，无疑，谢朓的诗歌对白居易有着明显的启发作用，而萤火虫的形象正是这样一代代更替演进着。现在我们可以为萤火虫的意象进行一个横向概括和分类，从而找出萤火虫多样化的文化蕴含及其社会意义。

1. 萤火虫是点缀夜空的美丽精灵

萤火虫首先带给人的就是一种轻盈美好的视觉效果，人们在夜晚认识这种能发光的小生物，它们给夜晚的寂静带来灵动的美好，让人遐思联翩。唐人罗邺有《萤二首》，诗里不用一个萤字，却形象生动地刻画了美丽可爱的萤火虫翻飞起舞的姿态：

水殿清风玉户开，飞光千点去还来。无风无月长门夜，偏到
阶前点绿苔。

裴回无烛冷无烟，秋径莎庭入夜天。休向书窗来照字，近来

---

① 《全唐诗》第 13 册，中华书局 1960 年版，第 4819 页。
② （清）陈祚明评选，李金松点校：《采菽堂古诗选》，上海古籍出版社 2008 年版，第 639 页。

红蜡满歌筵。①

诗歌首先从萤火虫生长的亲水环境写开,夜晚大量的萤火虫就像飞着的光点一样,飞走又回来,顽皮而可爱。在没有风影响、没有月的光辉下,小生灵们停留在台阶上,似乎要将这绿绿的青苔点缀明亮。最美的夜景,也不过如此吧,文字中足见罗邺对萤火虫的喜爱之情。还有罗隐的《萤》:

空庭夜未央,点点度西墙。抱影何微细,乘时忽发扬。不思因腐草,便拟倚孤光。若道能通照,车公业肯长。②

诗中空空的庭院,因为萤火虫在西墙投下的点点倩影而生动,小小的萤火虫是那么不起眼,却也能够在夜色里发出自己的光芒。再看徐夤的《萤》:

月坠西楼夜影空,透帘穿幕达房栊。流光堪在珠玑列,为火不生榆柳中。一一照通黄卷字,轻轻化出绿芜丛。欲知应候何时节,六月初迎大暑风。③

首句就把人带入了一个没有月亮的黑夜,为萤火虫的出现铺垫了一个合适的背景,流光就是萤火虫,它闪闪的样子就像一颗颗明亮的珍珠,它轻轻地从绿草中演化而生,却带来了明亮的萤光,甚至能够照得见卷上的文字,这该是暗夜里多大的一个惊喜啊。托称李白所写的《咏萤火》"雨打灯难灭,风吹色更明。若非天上去,定作月边星"④ 渗透着作者对萤火虫专心致志的观察,一般的火,风一吹、雨一浇,便熄其光焰。而萤火虫并不受天气环境的左右,在雨中,仍能翩然起舞,风一吹反而更加明亮,作者不仅写出了萤火虫特有的生物属性,还写出了萤火虫的神秘和浪漫。

---

① 《全唐诗》第 19 册,中华书局 1960 年版,第 7521 页。
② (唐)罗隐著,潘慧惠校注:《罗隐集校注》(修订本)上册,浙江古籍出版社 2011 年版,第 205 页。
③ 《全唐诗》第 21 册,中华书局 1960 年版,第 8177 页。
④ 吴奔星:《写萤火虫的诗》,《阅读与写作》1994 年第 8 期。

晚唐著名诗僧齐己（863—937）虽皈依佛门，却钟情吟咏，诗风古雅，格调清和，他和贯休、皎然、尚颜等齐名，其传世作品数量居四僧之首。元代方回曾在《瀛奎律髓》卷四十七中说："晚唐诗料，于琴、棋、僧、鹤、茶、酒、竹、石等物，无一篇不犯。""它点明了晚唐诗歌咏物的普遍内容"①，齐己注重对物象的刻画入微，他的咏物往往与言志水乳交融，他的《萤》：

> 透窗穿竹住还移，万类俱闲始见伊。难把寸光藏暗室，自持孤影助明时。空庭散逐金风起，乱叶争投玉露垂。后代儒生懒收拾，夜深飞过读书帷。②

2. 萤火虫是弱者顽强不息的生命象征

虞世南是一个深入生活的观察家，他的昆虫诗总数不多却极有影响，不论是咏蝉还是咏萤，都独具特色，意味悠长。他的这首《咏秋萤》，可谓是以小见大的典范之作，也是开唐诗中昆虫励志之首：

> 的历流光小，飘飘弱翅轻。恐畏无人识，独自暗中明。③

虞世南先是描绘了萤火虫的形象，从飞翔之形、发光之态入手，写它的纤纤玉体，翩翩弱翅，清风里飘摇，暮色里闪亮。可贵的是作者不是停留在物态的描述和赞赏，后句笔锋一转，进入到了萤火虫的内心世界，原来，它并不是表面上的那般文弱，它有顽强的个性和可贵的追求，即便弱小也不甘默默无闻，它偏要活得精彩，要在暗夜中闪光，顽强地展示自己存在的价值。此时此刻，读者眼中的萤火虫早已从小小的飞虫，微不足道的生命幻化成为一个真实的精灵，一个有着独立人格、胸怀宽广的勇士，那伟岸的形象不仅令人肃然起敬，更催人深思反省。

---

① 王秀林：《晚唐五代诗僧群体研究》，中华书局 2008 年版，第 313 页。
② 《全唐诗》第 24 册，中华书局 1960 年版，第 9564 页。
③ （唐）虞世南撰，胡洪军、胡遐辑注：《虞世南诗文集》，浙江古籍出版社 2012 年版，第 23 页。

此时的咏萤诗意境开始明朗,"境"其实最早是源于佛学的概念,魏晋南北朝时,佛教传入中国,到了唐代,佛学逐步大盛,随着唐代诗学的繁荣,"境""境界"的概念被移植到了诗歌领域,诗僧皎然在其《诗式》中就认为诗歌之"境"是作者和读者之间的重要桥梁,诗人"真于性情",能够使自己所创设的境界达到"万象皆真"的效果,从而使读者"缘境不尽曰情",参透诗人创作的所思所想,与诗人在心境上达成一致。虞世南这首诗已经具备用独到的视角和境界来感化人、教育人了,诗歌首句便以小、轻来形容人们常见的这种小昆虫,符合大众对其的一般看法,从而产生共鸣,接下来作者分析萤火虫的心态,担心自己因为身轻光小而不被人看到,就算独自身处黑暗却坚持发光,用自己一星一点的闪耀来证明自己的存在。这对于无数的普通人是有着积极向上的激励作用的,并不是每个人都拥有日月般的光辉,但天空却不是仅仅由日月组成,更多的是并不起眼的小星星甚至更小的萤火虫。因此,作者为世间的小人物展现了一个属于他们的心灵属地。

李白《秦女卷衣》:

> 天子居未央,妾侍卷衣裳。顾无紫宫宠,敢拂黄金床。水至亦不去,熊来尚可当。微身奉日月,飘若萤火光。愿君采葑菲,无以下体妨。[①]

这首诗里用纪实的手法展现了一幅秦女侍奉天子的图景,"微身奉日月"一句作为全诗的点睛之句,将女子自身比为萤火光,虽然只有一点点,却也要为日月增辉,并不轻易否定和贬低自己的付出。萤光虽美却不起眼,孟浩然后来也用"烛至萤光灭"[②]来形容它的微小。姚合的《寄杨

[①] (清)王琦注:《李太白全集》,中华书局2011年版,第271页。
[②] 《全唐诗》第5册,中华书局1960年版,第1637页。

茂卿校书》则借"腐草众所弃,犹能化为萤"①来激励自己。值得关注的还有两首涉及"囊萤照读"故事的诗,一首是司马扎的《感萤》:

爱尔持照书,临书叹吾道。青荧一点光,曾误几人老。夜久独此心,环垣闭秋草。②

另一首是周繇(一作处默)的《咏萤》:

熠熠与娟娟,池塘竹树边。乱飞同曳火,成聚却无烟。微雨洒不灭,轻风吹欲燃。旧曾书案上,频把作囊悬。③

相比《感萤》的沧桑感,《咏萤》有着更多生动的描绘,首句就用两个叠声词来展示萤火虫在池边竹林里款款而飞的灵动,它们调皮乱飞时就像摇曳的火苗,聚在一起却没有一点烟,天空的丝丝小雨根本就浇不灭这点点萤光,轻风一吹反而显得更加明亮和清晰,难怪以前的人们常把这可爱的萤火虫做成灯囊悬挂照明。

北宋黄庭坚有一首借表达心志的《次韵杨明叔见饯》:

杨君清渭水,自流浊泾中。今年贫到骨,豪气似元龙。男儿生世间,笔端吐白虹。何事与秋萤,争光蒲苇丛。④

这中间的"秋萤"处于作者所欣赏的对立面,因为这首诗是直接关联现实的,并不完全与"世味少缘"⑤,尽管这类诗在山谷诗中不占主要地位。他写得最出色、最有个性、最能代表其成就的,是着重表现自我,抒写心灵,从而侧面反映客观生活的那一部分个人抒情诗,可以看到黄庭坚

---

① 《全唐诗》第 15 册,中华书局 1960 年版,第 5634 页。
② 《全唐诗》第 18 册,中华书局 1960 年版,第 6902 页。
③ 《全唐诗》第 19 册,中华书局 1960 年版,第 7291 页。
④ 刘乃昌:《两宋文化与诗词发展论略》,山东大学出版社 2005 年版,第 107 页。
⑤ 同上书,第 61 页。

明达的识度，坚定的操守，一反尘俗的襟怀，爱悦自然的雅趣和笃于情谊的敦厚性灵。上面这首答和诗，先称扬对方人品纯洁，处浊世而不改其清操，虽家境贫寒入骨，但如东汉名士陈登一样豪气不减。再激励对方：大丈夫处世，秉笔为文，出语光明磊落，绝不与龌龊小人争名夺利。全诗设喻新巧，切入现实，向弟子杨明叔阐述处世做人的道理，体现了诗人的清风亮节。① 他激励后学保持清操，介然拔俗，不同世俗庸人争一时的虚名小利，用秋萤那弱小、不足道的光亮与光照日月的伟男儿对比，生动地展示了诗人视富贵如浮云的高雅胸襟。这说明宋代士人讲进退出处之节，处穷贱而保持人格尊严，志气不减、淡泊利禄是在野之士的普遍心态。②

3. 萤火虫负载着文人秋思的爱情咏叹

李白多首诗里写萤火虫，他的"玉露生秋衣，流萤飞百草"③ 就展现了一副秋天的面貌。皇甫曾《秋兴》诗的起句就是"流萤与落叶，秋晚共纷纷"④，融流萤、落叶于晚秋之中，两者共同纷纷起舞，形成秋季独到的景致。刘禹锡也有好几首诗写萤火虫，如《秋萤引》："汉陵秦苑遥苍苍，陈根腐叶秋萤光。"⑤ 还有"幕疏萤色迥，露重月华深"⑥ 之句，皆言秋天景象。

李咸用更是多达四首诗作写秋萤："秋萤短焰难盈案，邻烛余光不满行。"⑦ "促杼声繁萤影多，江边秋兴独难过。"⑧ "秋风萤影随高柳，夜雨蛩声上短墙。"⑨ "秋萤一点雨中飞，独立黄昏思所知。"⑩ 秋思里最普遍的

---

① 刘乃昌：《两宋文化与诗词发展论略》，山东大学出版社2005年版，第107页。
② 同上书，第17页。
③ 《全唐诗》第6册，中华书局1960年版，第1862页。
④ 同上书，第2182页。
⑤ 《全唐诗》第11册，中华书局1960年版，第4001页。
⑥ 同上书，第3993页。
⑦ 《全唐诗》第19册，中华书局1960年版，第7405页。
⑧ 同上书，第7405页。
⑨ 同上书，第7406页。
⑩ 同上书，第7407页。

○ 诗说虫语
唐诗宋词里的昆虫世界

便是爱情,刘希夷的长诗《捣衣篇》里有这样一句:"盘桓徙倚夜已久,萤火双飞入帷幪。"① 在这首纯情的诗中,萤火是成双飞入自己的窗户的,这和我们经常看到的孤萤表述不一样,效果却更强烈,素来孤寂的萤火虫都成双成对了,自己却还在窗下苦苦缝衣,苦苦相思。王维的《班婕妤三首》中也用"玉窗萤影度,金殿人声绝。秋夜守罗帷,孤灯耿不灭"② 来形容宫中女子苦苦守候的情形。漫漫长夜独守空房,伴随的只有萤火虫和自己形影相吊的寂寞,却依然坚持等待,孤零零的一盏灯,就像倔强的主人公,总在等待相见的一天。李百药《咏萤火示情人》:

  窗里怜灯暗,阶前畏月明。不辞逢露湿,只为重宵行。③

这首诗的标题很直白,意境也是单纯的,萤火虫般的爱情是这样微小,却又如此坚定。前两句是很重要的铺垫,小小萤光在灯火通明的窗内显得暗淡无华,而离开屋子到了户外,在皎洁明亮的月光下,也是那么不起眼,但那又怎抵挡得了对爱情的执着?"不辞逢露湿",即便有寒冷的露水,会打湿那娇嫩的翅膀,也要不辞辛劳地飞去,一句话就把萤火虫勇敢、坚定的信念展示给了读者,只有那纯洁而美好的追求,才让它无所畏惧地勇往直前啊!

与之前很多美好的萤火虫美景不一样,晚唐司空图的《秋思》构造出了一个令人见之压抑无比的伤感意境:

  身病时亦危,逢秋多恸哭。风波一摇荡,天地几翻覆。孤萤出荒池,落叶穿破屋。势利长草草,何人访幽独。④

诗中的孤萤、荒地、落叶、破屋,瞬间勾勒出萧条、寂寥甚至令人生

---

① 《全唐诗》第 3 册,中华书局 1960 年版,第 885 页。
② 《全唐诗》第 4 册,中华书局 1960 年版,第 1299 页。
③ 《全唐诗》第 2 册,中华书局 1960 年版,第 538 页。
④ 《全唐诗》第 19 册,中华书局 1960 年版,第 7245 页。

畏的场景，夹着晚唐之国的隐痛尤其一个"穿"字惊醒了沉浸在秋思中的人，屋子已经破旧到落叶都能穿进的程度，腐草招来了喜欢湿热地方的萤火虫，本该成群出现的萤火虫在这里都形单影只，这次第，怎一个愁字了得？

4. 萤火虫与其他意象组合实现新的审美功能

（1）萤火虫与雁的意象组合。初唐诗人宋之问在他的《明河篇》里写道："南陌征人去不归，谁家今夜捣寒衣。鸳鸯机上疏萤度，乌鹊桥边一雁飞。雁飞萤度愁难歇，坐见明河渐微没。"① 在这首诗里，思征夫是主旋律，作者用了很多意象的组合来表达这种思绪，思念的季节是妻子在家开始制作冬衣的时候，鸳鸯与疏萤对比，昔日的相伴和现在的形单影只，使人一见就心生悲凉，大雁是候鸟，总会准时地迁徙，可远方的人呢？为什么不能够按时回来呢？大雁和萤火虫在这诗里的交汇，便跌宕出绵绵的愁思。这里的明河即银河，诗歌在扑朔迷离的氛围中充满了浪漫主义的色彩，秋夜银河的美好和天上、人间的离愁别恨，牛郎织女的遥遥相望，暗含着作者仕途失意的苦闷与怨愤，隐忍而巧妙地在诗中展示出来。与《明河篇》有着相似情致的还有崔颢的《七夕》中"长信深阴夜转幽，瑶阶金阁数萤流。班姬此夕愁无限，河汉三更看斗牛"② 之句，这天上、人间的守望，古往今来打动了多少人的心扉。

李峤在《秋山望月酬李骑曹》中写道："寒催数雁过，风送一萤来。独轸离居恨，遥想故人怀。"③ 这也是写离愁别绪，寒冷来临，北雁南飞，小小的萤光似乎是风儿吹来的，就像一个信使，提醒着作者过往的温暖，思念着故人的心绪。

张汯的《相和歌辞·怨诗》："去年离别雁初归，今夜裁缝萤已飞。征

---

① 《全唐诗》第2册，中华书局1960年版，第627页。
② 《全唐诗》第4册，中华书局1960年版，第1326页。
③ 《全唐诗》第3册，中华书局1960年版，第686页。

客去来音信断，不知何处寄寒衣。"① 雁这个意象往往包含着离别的深意，去年在雁归时节，也就是天气转暖的时候离别，今年在天气即将变冷的秋天，萤火虫应着季节出现了，妻子对着飞舞的萤火虫缝制的冬衣，该如何到达远征丈夫的手中呢？这种哀怨与担心，完整地体现在作者构造的意境之中。

钱起在《和万年成少府寓直》中写道："一叶兼萤度，孤云带雁来。"② 在《新里馆》里写哀思："度烛萤时灭，传书雁渐低。"③ 许浑："灯照水萤千点灭，棹惊滩雁一行斜。"④ 写得大气而逼真，离别之际又有这两种事物的衬托，更显出不舍与牵挂。

（2）萤火虫与猿的意象组合。且看王勃《焦岸早行和陆四》一诗：

> 侵星违旅馆，乘月戒征骖。复嶂迷晴色，虚岩辨暗流。猿吟山漏晓，萤散野风秋。故人渺何际，乡关云雾浮。⑤

这首离别诗处处浮现着不舍与无奈，"猿吟"在如今已很罕见，但在当时的山区是很常见的，夜晚耳边听着猿的声音，看着秋风中被吹散的萤光点点，怎不生出恨恨的离愁？猿与萤这两种看似并不搭调的动物，用其声音和形态拓展了离别诗的感触范围，所见所闻处处皆是迷茫的人生感怀。

还有张说的《深渡驿》也是借猿和萤来表达离忧的：

> 旅泊青山夜，荒庭白露秋。洞房悬月影，高枕听江流。猿响寒岩树，萤飞古驿楼。他乡对摇落，并觉起离忧。⑥

---

① 《全唐诗》第 4 册，中华书局 1960 年版，第 1077 页。
② 《全唐诗》第 7 册，中华书局 1960 年版，第 2624 页。
③ 同上书，第 2629 页。
④ 《全唐诗》第 16 册，中华书局 1960 年版，第 6090 页。
⑤ 《全唐诗》第 3 册，中华书局 1960 年版，第 679 页。
⑥ 同上书，第 957 页。

这是一首游子诗，旅居异乡的诗人在秋季的夜晚，一个人在幽深的居室，听着远处树上传来的猿啼，看流萤在古旧的驿楼旁萦绕，独在异乡为异客，秋愁里那背井离乡的情绪跃然纸上，让人感同身受。

（3）萤火虫与月的意象组合。王绩的《秋夜喜遇王处士》一诗是这方面的代表：

> 北场芸藿罢，东皋刈黍归。相逢秋月满，更值夜萤飞。①

这是一首相逢的喜诗，很多写秋月与萤火虫的诗歌都弥漫着悲伤的气息，因为总有离别的伤感，而本诗恰好相反，这是为数不多的赋予萤火虫以喜悦心情的诗歌之一。诗中的满月点出了大致的时间，秋季一轮圆圆的月，象征着人月两圆的美好，夜萤也为人的团圆而庆祝，高兴地伴着月亮翩翩起舞，展翅于天地间，这是一幅难得的团圆之景。

孟浩然在《秋宵月下有怀》中表达对故人归来的祈盼：

> 秋空明月悬，光彩露沾湿。惊鹊栖未定，飞萤卷帘入。庭槐寒影疏，邻杵夜声急。佳期旷何许，望望空伫立。②

萤火虫虽只是诗中一个小小的意象，但是当越来越多的诗人使用的时候，就变成了一种固定的气候，秋天本是一个多愁的季节，加上离别后的等待，在夜晚更被赋予了一种婉转而静谧的气息，看着飞动的惊鹊和飞萤，听着耳畔阵阵捣衣声，给人一种"境生于象外"的诠释。萤火虫总是伴着月出现在诗人笔下，白居易的《旅次景空寺宿幽上人院》中"月隐云树外，萤飞廊宇间"③描绘夜间清丽图景，薛涛笔下《罚赴边上武相公二首》中有"萤在荒芜月在天，萤飞岂到月轮边"④表达无奈之叹。人们从

---

① 《全唐诗》第 2 册，中华书局 1960 年版，第 485 页。
② 《全唐诗》第 5 册，中华书局 1960 年版，第 1620 页。
③ 谢思炜：《白居易诗集校注》，中华书局 2006 年版，第 1044 页。
④ 《全唐诗》第 23 册，中华书局 1960 年版，第 9045 页。

作者笔下实实在在的形象出发，加上自己的想象和再创造的共鸣，便能体会到更加深远的虚境。

二　螳螂意象的文学意蕴及其在唐宋诗词中的文本书写

螳螂（mantis），亦称刀螂，无脊椎动物，广布世界各地，尤以热带地区种类最为丰富。唐宋之间，螳螂这一昆虫形象出现得比较特殊，诗人笔底有，词人纸上无。《全唐诗》有6处提到螳螂，且与其昆虫的本身属性已经没有多大关联，全部由文化属性组成，其中化用"螳螂捕蝉，黄雀在后"典故的有5处，化用"螳臂当车，不自量力"典故的1处。《全宋诗》中共出现螳螂38次，有单纯描写螳螂这种昆虫形象的，如乐雷发《秋日行村路》中的"儿童篱落带斜阳，豆荚姜芽社肉香。一路稻花谁是主，红蜻蜓伴绿螳螂"①。亦有延续唐以来两种文化意蕴的，其一为"螳螂捕蝉，黄雀在后"；其二便是"螳臂当车，不自量力"。

本节将重点论述的是后一种所发生的最为可贵的意象变化。宋以后，"螳臂当车"的典故一分为三，竟然在诗人笔下分化成了截然对立的观照，赋予了螳螂本身所不具有的文学意蕴，充分张扬了诗人的"勇气人格"，从而使螳螂这一形象在长时间的被讽刺的处境中彻底解脱出来得以昭雪，并被赋予了高规格的赞誉。

（一）"螳螂捕蝉，黄雀在后"意象的演变路径

《庄子·山木》中写到庄周正准备执弹对付一只异雀时，"睹一蝉，方得美荫而忘其身，螳螂执翳而搏之，见得而忘其形；异鹊从而利之，见利而忘其真。庄周怵然曰：'噫！物固相累，二类相召也！'捐弹而反走，虞

---

①　北京大学古文献研究所编：《全宋诗》第66册，北京大学出版社1998年版，第41331页。

人逐而谇之"。① 这便是"螳螂捕蝉,黄雀在后"最初的来源,它的初始含义就是庄子说的"物固相累,二类相召也"。在当时的庄子能够准确地看到生物间的生存链条,这是难能可贵的;在这链条中还能引起庄周关于事物联系的哲学思考,就更弥足珍贵了。螳螂在这个哲学范畴的思考过程中,起到了非常形象的中介作用,并在之后的几千年里深刻地影响了人们对螳螂的文化解读。大自然中自然链条何其多,诸如"蛙捕蚊,蛇吞蛙,人捉蛇"等无数的生物链条,却再没有一例能形成"螳螂捕蝉,黄雀在后"这样的经典。

到了晋代,在这生物利益链条之外,增加了螳螂的勇士形象,并被用来作为自我警示。成公绥(231—273)作赋写螳螂,他是东郡白马(今河南滑县)人,性格淡薄寡欲,默默自守,不求闻达于世。少年才俊,博涉经传,雅好音律,文辞甚丽。张华雅重之,每见其文,叹服以为绝伦。举荐为太常博士,后迁中书郎。② 他的《螳螂赋》这样写道:

> 仰乃茂阴,俯缘条枝。冠角峨峨,足翅岐岐。寻乔木而上缀,从蔓草而下垂。戢翼鹰峙,延颈鹄望。推翳徐翘,举斧高抗。鸟伏蛇腾,鹰击隼放。俯飞蝉而奋猛,临螗蛄而逞壮,距车轮而轩鬐,固齐侯之所尚。乃有翩翩黄雀,举翮高挥,连翔枝干,或鸣或飞。睹兹螳螂,将以疗饥,厉嘴胁翼,其往如归。③

成公绥生活在魏晋易代时期,当时的司马氏靠阴谋手段夺权篡政,黑暗的社会政治条件下,容不得文人说错一句话、写错一个字。动辄得祸的小心翼翼,作者对此有着清醒的头脑和认识,不能够直抒胸中的感受,却能在昆虫身上托以大意,可以说这是中国文学史上一篇螳螂寓言赋,用以

---

① 陈鼓应注译:《庄子今注今译》,中华书局 2009 年第 2 版,第 560 页。
② 赵逵夫、杨晓斌:《历代赋评注·魏晋卷》,巴蜀书社 2010 年版,第 188 页。
③ (清)陈元龙编:《历代赋汇》(影印本),凤凰出版社 2004 年版,第 556 页。

○ 诗说虫语
唐诗宋词里的昆虫世界

揭露世道之险恶，危机与陷阱时时威胁着勇猛的螳螂，本赋描写螳螂捕蝉的行动非常生动、完整，足以说明寄托在螳螂身上的"勇士"形象，黄雀吃螳螂却是一句即完，如此简单地消灭了"勇士"。本篇承《说苑》而来，将危机意识和不受自我控制的生命体验加以阐述，说明在黑暗的社会环境中"勇士"亦无可逃避的悲剧。

《全唐诗》中有"螳螂捕蝉，黄雀在后"典故的分别是戴叔伦（732—789）的《画蝉》：

饮露身何洁，吟风韵更长。斜阳千万树，无处避螳螂。[1]

许浑（约791—约858）的《溪亭二首》：

溪亭四面山，横柳半溪湾。蝉响螳螂急，鱼深翡翠闲。水寒留客醉，月上与僧还。犹恋萧萧竹，西斋未掩关。[2]

司空图（837—908）的《歌者十二首》：

五柳先生自识微，无言共笑手空挥。胸中免被风波挠，肯为螳螂动杀机。[3]

韦庄（约836—910）的《和郑拾遗秋日感事一百韵》：

日睹兵书捷，时闻房骑亡。人心惊獬豸，雀意伺螳螂。[4]

唐末曾任国子直讲的周昙的《春秋战国门·少孺》：

宝贵亲仁与善邻，邻兵何要互相臻。螳螂定是遭黄雀，黄雀

---

[1] 《全唐诗》第9册，中华书局1960年版，第3100页。
[2] 《全唐诗》第16册，中华书局1960年版，第6053页。
[3] 《全唐诗》第19册，中华书局1960年版，第7278页。
[4] 《全唐诗》第20册，中华书局1960年版，第8027页。

须防挟弹人。①

《全宋诗》延续"螳螂捕蝉，黄雀在后"的也不少，翟嗣宗的《偶见蜘蛛因成四韵》有"莫学螳螂捕蝉勇，须知黄雀奈君何"②；郭祥正（1035—1113）的《泗水雍秀才画草虫》"蜻蜓点水蝶扑花，螳螂捕蝉蜂趁衙"③；范浚（1102—1150）的《六笑》"螳螂袭蝉雀在后，只恐有人还笑君"④；史浩（1106—1194）的《走笔次韵吴判院》有"世态螳螂谩捕蝉，谁知富贵本由天"⑤张尧同的《嘉禾百咏》"螳螂方捕楚，黄雀遽乘吴。交怨终亡国，君王到死愚"⑥，非常直接地刻画了只看眼前利益而两败俱伤、蒙在鼓里的亡国君王形象；叶茵（1199—?）的《蝉》"柳外声残日未残，栖身未稳择枝安。不须过有螳螂虑，黄雀从傍冷眼看"⑦也充分将这生物链条之间的关系表达了出来；舒岳祥（1219—1298）《家藏画鹊二轴》还将黄雀之外的另一威胁写了出来，"粉节娟娟碧玉枝，螳螂得意更谁疑。旁人只与危黄雀，不道中林有鹊知"⑧；文天祥（1236—1283）的《葬无主墓碑》有"大河流血丹，屠毒谁之罪。潼关忽不守，皇皇依汴蔡。螳螂知捕蝉，不知黄雀来。今古有兴废，重为生人哀"⑨，将自己的无奈以及对国之兴亡的忧患意识。

从数量上来看，尽管螳螂出现在诗歌中的比例不大，但是螳螂身上已经被赋予了一些固定含义，相对别的昆虫种类，它更容易在这些方面引起创作者和受众的共鸣，也只有它才能够如此形象而生动地阐述"一物降一

---

① 《全唐诗》第 21 册，中华书局 1960 年版，第 8345 页。
② 北京大学古文献研究所编：《全宋诗》第 13 册，北京大学出版社 1998 年版，第 8727 页。
③ 同上书，第 8769 页。
④ 北京大学古文献研究所编：《全宋诗》第 34 册，北京大学出版社 1998 年版，第 21486 页。
⑤ 北京大学古文献研究所编：《全宋诗》第 35 册，北京大学出版社 1998 年版，第 22167 页。
⑥ 北京大学古文献研究所编：《全宋诗》第 56 册，北京大学出版社 1998 年版，第 35175 页。
⑦ 北京大学古文献研究所编：《全宋诗》第 61 册，北京大学出版社 1998 年版，第 38204 页。
⑧ 北京大学古文献研究所编：《全宋诗》第 65 册，北京大学出版社 1998 年版，第 41008 页。
⑨ 北京大学古文献研究所编：《全宋诗》第 68 册，北京大学出版社 1998 年版，第 43067 页。

物"和"生物利益链条"的文化意义,从而达到托物言志的目的。

(二)"螳臂当车,不自量力"观点的一分为三

《庄子·人间世》中说:"汝不知夫螳螂乎?怒其臂以当车辙,不知其不胜任也,是其才之美者也。"庄周认为螳螂奋力举起臂膀,去阻挡车轮,不知道自己的力量不能胜任,这是因为把自己的才能看得太高的缘故,逞匹夫之勇而已。由此他又为螳螂树立了一个有勇无谋的恶劣形象,《全唐诗》中化用"螳臂当车"的典故仅一例,即温庭筠的《鸿胪寺有开元中锡宴堂,楼台池沼雅为胜绝,荒凉遗址仅有存者,偶成四十韵》中"四凶有獬豸,一臂无螳螂"[1]。"四凶"喻凶狠贪残之恶臣,獬豸为传说中之异兽,一角,能辨曲直,见人相斗,则以角触邪恶无理者,此喻直臣。据《新唐书·玄宗本纪》开元元年七月,太平公主及岑义、萧至忠、窦怀贞谋反,伏诛。"此'四凶'或指其事。或泛解为有直臣制裁凶恶之臣,亦通。"一臂无螳螂"则是指凶恶谋逆者如螳臂当车,不自量力。"[2]

唐代陈砺作有一篇《螳螂拒辙赋》(以"怒臂当车,生不知量"为韵),这是文学史上第一次专门为螳螂的大勇之举树立的正面形象:

蠢彼微虫,勇而不惧,当往来之辙迹,阻东西之驰骛,闻槛槛而虎蹲,伫辚辚而狼顾。见危致命,方碻尔而靡迁;唯敌是求,乃毅然而增怒。且肖形卓荦,植性强梁,岂奔冲之足畏,非会远而不当。逸性乔桀,雄姿激昂,拖轻躯致命死地,壮前迹若有巨防。观卧辙之时,似当黄霸;想埋轮之处,何惮张纲?其或输谷千箱,御姬百两,方击毂之自远,已张拳而相向。死且如归,路何能让?苟不折节,于焉用壮!瞋其目曾不见机,挥以肱岂为知量?其理何如?其生忽诸。祸甚触株之兔,危同戏鼎之

---

[1] 《全唐诗》第17册,中华书局1960年版,第6758页。
[2] 刘学锴:《温庭筠全集校注》,中华书局2007年版,第811页。

鱼。行无逗挠，立必籧篨。在圣人之经，诚宜避地；非长者之辙，讵肯回车？且麟伤岂仁，龙醢非智，思控抟而莫及，谕压溺而何曾？不若履薄兢兢，临深惴惴，任肖翘之可适，曷强御之不避？微茫肤血，岂足殷其左轮；展转路尘，宁止断其右臂！居当假息，动必贴危，舍鸣蝉而莫捕，蔑黄雀而不知。傥所据非据，亦何斯违斯。谓豺狼之不若，念虺蜴而何为？且含气之类，求生之厚，岂必贤哉？曷云能不？独不降志，自贻伊咎，诚轊轵之所加，谅齑粉而何有？奚必矜夫趯趯，冒彼彭彭，愿陈力之方盛，意当途之足惊。曲循天理，深居物情，徒纠纷而莫纪，固密勿而难明。傥不载驰载驱，广人之用；当念无輗无軏，遂尔之生。①

入宋以后的诗作，对"螳臂当车"的态度出现了旗帜鲜明的三种情况：第一种依旧为"不自量力"的讽刺；第二种就是介乎讽与赞之间，含有部分过渡性质的诗作，既不讥讽，也不赞赏，而是无奈之感；第三种则由唐代陈硎《螳螂拒辙赋》升华为对抵死之勇的赞叹，这两种看法存在于同时期的作品中。

第一种是沿用螳螂"不自量力"标签的诗作，其义无非是以螳螂作为反面讥笑的例子，如苏过（1072—1123）的《闻郭太尉发师大捷奚人擒契丹酋领四军者来献作长句古调一首》中的"彼酋假息不自量，网开三面犹跳梁。爝火乃欲犯太阳，怒臂当车学螳螂"②；诗僧释印肃（1115—1169）《证道歌》："谁见螳螂能拒辙，萤虫七夕吞明月。织女心宽不作声，牵牛一棒和空折。"③

第二种是抒发无可奈何的情感之作，这类作品不再尖锐地讽刺螳螂这一小小昆虫"明知不可而为之"的举动，却往往将自己看作那只小小的生

---

① （清）陈元龙编：《历代赋汇》，江苏古籍出版社、上海书店1987年版，第468页。
② 北京大学古文献研究所编：《全宋诗》第23册，北京大学出版社1998年版，第15471页。
③ 北京大学古文献研究所编：《全宋诗》第37册，北京大学出版社1998年版，第23143页。

命，纵使用尽全身气力，也毫无意义的惆怅。如南宋大臣曹彦约（1157—1228）《谭仁季以二诗见贻走笔次韵其一》："风声久想杜陵诃，坐对忘年可烂柯。但觉清谈挥玉柄，也知文律敌金科。螳螂欲振难当辙，鼹鼠终微漫饮河。从此巽堂风月好，满腔茅塞半消磨。"① 还有宋元之间的仇远（1247—1326）在《草虫图》中有："蜣蜋转丸诚小巧，螳螂搏轮非勇士。"② 他不认为螳螂这种牺牲自己的行为是真正的勇士之举，却也没有找到让勇士真正实现价值的途径。

　　第三种就是最值得关注的新出现的赞叹螳螂舍身之勇的作品。螳螂身上所背负的"不自量力"的帽子，到了宋代被王令彻底摘掉了。王令（1032—1059）是北宋仁宗时代在江淮一带颇负盛誉的青年诗人。五岁失双亲，由叔祖父带到扬州抚养成人。他不愿进仕，以聚学授徒糊口。28岁时患脚气病去世。在他短暂的有生之年里，幸得王安石发现和奖掖，其才华未被泯灭，诗文得以传抄流通。王令长期生活在城市贫困线的边缘，接触社会下层，理解民间疾苦，由于他不应举，不做官，与统治阶级离得比较远，因而比一般知识分子更能敏锐地觉察到时政的黑暗。他在自己的诗文中斥责"天下无道"，以"古人今何取，天下滔滔昔已非"指陈当时国事的衰败已不是进行任何改良就能挽回的，他这种卓越的政治见解在当时是少见的。他还曾劝王安石归隐，在《鲁仲连辞赵歌》序中，王令就这样写道，"司马迁谓'鲁仲连不合大义'，以予考之信然。要之一时则连固壮士，而有所不为，此则予喜之。常壮其辞赵之意，惜其不广也，因为之歌曰"。他本身不入仕，赞扬鲁仲连"辞赵"这种举动，并希望能够推而广之，希望以这种勇气来抵触黑暗的现实。

　　《王令集》中《鲁仲连辞赵歌》这样写道：

　　　　秋风起兮天寒，壮士醉酒兮歌解颜。螳螂何怒兮辙下，蚁何

---

① 北京大学古文献研究所编：《全宋诗》第51册，北京大学出版社1998年版，第32170页。
② 北京大学古文献研究所编：《全宋诗》第70册，北京大学出版社1998年版，第44173页。

斗兮穴间。纷扰扰兮，谁者则贤。井方崩兮治隧，屋且压兮雕橡。生则役兮，弗系念此，祸至而知悔兮，身忽焉其已死。陶唐夏子兮，今则古矣！彼秦且帝兮，连有蹈东海而死耳！①

中国人一向尊崇节制的中庸之道，明哲保身被公认为是面对强敌的最高策略，传统的视野中，容不下那些明知不可为而为之的人。但是，弱小者的反抗，谁又能肯定绝无取胜的希望呢？之后的黄庭坚在作品中抒发赞美将士万死不顾的勇气和决心，即使玉碎也不要瓦全的情操，这种无异于"蚍蜉撼大树"的勇气在诗中闪耀着视死如归的光芒。螳螂用牺牲自己来挡车的举动，不再是可笑可悲的对象，而是视死忽如归的咏叹，螳螂浑身都散发着一种信仰的力量和光辉。他的《送张仲谋》：

竹鸡相呼泥滑滑，夜雨连明溪涨阔。门前马作远行嘶，乃是张侯来访别。入门下马未暖席，猛如秋鹰欲飞掣。黄花可浮惜别杯，官沽苦酸不堪设。张侯少年气高秀，太华孤峰带冰雪。袖中日日有新诗，正与秋虫同一律。吏曹不能弄以事，太尉家儿尽英悫。穷愁寂寞双凫舄，唯子可轮肝胆说。游君宫室如芝兰，于我弟兄比瓜葛。相亲更觉相去难，挽断衫袖不忍诀。缅怀君家方盛时，乃翁屡把连城节。北使初随富亳州，万死弗故探虎穴。煌煌忠愍奖王命，汝等于今仕朝列。稍开塞上秋草黄，螳螂怒臂当车辙。将军西拥十万师，谋士各伸三寸舌。胡不还家读父书，上疏论兵款天阙。燕然山石可磨镌，谁能御子勒勋伐。功业未成且自爱，早寄书来慰饥渴。②

还有秦观（1049—1100）的《春日杂兴十首其十》：

---

① （宋）王令撰，沈文倬校点：《王令集》，上海古籍出版社2011年版，第20页。
② 北京大学古文献研究所编：《全宋诗》第17册，北京大学出版社1998年版，第11612页。

诗说虫语
唐诗宋词里的昆虫世界

螳螂拒飞辙，精卫填溟涨。呫呫徒尔为，东海固无恙。①

邓肃（1091—1132）的《南归醉题家圃二首其一》：

填海我如精卫，当车人笑螳螂。六合群黎有补，一身万段何妨。②

在这首诗里，即使"一身万段"都无妨的信仰和勇气，足以让后人震撼。他将精卫填海的毅力和执着与螳螂大义凛然的形象并列歌颂，就足以表明自己的立场。他的另一首《和谢吏部铁字韵三十四首纪德十一首其六》中也有"岂是螳螂敢当车，貘兽从来食铜铁"③的担当精神与大无畏勇气。

"螳臂当车"的全部哲学价值正在于中国人历来嘲笑的根基：不自量力。"螳螂捕蝉，黄雀在后"与之共同组成了讽刺的集合体，既看不到危险的黄雀，又不会躲避危险的车轮，反而要迎上去对抗。这样看来，如果那只螳螂知道背后有黄雀的话，它一定会回过头来与之一搏的，就像面对车轮而不避缩的勇气一样。但在很多中国人看来，它最聪明的举动应该是闻到危险的气味就马上逃之夭夭。螳螂不是不懂得车子的厉害，只是它认定自己不能逃避。宁死不做懦夫，宁死不屈服于强暴，这便是螳螂的处世哲学。"我不入地狱，谁入地狱"的这种境界已经不能仅仅用勇气二字来概括了。时至宋代末世，在螳螂身上的悲壮有着更深层次的政治隐情，这种深层次的哲学意义在于，精神的独立有时需要以牺牲肉体来完成。例如宋末元初的郑铖《哭陈丞相》：

大厦将倾一木支，登陴恸哭志难移。螳螂怒臂当车日，精卫

---

① 北京大学古文献研究所编：《全宋诗》第18册，北京大学出版社1998年版，第12072页。
② 北京大学古文献研究所编：《全宋诗》第31册，北京大学出版社1998年版，第19679页。
③ 同上书，第19705页。

衔沙塞海时。梦里忽惊元主朔,军中犹卓宋家旗。孤臣万死原无恨,独怪山翁总不知。①

诗中赞陈丞相的"螳螂、精卫"之舍生取义的可贵精神,陈丞相就是陈宜中,史上仅记录他在危难之际出去借兵而一去不还,在福建漳州赵家堡发现的一本《汴京国族宋闽冲郡王赵若族谱》②中记载"宋逋臣黄材,字国珠,泣血书"却记录了陈宜中为国赴死的勇气。该史料有力地证明了陈宜中在最后关头还在为宋室兴亡冒死效劳,他并不是一个贪生怕死、弃主潜逃之人,而是一生忍辱负重,历尽千辛万苦、艰难险阻,舍家为国,鞠躬尽瘁为宋室复兴战斗到最后一刻的大忠大孝、大智大勇的忠烈之臣,遗憾的是忠烈之臣却因当时的情势极端危急和通信条件的限制,而无法真实地记录下当时的历史真相,白白蒙受多年的不忠之冤。陈宜中有几种可能的结局,一是海难殉职;二是改姓隐居,积蓄反元力量;三是不侍新主,客死他乡。如此重臣,作者在诗中给予了高度赞誉,他是支撑大宋的最后一根顶梁柱,即便是螳螂的弱小身躯,也会以万死不辞的勇气捐躯赴国难。

同样舍生取义的还有谢绪(?—1276),他是南宋末年广应侯谢达之孙,其先祖为东晋宰相谢安,堂姑母是南宋末年理宗皇后谢太皇太后,谢翱是其堂兄。谢绪是南宋王朝的外戚,他生性聪慧,慷慨读书而不求进仕,隐居钱塘之金龙山(今安溪下溪湾)。德祐二年,二帝北狩,宋亡,谢太皇太后和五岁之小皇帝(恭帝)及皇室宗亲、宫女、太监均被俘押解北上,谢绪深感国家兴亡匹夫有责,更何况宗室懿戚。他四方奔走,联络抗元,但因大势已去,再难挽回。闻国破君辱,终成绝望,曰:"生不能报国恩,死当诉之上帝",谢绪整衣北拜,慷慨赴水殉国,在下溪湾投苕溪自尽。史载因"忠愤不舒,壮志未酬,尸体竟逆流而上"。在他的《又

---

① 北京大学古文献研究所编:《全宋诗》第66册,北京大学出版社1998年版,第41391页。
② 《汴京国族宋闽冲郡王赵若族谱》,128—130页。

一首》中写道：

> 莫笑狂夫老更狂，推轮怒臂勇螳螂。三军未复图中土，万姓空悲塞外乡。动地声名悬宇宙，擎天气概荡边疆。忠心自古人人有，莫笑狂夫老更狂。①

庄子爱自然，也爱动物，但他对螳螂是有失公正的，或者，他是不喜欢这种看似非常勇猛的小昆虫。即便在很长一段时期内，文人们都沿用着他赋予螳螂的"不自量力"的形象，但终究还是有人看到了螳螂身上这种可贵的、与众不同的气质，并将这种勇气写进了文字，成为与庄周笔下螳螂负面形象并存的对立面。每一种昆虫都会与人类社会产生某种联系，其变化的规律不一定相同，但是某些共性却必然会被后世所发现，螳螂，在中国文学中尽管微小，却绝不是可有可无的。

三 蚂蚁意象及其在古代诗词中的形态书写

中国古代很早就有关于蚂蚁的文字记录，成书于汉代初期的《尔雅》中就有蚍蜉、蚁、飞蚁等字词，但所指的蚁有的与白蚁相混，直至南宋罗愿著《尔雅翼》（1174年）时，才把蚂蚁和白蚁真正分开叙述。在公元前123年前后成书的《淮南子》就有蚁生活的记述。其后《酉阳杂俎》《太平御览》《六收故》和《本草纲目》等历代文献都记述了古人对蚂蚁的观察和认识。楚汉相争之际，汉高祖刘邦的谋士张良用糖写了"霸王自刎乌江"六个大字，诱使蚂蚁闻香而聚，爬在糖上组成了一幅蚂蚁图，霸王见此，惊得失魂落魄，以为天意如此，不由仰天长叹："天之亡我，我何渡为"，乃挥剑自杀而死。"汉家天下，蚂蚁助成"的故事从此流传开来。而张良正是利用蚂蚁嗜甜这一习性，智取刚愎自用的霸王。

---

① 北京大学古文献研究所编：《全宋诗》第67册，北京大学出版社1998年版，第42031页。

（一）美酒的"绿蚁"形态

在中国古代诗词中，历朝历代都有不少咏酒的佳作。晋代张华的诗《轻薄篇》中就有"浮醪随觞转。素蚁自跳波"[1]之句。酒助诗兴，因而古代酒的别名也很多，香蚁、浮蚁、绿蚁、碧蚁都是酒的别称。加之我国酿酒的历史十分悠久，各时各地酒的品种又非常繁多，人们在饮酒赞酒的时候，总要给所饮的酒起个饶有风趣的雅号或别名，这些名字多源于典故演绎，或者根据酒的味道、颜色、功能、作用、浓淡及酿造方法而定。酒的很多绰号在民间流传甚广，所以它们在诗词、小说中常被用作酒的代名词。《全唐诗》和《全宋词》中，多见的是以浮蚁、绿蚁来代指酒，《全宋词》写酒比率更高，《全唐五代词》中只出现一次绿蚁，《全唐诗》中绿蚁出现16次，如唐人翁绶的《咏酒》："逃暑迎春复送秋，无非绿蚁满杯浮。百年莫惜千回醉，一盏能消万古愁。几为芳菲眠细草，曾因雨雪上高楼。平生名利关身者，不识狂歌到白头。"[2]

据笔者统计，《全唐诗》中写到蚁的共179次，其中以蚁代酒的有57次，约占31.8%，还有一人写作多首的，如李峤的"行庆传芳蚁，升高缀彩人"[3]（《奉和人日清晖阁宴群臣遇雪应制》）及《萍》中的"二月虹初见，三春蚁正浮"[4]；骆宾王《秋日饯陆道士陈文林》中的"玉柱离鸿怨，金罍浮蚁空"[5]和"别路青骊远，离尊绿蚁空"[6]（《在兖州饯宋五之问》）；杜甫《赠特进汝阳王二十韵》中的"仙醴来浮蚁，奇毛或赐鹰"[7]和"尊

---

[1] （清）陈祚明评选，李金松点校：《采菽堂古诗选》卷九，上海古籍出版社2008年版，第268页。
[2] 《全唐诗》第18册，中华书局1960年版，第6940页。
[3] 《全唐诗》第3册，中华书局1960年版，第692页。
[4] 同上书，第716页。
[5] 《全唐诗》第3册，中华书局1960年版，第843页。
[6] 同上书，第845页。
[7] 《全唐诗》第7册，中华书局1960年版，第2390页。

蚁添相续,沙鸥并一双"①(《季秋苏五弟缨江楼夜宴崔十三评事、韦少府侄三首》)以及"无人竭浮蚁,有待至昏鸦"②(《对雪》);刘禹锡的"动摇浮蚁香浓甚,装束轻鸿意态生"③(《酬乐天衫酒见寄》)和"议赦蝇栖笔,邀歌蚁泛醪"④(《浙西李大夫述梦四十韵,并浙东元相公酬和,斐然继声》);白居易的作品较多,如"绿蚁杯香嫩,红丝脍缕肥"⑤(《春末夏初闲游江郭二首》),"绿蚁新醅酒,红泥小火炉"⑥(《问刘十九》),"香醅浅酌浮如蚁,雪鬓新梳薄似蝉"⑦(《花酒》),"帐小青毡暖,杯香绿蚁新"⑧(《雪夜对酒招客》),"香开绿蚁酒,暖拥褐绫裘"⑨(《六年冬暮赠崔常侍晦叔》),"敢辞携绿蚁,只愿见青娥"⑩(《晚春欲携酒寻沈四著作,先以六韵寄之》)等。李商隐"满壶从蚁泛,高阁已苔斑"⑪(《灵仙阁晚眺寄郓州韦评事》),"蚁漏三泉路,螀啼百草根"⑫(《哭遂州萧侍郎二十四韵》);温庭筠的"已恨流莺欺谢客,更将浮蚁与刘郎"⑬(《李羽处士寄新酝走笔戏酬》),"纵得步兵无绿蚁,不缘句漏有丹砂"⑭(《送陈嘏之侯官兼简李常侍》),"客来斟绿蚁,妻试踏青蚨"⑮(《病中书怀呈友人》);陆龟蒙的"开瓶浮蚁绿,试笔秋毫劲"⑯(《村夜二篇》),"冻醪初漉嫩如春,

---

① 《全唐诗》第7册,中华书局1960年版,第2543页。
② 同上书,第2574页。
③ 《全唐诗》第11册,中华书局1960年版,第4070页。
④ 同上书,第4099页。
⑤ 谢思炜:《白居易诗集校注》,中华书局2006年版,第1283页。
⑥ 同上书,第1358页。
⑦ 同上书,第2023页。
⑧ 《全唐诗》第14册,中华书局1960年版,第5105页。
⑨ 谢思炜:《白居易诗集校注》,中华书局2006年版,第2349页。
⑩ 《全唐诗》第14册,中华书局1960年版,第5177页。
⑪ 刘学锴、余恕诚:《李商隐诗歌集解》(增订重排本),中华书局2004年版,第506页。
⑫ 《全唐诗》第16册,中华书局1960年版,第6235页。
⑬ 《全唐诗》第17册,中华书局1960年版,第6718页。
⑭ 同上书,第6720页。
⑮ 《全唐诗》第17册,中华书局1960年版,第6733页。
⑯ 《全唐诗》第18册,中华书局1960年版,第7129页。

轻蚁漂漂杂蕊尘"①（《和袭美友人许惠酒以诗征之》）；郑谷的"不嫌蚁酒冲愁肺，却忆渔蓑覆病身"②（《蜀中春日一作雨》），"浮蚁满杯难暂舍，贯珠一曲莫辞听"③（《自适》）；韦庄的"闲招好客斟香蚁，闷对琼花咏散盐"④（《冬日长安感志寄献虢州崔郎中二十韵》），"会随仙羽化，香蚁且同斟"⑤（《和薛先辈见寄初秋寓怀即事之作二十韵》）；李珣所作"倾绿蚁，泛红螺，闲邀女伴簇笙歌"⑥（《南乡子》），"鼓清琴，倾渌蚁，扁舟自得逍遥志"⑦（《渔歌子》）等。

《全宋词》中写到蚁的共 121 次，其中以蚁代酒的高达 64 次，约占 52.9%。例如，方千里的"夜瓮酒香从蚁斗，晓窗眠足任鸡啼"⑧；毛滂的"瑶瓮酥融，羽觞蚁闹，花映鄮湖寒绿"⑨（《剔银灯·同公素赋，侑歌者以七急拍七拜劝酒》）；王之道的"鱼枕蕉深浮酒蚁，鹿胎冠子粲歌珠"⑩（《浣溪沙·赋春雪追和东坡韵四首》），"酒面初潮蚁绿，歌唇半启樱红"⑪（《西江月·赏梅》），"几时临赋，深浮绿蚁，缓唱黄钟"⑫（《朝中措·和张文伯芍药》）；王仲甫的"浓斟琥珀香浮蚁"⑬（《醉落魄》）；史浩的"况有清歌，劝我尊浮蚁"⑭（《点绛唇》），"对此际，向池台好处，争倾绿

---

① 《全唐诗》第 18 册，中华书局 1960 年版，第 7216 页。
② 《全唐诗》第 20 册，中华书局 1960 年版，第 7741 页。
③ 同上书，第 7747 页。
④ 同上书，第 8002 页。
⑤ 同上书，第 8002 页。
⑥ 《全唐诗》第 25 册，中华书局 1960 年版，第 10118 页。
⑦ 同上书，第 10122 页。
⑧ 周笃文、马兴荣主编：《全宋词评注》，学苑出版社 2011 年版，第 346 页。
⑨ 同上书，第 871 页。
⑩ 同上书，第 1141 页。
⑪ 同上书，第 1146 页。
⑫ 同上书，第 1149 页。
⑬ 同上书，第 716 页。
⑭ 同上书，第 346 页。

蚁"①（《喜迁莺·清明》），"玉瓮新醅翻绿蚁"②（《蝶恋花》），"只堪绿蚁满尊浮"③（《浣溪沙》）；叶景山的"春酒争持泛琼蚁，笙歌缭绕，同祝我公千岁"④（《感皇恩·寿赵总管》）；石孝友的"蚁酒浮明月，鲸波泛落星"⑤（《南歌子》）；仲殊的"香吐金猊，樽浮绿蚁"⑥（《踏莎行》）；刘一止的"最爱杯中浮蚁闹，鹅儿破壳娇黄"⑦（《临江仙·和王元勃韵》）和"淡花明玉不胜寒，绿尊初试冰蚁"⑧（《西河》）；吕胜己的"荐绿蚁霜螯左右持"⑨（《沁园春》）；吴文英的"歌丽。泛碧蚁"⑩（《无闷·催雪》）和"吴城驻马，趁鲈肥、腊蚁初尝"⑪（《汉宫春·寿王虔州》）；等等。

　　绿蚁入宋词的比例高于全唐诗。因为诗词所关注的侧重点有所不同，借酒浇愁，酒入愁肠，这一系列的感觉都和酒的麻醉作用分不开，人的情绪在酒后能够得到释放，词不同于诗的庄重，能够随性而发，因而词中写酒便更加得心应手。

　　那么，为什么这看似和酒一点关系都没有的小昆虫蚂蚁，会演变成酒的别称呢？是不是仅仅因为蚂蚁可以用来酿药酒呢？答案是，因为新酿的酒还未滤清时，酒面浮起酒渣，色微绿即绿酒，这种绿色是因为酒曲的菌类颜色所致，西汉古墓出土的距今 2000 多年的酒就是翠绿色的。直到唐宋以后，人们逐步改进了酿造方法使菌类颜色相应改变，酒便成了黄色。酒的泡沫泛在最上面，密密麻麻爬着的泡沫看起来和蚂蚁的身形差不多，便称之为"绿蚁"了。后世用以代指新出的酒，并因此延伸开来，有了多个

---

① 周笃文、马兴荣主编：《全宋词评注》，学苑出版社 2011 年版，第 365 页。
② 同上书，第 377 页。
③ 同上书，第 385 页。
④ 同上书，第 938 页。
⑤ 同上书，第 207 页。
⑥ 同上书，第 474 页。
⑦ 同上书，第 95 页。
⑧ 同上书，第 100 页。
⑨ 同上书，第 617 页。
⑩ 同上书，第 381 页。
⑪ 同上书，第 441 页。

称呼，如蚁绿指有浮沫的酒，蚁樽是以酒杯借指酒，蚁瓮是酒坛等。如白居易那首非常有名的《问刘十九》："绿蚁新醅酒，红泥小火炉。晚来天欲雪，更饮一杯无"。① 这是一首招饮的小诗，其诱人之处，正在于浓浓酒香加上"绿"酒、"红"炉两种色彩的和谐配合，在天寒欲雪的背景下，产生了一种亲切而温暖的情味，仿佛在向客人含笑招手。通过语言的描写，唤起读者相应的联想和情绪体验。

有作者喜欢写酒却不着"酒"字，或以"蚁"代"酒"如"天与秋光，转转情伤，探金英知近重阳。薄衣初试，绿蚁新尝，渐一番风，一番雨，一番凉。　黄昏院落，凄凄惶惶，酒醒时往事愁肠。那堪永夜，明月空床。闻砧声捣，蛩声细，漏声长"②（《行香子》）。李清照也有《渔家傲》："雪里已知春信至，寒梅点缀琼枝腻。香脸半开娇旖旎，当庭际，玉人浴出新妆洗。　造化可能偏有意，故教明月玲珑地。共赏金尊沈绿蚁，莫辞醉，此花不与群花比。"③

在绿蚁之外，还有诸如"蚁绿""绿"和"绿酒"来指代酒的，宋代陈著《谢戴时芳惠物》："蚁绿浮香雪外春，锦翰飞动玉芝新。山人已约餐松柏，此馈应知是获麟。"④ 就是用的"蚁绿"。杜甫《对雪》则直接用绿代替酒，连酒"蚁"之状都省了："战哭多新鬼，愁吟独老翁。乱云低薄暮，急雪舞回风。瓢弃尊无绿，炉存火似红。数州消息断，愁坐正书空。"⑤ 晏殊在《清平乐》就只写出了颜色："金风细细，叶叶梧桐坠。绿酒初尝人易醉，一枕小窗浓睡。　紫薇朱槿花残，斜阳却照栏杆。双燕欲归时节，银屏昨夜微寒。"⑥

随着时间的推移，人们对酒的认识逐渐增多，如果从质地和色泽上来

---

① 谢思炜：《白居易诗集校注》第3册，中华书局2006年版，第1358页。
② 周笃文、马兴荣主编：《全宋词评注》，学苑出版社2011年版，第280页。
③ （宋）李清照著，黄墨谷辑校：《重辑李清照集》，中华书局2009年版，第16页。
④ 北京大学古文献研究所编：《全宋诗》第64册，北京大学出版社1998年版，第40113页。
⑤ 《全唐诗》第7册，中华书局1960年版，第2403页。
⑥ 周笃文、马兴荣主编：《全宋词评注》，学苑出版社2011年版，第256页。

区分酒的话,李时珍云:"酒之清者曰酿,浊者曰盎;厚曰醇,薄曰醨;重酿曰酎,一宿曰醴;美曰醑,未榨曰醅;红曰醍,绿曰醽,白曰醝。"①按这个标准去回顾白居易当时喝的那种"绿蚁新醅酒"中的"醅",就是未经过滤的酒,酒面上必定是覆满了蚂蚁般的绿色泡沫。这是新酿成后刚刚滤去酒渣的酒,酒面上泛起的那一层细小的绿色泡沫,使酒显得格外清冽。

(二)《南柯太守传》与蚁在唐诗宋词间的意蕴演变

蚁在《全唐诗》中出现 179 次,其主要含义有绿蚁之酒、蝼蚁成群等,在《全宋词》中出现 121 次,主要含义为绿蚁之酒、蝼蚁成群和南柯之梦等。两者相比,随着《南柯太守传》的问世与流行,宋代诗词中增加了大量"蚁梦"的意蕴,一个"蚁",折射人生,穿透古今,微言大义的范例莫过于此。例如,王千秋的"功名竹上鱼,富贵槐根蚁"②(《生查子》);刘克庄的"梦里偶然得意,醒后才堪发笑,蚁穴驾车还"③(《水调歌头·解印有期戏作》);刘镇的"人间世,算到头一梦,蝼蚁王侯"④(《沁园春·和刘潜夫送孙花翁韵》);吕胜己的"蚁穴荣华,人间功业,都恼人怀"⑤(《柳梢青》);吴文英的"门巷去来车马,梦游宫蚁"⑥(《瑞龙吟》);等等。

"蚁梦"出自唐代李公佐的《南柯太守传》,后以"蚁梦"代指梦境或是空幻。清代王夫之写"酿就蜂蜜,惊回蚁梦,丈夫当如此矣"⑦(《哨遍·广归去来辞》),"邺侯仙骨,凌虚上御泠也。梦鹤回也。何知蚁梦醒

---

① (明)李时珍著,钱超尘、董连荣主编:《本草纲目详译》,山西科学技术出版社 1999 年版,第 1213 页。
② 周笃文、马兴荣主编:《全宋词评注》,学苑出版社 2011 年版,第 993 页。
③ 同上书,第 610 页。
④ 同上书,第 284 页。
⑤ 同上书,第 641 页。
⑥ 同上书,第 345 页。
⑦ (明)王夫之:《船山全书》第 15 册,岳麓书社 2011 年版,第 776 页。

也"①(《瑞鹤仙·寿李为好》),在亲睹山河破碎、江山易主后幡然领悟,世间的一切也不过梦境一场。繁华富贵如过眼烟云,功名利禄求之又何如?船山词中多处出现"蚁梦"一词,"这是一代知识分子报国无门、生命价值难以体现之后的一种心灵破碎的悲叹。也许,只有看透世事红尘中的一切幻象,才能隐居山中,潜心著书,修炼己志,以此达到人生更圆满的境界。这即是中国人特有的在心灵的无奈与洒脱间所要追求的一种平衡心理"②。

蚂蚁是天生的建筑家,中国古人就见识了蚂蚁筑巢的高超技能,因而才会有"蚁穴"比"宫殿"、"蚁梦"比"人生"的可能性。《全唐诗》提到的穴蚁9处,蚁穴6处,这15处全部是写实际的蚂蚁穴,没有典故的使用。例如,李峤的"穴蚁祯符应,山蛇毒影收"③(《晚秋喜雨》);高适诗中的"仍怜穴蚁漂,益羡云禽游"④(《东平路中遇大水》);杜甫的"鼎鱼犹假息,穴蚁欲何逃"⑤(《喜闻官军已临贼境二十韵》),"筑场怜穴蚁,拾穗许村童"⑥(《暂往白帝复还东屯》),"林居看蚁穴,野食行鱼罾"⑦(《寄刘峡州伯华使君四十韵》);卢纶的"穴蚁多随草,巢蜂半坠泥"⑧(《客舍苦雨即事寄钱起郎士元二员外》);元稹的"土虚烦穴蚁,柱朽畏藏蛟"⑨(《江边四十韵》);贾岛的"穴蚁苔痕静,藏蝉柏叶稠"⑩(《寄无可上人》);陆龟蒙的"蠹根延穴蚁,疏叶漏庭蟾"⑪(《秋日遣怀十六韵寄

---

① (明)王夫之:《船山全书》第15册,岳麓书社2011年版,第726页。
② 王福苓:《浅析王夫之词中的虫、鸟、兽形象》,《重庆科技学院学报》(社会科学版)2011年第18期。
③ 《全唐诗》第3册,中华书局1960年版,第728页。
④ 同上书,第2214页。
⑤ 同上书,第2408页。
⑥ 同上书,第2503页。
⑦ 同上书,第2516页。
⑧ 《全唐诗》第9册,中华书局1960年版,第3156页。
⑨ (唐)元稹著,冀勤点校:《元稹集》(修订本)上册,中华书局2010年版,第168页。
⑩ 《全唐诗》第17册,中华书局1960年版,第6634页。
⑪ 《全唐诗》第18册,中华书局1960年版,第7166页。

道侣》);李洞的"松根穴蚁通山远,塔顶巢禽见海微"①(《和刘驾博士赠庄严律禅师》);白居易的"蜂巢与蚁穴,随分有君臣"②(《郡中春宴,因赠诸客》),"鹤鸣犹未已,蚁穴亦频迁"③(《秋霖即事联句三十韵》);邵谒的"一物不得所,蚁穴满山丘"④(《论政》);等等。

自李公佐作《南柯太守传》后,"蚁穴"在《全宋词》中就完全被其影响。蚁穴在《全宋词》中的4处使用全部化用《南柯太守传》典故。现列举如次:

1. 黄庭坚的《西江月》

  崇宁甲申,遇惠洪上人于湘中。洪作长短句见赠云:"大厦吞风吐月,小舟坐水眠空。雾窗春色翠如葱。睡起云涛正拥。往事回头笑处,此生弹指声中。玉笺佳句敏惊鸿。闻道衡阳价重。"次韵酬之。时余方谪宜阳,而洪归分宁龙安。

  月侧金盆堕水,雁回醉墨书空。君诗秀色雨园葱。想见衲衣寒拥。

  蚁穴梦魂人世,杨花踪迹风中。莫将社燕等秋鸿。处处春山翠重。⑤

这里的"蚁穴"意象与南柯一梦的故事化为一体,惠洪云:"山谷南迁,与余会于长沙,留碧湘门一月。李之光以官舟借之。为憎疾者腹诽,因携十六口买小舟。余以舟迫窄为言。山谷笑曰:'烟波万顷,水宿小舟,与大厦千楹、醉眠一榻何所异?道人缪矣。'即解纤去。闻留衡阳,作诗写字,因作长短句寄之曰:'大厦……'时余方还江南,山谷和其词曰:

---

① 《全唐诗》第21册,中华书局1960年版,第8299页。
② 谢思炜:《白居易诗集校注》,中华书局2006年版,第873页。
③ 同上书,第2941页。
④ 《全唐诗》第18册,中华书局1960年版,第6994页。
⑤ 周笃文、马兴荣主编:《全宋词评注》,学苑出版社2011年版,第62页。

'月侧……'"①（《冷斋夜话》）熙宁初，黄庭坚任国子监教授，新党掌权时屡遭贬，最后谪至宜州，卒于任所。由此可见，即使在内外交困的境地，黄庭坚依然有着一种与众不同的气度，正因为那艘迫窄的小舟，使他即使在蚁居的时候，依然显示了强大的内心，回首如梦的往事，恍然醒悟后的这份反省，让他有一种坚持，更有一种淡定。

2. 吕胜己的《柳梢青》

  叶下云行，亭皋风静，凉雨丝丝。断雁孤鸣，寒蛩相应，寂寂书帏。

  蒲团纸帐兰台。梦不到、邯郸便回。蚁穴荣华，人间功业，都恼人怀。②

"梦不到"这句话暗指沈既济《枕中记》黄粱美梦典故，蚁穴句暗用了李公佐的《南柯太守传》典故。

3. 刘克庄的《水调歌头·解印有期戏作》

  老子颇更事，打透利名关。百年扰扰于役，何异入槐安。梦里偶然得意，醒后才堪发笑，蚁穴驾车还。恰佩南柯印，仿佛縠曾丹。

  客未散，日初映，酒犹残。向来幻境安在，回首总成闲。莫问浮云起灭，且跨刚风游戏，露冷玉箫寒。寄语抱朴子，候我石楼山。③

4. 王奕的《八声甘州·题维扬摘星楼》

  问苍天、苍天阒无言，浩歌摘星楼。这茫茫禹迹，南来第一，是古扬州。当日双龙未渡，风月一家秋。中分胡越后，横断江流。

---

① （宋）惠洪撰：《冷斋夜话》，中华书局1988年版，第90页。
② 周笃文、马兴荣主编：《全宋词评注》第5卷，学苑出版社2011年版，第641页。
③ 周笃文、马兴荣主编：《全宋词评注》第7卷，学苑出版社2011年版，第610页。

○ 诗说虫语
唐诗宋词里的昆虫世界

□百年间春梦，笑槐柯蚁穴。多少王侯。谩平山堂里，棋局几边筹。是谁教、海干仙去，天地付浮沤。书生老，对琼花一笑，白发苍洲。①

《全宋诗》中写到的蚁穴 71 处，有 34 处化用了《南柯太守传》的典故。写"穴蚁"的 22 处，有 4 处化用此典故。而通篇化用典故写蚁的也不少，例如黄庭坚的《蚁蝶图》：

胡蝶双飞得意，偶然毙命网罗。群蚁争收坠翼，策勋归去南柯。②

黄庭坚仕途坎坷，因"乌台诗案"的牵连，被贬谪远地做了个闲官，官场的尔虞我诈、相互倾轧让他深有感触。《蚁蝶图》是题画诗，他将自己看透的世间百态暗藏诗中，用"蚁蝶图"来暗喻官场。这些官场"蚁"、官场"蝶"们为了一己之私，明争暗斗、落井下石、墙倒众人推。可最终的结果呢？还不是"南柯一梦"！只有天地青山、大江大河才是广阔永恒的。黄庭坚的题画诗以典讽今，以追问历史、放眼未来的胸怀，反思眼前的残局。他的"人曾梦蚁穴，鹤亦怕鸡笼"③"蜜房各自开牖户，蚁穴或梦封侯王"④ 以及"游子官蚁穴，谪仙居瓠壶"⑤ 均有此思想。此外，还有许多诗句化用了该典故，例如李纲的"举世浑如蚁穴梦，何人解契箭锋机"⑥；李弥逊的"漫道鹤书朝赴陇，真成蚁穴梦封侯"⑦；姜特立的"王侯几蚁穴，天地一渔蓑"⑧ 和"南柯蚁穴醯鸡天，鹤

---

① 周笃文、马兴荣主编：《全宋词评注》第 9 卷，学苑出版社 2011 年版，第 408 页。
② 北京大学古文献研究所编：《全宋诗》第 17 册，北京大学出版社 1998 年版，第 11420 页。
③ 同上书，第 11448 页。
④ 同上书，第 11511 页。
⑤ 同上书，第 11533 页。
⑥ 北京大学古文献研究所编：《全宋诗》第 27 册，北京大学出版社 1998 年版，第 17583 页。
⑦ 北京大学古文献研究所编：《全宋诗》第 30 册，北京大学出版社 1998 年版，第 19300 页。
⑧ 北京大学古文献研究所编：《全宋诗》第 38 册，北京大学出版社 1998 年版，第 24088 页。

长鼃短谁亏全"①；杨万里的"但登诗坛将骚雅，底用蚁穴封王侯"②；陈造的"后生事虫篆，蚁穴麏檀槐"③；魏了翁的"人生行止时为大，膜外浮荣蚁穴王"④；刘克庄的"蚁穴梦残何足记，蠧陵愿在莫须偿"⑤ 和 "历官蚁穴一场梦，闷事鸡窠百岁翁"⑥；戴表元的 "五年清梦隔蚁穴，千里飞尘深马蹄"⑦；等等。

（三）蚁的自然习性与文学书写

从昆虫学上来说，蚂蚁为典型的社会昆虫，有着群居的习惯，团结的蚁群却经常被歪曲为拉帮结伙的坏势力。司空图批评诗坛的帮派门户之风为"蚁聚"，"蚁聚"从来就不是好的比喻，一般都指贼人拉帮结伙、为非作歹。如李林甫《贺克吐蕃安戎城请宣示百寮表》"积年以来，蚁聚为患"⑧；李白《拟恨赋》"玉颜灭兮蝼蚁聚，碧台空兮歌舞稀"⑨；司空图有"鱼穷爨鼎，蚁惧搜穴"⑩（《复安南碑》）之语。诗坛上曾有一帮小人，呼朋引伴，如蝼蚁汲汲然相聚，以为能成大事，但极尽所能，最终成就的不是高山而只是小土堆。

与蚂蚁群聚习性相关的诗词很多，吕温的"蚁入不足恤，柱倾何可追"⑪（《道州南楼换柱》），元稹的"道路非不妨，最忧蝼蚁聚。豺狼不陷阱，蝼蚁潜幽蠹""愿君扫梁栋，莫遣蝼蚁附"⑫（《捉捕歌》），这些诗皆

---

① 北京大学古文献研究所编：《全宋诗》第38册，北京大学出版社1998年版，第24114页。
② 北京大学古文献研究所编：《全宋诗》第42册，北京大学出版社1998年版，第26310页。
③ 北京大学古文献研究所编：《全宋诗》第45册，北京大学出版社1998年版，第27970页。
④ 北京大学古文献研究所编：《全宋诗》第56册，北京大学出版社1998年版，第34977页。
⑤ 北京大学古文献研究所编：《全宋诗》第58册，北京大学出版社1998年版，第36285页。
⑥ 同上书，第36377页。
⑦ 北京大学古文献研究所编：《全宋诗》第69册，北京大学出版社1998年版，第43656页。
⑧ 周绍良主编：《全唐文新编》卷346，吉林文史出版社2000年版，第3958页。
⑨ （清）王琦注：《李太白全集》，中华书局2011年版，第14页。
⑩ 周绍良主编：《全唐文新编》卷809，吉林文史出版社2000年版，第9953页。
⑪ 《全唐诗》第11册，中华书局1960年版，第4171页。
⑫ （唐）元稹著，冀勤点校：《元稹集》（修订本），中华书局2010年版，第305页。

○ 诗说虫语
唐诗宋词里
的昆虫世界

言小小的事物可能会积聚成大的灾祸，单个的小蚂蚁不足惧，但是天长日久大量的微小个体，终将带来不可挽回的后果。这也是中国古人不喜蚂蚁的原因之一。韩愈的"蚍蜉撼大树，可笑不自量"①（《调张籍》），拾得的"蚁子啮大树，焉知气力微"②（《诗》）则以蚁和树之间形象的强烈对比，借小小的蚂蚁来讽刺那些自不量力的人。蚂蚁就这样一直作为负面形象的代表出现在中国的古诗词中。

蚂蚁善掘穴于地下，故常引起人们的危机意识，晋代陆机的《挽歌》写道：

丰肌飨蝼蚁，妍姿永夷泯。寿堂延魑魅，虚无自相宾。蝼蚁尔何怨？魑魅我何亲？拊心痛荼毒，永叹莫为陈。③

诗中死者的身躯被蝼蚁所咬噬，而鬼魅公然登堂入室，发出了"蝼蚁啊你们与我有何仇怨，为何要如此作践于我"的呼号。墓穴中的种种情景使人见之惊心动魄，该诗影响了南朝宋诗人鲍照的《挽歌》，其间有云"生时芳兰体，小虫今为灾"④，再到唐代李贺的《秋来》中"秋坟鬼唱鲍家诗，恨血千年土中碧"⑤句，似有一脉相传的关系。

---

① 《全唐诗》第 10 册，中华书局 1960 年版，第 3814 页。
② 《全唐诗》第 23 册，中华书局 1960 年版，第 9108 页。
③ （宋）郭茂倩：《乐府诗集》卷 27，中华书局 1979 年版，第 400 页。
④ （南朝宋）鲍照著，丁福林、丛玲玲校注：《鲍照集校注》，中华书局 2012 年版，第 616 页。
⑤ 《全唐诗》第 12 册，中华书局 1960 年版，第 4400 页。

第四章 唐宋昆虫诗词的文化意蕴

第四章 唐宋昆虫诗词的文化意蕴

第一节 昆虫诗与社会民生

一 灾害敬畏与唐宋蝗虫诗的兴盛

我国古代蝗虫诗总是伴随着蝗灾过后的沉重叹息而来,自春秋战国以来的2600多年里,中国仅中原地区发生的较严重的蝗灾就有800多次,平均每三年发生一次,并且每隔5—7年就发生一次大规模的蝗灾。古代蝗灾来临的时候,景象是非常惊人的,蝗群遮天蔽日飞扑而来,轰轰烈烈如风卷残云般啃光一切庄稼、树叶等绿色植物,猛烈的时候甚至是袭击人类。蝗灾大规模产生的原因是多方面的,从现代生态科学上来说,有缺少有效天敌的原因,也有久旱天气的原因,还有预见性不够、人工干预力度小、缺乏有效灭蝗方法等原因。

蝗虫不仅直接造成灾害,它带来的饥荒还引起了人类无数次的战争。每当蝗灾后必会有饥荒,腐败官吏的贪赃枉法、不良商人的囤积居奇,就和民以食为天的基本愿望产生了剧烈的冲突,尖锐的社会矛盾就这样被激化。统治阶级的奢靡腐化、穷凶极恶,往往使得蝗虫成为社会矛盾的导火索,为了缓和社会矛盾,保住统治地位,战争也就开始了。由蝗灾引发的战争在历史典籍中可谓"史不绝书",仅《后汉书》便记载了许多。例如,汉帝因为蝗灾带来歉收,便派大将武力掠夺南越小国,将"蝗食稻"演变成为"蝗食人"的社会悲剧。

诗人们将人祸亦猛于天灾的忧患、愤慨情绪在诗作中予以发泄,导致蝗虫诗从一出现便蒙上了浓重的社会责任意识。

诗说虫语
唐诗宋词里的昆虫世界

(一) 蝗灾与灭蝗的方法

从有农耕史以来，人类就开始与蝗虫进行了一场绵延数千年的战争。《春秋》在鲁桓公五年（公元前707年）秋季的历史档案中沉重地记下了一个"螽"字，这是中国蝗灾的最早记录。蝗虫诗的出现时间在先秦，伴随着农业社会生产生活的发展，文学与生活的密切关系使蝗虫成为农业社会某些特定时期的重要写作对象，并在一定范围内成为作者问政济世的工具。

蝗虫的别称有很多，《农书》的作者王桢曾根据《春秋》统计出"春秋二百四十二年，书'大有年'仅二，而水、旱、螽蝗屡书不绝"，《周南·螽斯》等篇章也从旁佐证了商代晚期至春秋中叶这段时期螽类数目之多。阜螽、草螽、斯螽、蟿螽、土螽五种总名为螽。《说文解字》训螽为"蝗也"。

中国是蝗灾频发的国家，长期以来，蝗灾与水灾、旱灾并称为中国古代三大自然灾害，飞蝗经行之处，草木无遗，对古代人类的生活造成极大的威胁，因此也受到了历代统治者的关注。"据范毓周的研究，殷代的甲骨文中就有蝗虫的记载。从汉代开始，中国正史中就有《五行志》来专门记载历代灾害情况，至迟到宋代已经有专门记载消灭蝗虫的方法的书籍。"[①]

《诗经·小雅·大田》中有"去其螟螣，及其蟊贼。田祖有神，秉畀炎火"[②]的记载，诗中写到了消除蝗虫、螟等螽贼类害虫的"火烧法"。由于没法人力控制害虫，先民只能祈求田神协助自己利用害虫趋光性来用篝火进行诱杀，"秉畀炎火"四个字就是非常直观的。更详细的见《旧唐书·姚崇传》："蝗既解飞，夜必赴火，夜中设火，火边掘坑，且焚且瘗，除之可尽。"[③]螽贼还是小人、坏蛋的代名词，如"螽贼内讧"。许慎在《说文

---

① 彭展：《20世纪唐代蝗灾研究综述》，《防灾技术高等专科学校学报》2005年第3期。
② 周振甫译注：《诗经译注》（修订本），中华书局2010年版，第328页。
③ （后晋）刘昫等：《旧唐书》，中华书局2000年版，第2047页。

解字·虫部》中认为官吏如果作奸犯科，田间就会出现"螟螣"。陆贾在《新语·明诫》中说"恶政流于民，则螟虫生于野"①，都是下意识地把害虫拟人化了。

苏轼在"秉畀炎火传自古。荷锄散掘谁敢后"②的诗句中，更是形象地描写了古人用火烧和挖埋方式相结合的治蝗办法。然而这一切似乎收效不大，于是人们对蝗虫由恐惧转变为敬畏。明朝郭登《飞蝗》也写过："飞蝗蔽空日无色，野老田中泪盈血，牵衣顿足捕不能，大叶全空小枝折。"③ 在半个世纪以前，蝗灾泛滥的中原地区还遍布着大大小小的"蝗神庙"，里面供奉着"蝗头人身"的"蝗神"。对于"蝗神"，老百姓与其说是把它作为偶像顶礼膜拜，不如说是在哀求它不要降灾。"古人对蝗虫既敬畏又渴望征服的矛盾心理，在膜拜蝗神上淋漓尽致地表现出来。"④

（二）唐代蝗虫诗的风貌与特色

《全唐诗》中有 12 首蝗虫诗，虽然不能一一列出每一首的具体成诗时间，但通过对照唐代蝗灾出现的年份和作者大致生存与作诗的主要时期，不难看出这 12 首蝗虫诗无一不是对应了特定的灾害年份，通过诗作表达了共同的祛灾愿望，看到了民生的疾苦，表达了政治诉求。从作者来看，除了戴叔伦稍早，韩愈、刘叉、白居易、殷尧藩、薛能、曹邺、汪遵、皮日休、杨凝式、贯休都是中晚唐的，因此这些蝗虫诗几乎都是作于中晚唐时期。

通过蝗虫诗间接地反映出唐代蝗灾两个明显的特点：

第一个特点是蝗灾发生的时间相对规律。蝗灾季节多在夏秋，从戴叔伦的"麦苗渐长天苦晴"⑤、白居易的"天热日长饥欲死"⑥ 等诗句可以推

---

① 王利器：《新语校注》，中华书局 2012 年版，第 173 页。
② 北京大学古文献研究所编：《全宋诗》第 14 册，北京大学出版社 1998 年版，第 9213 页。
③ （清）钱谦益撰集：《列朝诗集》第 5 册，中华书局 2007 年版，第 2328 页。
④ 赵力：《图文中国昆虫记》，中国青年出版社 2004 年版，第 182 页。
⑤ 《全唐诗》第 9 册，中华书局 1960 年版，第 3071 页。
⑥ 《全唐诗》第 13 册，中华书局 1960 年版，第 4694 页。

○ 诗说虫语
唐诗宋词里的昆虫世界

断出这个时间特点。经过统计，唐代共发生蝗灾40次，秋蝗为18次，占总数的50%；夏蝗为15次，占总次数的41.7%；春冬两季总共为3次，所占比例不到9%。此外还有连年性的特点。唐代连续三年发生蝗灾的记载高达19年，占蝗灾总年份的47.5%，而连续发生2年以上的蝗灾年份更多，共计31年，所占比例高达77.5%。可见蝗灾连年发生的频率之高。"蝗虫排卵之后，若冬季气温适宜，蝗卵会很快进入下一轮生长期。这样蝗虫会愈来愈多，第二年会接连成灾。唐代正处于中世纪湿润温暖期，某些地区蝗灾连年发生，其原因就在此。"① 而且，从蝗虫诗"荐食如蚕飞似雨"②"雨飞蚕食千里间"③ 等迁飞特征推断，蝗灾有些虽是连年发生，但地方不同。如贞观二年（628）六月"京畿旱，蝗食稼"、三年"徐、德、戴、廓等州蝗"④。又如贞观二十一年发生连续两年的蝗灾，第一年发生在渠、泉、莱、建等州，第二年则发生在通州。这种情况蔓延之所以快，不但与蝗虫繁衍速度有关，也与其迁飞特点密不可分。如兴元元年至贞元三年（784—787）连续三年发生蝗灾，蝗虫所经之处，草木树叶皆尽，很大程度上是因"（蝗）自东海西尽河、陇，群飞蔽天，旬日不息"。⑤

第二个特点是受地理位置与生态影响。黄河流域是发生蝗灾的主要地区，黄河地区夏季雨量集中，由于黄河河床宽阔，河水漫流，两岸滩地不能正常利用，加之温度适宜，为蝗虫生长发育提供了较好的地理条件，很容易成为蝗虫的滋生场所。黄河中下游地区是小麦等农作物的重要产区，水患之后的河滩又是芦苇生长的良好场所，这些都是蝗虫喜食的植物，从而为蝗虫的生长提供了食物来源。史书上有记载的蝗灾发生区域就多位于粮食产区，因为自古以来统治者都很重视京师附近和经济命脉地区各方面

---

① 谢翠维：《唐代蝗灾研究管见》，《兰台世界》2009年第11期。
② 《全唐诗》第13册，中华书局1960年版，第4695页。
③ 同上书，第4695页。
④ （元）马端临：《文献通考》物异20，浙江古籍出版社1988年版，第2462页。
⑤ （后晋）刘昫等撰：《旧唐书》，中华书局2000年版，第946页。

情况，才使得这些地区的灾情能畅通上达，也最易被史书所记载。

唐代蝗灾还呈现出鲜明的递增趋势，这是与社会因素密切相关的，也算得上是"天人合一"说较直观的体现。唐朝前期蝗灾共发生15次，平均9.2年一次，后期蝗灾共25次，平均6.04年一次，无论从发生次数，还是发生频率来讲，唐朝后期蝗灾远较前期频繁，平均相差三年之久，可见增长幅度之大。唐后期政局不稳导致的生态环境恶化是主要因素。前期政治、经济持续发展，农田水利、爱鸟护林等设施因统治者实施重农政策，起到了保护生态平衡、有效限制蝗灾发生等作用。即便发生，也能因防治救助及时，从而减少蝗灾多年连续发生的可能，因而这一时期蝗灾发生相对较少。到了唐后期，政局混乱，战争频发，生态环境因此遭到巨大的挑战，这就成为蝗灾加剧发生的主要原因之一。至德元年（756）的安史之乱期间，安禄山遣兵攻颍州，因兵少无蓄积，"太守薛愿、长史庞坚悉力拒守，绕城百里庐舍、林木皆尽"[1]。光化二年（899年），李唐败群蛮，"因风燔林，火烛天地，群蛮警遁，遂拔道州"[2]。战火硝烟导致生态环境的恶化，极大地破坏了生物链的作用，因为"植被覆盖度高，地表温度减低，同时也不利于蝗虫产卵和迁移"[3]。环环相扣的生态影响，成为唐后期蝗灾频发的诱因之一，也成为蝗虫诗绝大多数出于中晚唐的原因。

蝗虫诗的社会意义突出，不仅有民不聊生的酷吏拷问，也有对战争的控诉，甚至直接与官逼民反的唐末黄巢农民大起义有着直接关系。贯休在《酷吏词》中写道："所以祥风不来，和气不复。蝗乎蟊乎，东西南北。"[4]诗歌将酷吏横行的政坛和蝗虫蟊贼并称同喻，作为方外之人，尚有如此的忧国忧民之情，救民于水火之中的清廉之官必定是老百姓日夜祈盼的。晚

---

[1] （宋）司马光编：《资治通鉴》卷219，中华书局1956年版，第7008页。
[2] （宋）司马光编：《资治通鉴》卷261，中华书局1956年版，第8526页。
[3] 马建文：《基于东亚飞蝗生育周期的遥感蝗灾监测新模式》，《遥感学报》2004年第4期。
[4] （唐）贯休著，胡大浚笺注：《贯休诗歌系年笺注》（上册），中华书局2011年版，第74页。

○ 诗说虫语
唐诗宋词里的昆虫世界

唐曹邺在《奉命齐州推事毕寄本府尚书》中写道："州民言刺史，蠹物甚于蝗。受命大执法，草草是行装。"① 这里就更加直白地道出了官场现状，比蝗灾还要严重的是人祸。因蝗致荒，因荒而征，战争使"蝗食人"惨剧频繁出现，这类情景也成为蝗虫诗中的主要内容，连鲜写民生诗的殷尧藩都在《关中伤乱后》中写道："去岁干戈险，今年蝗旱忧。关西归战马，海内卖耕牛。"② 蝗灾、旱灾接踵而至，简单的诱因可能导致重大的损失，这也是他仅存的一首认真反映民生疾苦的诗作。贯休在《东阳罹乱后怀王慥使君五首》中写道："只报精兵过大河，东西南北杀人多。可怜白日浑如此，来似蝗虫争奈何。"③ 还有皮日休在《奉和鲁望徐方平后闻赦次韵》中写道：

金鸡烟外上临轩，紫诰新垂作解恩。涿鹿未销初败血，新安顿雪已坑魂。空林叶尽蝗来郡，腐骨花生战后村。未遣蒲车问幽隐，共君应老抱桐孙。④

皮日休是我国封建时代著名诗文作家中唯一参加过农民起义的人，在黄巢军中担任翰林学士，他透视蝗灾与兵灾交替的社会现状，感慨荒野遗留的战士孤魂、空林叶尽的萧瑟，战后村庄人烟稀少，大量腐烂的尸骨长眠黄土后，还孤零零地长出了新的植物，这种历尽沧桑后的沉思，承载了蝗虫诗沉重的社会意义。

1. 唐代地方官诗人的蝗灾书写

唐代蝗虫诗出现较早的是戴叔伦（732—789）的《屯田词》。戴叔伦有着出色的政治才能，勤力上国，流惠下民，留下了光辉的政绩。作为一

---

① 《全唐诗》第 18 册，中华书局 1960 年版，第 6864 页。
② 《全唐诗》第 15 册，中华书局 1960 年版，第 5574 页。
③ （唐）贯休著，胡大浚笺注：《贯休诗歌系年笺注》（下册），中华书局 2011 年版，第 950 页。
④ 《全唐诗》第 18 册，中华书局 1960 年版，第 7073 页。

名父母官，当蝗灾出现的时候，地方官的作为往往影响着成百上千老百姓的安居乐业。作为大历、贞元之际值得重视的名家，戴叔伦的创作体现了诗人反映现实矛盾、关心民生疾苦的进步倾向。① 《屯田词》描绘了一幅真实的艰辛图景，创作时间应当是784年或785年的蝗灾发生之后，正是他渴望归隐而不得不继续过着仕宦生活的时期，目睹了蝗灾过后的惨状却又无能为力的无奈，并浸含了自己为官多年羁旅辛勤、体衰多病、心力交瘁的感情。全诗如下：

> 春来耕田遍沙碛，老稚欣欣种禾麦。麦苗渐长天苦晴，土干确确锄不得。新禾未熟飞蝗至，青苗食尽馀枯茎。捕蝗归来守空屋，囊无寸帛瓶无粟。十月移屯来向城，官教去伐南山木。驱牛驾车入山去，霜重草枯牛冻死。艰辛历尽谁得知，望断天南泪如雨。②

兴元元年（784）四月出现蝗灾，"自春大旱，麦枯死，禾无苗，关中有蝗"③。《旧唐书·五行志》亦载："（唐贞元元年，785）夏，蝗，东自海，西尽河陇，群飞蔽天，旬日不息；所至，草木叶及畜毛靡有孑遗，饿殍枕道。"此时的作者已从东阳离任一年多，他走后出现了蝗灾，"东阳人民为了纪念他的德政，立'唐东阳令戴公去思颂'碑颂德"④，这足以说明当时人们认为德政可以避免蝗灾的到来。这首诗是唐代蝗虫诗的杰出作品，戴叔伦作为地方官对百姓生活的洞悉与关切，使他获得了当地百姓由衷的爱戴，故而他的作品在当时就很有名。诗歌开篇描述了春季耕种的场景，老少齐心，期待有一个好的收成，无奈麦苗渐长的时候碰上了旱灾，老百姓一点办法都没有，旱灾又导致了蝗灾，人们只能眼睁睁地看着新禾

---

① （唐）戴叔伦著，蒋寅校注：《戴叔伦诗集校注》，上海古籍出版社2010年版，第7页。
② 同上书，第222页。
③ 王溥：《唐会要》卷44，中华书局1955年版，第790页。
④ （唐）戴叔伦著，蒋寅校注：《戴叔伦诗集校注》，上海古籍出版社2010年版，第4页。

○ 诗说虫语 唐诗宋词里的昆虫世界

遭蝗虫劫难，而"青苗食尽馀枯茎"的惨状必将导致百姓生活的惨淡。这是一个有良知、有抱负的地方官最不愿看到的情景，百姓日子过不好，他感同身受，结合自己的宦海生涯，种种辛酸与困苦之情油然而生，便发出"望断天南泪如雨"的悲苦之叹。汪遵对于地方官的政绩与自然灾害也有诗《密县》为证："百里能将济猛宽，飞蝗不到邑人安。至今闾里逢灾诊，犹祝当时卓长官。"① 还有白居易的《捕蝗——刺长吏也》：

> 捕蝗捕蝗谁家子，天热日长饥欲死。兴元兵后伤阴阳，和气蠹蠹化为蝗。始自两河及三辅，荐食如蚕飞似雨。雨飞蚕食千里间，不见青苗空赤土。河南长吏言忧农，课人昼夜捕蝗虫。是时粟斗钱三百，蝗虫之价与粟同。捕蝗捕蝗竟何利，徒使饥人重劳费。一虫虽死百虫来，岂将人力定天灾。我闻古之良吏有善政，以政驱蝗蝗出境。又闻贞观之初道欲昌，文皇仰天吞一蝗。一人有庆兆民赖，是岁虽蝗不为害。②

河南遭灾，长吏课人昼夜捕蝗虫，说明了地方官的所为在治蝗与防治中的重要作用，但是当时战后已经很穷的社会，捕蝗的费用又怎么让人负担得起呢？白居易试图以太宗之德刺长吏捕蝗之失，而实际上一味地"看天吃饭"是于事无补的，真正应该做的还是要勇敢地走出人工灭蝗这一步。

2. 崇拜"天子吞蝗"的德政理想

蝗虫诗总和人们期待美政的理想结合在一起，因为认识水平的限制，人们以为只要政治清明就不会有蝗灾，因而格外祈盼清官的到来，以保佑一方平安。在唐代几次重大的蝗灾记录中，唐太宗李世民"吞蝗"的举动可谓惊世骇俗。贞观二年（628），京师旱，蝗虫大起。太宗入苑视禾，见蝗虫，掇数枚而咒曰：

---

① 《全唐诗》第 18 册，中华书局 1960 年版，第 6956 页。
② 谢思炜：《白居易诗集校注》，中华书局 2006 年版，第 321—322 页。

人以谷为命，而汝食之，是害于百姓。百姓有过，在予一人，尔其有灵，但当蚀我心，无害百姓。将吞之。左右遽谏曰："恐成疾，不可。"太宗曰："所冀移灾朕躬，何疾之避！"遂吞之。自是蝗不复为灾。①

在天人感应和以人为本的思想较量中，太宗毅然选择了后者，说明天人感应思想在太宗那里已经不是唯一的了。太宗吞食蝗虫，也成为后世百姓食蝗的滥觞。兴元元年（784）因旱致关中蝗灾，"百姓捕之，蒸暴，扬去足翅而食之"②。百姓不但捕蝗，而且把蝗虫烹调为食，对所谓蝗神、天灾提出挑战，体现了可贵的并且是自发的无神论思想，从科学上讲，这也是生物治蝗兼利用的有效办法之一。

之后的多位诗人也在诗歌中以此作为问政的依据，如刘叉《雪车》中回忆的"吾闻躬耕南亩舜之圣，为民吞蝗唐之德"③，从天灾写到人祸，因严冬大雪百姓困苦不堪，统治者反而要他们用车拉雪入宫，以备来年御暑之用，态度严厉，用语尖锐，批判矛头直指统治集团。白居易的《捕蝗——刺长吏也》中写道："又闻贞观之初道欲昌，文皇仰天吞一蝗。一人有庆兆民赖，是岁虽蝗不为害。"④这首诗充分体现了白居易对德政理想的追求。《旧唐书》记载了开成四年（839）六月，"天下旱，蝗食田"⑤，不过白居易的"岂将人力定天灾"⑥还是一种愚昧的观点，他受到庄子命定论思想的影响，认为"以政驱蝗"才能使"蝗出境"，理想是好的，却不甚科学，他仰慕唐太宗的英明神武，政治清明，寄全部希望于统治阶层的德政来驱走自然灾害，这有一定的社会诉求意义。

---

① 《贞观政要》卷8《务农》，上海古籍出版社1978年版，第237页。
② （宋）王溥撰：《唐会要》卷44，中华书局1955年版，第790页。
③ 《全唐诗》第12册，中华书局1960年版，第4444页。
④ 谢思炜：《白居易诗集校注》，中华书局2006年版，第321—322页。
⑤ （后晋）刘昫等撰：《旧唐书》卷37，中华书局2000年版，第946页。
⑥ 《全唐诗》第13册，中华书局1960年版，第4695页。

前文提到过，研究唐代蝗虫诗可以发现，唐代是中国古代积极治蝗的转折点，因为之前总是大多停留在观察或道德评价层面，"天子吞蝗"改变了唐人对待蝗神只存敬畏不敢挑战的局面，在以人为本思想的指导下，唐朝轰轰烈烈地出现了人力灭蝗的行动，其中成效最显著的当属宰相姚崇的治蝗。开元三年（715）六月，"山东诸州大蝗，飞则蔽景，下则食田稼，声如风雨，紫微令姚崇奏请差御史下诸道，促官吏遣人驱逋焚瘗之，以救秋稼，从之。是岁，田收有获，人不甚饥"①。开元四年（716）夏，"山东、河南、河北蝗虫大起，遣使分捕而瘗之"②。在这两次捕蝗中，姚崇聪明地想到了利用蝗虫趋光习性，发明了行之有效的捕蝗法："虫既解畏人，易为驱逐、又苗稼皆有地主，救护必不辞劳。蝗既解飞，夜必赴火，火边掘坑，且焚且瘗，除之可尽。"③《资治通鉴》言："连年蝗灾，不至大饥。"④这就肯定与中央力主捕杀蝗虫政策有关。而且朝廷还有专门派出御史为捕蝗使，分道捕杀蝗虫。玄宗也曾多次下令，如"若有勤劳用命，保护田苗，须有褒贬，以明得失；前后使人等审定功过，各具所系州县长官等姓名闻"⑤。此种强大阵容，迫使"蝗虫高飞凑海，蔽天掩野，会潮水至，尽漂死焉。蝗虫积成堆，岸及为亚鸟、鸢、白鸥、练鹊所食，种类遂绝"⑥。这样治蝗的成果就是仅发生两年，就未再复发了。我们从姚崇灭蝗中也可以看出：蝗灾救治的好坏成败和国家政权的强弱兴衰有密切的联系。

（三）宋代蝗虫诗的特色与发展

唐代蝗虫诗体现了从绝对的敬蝗到捕蝗的动摇，宋代则大大动摇了蝗神的地位，以更加科学的方法来应对大自然的种种灾难。宋代皇帝多次颁

---

① （后晋）刘昫等撰：《旧唐书》卷8，中华书局2000年版，第117页。
② 同上书，第118页。
③ （后晋）刘昫等撰：《旧唐书》卷96，中华书局2000年版，第2047页。
④ （宋）司马光编：《资治通鉴》卷211，中华书局1956年版，第6717页。
⑤ 周绍良主编：《全唐文新编》，吉林文史出版社2000年版，第337页。
⑥ （北宋）王钦若等：《册府元龟》卷144，中华书局1960年版，第1750—1751页。

布捕蝗诏令,《熙宁诏》(1075)是最早的治虫法规,历代朝廷均加以效仿。将宋代蝗虫诗与唐代的对比,不论是数量上还是内容上,宋代人都更加注重捕蝗术的发明和应用,唐代以前诗里记载的多是烧火引诱、捕击、掘沟等方法捕杀,宋代出现了掘种之法,即挖掘蝗卵或捕灭幼蝗。尤其值得重视的南宋时期董煟的《救荒活民书》对宋代和以前的捕蝗方法进行了系统的总结,详细介绍了捕蝗的时间、方法和工具,对捕蝗实践起到了重要的指导作用。

1. 宋代蝗虫诗文有鲜明的针砭时弊特点

宋朝建立后,社会经济文化空前发展,上层苟安享乐,吏治黑暗腐朽,《王安石集》卷三九《上时政疏》记载有"官乱于上,民贫于下,风俗日以浇薄,财力日以困穷"①,政治弊端已日益显露。宋代文人正视现实,敢于直言,不甘默视,由此针砭时弊的文字所在多有。《全宋诗》中"蝗"字出现了 197 次,能算得上是蝗虫诗的不过 25 首,从这 25 首蝗虫诗可以看出当时作者关注的重点范围大致在于书写百姓遭灾之苦、有识之士的治蝗之举以及揭露尖锐的社会矛盾,充分体现了宋代蝗虫诗针砭时弊的特点。

第一类是同情百姓遭灾之苦,反映作者忧国忧民之举。如章甫的《分蝗食》和郑獬的《捕蝗》:

分蝗食

田园政尔无多子,连岁旱荒饥欲死。今年何幸风雨时,岂意蝗虫乃如此。

麦秋飞从淮北过,遗子满野何其多。扑灭焚瘗能几何,羽翼已长如飞蛾。

天公生尔为民害,尔如不食焉逃罪。老夫寒饿悲恼缠,分而食之天或怜。②

---

① (宋)王安石:《王安石集》,三晋出版社 2008 年版,第 153 页。
② 北京大学古文献研究所编:《全宋诗》第 47 册,北京大学出版社 1998 年版,第 29052 页。

○ 诗说虫语
唐诗宋词里的昆虫世界

捕蝗

翁妪妇子相催行,官遣捕蝗赤日里。蝗满田中不见田,穗头枅枅如排指。

凿坑篝火齐声驱,腹饱翅短飞不起。囊提籯负输入官,换官仓粟能得几。

虽然捕得一斗蝗,又生百斗新蝗子。只应食尽田中禾,饿杀农夫方始死。①

这两首诗都用细致的笔法描绘了蝗灾过后重大的饥荒,《分蝗食》说不管是旱年也好,涝年也罢,总有这盘踞在人们头顶上的蝗灾久久不去,蝗虫飞过之处小麦绝收,还留下满地虫卵来年继续为害人间,人们被逼得没办法只有吃蝗虫熬过饥荒。《捕蝗》则反映了官府发动百姓捕蝗的事实,详细描述了可怕的蝗虫模样,人们捕蝗的速度远远赶不上蝗虫繁衍的速度,蝗虫已经把所有禾苗全部吃光,逼得农民无法生存,两首诗展示了满目疮痍的情景,读来令人恨蝗入骨。因蝗灾而导致农业歉收,因歉收而引发的战争也是造成百姓流离失所的一大原因。蝗虫诗中有深刻描写战争之苦的,如徐照的《蝗飞高》:

战士尸上虫,虫老生翅翼。目怒体甲硬,岂非怨飞激。
枅枅辨方来,横遮遍天黑。戍妇闻我言,色变气咽逆。
良人近战死,尸骸委砂砾。昨夜魂梦归,白骑晓无迹。
因知天中蝗,乃是尸上物。仰面久迎视,低头泪双滴。
呼儿勿杀害,解系从所适。蝗乎若有知,飞入妾心臆。②

这首诗展示出一幅令人震惊甚至恶心的死亡图景,尸体上的虫子,充满了怨愤地飞行,回到故里,被认为是尸体上的蝗虫,竟也成为家人的寄

---

① 北京大学古文献研究所编:《全宋诗》第 10 册,北京大学出版社 1998 年版,第 6849 页。
② 北京大学古文献研究所编:《全宋诗》第 50 册,北京大学出版社 1998 年版,第 31401 页。

托,是不是战死的士兵托蝗虫回归的祈愿?如果蝗虫是出征在外生死未卜的战士,家人的牵挂该是何等揪心。因蝗而灾,因灾而征,因征而亡,这就是普通老百姓的悲惨写照。征人与家人生死两界,皆因蝗起,最后也归于蝗"飞入妾心臆",何等苍凉的触动。

第二类是揭露尖锐的社会矛盾,反映统治阶级的昏庸无道,尖锐讽刺贪官借蝗敛财的恶劣行径。梅尧臣的《田家语》:

谁道田家乐,春税秋未足。里胥扣我门,日夕苦煎促。
盛夏流潦多,白水高于屋。水既害我菽,蝗又食我粟。
前月诏书来,生齿复板录。三丁籍一壮,恶使操弓韣。
州符今又严,老吏持鞭朴。搜索稚与艾,唯存跛无目。
田间敢怨嗟,父子各悲哭。南亩焉可事,买箭卖牛犊。
愁气变久雨,铛缶空无粥。盲跛不能耕,死亡在迟速。
我闻诚所惭,徒尔叨君禄。却咏归去来,刘薪向深谷。①

诗歌道出了因人祸导致妻离子散的惨剧,征战耗费了大量的人力物力,使得村庄里"唯存跛无目",而这"盲跛不能耕"之人活着也是在悲苦中等死,所以说是"死亡在迟速",田家如此苦,这社会的危机难道还看不出来吗?陈元晋也说:"无耐吏饕甘地恶,何辜民病重天殃。"宋宁宗时著名诗人孙因《蝗虫辞》以蝗虫喻指吸吮人民血汗的达官贵人,说"蝗日益盛,民日益病;蝗日益硕,而民日益瘠"②。这就充分说明了宋宁宗开禧年间的社会现状,作者借蝗虫"今为害者岂我乎"的反驳,愤愤不平地揭露了上层社会形形色色"人其形而蝗其腹"的人,他们"咋人骨髓"的行径,令人发指的剥削,加之"害民无期",使作者最后得出"蝗虫不灭,天下永无安宁"的论断,这里的蝗虫,早已不是单纯的昆

---

① 北京大学古文献研究所编:《全宋诗》第5册,北京大学出版社1998年版,第2792页。
② 刘乃昌:《两宋文化与诗词发展论略》,山东大学出版社2005年版,第27页。

虫之害，而是上升到了社会政治的大局，借物讽刺的手法在这首诗中体现得非常生动。

王安石在《和中甫兄春日有感》中写道：

雪释沙轻马蹄疾，北城可游今暇日。溅溅溪谷水乱流，漠漠郊原草争出。

娇梅过雨吹烂熳，幽鸟迎阳语啾唧。分香欲满锦树园，剪彩休开宝刀室。

胡为我辈坐自苦，不念兹时去如失。饱闻高径动车轮，甘卧空堂守经帙。

淮蝗蔽天农久饿，越卒围城盗少逸。至尊深拱罢箫韶，元老相看进刀笔。

春风生物尚有意，壮士忧民岂无术？不成欢醉但悲歌，回首功名古难必。[①]

作为著名的政治改革家，王安石关心民生是出了名的，他看到了政治弊端，力推改革，针砭时弊，忧国忧民，而且他是对蝗灾"灾异说"具有根本性突破的人物，他明确认为，灾害等反常的自然现象，不是社会政治的缺失或者统治者的道德缺失所导致的，但是和人们有着密切的关系。并不能认为灾异是纯属自然范畴的事情，"何豫于我"。人类和其他所有生物，都依赖于自然及其运行而生存，自然发生了问题，对人类当然会有影响。人类在自然灾异面前，不是无力的，不是无可作为的！统治者对人们在自然及其运行中生存，负有组织管理等职责，和自然共同养护百姓。因此，在灾异面前，他们更加"不能'固而息'，不能无所作为，不能听天由命，而应该'以天下之正理考吾之失'，检讨政治和德行，采取相应的

[①] 北京大学古文献研究所编：《全宋诗》第10册，北京大学出版社1998年版，第6560页。

正确措施，应对灾异"①。

曾受到过王安石赏识的王令，也在他的《梦蝗》诗中将"苛政猛于虎"的控诉完美嫁接到"权豪猛于蝗"。王令与王安石两人有过交集的短短几年里，共同见识到了蝗灾的可怕，两人的诗作中不约而同地出现了蝗灾的影子，尤其是王令的两首著名诗歌《原蝗》和《梦蝗》，反映民生疾苦，用相当激烈的话语鞭挞了封建社会的黑暗现实。

《原蝗》前一部分看似蝗虫的泛滥是自然条件适宜和普通百姓忽视的结果，而实际蝗灾产生的真正根源是"始知在人不在天"。蝗灾的降临，并不是官府所说的天降灾殃，而是因为官府的熟视无睹、毫无作为导致的。"譬之蚤虱生裳衣，扪搜剔拨要归尽，是岂仁者尚好之！然而身常不绝种，岂此垢旧招致斯？鱼朽生虫肉腐蠹，理有常尔无何疑？"②正像爬满蚤虱的衣裳，只有扪搜剔拨，方能尽除。如果官府关心民生疾苦，积极采取预防措施，蝗灾是可以减轻甚至消除的。而正是统治阶级的政治腐败，无所作为，才使得蝗灾如此的肆虐。在作者的层层追问下，统治阶级冠冕堂皇的理由被推翻，蝗灾真正的缘由大白于天下，大众因此而警醒，忧国忧民的有识之士也得到了启迪，"谁为忧国太息者，应喜我有原蝗诗"③。

《梦蝗》④是他另一首寓言诗，在诗歌一开头就描绘出一幅恐怖的蝗灾图景，眼睁睁地看着"朝飞蔽天不见日"，"却恐压地陷入海"，而更惨痛的"血滴地烂皮"让诗人悲从中来，不禁生出对罪魁祸首蝗虫的痛恨，这时候奇怪的梦境出现了，为人痛恨的蝗虫竟然"口似嗫嚅色似冤"，它质问诗人："问我子何愚，乃有疾我诗"，这不禁使诗人感到"愤且惊"，从而对蝗虫展开了义正词严的批驳，并坚定地表明了自己为民除害的决心：

---

① 赵杏根：《宋代蝗灾应对和灾异观之变化》，《重庆文理学院学报》（社科版）2012年第5期。
② 北京大学古文献研究所编：《全宋诗》第12册，北京大学出版社1998年版，第8079页。
③ （宋）王令著，沈文倬校点：《王令集》，上海古籍出版社2011年版，第28页。
④ 北京大学古文献研究所编：《全宋诗》第12册，北京大学出版社1998年版，第8087页。

诗说虫语 ○ 唐诗宋词里的昆虫世界

"尔虽族党多,我谋久已就,方将诉天公,借我巨灵手,尽拔东南竹松柏,屈铁缠缚都为帚,扫尔纳海压以山,使尔万噍同一朽",诗人的愤恨之情溢于言表。然而接下来的笔锋一转,蝗虫的辩解却使人对蝗灾重新反思,蝗虫的回答揭露了人间的极度不平,蝗虫列举了豪门权贵及其爪牙为富不仁、骄奢淫逸的种种罪恶,直指人世间"人食人"的悲剧比蝗灾要厉害得多,"常闻尔人中,贵贱等第殊","齿牙隐针锥,腹肠包虫蛆,开口有威福,颐指转赏诛","割剥赤子身,饮血肥皮肤","噬啖善人党,嚼口不肯吐","高堂倾美酒,脔肉燴百鱼",统治阶级这样奢侈糜烂的生活是建立在对普通百姓层层盘剥的基础上的。他们的一衣一食,都是老百姓的血肉换来的啊!与之相对比的则是百姓被盘剥殆尽,无以为生的悲惨境地:"贫者无室庐,父子一席居;贱者饿无食,妻子相对吁。"通过对比烘托,贫贱富贵二者之间的极度不公昭然若揭,蝗虫和统治阶级比起来,那可真是小巫见大巫了。世上那么多比蝗虫危害更大的人还在安然享乐,又何必苦苦责难蝗虫呢?更应该痛恨反抗的,是那些拼命压榨百姓血汗的统治阶级。诗人对社会矛盾的认识鲜明而深刻,通过蝗虫的申诉表达作者对政治黑暗的强烈抨击,最终落脚在人祸远甚蝗灾的"吾害尚可逃,尔害死不除,而作疾我诗,子语得无迂"[①]。这首犀利的昆虫诗,文风恣肆,锋芒毕露,大胆泼辣地将蝗虫作为对抗封建剥削阶级的匕首投枪,富有深刻的现实意义和社会意义。

2. 宋捕蝗诗反映"灾异说"从主流走向非主流

早在《诗经》中已经有记载火烧灭蝗的方法,为什么这么多年眼睁睁地看着灾难的发生却不加干预呢?为什么统治者放着那些有效灭蝗办法而不推广使用呢?究其根源,便是《吕氏春秋》中最早提出的"灾异说"。"灾异说"认为,包括生态灾害在内的所有自然灾害,都是社会政治或统治者道德之缺失所致,是天降的惩罚、警示或者预兆。人们如果直接抵抗这些自然灾害,就是逆天而行,会遭到更大的灾难和报应。只有提高统治

---

① (宋)王令著,沈文倬校点:《王令集》,上海古籍出版社2011年版,第41页。

者的德行，弥补社会政治的缺失，才会远离这些天降之灾。"灾异说"的产生和流行乃至盛行，有政治、学术等方面的深刻原因，也和当时人们对自然的认识和社会抗灾能力低下密切相关。在"灾异说"的笼罩下，自然灾害发生，朝廷或者地方政府首先想到的是检讨社会政治或统治者的德行。① 因此，有可行的灭蝗方法而弃之不用就可以得到合理的解释了。

　　自姚崇灭蝗后，蝗神崇拜被打开了缺口，人们对蝗灾终于有了一个新的选择，但天人感应的影响实在太过强大，因此，科学的操作尚未完全站稳脚跟，只能说是唐代灭蝗最成功的一次尝试。从两朝对比可以发现，宋诗里写人力干预灾害的篇幅已经远远大于唐代，足见灭蝗科学之发展的速度。从欧阳修到王安石，再到南宋的董煟，从他们的诗作和实际行动来看，几乎就是一部宋代灭蝗科学进程的发展史，从唐及以前的检讨社会政治、道德行为进步到科学预防、全面捕杀，用理性和实践成功驳斥了"灾异说"，为后世用科学精神应对自然灾害打开了大门。

　　从现存宋代蝗虫诗来看，曲折的过程中，依然存在"灭蝗说"和固守"灾异说"的人，两者在一定时间段是共存的，这样就使宋代灭蝗进入了一个复杂的、多元化方式互相碰撞的时期，且宋代还有一个重大的进步，就是持"灾异说"的人并不反对捕杀蝗虫，不管用祭祀神灵、主张灾异说还是火烧捕杀等应对措施，都是可以做到同步进行，且经常是双管齐下或者多管齐下。《宋史》卷六一《五行志一》云：嘉定八年，江淮甸严重蝗灾，朝廷"祭醮，令郡有蝗者如式以祭。自夏徂秋，诸道捕蝗者以千百石计。饥民竞捕，官出粟易之。九年五月，浙东蝗。丁巳，令郡国醮祭。是岁，荐饥。官以粟易蝗者千百斛"②。这说明在宋代，捕杀成了应对蝗灾最为普遍采用的手段。米芾的即兴诗"蝗虫元是空飞物，天遣来为百姓灾。

---

① 赵杏根：《宋代蝗灾应对和灾异观之变化》，《重庆文理学院学报》（社科版）2012年第5期。
② （元）脱脱等：《宋史》，中华书局1976年版，第1358页。

○ 诗说虫语
唐诗宋词里的昆虫世界

本县若还驱得去,贵司却请打回来"① 则是用诙谐态度对待看似严肃的"灾异""蝗神"等,在彰显了自己的睿智和幽默的同时,也表明了"灾异说"不再是坚不可摧的精神阎王了。

从敬畏到捕杀,这种应对大自然残酷挑战的过程逐步明晰,方法也逐步增多,人们学着用自己的生活经验来判断,学会寻找大自然的规律,探索更多有效的方式来抵抗自然灾害。人们已经发现了蝗虫与干旱之间的联系,知道了干旱经常会导致蝗灾的发生,冬天过于暖和也会导致蝗灾,如果头年发现蝗虫卵和幼虫而不加控制捕杀,则来年定会出现蝗灾等有据可循的规律。这些可贵的自然科学成绩在诗人们笔下都有所体现。例如梅尧臣的"南方岁苦热,生蝗复饥馑"② 就道出了"苦热"与"生蝗"的联系。欧阳修《被檄行县因书所见呈寮友》诗:"土龙朝祀雨,田火夜驱蝗。"③ 就是从"祈雨"之举,得知天旱,而天旱正是导致蝗灾的诱因。苏轼的《次韵章传道喜雨》:"去年夏旱秋不雨,海畔居民饮咸苦。今年春暖欲生螟,地上戢戢多于土。预忧一旦开两翅,口吻如风那肯吐。"④ 也是因为"不雨"的天气才出现蝗灾,因而对雨格外喜好。孔平仲的《长芦咏蝗》中有"若岁大旱汝则多"⑤ 之句。陈造的《次韵杨宰捕蝗宿竞岩四首》诗其二有"旱蝗蔽土翳云空,遥想驱驰逐转蓬"⑥ 之句,直言"旱蝗"二字,足见天气与蝗灾之成因。陆游《喜雨》诗:"新春距今一月尔,便恐蝗生残宿麦。天公老手真可人,夜雨萧萧洗旱尘。"⑦ 从担心到放心,仅仅是因为天公的一场及时雨,说明只要不发生严重旱灾,雨水及时,还是可以有机会躲过蝗灾的。他的《稽山行》诗云:"镜湖潴众水,自汉无

---

① (宋)何薳撰,张明华点校:《春渚纪闻·雍邱驱蝗诗》,中华书局1983年版,第30页。
② 北京大学古文献研究所编:《全宋诗》第5册,北京大学出版社1998年版,第2924页。
③ 北京大学古文献研究所编:《全宋诗》第6册,北京大学出版社1998年版,第3669页。
④ 北京大学古文献研究所编:《全宋诗》第14册,北京大学出版社1998年版,第9213页。
⑤ 北京大学古文献研究所编:《全宋诗》第16册,北京大学出版社1998年版,第10848页。
⑥ 北京大学古文献研究所编:《全宋诗》第45册,北京大学出版社1998年版,第28239页。
⑦ 北京大学古文献研究所编:《全宋诗》第40册,北京大学出版社1998年版,第24925页。

旱蝗。"① 更是说明在有水的地方,蝗灾就不会出现。仇远《二十五日东风少定辛丑夜西风再作》诗云:"见说长淮旱无雨,蛋蝗几欲渡江来。"② 说明蝗之烈,如果不是水的阻隔,将会猖狂到何种地步,况且这"几欲"二字生动再现了蝗虫压境的紧迫感,那种蝗虫差点就可以渡江而来的危机感顿生。

宋人还发现,如果头年冬天下雪多,严寒时间长,那么次年蝗灾的可能性和严重性就小一些。苏轼在《雪后书北台壁》写道:"遗蝗入地应千尺,宿麦连云有几家。"③ 上文提到的王令《原蝗》诗中有"去年冬温腊雪少,土脉不冻无冰澌。春气蒸炊出地面,戢戢密若在釜糜"④。这几句详细描写了因为冬日雪少,春季虫多的局面。仇远《丁未元日》也说"雪冻蝗应避,春暄雁欲还"⑤,言蝗对冰雪避而远之的特性。另外还有戴埴的《雹》云"胡不为嘉平之三白,驱蝗入地千百尺"⑥,方回的《次韵雪后》云"足使蝗螟俱屏迹,未妨莺燕尚潜形"⑦,杨公远《边日雪次典仲宣韵》云"但喜遗蝗深入地,休夸李愬把吴平"⑧ 等记载。虽然在这些诗中有的不符合事实,例如人们认为冬天寒冷来年不会出现蝗灾,不知道是低温杀死了虫卵,只凭想象认为蝗虫的卵会是由于怕冷而钻到地下深处,使得第二年虫子难以出土为害。

宋代还有人提出应对蝗灾关键在于尽早捕杀,因为蝗虫一旦变为成虫,它们对庄稼造成的损害就已经很严重了,也难以扑灭了。欧阳修《答朱寀捕蝗诗》的后半部分就这样说:

---

① 北京大学古文献研究所编:《全宋诗》第40册,北京大学出版社1998年版,第25419页。
② 北京大学古文献研究所编:《全宋诗》第70册,北京大学出版社1998年版,第44204页。
③ 北京大学古文献研究所编:《全宋诗》第14册,北京大学出版社1998年版,第9208页。
④ 北京大学古文献研究所编:《全宋诗》第12册,北京大学出版社1998年版,第8079页。
⑤ 北京大学古文献研究所编:《全宋诗》第70册,北京大学出版社1998年版,第44181页。
⑥ 北京大学古文献研究所编:《全宋诗》第63册,北京大学出版社1998年版,第39390页。
⑦ 北京大学古文献研究所编:《全宋诗》第66册,北京大学出版社1998年版,第41458页。
⑧ 北京大学古文献研究所编:《全宋诗》第67册,北京大学出版社1998年版,第42120页。

既多而捕诚未易，其失安在常由迟。诜诜最说子孙众，为腹所孕多昆蚔。

始生朝亩暮已顷，化一为百无根涯。口含锋刃疾风雨，毒肠不满疑常饥。

高原下湿不知数，进退整若随金鼙。嗟兹羽孽物共恶，不知造化其谁尸。

大凡万事悉如此，祸当早绝防其微。蝇头出土不急捕，羽翼已就功难施。

只惊群飞自天下，不究生子由山陂。官书立法空太峻，吏愚畏罚反自欺。

盖藏十不敢申一，上心虽恻何由知。不如宽法择良令，告蝗不隐捕以时。①

宋人在对灾异的认识方面，在天人关系的理解方面，比起前朝无疑是有进步的。只有当人类对自然及其灾害有了科学的认识、社会抵御自然灾害能力提高并积累了一定应对灾异成功实践的时候，才会达到对"灾异说"有突破性的超越。相对于洪涝、旱灾和地震等，蝗灾更容易认识，也是更容易抵御的。因此，宋诗里体现的诸如一旦发生干旱，或者冬天无雪、少雪、气温偏高的话，人们就要提前做好防止蝗灾的准备，并且采取提前应对的措施，包括杀灭虫卵和幼虫等灭蝗智慧就难能可贵了。

二 农桑之基与赋税的深层思考

（一）蚕诗书写与唐宋诗词生态的建构

唐宋的昆虫诗中，蚕是重点书写对象之一，蚕具有不同于其他昆虫的

---

① 傅璇琮等：《全宋诗》第6册，北京大学出版社1991年版，第3750页。

社会属性。它长期而广泛地参与了社会各阶层的生活与生产活动,为整个社会的进步和繁荣做出了重要贡献,尤为可贵的是蚕所蕴含的深层文化意义值得我们关注和思考。

1. 文学生态与唐宋蚕诗繁盛的原因

蚕意象在唐宋时期出现的次数很多,据笔者统计,《全唐诗》中,蚕意象出现了240次,而与蚕的活动有直接关系的"桑"出现了843次,虽然不是直接写蚕,但有桑的地方必定有隐含的蚕意,或者使用桑来指代蚕,所以蚕桑之意的紧密性是不能忽视的。《全宋诗》中,蚕意象有1243处,"桑"字更是高达4091次,这样的出现频率,不可谓不高。而且,《全宋诗》中以蚕为标题的诗歌就高达98首。

唐宋诗人写蚕,或以白描手法简单勾勒,或以第三人称视角客观描述,或者设问自答引人深思,留下了大量优秀的咏蚕作品,并固定了蚕的经典意象。"春蚕到死丝方尽,蜡炬成灰泪始干"[①](李商隐《无题》)成为蚕诗经典化的代表,诗歌塑造出了一个默默付出、死而后已的光辉形象,成为后世敬仰的对象。"雉雊麦苗秀,蚕眠桑叶稀"[②](王维《渭川田家》)营造出幽静美好的田园风光。"一曲红绡不知数""血色罗裙翻酒污"[③](白居易《琵琶行》)则惊醒了世人对奢靡生活的反思。不论是单纯的咏蚕还是借蚕言志,不论是描绘农家风貌还是表达对社会不公的怨愤,唐宋蚕诗以其丰富的文化内涵繁荣着诗坛的面貌。

值得注意的是,蚕诗的艺术水平远远超出了蚕词。这首先是由词的咏唱环境和生存的土壤决定的;其次是词本身内容的特殊性,词中之蚕是在一片莺歌燕舞的裙摆里写出来的,没有织女苦涩无边的织作图景,没有苛捐杂税的无穷压迫,一片明朗之欢歌,连采桑农活也变得空前明媚。关注角度的不一致,导致《全宋词》没有对社会底层蚕妇织女的同情,因而也

---

① 《全唐诗》第16册,中华书局1960年版,第6168页。
② 《全唐诗》第4册,中华书局1960年版,第1248页。
③ 谢思炜:《白居易诗集校注》,中华书局2006年版,第962页。

○ 诗说虫语
唐诗宋词里的昆虫世界

很难体现出社会批判功能。

唐宋蚕诗繁盛的原因在于其所负载的文化功能。物质对精神的主导作用是不容置疑的。先秦以降，华夏大地上的农业生产延续着男耕女织的传统，"女织"就是纺丝织布。说到纺丝，就一定会和蚕联系起来。我们知道，昆虫是整个生物界中最大的类群，它们虽然形体小，却极大地关联着人类的生活、生产活动。我国历代人民在益虫研究利用和害虫防治方面都做出了显著的成绩，养蚕取丝便是我国古代最早对昆虫资源开发利用并且取得重大成果的例子。

家蚕、柞蚕、天蚕都是我国著名的产丝昆虫，它们最初都是野生的，《豳风·东山》里的"蠋"就是指野桑蚕，生活在自然界的桑树上，于桑树而言，它们无疑是一种害虫。在桑蚕尚未被驯养之前，人们可能已经懂得利用野蚕茧抽丝了，因而才会开始驯养家蚕。人工养蚕的准确开始时间现在尚未有确定的科学依据，浙江钱山漾新石器时代遗址出土有绢片、丝带和丝线等。甲骨文中不仅有蚕、丝、帛等象形文字，而且还有祭祀蚕神和派人查看蚕事的卜辞。[1] 商代蚕桑生产已经相当发展，因此人工养蚕肯定是在此之前。

蚕与文学之间有着千丝万缕的联系，这和农耕社会的基本属性是分不开的。因为文学来源于生活，并且反映生活的面貌。蚕作为最早出现在文学视野中的昆虫之一，先秦时代就大量地存在于文学作品之中，并被赋予了两层含义：一指蚕事忙碌时节；二指女子养蚕织布之事。比如《诗经·豳风·七月》：

> 七月流火，八月萑苇。蚕月条桑，取彼斧斨，以伐远扬，猗彼女桑。七月鸣鵙，八月载绩，载玄载黄，我朱孔阳，为公子裳。[2]

---

[1] 汪子春、程宝绰：《中国古代生物学》，商务印书馆1997年版，第108页。
[2] 白鸣凤：《先民生存的艰难与悲喜〈国风〉读注》，中国社会科学出版社2011年版，第447页。

这里指的就是蚕事忙碌之际的景象，蚕月的说法不一，有指蚕事既毕之月，有指蚕长之月。而《大雅·瞻卬》中则表达养蚕织布是女子的分内之事：

  鞫人忮忒，谮始竟背。岂曰不极，伊胡为慝？如贾三倍，君子是识。妇无公事，休其蚕织。①

在中国古代，养蚕为衣是妇人之事，诗中写妇人不用参政，即公事，只要做好本分之女红。妇女一旦休其蚕织，社会就会乱套。

从荀子的短赋《蚕》开始，蚕及其副产品丝的形象就不断地进入文人的世界。文字中的蚕不仅仅是织妇手下的绵绵细丝、制衣做被的生计之本，更多的情感因素在这软绵绵的小生命身上得到了延展，赋家、诗人、词人不断地在蚕身上推陈出新，赋予了蚕不同寻常的文化生命，成为千百年来文人的心灵宠物，更成为中国农业社会的文化缩影。仅在《诗经》的305 篇诗歌中，与蚕桑有关的就达 27 篇。从这些诗歌的描写中还可以证明蚕业在先秦就已经逐渐向黄河流域普及了。"十亩之间兮，桑者闲闲兮。十亩之外兮，桑者泄泄兮。"大片的桑林进一步证明了养蚕业的兴旺。"氓之蚩蚩，抱布贸丝。""桑之未落，其叶沃若。"《魏风·氓》里描写了这幅民风淳朴的蚕业风光，成为我国蚕丝及丝绸生产技术在远古已经普及的铁证。

进入唐代，蚕业便全面进入了鼎盛时期。那时候，几乎全中国的人都投入了养蚕工作当中，"幽冀桑始青，洛阳蚕欲老"②的诗句便描写了当时幽冀两州桑叶刚变绿的时候，洛阳的蚕已经快要结茧了的蚕业盛况。因此，法国《蚕史学》一书中，羡慕地说："太古之时，蚕丝业仅行于中国，

---

① 胡淼：《〈诗经〉的科学解读》，上海人民出版社 2007 年版，第 477 页。
② 《全唐诗》第 4 册，中华书局 1960 年版，第 1321 页。

○ 诗说虫语
唐诗宋词里的昆虫世界

其他各国从未有之。"① 因此，我们不难看出，有这样的社会经济面貌，有积淀已久的文化底蕴，诗性盎然的唐宋文人在诗歌中怎么可能不对蚕大写特写呢？

清代陈元龙编的《历代赋汇》中，专门写昆虫的赋被悉数划分在最后的第一百三十八卷到一百四十卷鳞虫中，唯独蚕不同，蚕出现在第七十一卷"农桑"和第九十八卷"玉帛"以及《历代赋汇补遗》第七卷"典礼"中，这是一个非常值得关注的地方，为什么陈元龙在编《历代赋汇》的时候会这样归类？这说明在清朝文学中，人们依然习惯于农耕社会延续下来的分类方式，并不注重蚕本身的昆虫属性，而是看重副产品"蚕丝"的重要生产价值与交换价值，因而将其归类到"农桑"之中，这说明蚕在当时的社会属性远远超出了其生物属性。春秋战国时期，丝绸就不仅仅是简单的衣物原料了，它是朝贡的必需品，是赋税的组成部分，是难得的珍异货物，是物物交换中的重要组成部分，甚至这一行业的规范管理还是治国的重要手段。可以说几千年来蚕丝关联着中国古代社会上上下下各个方面。从某种意义上说，唐宋蚕诗的繁荣是必然的，它就是经济基础对上层建筑起决定作用的具体表现。

蚕诗往往成为统治者的教化内容。统治者提倡文学对于政治的辅助功能，蚕诗因而得到推广。我们从皇后躬桑的垂范就可见统治者对蚕事的重视程度，正因为统治者的带头重视，蚕诗才可能成为教化的工具，引导人们更好地从事蚕业生产。所以这两者是相辅相成的，只要有蚕业的存在，蚕诗的写作就会如春天般蓬勃。

中国古代的皇帝亲耕和皇后躬桑都是国家"藉礼"祭祀的重要内容，中国的先蚕礼仪就是"劝农"（即勉励百姓务农、耕桑）的重要组成部分，农人耕种是为了食物，妇女种桑养蚕则主要是为了穿衣御寒。先蚕礼祭祀的是先蚕，是传说中教民育蚕之神。先蚕礼是中国古代由皇后主持的最高

---

① 赵力：《图文中国昆虫记》，中国青年出版社2004年版，第233页。

国家祀典，祭祀人和被祭祀人物均为女性。每年季春（阴历三月）的吉巳日，由皇后亲祭或遣人祭祀蚕神，有祭先蚕、躬桑、献茧缫丝三个部分，蚕桑的开发是先民走出洪荒、安居乐业的重要基础和显著标志，说明种桑养蚕和耕地一样，也是"民之本业"。因此，亲蚕大典自古就与亲耕之礼并重，所谓"天子亲耕以供粢盛，后亲蚕以供祭服"。在《全唐诗》的《郊庙歌辞·享先蚕乐章》中还保留了《永和》《肃和》《展敬》《絜诚》《昭庆》这五首大唐祭祀先蚕的乐章。

宋代苏轼《皇太妃阁五首》延续了统治阶级对蚕事的重视，例如，"午景帘栊静，薰风草木酣。谁知恭俭德，彩缕出亲蚕""东风弱柳万丝垂，旳皪残梅尚一枝。茧馆乍欣蚕浴后，襟坛犹记燕来时"① 等。关于蚕诗和统治者之间还有一个值得重视的故事。偏安江南一隅的南宋王朝，为了江山稳固，税收增加，迫于形势，必须注重农业生产。南宋绍兴年间，高宗以农桑为先务，一直考虑怎样进行耕织技术的推广，且对众臣说："祖宗时，于延春阁两壁，画农家养蚕织绢甚详。"希望以绘画的方式介绍和传播农业生产技术。而当时于潜县令楼璹诗画才能俱佳，而且也是"劝农"的标志性人物，他一直致力于本辖区的农业生产，于是将自己绘制的《耕织图》呈献给宋高宗，深得高宗赞赏。皇后将《耕织图》宣示后宫，一时朝野传布。

这是一卷诗画相配的文学艺术作品，与楼璹对农业生产的长期观察体验是息息相关的。他常常出入农家，与当地有经验技术的农夫蚕妇研讨种田、植桑、织帛等经验技术得失。他按图所配诗歌《织图二十四首》，涉及从浴蚕开始到笺帛的所有步骤，非常详细地说明了整个养蚕、喂蚕、缫丝、织作的全过程，使人们非常形象地了解蚕桑及纺织的面貌。他还展示了近50个农业劳动场面，绘制了60多种农具和十几种与农业有关的生活器具，其中记载的许多耕织知识和生产工具一直沿用至今。有了这样的上

---

① 北京大学古文献研究所编：《全宋诗》第14册，北京大学出版社1998年版，第9590页。

层建筑支持，南宋的蚕业发展是有保障的。所以，我们可以说唐宋蚕诗的繁荣，不是偶然的，而是必然的，是封建社会经济基础和上层建筑相适应的历史选择。

文学生态与唐宋诗人的意象选择有几个方面的因素。第一，写蚕是文学汲取生活养分的必然选择。早在荀卿时代，就有了《蚕赋》这样完整记录蚕业特点的作品：

> 有物于此，㒩㒩兮其状，屡化如神，功被天下，为万世文，礼乐以成，贵贱以分。养老长幼，待之焉而后存。名号不美，与暴为邻。功立而身废，事成而家败。弃其耆老，收其后世，人属所利，飞鸟所害。臣愚而不识，请占之五泰。
>
> 五泰占之曰：此夫身女好而头马首者与？屡化而不寿者与？善壮而拙老者与？有父母而无牝牡者与？冬伏而夏游，食桑而吐丝，前乱而后治，夏生而恶暑，喜湿而恶雨。蛹以为母，蛾以为父。三俯三起，事乃大已。夫是之谓蚕理。①

在赋中，荀子围绕蚕本身的形状、生物习性、生长变化、生命过程等方面，刻画出了栩栩如生的蚕的形象，并表达了自己一贯坚持的伦理道德思想，即"礼乐以成，贵贱以分"，全赋语义双关，托物言志，寓意深远，生活气息浓郁。刘勰《文心雕龙·谐隐》有"荀卿《蚕赋》，已兆其体"，认为《蚕赋》为后代谜语的先声，是因为其"纤巧以弄思，浅察以衒辞，义欲婉而正，辞欲隐而显"的语言特征。② 到了晋代以后出现了更多的蚕赋，如杨泉的《蚕赋》、王祯的《亲蚕赋》、闵鸿的《亲蚕赋》，还有梁代诗人姚翻的《同郭侍郎采桑诗》等。

蚕这个来源于生活的意象，自《诗经》开始便进入诗中，随后在多个

---

① （清）陈元龙编：《历代赋汇》，江苏古籍出版社、上海书店1987年版，第297页。
② 王志彬译注：《文心雕龙》，中华书局2012年版，第176页。

朝代、多种文体中密集出现。唐宋蚕诗保守地说，是一种从众的做法，因为蚕诗不是由唐宋首创，诗人们是顺着文学的惯性选择了蚕作为创作的主题。况且，他们生活中可供选择和入诗的材料也只有那么多，诗人们是逃不开这个话题的。但是，唐宋诗人在保守的题材中有重大的突破，这是前人所没有的，也是最可贵的。诗人们在各自的历史时期，凭借自己对生活的深刻体验，带着对劳动人民的真挚情感，饱蘸深情的墨水，赋予了蚕以最生动的文学形象，他们在不自觉的文学选择中，激发了蚕诗新的生命力，使蚕多样化的文化内涵得以发掘与传播。

第二，蚕诗是反映现实生活的镜子。蚕是与人类关系最密切的昆虫之一，唐宋蚕业的繁荣盛景是诗人创作的源泉。蚕诗既可以真实反映当时蚕农的日常生活图景，再现蚕市繁荣的社会面貌，还能将诗意的思想放在广袤的天地中，所闻所感皆能由生活而进入文学。正因为蚕诗是生活的呼唤，诗人们才会在这神奇的物种面前诗性大发，例如诗人们喜欢写蚕女的美好，如常建《春词二首》之二：

翳翳陌上桑，南枝交北堂。美人金梯出，素手自提筐。非但畏蚕饥，盈盈娇路傍。①

李白《子夜吴歌·春歌》：

秦地罗敷女，采桑绿水边。素手青条上，红妆白日鲜。蚕饥妾欲去，五马莫留连。②

陆龟蒙《陌上桑》：

皓齿还如贝色含，长眉亦似烟华贴。邻娃尽著绣裆襦，独自

---

① 《全唐诗》第 4 册，中华书局 1960 年版，第 1456 页。
② （清）王琦注：《李太白全集》，中华书局 2011 年版，第 305 页。

提筐采蚕叶。①

这几首诗都是通过具体而生动的描述，来赞扬美丽的蚕女。宋代何应龙的《吴蚕》则描绘了蚕女采桑的画面：

正是吴蚕出火时，交交窗外一禽啼。溪西有叶高难采，遥见青裙上竹梯。②

蚕诗记录了当时的生产和交易，且养蚕的盛况也是诗人争相吟咏的对象，这是对社会繁荣的肯定，也是对美好田园的向往。例如高适的《自淇涉黄河途中作十三首》中就描绘了"孟夏桑叶肥，秋阴夹长津。蚕农有时节，田野无闲人"的农村忙碌景象。白居易的《春村》：

二月村园暖，桑间戴胜飞。农夫舂旧谷，蚕妾捣新衣。牛马因风远，鸡豚过社稀。黄昏林下路，鼓笛赛神归。③

蚕妾捣新衣，一切都那么令人高兴，洋溢了生活的乐趣和丰收的喜悦。乡村最真实的图景才是最吸引人的，诗人们用艺术的手法还原了这份美好，本来平淡的生活、普通的蚕也因此而生动起来。还有汪元亮笔下的《蚕市》，向人们再现了宋朝生动的社会生产、生活画面：

成都美女白如霜，结伴携筐去采桑。一岁蚕苗凡七出，寸丝那得做衣裳。④

第三，蚕意象成为表情达意的载体。人们常常利用蚕的多种文化属性来表情达意，表达对劳动之美的赞赏。没有这些可爱的蚕儿，哪有人们喜

---

① 《全唐诗》第18册，中华书局1960年版，第7207页。
② 北京大学古文献研究所编：《全宋诗》第67册，北京大学出版社1998年版，第42013页。
③ 谢思炜：《白居易诗集校注》，中华书局2006年版，第1063页。
④ 北京大学古文献研究所编：《全宋诗》第70册，北京大学出版社1998年版，第44051页。

爱的丝绸？宋末戴表元对蚕"舍身以成仁"的牺牲精神表示了高度的赞扬，看他的《咏蚕》：

> 物亦有仁者，蚕功不可量。将身甘鼎镬，与世作衣裳。
> 过栈苍云湿，登山白雪香。未知龙种似，犹与马群妨。①

诗歌赞扬了蚕对人类功不可量，说它忍受着被鼎镬焚煮的痛苦，用自己的生命来成就人们身上的衣裳。这是蚕的奉献，有了这样敢于付出的蚕，加上蚕农日复一日的辛勤劳动，蚕女心灵手巧的织作，才有了人们身上舒适的丝绸衣服。因而，蚕农的辛勤劳动对诗人的触动同样是非常大的。比如唐代司马扎对穷苦蚕女的同情诗句《蚕女》：

> 养蚕先养桑，蚕老人亦衰。苟无园中叶，安得机上丝。
> 妾家非豪门，官赋日相追。鸣梭夜达晓，犹恐不及时。
> 但忧蚕与桑，敢问结发期。东邻女新嫁，照镜弄蛾眉。②

诗中的蚕女因为身处贫家，只能天天做着最辛苦的工作，还日日担忧完不成任务，生怕家里人少，难以承担蚕与桑的重任，甚至连出嫁都不敢奢望了。这些简单而平凡的养蚕女，在诗人的笔下还演绎着如泣如诉的爱情故事，有蚕就有丝，丝与思谐音，蚕丝也因为思念的缘故，又多了一份长长的牵挂。比如唐代李群玉的《洞庭入澧江寄巴丘故人》：

> 四月桑半枝，吴蚕初弄丝。江行好风日，燕舞轻波时。
> 去事旋成梦，来欢难预期。唯凭东流水，日夜寄相思。③

四月正是吴蚕吐丝的季节，这蚕丝与相思的情感缠绕在一起，使诗歌

---

① 北京大学古文献研究所编：《全宋诗》第69册，北京大学出版社1998年版，第43676页。
② 《全唐诗》第18册，中华书局1960年版，第6901页。
③ 《全唐诗》第17册，中华书局1960年版，第6577页。

○ 诗说虫语
唐诗宋词里的昆虫世界

充满了缱绻的柔情与江南水乡特有的韵味。再如宋之问的《江南曲》：

> 妾住越城南，离居不自堪。采花惊曙鸟，摘叶喂春蚕。
> 懒结茱萸带，愁安玳瑁簪。待君消瘦尽，日暮碧江潭。①

两处相思如何解？这离愁是千百年来文学作品中生生不息的话题，诗中的美丽蚕女因与爱人两地分离而愁从中来，清晨睡不着就起来，无聊之时采花惊动了早起的鸟儿，慵懒地摘着桑叶去喂蚕，养蚕是单调的，这样的相思生活让她怎么不忧心忡忡？

第四，蚕意象可以作为文学针砭社会的工具。蚕可以使百姓的生活得到"衣"上的保障，再也不用"裹兽皮"来御寒。但是，当蚕丝成为封建社会赋税的一部分时，贫苦蚕农的苦难生活也就开始了。统治阶级的剥削，穷凶极恶的酷吏，铺张浪费的风行，蚕丝已经脱离了基础的御寒功能，反而成为奢侈腐化的帮凶。因而，唐末陆龟蒙一句"灭蚕"可谓振聋发聩：

蚕赋（有序）

> 荀卿子有《蚕赋》，杨泉亦为之，皆言蚕有功于世。不斥其祸于民也。余激而赋之，极言其不可。能无意乎？诗人硕鼠之刺，于是乎在。
>
> 古民之衣，或羽或皮。无得无丧，其游熙熙。艺麻缉纻，官初喜窥。十夺四五，民心乃离。逮蚕之生，茧厚丝美。机杼经纬，龙鸾葩卉。官诞益馋，尽取后已。呜呼！既蓁而烹，蚕实病此。伐桑灭蚕，民不冻死。②

陆龟蒙既是诗人又是散文学家，更是农学家，他破除了"学者不农，

---

① 《全唐诗》第 2 册，中华书局 1960 年版，第 634 页。
② （清）陈元龙编：《历代赋汇》，江苏古籍出版社、上海书店 1987 年版，第 297 页。

农者不学"的藩篱，写了中国最早的一部农具作品《耒耜经》，这是第一篇专门谈论江南水田农业生产的文章。正因为他对农业的关注，才会对辛勤的农民有一种天生的亲近之情。唐末的政局空前黑暗，宦官小人得势，权贵排挤倾轧，老百姓处于水深火热中，民不聊生，本有着宏图大志的陆龟蒙在无数次的挫折与碰壁中，入仕的远大理想被摧毁，救民于水火中的政治信仰被颠覆，面对与日俱增的官场腐败之象，他愤怒地"指桑骂槐"：蚕农再努力，再辛苦的织作，也远远赶不上统治阶级日益膨胀的欲望，本来不用生活得这么艰难，就因为要养蚕纺丝交公才会落到这悲惨的田地，蚕呀，既然不能改善百姓的生活，反而害了他们，助纣为虐，剥削百姓，留着还有什么用？还不如"伐桑灭蚕"，让老百姓不至于冻死。

诗人借蚕来追问封建社会蚕吃人悲剧的根源，宋代杨修的《蚕室》站在蚕女的角度，抒发了一个社会底层劳动者的心声，让笔下的蚕女发出了无言的质问：

　　摘茧抽丝女在机，茅檐苇箔旧堂扉。年年桑柘如云绿，翻织谁家锦地衣。①

不管是唐还是宋，蚕因丝而与社会苛捐杂税紧密相连，与民生疾苦息息相关，诗人们不否定蚕丝的社会价值，更能看到透过蚕丝所折射的社会矛盾，一种不可调和的阶级对立。基于这样的现实，借蚕言世的诗歌也就有了更深的反思与批判意识，蚕诗自然就带有了针砭社会的功能。

2. 唐宋蚕诗在社会生产中的教化功能

唐宋蚕诗记录了蚕业进步的全过程，反映了唐宋蚕业水平的日益精进。诗中关于蚕桑技术的篇章，对蚕桑生产的发展起到了重要的民众教化功能。《管子·山权数篇》记载："民之有通于蚕桑，使蚕不疾病者，皆置之黄金一斤，直食八石，谨听其言而存之于官。使师旅之事无所与。"就

---

① 北京大学古文献研究所编：《全宋诗》第72册，北京大学出版社1998年版，第45219页。

是说奖励那些精通养蚕技术的人，并免除其兵役，让他介绍养蚕经验以帮助更多人正确养蚕。由此可见，当时的人们已经非常注意总结生产中积累的经验，并不断地用于实践中，以此提高栽桑养蚕的水平。

制备蚕种是养蚕生产的一个重要环节。2000多年前，人们就知道要用清水把蚕卵的表面清洗干净，到后来发展到用朱砂溶液、盐水、石灰水以及其他有消毒效果的药水来为蚕卵进行消毒，这就是最初的蚕病预防方法。唐代的时候，这种技术的普及更加科学合理，孟浩然诗"浴蚕逢姹女"（《上巳日涧南园期王山人、陈七诸公不至》）说的就是此事。对于浴蚕的具体时间，陈润的《东都所居寒食下作》就表明浴蚕应当在初春尚寒的清明之前进行，诗中时间写得非常清楚：

江南寒食早，二月杜鹃鸣。日暖山初绿，春寒雨欲晴。
浴蚕当社日，改火待清明。更喜瓜田好，令人忆邵平。①

参与浴蚕的主人公一般是女性，进入春季在雨水增多，升温后细菌繁殖过快的时候，浴蚕是非常有必要的，我们从王建的《雨过山村》中也可看出重要的线索：

雨里鸡鸣一两家，竹溪村路板桥斜。妇姑相唤浴蚕去，闲看中庭栀子花。②

诗中清楚地说明了浴蚕和雨水增多有着密切的关系。不仅老百姓很看重浴蚕，连皇室也同样看重，宋代苏颂的《皇太后合春帖子六首》中就有：

昼景添宫漏，慈闱念女功。常时浴蚕日，亲到濯龙宫。③

---

① 《全唐诗》第9册，中华书局1960年版，第3061页。
② 同上书，第3431页。
③ 北京大学古文献研究所编：《全宋诗》第10册，北京大学出版社1998年版，第6441页。

有了皇室的重视，在农业为本思想的引导下，与之相配合的就是乡民之间的默契。浴蚕是为了消毒杀菌，如果人员流动过于频繁，就会无故带来细菌的传播和流动，因此到了这个时候，大家都很自觉地减少相互之间的串门和走动，尽量让蚕卵有一个相对静止、安全的环境，比如叶茵的《春晚二首》就有"闭户"之说：

闭户蚕新浴，开帘燕早归。何曾春欲去，自是物华非。①

更有甚者对浴蚕之举达到了空前重视的程度，比如赵汝鐩笔下的描写：

每到蚕时候，村村多闭门。往来断亲党，啼叫禁儿孙。
不惜兼旬力，将图终岁温。殷勤马明祝，灯火谨朝昏。②

就是说为了蚕能够顺利孵化和吐丝结茧，全家人几乎是用到了所有能想到的办法来确保蚕桑的平安。我国蚕农在1400多年以前就已经注意到蚕种的选择。《齐民要术》提出要选取"居簇中"的茧为蚕种。③ 宋代以后，人们还进一步从茧的质量、成茧的时间和位置、蛾出茧的时间、蛾的健康状态、卵的健康状态等角度来选取种茧、种蛾和种卵。到了清朝，人们已经非常清楚"蚕无病，种方无病"的道理，通过层层把关，淘汰体弱有病的蚕种，延续优良品种，提高了第二代蚕的体质，还在一定程度上防止了微粒子病原体通过胚胎传染给后代。宋人曾丰的《祀蚕先》中就有关于蚕种的"蛹有种，蛾有秧"④的祈祷。戴表元的《咏蚕》高度赞扬蚕高贵的奉献品质"未知龙种似，犹与马群妨。"⑤

---

① 北京大学古文献研究所编：《全宋诗》第61册，北京大学出版社1998年版，第38217页。
② 北京大学古文献研究所编：《全宋诗》第55册，北京大学出版社1998年版，第34241页。
③ 汪子春、程宝绰：《中国古代生物学》，商务印书馆1997年版，第111页。
④ 北京大学古文献研究所编：《全宋诗》第48册，北京大学出版社1998年版，第30166页。
⑤ 北京大学古文献研究所编：《全宋诗》第69册，北京大学出版社1998年版，第43676页。

○ 诗说虫语
唐诗宋词里的昆虫世界

在蚕的生长过程中，适当的温度和喂养有利于蚕的生长和发育，远在秦汉时代，人们就知道稍高的温度和饱食能够缩短蚕龄，因此历代人们都很注意养蚕的环境适度与温度调控。蚕生病在古代是一件让蚕农非常揪心的事情，诗人往往还会借此自比，比如杨万里在《送王子林节推官融水》中就把自己比为奄奄一息的病蚕：

桂岭梅花欲争发，融水幕宾来访别。可怜匹马犯霜风，吟遍梅花更吟雪。我如病蚕已三眠，作茧不就黏壁乾。君如云表秋健鹘，政好搏扶整羽翰。中书落笔看给札，皈时过我聊投辖。①

白居易不仅在《酬郑侍御多雨春空过诗三十韵》中有"预怕为蚕病，先忧作麦霜"②的句子，还在《和韩侍郎苦雨》中提到了雨水会成为蚕生病的原因：

润气凝柱础，繁声注瓦沟。暗留窗不晓，凉引簟先秋。
叶湿蚕应病，泥稀燕亦愁。仍闻放朝夜，误出到街头。③

为了发展蚕丝生产，古代除了饲养春蚕外，还饲养夏蚕、秋蚕，甚至一年养多批蚕。《周礼》有"原蚕"记载，"原"是"再"的意思，"原蚕"就是一年中第二次再养的蚕，即夏蚕。据刘宋郑辑之《永嘉郡记》的记载，公元 4 世纪时，永嘉（今浙江温州）地方，一年可养八批蚕。④ 蚕有一化性、二化性和多化性的区别，在广东地区，就可以很好地利用其多化性蚕，一年内自然孵化多次，养多批蚕。而二化性蚕所产的蚕卵，放在适当的低温中催青，这样所产的卵在当年就可以继续孵化，古代永嘉的一年八批蚕就是采取低温催青二化性蚕完成的。这充分说明我国古代学者已

---

① 北京大学古文献研究所编：《全宋诗》第 42 册，北京大学出版社 1998 年版，第 26587 页。
② 谢思炜：《白居易诗集校注》，中华书局 2006 年版，第 2070 页。
③ 同上书，第 1526 页。
④ 汪子春、程宝绰：《中国古代生物学》，商务印书馆 1997 年版，第 112 页。

经深刻理解到温度对动物生长发育的重要作用了。在唐代徐彦伯的《闺怨》中，就能看出温度与蚕的生活习性之关系：

> 征客戍金微，愁闺独掩扉。尘埃生半榻，花絮落残机。
> 褪暖蚕初卧，巢昏燕欲归。春风日向尽，衔涕作征衣。①

"褪暖蚕初卧"中就说明了蚕在温度适宜的时候会蜕皮，在蚕的一生中会经历三次到四次蜕皮，每次蜕皮的时候大约有一天不食不动，称为"眠"，经过第一次蜕皮就是二龄蚕，以后每蜕一次皮，蚕就增加一龄。到了五龄蚕就开始吐丝了。"初卧"指的就是蚕刚开始蜕皮。蚕属于鳞翅目昆虫，属于全变态发育。经过卵、幼虫、蛹、成虫四个形态完全不同的阶段后，变态发育为茧，茧中出蛾。五龄蚕需要两天两夜的时间才能结出一个茧，并在茧中进行最后一次蜕皮，成为蛹。蚕与蛾在外形、内部器官、生活习性上有着巨大区别。蚕化茧为蛹的发育过程在唐朝诗人王建的《田家行》中这样写道："野蚕作茧人不取，叶间扑扑秋蛾生。"还有李白的《荆州歌》里也有："荆州麦熟茧成蛾，缲丝忆君头绪多。"②

3. 文化生态与蚕诗内涵的发展

唐宋蚕诗展示了一个相对独立却又与其他文化有着千丝万缕联系的空间，在这个立体的文化生态圈里，我们可以清楚地看到从具体的自然环境中的蚕，到人类生产生活中的丝，再深化到阶级统治的政治走向、民生疾苦，蚕诗因包涵了女性文化、反思文化、祭祀文化、医疗与巫毒地域文化等丰富的内涵而备受关注。

第一，蚕诗与女性文化。在中国农业社会的蚕桑劳动中，女性是居于主导地位的，这是"男耕女织"的社会分工决定的。因此，唐宋蚕诗便将更多关注的目光投向了广大从事桑蚕之业的女性，或赞赏其劳动之美，或

---

① 《全唐诗》第 3 册，中华书局 1960 年版，第 824 页。
② （清）王琦注：《李太白全集》，中华书局 2011 年版，第 209 页。

感慨其生活之艰，其中尤以刻画底层劳动妇女形象的作品最为优秀。这些蚕女诗充满着对劳动人民的感情，在肯定女性在农业生产中的重要价值时，大胆地对剥削制度进行揭露和批判，为她们遭遇到的不公表示深深的同情。例如王建《簇蚕辞》云：

  三日开箔雪团团，先将新茧送县官。已闻乡里催织作，去与谁人身上著？①

再如杜荀鹤的《蚕妇》：

  粉色全无饥色加，岂知人世有荣华。年年道我蚕辛苦，底事浑身着芝麻？②

了解到蚕女们遭受层层盘剥的苦难，诗人们便经常借这种疑问的方式，替蚕织女们表达内心的不甘、愤慨之情。如果天气好，收成好，也许这些盘剥带来的伤害会稍微减轻一点；一旦遇到荒年，那蚕女们的命运就真的无比悲惨了。我们可以从孟郊的《贫女词寄从叔先辈简》中感受到蚕女面对恶劣气候时的束手无策：

  蚕女非不勤，今年独无春。二月冰雪深，死尽万木身。时令自逆行，造化岂不仁。仰企碧霞仙，高控沧海云。永别劳苦场，飘飘游无垠。③

孤立无援的可怜人不是因为不勤劳，而是因为气候时令的原因，而统治者不体恤民情，反而变本加厉的做法，几乎就能把蚕女逼上绝路，哀莫大于心死，她甚至希望自己"永别"这劳苦的地狱，"飘飘游无垠"，随便

---

① 《全唐诗》第 9 册，中华书局 1960 年版，第 3379 页。
② 《全唐诗》第 20 册，中华书局 1960 年版，第 7978 页。
③ 《全唐诗》第 21 册，中华书局 1960 年版，第 4181 页。

落到哪里自生自灭。唐诗僧贯休《偶作五首》也描述了这样一位充满怨恨的蚕妇：

> 谁信心火多，多能焚大国。谁信鬓上丝，茎茎出蚕腹。常闻养蚕妇，未晓上桑树。下树畏蚕饥，儿啼亦不顾。一春膏血尽，岂止应王赋。如何酷吏酷，尽为搜将去。蚕蛾为蝶飞，伪叶空满枝。冤梭与恨机，一见一沾衣。①

诗人本为出家人，于尘世本不必有太多牵扯，但面对如此残酷的剥削，连他都无法淡定面对，于是奋笔疾书，为蚕妇发出了悲愤的呼声，梭含冤机感恨，让蚕妇一见就伤心落泪。

值得我们关注的还有一类和织女命运相关的女性——歌舞伎，她们同样是处于社会底层的年轻女子，都是被压迫被欺凌的对象，织女被剥削，对自己的遭遇有着清醒的认识；歌舞伎被玩弄，反而沾沾自喜，她们对物质财富的挥霍与蚕女的呕心沥血形成了鲜明的对照。尽管诗人们看到了歌舞伎与蚕妇织女的巨大鸿沟，却改变不了阶级分化的必然结果。例如晚唐邵谒《寒女行》中的寒门蚕女终日辛劳，而青楼女却锦衣玉食：

> 寒女命自薄，生来所微贱。家贫人不聘，一身无所归。养蚕多苦心，蚕熟他人丝。织素徒苦力，素成他人衣。青楼富家女，才生便有主。终日著罗绮，何曾识机杼。清夜闻歌声，听之泪如雨。他人如何欢，我意又何苦。所以问皇天，皇天竟无语。②

歌舞伎的生活自古以来就以奢华闻名，唐安史之乱后，百姓生活愈加艰难，织女们的生活更是每况愈下，但统治集团奢华之风却变本加厉。王昌龄的《春宫曲》中：

---

① （唐）贯休著，胡大浚笺注：《贯休诗歌系年笺注》，中华书局2011年版，第288—289页。
② 《全唐诗》第18册，中华书局1960年版，第6996页。

诗说虫语 唐诗宋词里的昆虫世界

昨夜风开露井桃，未央前殿月轮高。平阳歌舞新承宠，帘外春寒赐锦袍。①

她们上台演出的衣服必定华丽无比，君王赏赐的锦袍肯定更为奢华，但这如花的盛景之下，掩盖的却是万千织女的血泪！正如王建《当窗织》说："草虫促促机下啼，两日催成一匹半。输官上顶有零落，姑未得衣身不著。"②可是，织女费尽心血"水寒手涩丝脆断，续来续去心肠烂"（王建《当窗织》），夜以继日地"札札机声晓复晡，眼穿力尽意何如"③（李询《赠送织锦妇》），千梭万线织出来的丝绸去哪了？去了青楼，去了"十指不动"却"衣盈箱"的歌舞伎的房里！她们如何这样轻易地获得织女们的心血？"一曲红绡不知数"，这是多大的不公呀！

随着中唐后的世风日下，"笑贫不笑娼"这个矛盾到宋代更是明显，如茜桃的《呈寇公》：

一曲清歌一束绫，美人犹似意嫌轻。不知织女萤窗下，几度抛梭织得成。④

还有如南宋谢枋得的《蚕妇吟》：

子规啼彻四更时，起视蚕稠怕叶稀。不信楼头杨柳月，玉人歌舞未曾归。⑤

这些都是织女与歌舞伎矛盾的集合，代表着当时尖锐的社会矛盾的变形。唐宋蚕诗中正是因为有着这样对女性生活的关注，才会呈现出有独特魅力的艺术形象。诗歌所塑造的蚕女们为我们认识唐宋社会，了解唐宋文

---

① 《全唐诗》第 4 册，中华书局 1960 年版，第 1445 页。
② 《全唐诗》第 9 册，中华书局 1960 年版，第 3380 页。
③ 《全唐诗》第 22 册，中华书局 1960 年版，第 8612 页。
④ 北京大学古文献研究所编：《全宋诗》第 2 册，北京大学出版社 1998 年版，第 1046 页。
⑤ 北京大学古文献研究所编：《全宋诗》第 66 册，北京大学出版社 1998 年版，第 41416 页。

化打开了一扇窗,透过女性的视角,或者体悟劳动妇女的心声,这些对于还原唐宋文化生态有着重要意义。

第二,蚕诗与关注民生的反思文化。唐宋蚕诗有主动的社会反思价值,民生疾苦问题是诗人关注社会的切入点。唐以前,统治阶级对丝织品的剥削是没这么重的,因而唐以前的蚕诗中,没有这么多的怨愤和对社会的质疑,但随着社会发展,到了唐代,这一切就都改变了。

初唐时,统治阶级采用了租庸调的制度:"凡授田者,丁岁输粟二斛,稻三斛,谓之租。丁随乡所出,岁输绢二匹,绫、绝二丈,布五加之一,绵三两,麻二斤,非蚕乡则输银十四两,谓之调。用人之力,岁二十日,闰加二日,不役者日为绢三尺,谓之庸。有事而加役二十五日者免调,三十日者租、调皆免。"① 这种制度中的庸和调实际都是压在女性身上的。随着唐玄宗统治时期土地兼并的日益加剧,越来越多的地方都实行了以蚕丝和纺织品缴税。"先是扬州租、调以钱,岭南以米,安南以丝,益州以罗、紬、绫、绢供春彩。因诏江南亦以布代租。"② 再加之贞元时两税法的发布,纺织品已经成为人民缴纳赋税的通行手段,贫苦织女的劳作自然是日复一日的艰难。

如果仅仅是为了维持国家机器的运转而合理缴税,百姓自然会理解和支持,但织女们的悲惨命运来自人性的贪欲,来自剥削阶级统治者与生俱来的劣根性,有了身上穿的丝绸还不满足,还要掠夺百姓的丝绸供其进行更加奢侈腐化的享受,这是对蚕丝的一种巨大的浪费,而这浪费恰恰就成为压垮织女的最后一根稻草。白居易有一首著名的讽喻诗《红线毯——忧蚕桑之费也》:

> 红线毯,择茧缲丝清水煮,拣丝练线红蓝染。染为红线红于蓝,织作披香殿上毯。披香殿广十丈余,红线织成可殿铺。彩丝

---

① (宋)欧阳修、宋祁撰:《新唐书》,中华书局2000年版,第882页。
② 同上书,第884页。

○ 诗说虫语
唐诗宋词里的昆虫世界

茸茸香拂拂,线软花虚不胜物。美人蹋上歌舞来,罗袜绣鞋随步没。太原毯涩毳缕硬,蜀都褥薄锦花冷,不如此毯温且柔,年年十月来宣州。宣城太守加样织,自谓为臣能竭力。百夫同担进宫中,线厚丝多卷不得。宣城太守知不知,一丈毯,千两丝。地不知寒人要暖,少夺人衣作地衣。①

诗歌从一根丝的生产制作说起,说明一幅红线毯的织就是一件多么困难的工程,要经历从选茧到缫丝、染色,再一根根编制出来的过程,巨大的红线毯竟然要动用百人才能抬进宫,可见规模之浩大。可这一丈毯就要耗费千两蚕丝,这些蚕丝如果制成衣服,可以在冬季暖和多少平民百姓呀!可太守为了自己的官位,逼迫织女完成,竟是因为一个听起来无比荒唐的理由:为了宫廷的舞女跳舞,踩在地上舒适!那宫里娇生惯养的舞女嫌弃太原毯太硬,蜀都褥太薄,挑三拣四竟然选择要用丝绸来做跳舞的地毯。地不知寒人要暖啊,白居易在这首讽喻诗里已经发出了"少夺人衣作地衣"的深重呼唤。白居易《效陶潜诗十六首》中说:"东家采桑妇,雨来苦愁悲。簇蚕北堂前,雨冷不成丝。"② 这里没有采桑养蚕的诗情画意,有的只是"苦愁悲",就算丝抽成了,要织就"异彩奇文"的缭绫又谈何容易呢?看这首《缭绫——念女工之劳也》:

缭绫缭绫何所似,不似罗绡与纨绮。应似天台山上月明前,四十五尺瀑布泉。

中有文章又奇绝,地铺白烟花簇雪。织者何人衣者谁,越溪寒女汉宫姬。

去年中使宣口敕,天上取样人间织。织为云外秋雁行,染作江南春水色。

---

① 谢思炜:《白居易诗集校注》,中华书局 2006 年版,第 384 页。
② 同上书,第 502 页。

广裁衫袖长制裙，金斗熨波刀翦纹。异彩奇文相隐映，转侧看花花不定。

昭阳舞人恩正深，春衣一对直千金。汗沾粉污不再著，曳土蹋泥无惜心。

缭绫织成费功绩，莫比寻常缯与帛。丝细缫多女手疼，扎扎千声不盈尺。

昭阳殿里歌舞人。若见织时应也惜。①

缭绫是一种极其珍贵的丝织品，工艺繁复，难度极大，"丝细缫多女手疼，扎扎千声不盈尺"。元稹的《和李校书新题乐府十二首·阴山道》也写了"越縠缭绫织一端，十匹素缣功未到"②。更悲剧的是"织者何人衣者谁，越溪寒女汉宫姬"。织的人穿不到好衣服，宫姬却对这珍贵的衣服肆意践踏："汗沾粉污不再著，曳土蹋泥无惜心。"这是多么残酷的对比，这是多么不公的社会！还有元稹的《织妇词》：

织夫何太忙，蚕经三卧行欲老；蚕神女圣早成丝，今年丝税抽征早。

早征非是官人恶，去岁官家事戎索。征人战苦束刀疮，主将勋高换罗幕。

缫丝织帛犹努力，变缉撩机苦难织。东家头白双女儿，为解挑纹嫁不得。

檐前袅袅游丝上，上有蜘蛛巧来往。羡他虫豸解缘天，能向虚空织罗网。③

诗人说到了"今年丝税抽征早"的实际，列出了"征人战苦束刀疮，

---

① 谢思炜：《白居易诗集校注》，中华书局2006年版，第389—390页。
② （唐）元稹著，冀勤点校：《元稹集》（修订本），中华书局2010年版，第334页。
③ 《全唐诗》第12册，中华书局1960年版，第4607页。

○ 诗说虫语
唐诗宋词里的昆虫世界

主将勋高换罗幕"的不平等,"换罗幕"的直接后果就是织女们必须"缲丝织帛犹努力"。可完不成会怎样?"东家头白双女儿,为解挑纹嫁不得。"这后果甚至比女子出嫁还要重要!这该是一个多么荒唐而残酷的社会!唐代织女的苦难可见一斑。还有唐末入蜀的蒋贻恭《咏蚕》:

辛勤得茧不盈筐,灯下缲丝恨更长。著处不知来处苦,但贪衣上绣鸳鸯。①

诗人们在对贫苦织女表示同情的时候,同时追问这些"双手不沾阳春水"的达官贵人,接触到社会底层的他们都已经感觉到了这个社会面临的危机,表达了自己对社会统治的忧虑。宋代,这种强烈的社会不公现象依然广泛存在,例如张俞的《蚕妇》:

昨日入城市,归来泪满巾。遍身罗绮者,不是养蚕人。②

北宋的社会经济虽然有繁荣发达的一面,但由于各级官僚机构庞大,负担对外繁重的纳贡输币,加在百姓身上的负担是沉重的。富弼在庆历间就曾指出:"国用殚竭,民力空虚,徭役日繁,率敛日重,官吏猥滥,不思澄汰,人民疾苦,未尝省察。"(《历代名臣奏议》卷三一七)张俞的诗将蚕妇和"遍身罗绮者"做了一个心酸的对比,揭示了封建社会不平等的分配方式,在对蚕妇艰难处境、悲惨遭遇的描述中,渗透了无限同情和深沉反思,字里行间倾注了对民生的关切,对剥削阶级的质问。这也正表明重民爱民的观念已经在宋代士林中深入人心。

第三,蚕诗与天人合一的祭祀文化。在原始社会里,社会生产力非常低下,人类对于整个世界的认知,尚处于蒙昧的状态。由于对自然界的恐惧和对各种现象的疑惑,便产生了一种近乎愚昧的崇拜,认为有某种超自

---

① 《全唐诗》第22册,中华书局1960年版,第8634页。
② 北京大学古文献研究所编:《全宋诗》第7册,北京大学出版社1998年版,第4715页。

然的力量在主宰世界。在这样的情况下，祭祀便正式走进了人类的生活。随着社会的进步，祭祀文化得到了不断的发展，但有一点是不变的，被崇拜的自然物必须对人有用处，人们才会去崇拜并祭祀。

先蚕之祭就是一直延续到唐宋的重要祭祀之一，这个祭祀首先来源于神话传说。养蚕的传说在历史上流传较为广远的有"嫘祖始蚕"和"马头娘"传说。据《史记·五帝本纪》记载："黄帝居轩辕之丘，而娶于西陵之女，是为嫘祖。"[1]宋代罗泌的《路史》载："（黄帝）元妃西陵氏，曰嫘祖。以其始蚕，故祀先蚕。"[2]"先蚕"指的就是最早养蚕的人。

古籍对马头娘记载较多，最早见于荀况《蚕赋》："此夫身女好而头马首者与？"相传高辛氏时代，蜀地有一蚕女马头娘，马首人身，后世祀为蚕神。《汉唐地理书钞》这样记载了蚕神马头娘的传说：

> 高辛时，蜀有蚕女，不知姓氏，父为人所掠，惟所乘马在。女念父不食，其母因誓于众曰"有得父还者，以此女嫁之。"马闻其言，惊跃振迅。绝其羁绊而去。数日，父乃乘马而归。自此，马嘶鸣，不食。母以誓众之言告父。父曰誓于人，不誓于马，安有人而偶非类乎！能脱我于难，功亦大矣，所誓之言，不可行也。马跑，父怒，欲杀之，马愈跑，父射杀之。曝其皮于庭，皮撅然而起，卷女飞去，旬日，皮复栖于桑上，女化为蚕，食桑叶，以丝成茧，以衣被于人间。[3]

唐宋时期有完备的祭祀文学记载，比如唐《郊庙歌辞·享先蚕乐章》中保留了《永和》《肃和》《展敬》《絜诚》《昭庆》的大唐祭祀先蚕的五首乐章，先是《永和》点明祭祀的时间，一年之计在于春：

---

[1] （汉）司马迁：《史记》，中华书局2000年版，第8页。
[2] （宋）罗泌：《路史》，中华书局1985年版。
[3] （清）王谟辑：《汉唐地理书钞》，中华书局1961年版，第223页。

> 芳春开令序，韶苑畅和风。惟灵申广祐，利物表神功。
> 绮会周天宇，黼黻藻寰中。庶几承庆节，歆奠下帷宫。①

春天里惠风和畅，颂扬蚕神的丰功伟绩"利物表神功"，这是迎神曲，亦曰《颂德》。皇后升坛用《肃和》：

> 明灵光至德，深功掩百神。祥源应节启，福绪逐年新。
> 万宇承恩覆，七庙仔恭禋。于兹申至恳，方期远庆臻。②

登歌奠币用《展敬》：

> 霞庄列宝卫，云集动和声。金卮荐绮席，玉币委芳庭。
> 因心罄丹款，先己励苍生。所冀延明福，于兹享至诚。③

迎俎用《絜诚》：

> 桂筵开玉俎，兰圃荐琼芳。八音调凤历，三献奉鸾觞。
> 絜粢申大享，庭宇冀降祥。神其覃有庆，锲福永无疆。④

最后饮福送神用《昭庆》：

> 仙坛礼既毕，神驾俨将升。伫属深祥起，方期庶绩凝。
> 虔诚资宇内，务本勖黎蒸。灵心昭备享，率土洽休征。⑤

祭祀先蚕，用少牢。《后汉书·礼仪上》载："祠先蚕，礼以少牢。"采桑结束，还要进行"后妃献茧"，蚕吐出的丝主要用来做郊庙祭祀的祭

---

① 《全唐诗》第1册，中华书局1960年版，第116页。
② 同上书，第116页。
③ 同上书，第117页。
④ 同上书，第117页。
⑤ 同上书，第117页。

服。"蚕事毕，后妃献茧，乃收茧税，以桑为均，贵贱长幼如一，以给郊庙之服。"① 之所以如此，也是和籍田礼一样都是为了表达对先王、先公的崇敬之情。就像籍田礼由皇帝亲自主持一样，皇后在先蚕祭中也是亲自主持的，这个习惯由唐而宋都一直保留，从宋代楼钥《安恭皇后挽词》中可以反映出来宋朝对先蚕主祭者的地位要求：

> 天作周文合，褘褕礼可观。屡陪金辇幸，几奉玉卮欢。
> 吴女簪新柰，梁房掩旧兰。春深蚕事起，谁复上桑坛。②

"先蚕祭是吉礼中的中礼"③，自然是非常重要的，而祭祀是为了"劝农"，也是治理国家的重要手段。由蚕诗所包含的祭祀文化，说明了农桑在古代社会中的重要地位，传递了唐宋时期人们对"人神对话"的普遍渴望，由此而来的丰富的祭祀文化成为蚕诗与众不同的精神亮点。

第四，蚕诗与地域文化。蚕除了利用蚕茧外，还有许多药用价值，在中国古代社会生活中起着重要的作用。在我国的传统中药中，蚕卵、幼虫、成虫均可以入药。僵蚕是家蚕幼虫感染白僵菌致死后所得的僵尸，又名白僵蚕。《本草纲目》等药典记载僵蚕"味咸辛、性平。归肝、肺、胃经，具有退热、止咳、化痰、镇静、镇惊、消肿等功效。用于治疗癫痫、高热惊厥、咽喉肿瘤、上呼吸道感染、遗尿、皮肤痒痛、面神经麻痹等症"；蚕蜕"味甘、平、无毒；主治妇人血风病；目中翳障；疳疮"等；蚕蛹主治"风及劳瘦；恶疮；小儿疳瘦；长肌退热，除蛔虫"等；蚕茧，缫丝汤"味甘、温、无毒；主治痈肿，疳疮血崩，除蛔虫"等；雄蚕蛾"味甘、温、有小毒；益精气，强阴道，壮阳事、止泄精；暖水脏，治暴风，金疮、冻疮"等；蚕沙是家蚕取食桑叶后所排泄的虫粪，《本草纲目》

---

① （西汉）戴圣：《礼记》，上海古籍出版社 1987 年版，第 89 页。
② 北京大学古文献研究所编：《全宋诗》第 47 册，北京大学出版社 1998 年版，第 29530 页。
③ 王炜民：《中国古代礼俗》，商务印书馆 1997 年版，第 10 页。

中记载，蚕沙入药"味辛、温、无毒；治肠鸣；风痹瘾疹；腰脚冷疼；血崩；头风；跌打损伤"①。

如果说医疗功能是蚕的正能量的话，那么巫毒之术则让人毛骨悚然。隋代巢元方著《诸病源候论》卷二五《蛊毒病诸侯》：

> 凡蛊毒有数种，皆是变惑之气。人有故造作之，多取虫蛇之类，以器皿盛贮，任其自相啖食，唯有一物独在者，即谓之为蛊。便能变惑，随逐酒食，为人患祸。患祸于佗，则蛊主吉利，所以不羁之徒而蓄事之。又有飞蛊，去来无由，渐状如鬼气者，得之卒重。凡中蛊病，多趋于死。以其毒害势甚，故云蛊毒。②

《隋书》卷三一《地理志》亦有类似阐述。按照这些说法，"蛊"的取得就是将许多种虫子聚在一起，使其相互吞噬，剩下的最毒者就是蛊虫。蓄蛊者通过饮食对人下蛊，受害人会腹内疼痛以致死亡。"蓄蛊"的目的在于取得受害者的家财，如果长时间不能毒害别人，则蛊主自身将受到戕害。③

宋代方回的《七十翁五言十首其一》：

> 瘴疠金蚕毒，干戈铁马群。一生逃万死，百岁仅三分。遑恤恒饥子，姑留自祭文。醺醺人笑我，方寸不醺醺。④

还有宋代释绍昙的《依愚谷韵悼无已》：

> 中金蚕毒好埋冤，家丑难将岁月论。冷地思量吃亏处，咬牙不觉把龈吞。⑤

---

① 陈晓鸣、冯颖：《资源昆虫学概论》，科学出版社2009年版，第74页。
② （隋）巢元方撰，鲁兆麟等点校：《诸病源候论》，辽宁科学技术出版社1997年版，第121页。
③ 于赓哲：《唐代疾病、医疗史初探》，中国社会科学出版社2011年版，第175页。
④ 北京大学古文献研究所编：《全宋诗》第66册，北京大学出版社1998年版，第41769页。
⑤ 北京大学古文献研究所编：《全宋诗》第65册，北京大学出版社1998年版，第40828页。

以上两首诗中均有"金蚕"的记载,"金蚕"这个名字看起来与恐怖、邪恶甚至诡异的蓄蛊之事很难联系在一起,但是根据史料的记载,"金蚕蛊"自宋代以来就是最著名的"蛊虫"。元稹的《酬乐天得微之诗知通州事因成四首》:"暗蛊有时迷酒影,浮沉向日似波流。"① 唐代的通州在今天的四川省达州市,位于长江上游的巴蜀地区,本不是传说中的蓄蛊地区,不过到了唐宋时期,就已经被囊括在内了。他还有《酬乐天东南行诗一百韵》"乡里家藏蛊,官曹世乏儒"之句,皆作于巴蜀地区。宋蔡绦《铁围山丛谈》卷六:"金蚕毒始蜀中,近及湖、广、闽、粤寖多。有人或舍此去,则谓之'嫁金蚕'。"时至今日,少数民族中仍然有关于"金蚕蛊"的种种传说,"金蚕蛊"的原产地就在蜀地。16 世纪中叶,医学家江瓘《名医类案》卷一二记载了池州(今安徽池州市)进士邹阆不畏金蚕蛊的故事。不过从科学的角度出发,"蓄蛊之地"基本上是移民大量迁入的地区,他们与土著在经济生活、文化交流方面不可避免地会产生矛盾,南方血吸虫病、恶性疟疾等传染病猖獗,北方人患上这些陌生的疾病,就很可能怀疑自己被擅用巫术与毒物的南方人所害。只有当长期的实践后,土著与移民的文化完全交融后,才能摘掉某地"蓄蛊"的帽子。因此,"明代后期,长江中下游就逐渐从'蓄蛊重灾区'名单中逐渐淡出了"②。但是,这些关于金蚕的故事却作为一种独特的地域文化,随着唐宋诗作流传了下来。

(二) 蜂意象的文学蕴涵

1. 蜂意象的出现及其原初内涵

蜂是毒虫,我们首先要追问的是蜂为什么是毒虫?现代科学研究发现蜂毒中的主要成分有组氨、色氨、乙酰胆碱等化学物质,进入人体后会引

---

① (唐)元稹著,冀勤点校:《元稹集》(修订本),中华书局 2010 年版,第 271 页。
② 于赓哲:《唐代疾病、医疗史初探》,中国社会科学出版社 2011 年版,第 185 页。

○ 诗说虫语
唐诗宋词里的昆虫世界

起疼痛、肿胀等反应。① 先秦时期的先民们受到过蜂类的攻击，对蜂是很害怕的。那么，这种毒虫是什么时候进入文学记载的？老子《道德经·下篇》中说："含德之厚者，比于赤子。蜂虿虺蛇不螫，攫鸟猛兽不搏。"② 这里的"蜂虿虺蛇"指的就是"毒虫之物"，老子认为君王之真正能够体道行德而无私无欲者，其柔弱冲和，无欲无为，把"德"蕴含在自己的身心，有如初生的婴儿一般，各种毒虫都不会行毒而伤害他。他也不会去伤害毒虫，因而不会招致毒虫的伤害。这是蜂带给人类最初的认识和体验，故老子把蜂排在了毒虫之首，并借此比喻，形容厚德之人连蜂都不会去蜇他。

"捅马蜂窝"是人们常用的俗语，经常用来形容自找苦头，这种说法也是有源头的，《诗经·周颂·小毖》载："予其惩而毖后患。莫予荓蜂，自求辛螫。"③ "荓蜂"就是捅马蜂窝的意思，主动捅了马蜂窝就是自讨苦吃，蜂群一定会群起而攻之，这也说明了蜂其实并不会主动袭击人类，除非自己遭到了危机才会以这种方式作为反击。周成王即位时年幼，管叔、蔡叔对周公执政不满，联合殷商后代武庚叛乱，被周公东征予以剿灭。《小毖》是周成王诛管、蔡以及消灭武庚以后，自我惩戒并请求群臣辅助的诗篇。周成王把管、蔡和武庚之乱，比作是家门上的马蜂窠，不捅不行，小患不除必引大祸。蜂是人们常见的社会性昆虫，它们在树洞、屋檐下、墙洞内或大树上筑多层、大型蜂巢，一窠蜂可多达数千头，胡蜂全部是凶猛的捕食性昆虫，令人望而生畏。《小毖》中这样的比喻可谓含蓄生动，用了捅马蜂窝会被毒针蜇的特征，来形容自己面临的麻烦和困境，以及不得不捅马蜂窝的理由。尤其是蜂在捕食和自卫时，都会利用坚强而又锋利的嘴以及腹部末端的毒针。特别是当窠巢受到威胁时，它们会毫不犹豫地向敌人发起攻击。由于螫针上有倒勾，刺入后便不能拔出来，而且从

---

① 胡淼：《〈诗经〉的科学解读》，上海人民出版社2007年版，第497页。
② 辛战军译注：《老子译注》，中华书局2008年版，第212页。
③ 程俊英、蒋见元：《诗经注析》，中华书局1991年版，第979页。

腹中毒囊着生处断离后，留在敌体上的毒囊还可以做有节律的收缩，保证把毒囊中所有的毒液都注射到敌体中去，准备同归于尽。① 这也暗指了周成王伐管、蔡之举的危险性。

《管子·轻重戊》第八十四有："桓公曰：'鲁梁之于齐也，千毂也，蜂螫也，齿之有唇也。'"② 说的是鲁梁对于齐国的重要性如同螫对于蜂、唇对于齿的重要性一样，说明蜂最重要的地方在于它那必不可少的螫，螫是蜂自卫的必备手段。商鞅在《商君书·弱民第二十》说："宛钜铁钝，利若蜂虿。"③ 宛是楚国地名，盛产铁，句中谓此地生产的长矛如蜂蝎的刺一样锋利。之后，荀卿在其《荀子·议兵第十五》中有近似的记载："宛钜铁钝，惨如蜂虿。"④ 说这矛和蜂虿一样狠毒、厉害。尸佼在其著作《尸子》中也记载："蜂虿挟毒以卫身，智禽衔芦以扞网。貛曲其穴以避径至之锋，水牛结阵以却虎豹之暴。"⑤ 这是古人在长期观察中发现的蜂不会随便螫人的自然属性，知道了蜂的毒是其自卫的工具，如果人类不招惹蜂，蜂一般不会主动攻击人类。

周代函谷关令尹喜在其《关尹子·三极篇》中写到了蜂的社会属性："圣人师蜂，立君臣；师蜘蛛，立网罟；师拱鼠，制礼；师战蚁，置兵。众人师贤人，贤人师圣人，圣人师万物。惟圣人同物，所以无我。"⑥ 蜂的社会属性很明确，有雌（后）、职、雄蜂等区别，各有分工，尹喜说的就是圣人以蜂为老师，设置君臣关系。另外在《关尹子》六七篇中又记载："一蜂至微，亦能游观乎天地；一虾至微，亦能放肆乎大海。"⑦ 说的是一只蜜蜂虽然非常微小，但它却能自由地飞翔在天地之间，并游观天地。

---

① 胡淼：《〈诗经〉的科学解读》，上海人民出版社 2007 年版，第 496 页。
② 黎翔凤：《管子校注》，中华书局 2004 年版，第 1514 页。
③ 石磊：《商君书》，中华书局 2009 年版，第 176 页。
④ 张觉：《荀子译注》，上海古籍出版社 2012 年版，第 209 页。
⑤ （周）尸佼：《尸子》，华东师范大学出版社 2009 年版，第 96 页。
⑥ 朱海雷编：《关尹子·慎子今译》，浙江大学出版社 2012 年版，第 31 页。
⑦ 同上书，第 77 页。

2. 蜂意象内涵在汉代以后的发展与嬗变

蜂的形态也容易引起人们的联想，和人类庞大的身躯相比，蜂简直是微小的，《楚辞》中就有"蜂蛾微命，力何固"①之句。这是写单个的蜂的形态，但是当《汉书》艺文志第十中写到"是以九家之术蜂出并作"②时，蜂的集群形态就出现了。

蜂的这种形态是由其生物属性决定的，当一只蜂向人进行螫刺排毒时，其中一种类似香蕉味的挥发性物质立即向空气中扩散开来，其他蜂子闻到气味后立即从各个方面"蜂拥"而来，发起攻击，严重时可以致人死命。文中正是看到了这集体的效果，班固就借此来比喻事物出现的壮观态势。《汉书》中还有多处写到了蜂拥之态：《史记》卷7中也有"蜂午之将"③的说法，卷31《陈胜项籍传第一》有"今君起江东，楚蜂起之将皆争附君者"④的形容，还有"夫秦失其政，陈涉首难，豪桀蜂起，相与并争，不可胜数"⑤的态势；《楚元王传第六》卷36有"水、旱、饥、蝝、螽、螟蜂午并起"⑥杂沓之貌的描绘；在《景十三王传》第二十三卷53用"谗言之徒蜂生"⑦形容众多的小人如群蜂之态。另外，《东观汉记》中《冯衍传》中有"灾异蜂起"⑧的形象描述，用以形容风云际会的复杂局势。

除了"蜂拥"之态，汉代"群蜂酿蜜"也有了相关的记载。许慎在《说文解字》卷十三下有"蜜甘饴也"⑨之说。扬雄在《方言·輶轩使者

---

① （宋）朱熹集注：《楚辞集注》，上海古籍出版社1979年版，第70页。
② （汉）班固撰，（唐）颜师古注：《汉书》，中华书局2000年版，第1378页。
③ （汉）司马迁：《史记》，中华书局2000年版，第213页。
④ 同上书，第1411页。
⑤ 同上书，第1429页。
⑥ 同上书，第1506页。
⑦ 同上书，第1849页。
⑧ （东汉）刘珍等撰，吴庆峰点校：《东观汉记》，齐鲁书社2000年版，第127页。
⑨ （汉）许慎著，班吉庆、王剑、王华宝点校：《说文解字校订本》，凤凰出版社2004年版，第396页。

绝代语释别国方言第11》中讲到了什么样的蜂可以酿蜜，即"其大而蜜谓之壶蜂"①。王充在《论衡》卷23中说："美酒为毒，酒难多饮；蜂液为蜜，蜜难益食。"②"蜜酒""蜜饼"也是在《楚辞·招魂》中开始有了文字记载："粔籹蜜饵""瑶浆蜜勺"。③

晋代第一次出现蜂蝶闹芳妍的组合意象。颜幼明在注汉代东方朔的《灵棋经·卷上》中题诗曰："孰知成左若升天，老去多忧夜不眠。忽见故园春色好，飞飞蜂蝶闹芳妍。"④蜂与蝶在春天的花园里飞舞，再也没有之前令人恐惧的特征，而是和蝶一样，成为春天美好的象征。

晋代陆机在《陆士衡文集》中有"掇蜂灭天道，拾尘惑孔颜"⑤。这里的蜂继续作为毒虫的代表，成为"伯奇掇蜂"离间父子骨肉之情成语的发源。

晋人第一次记载人工养蜂一事。皇甫谧在《高士传·姜岐》中有："其母死，丧礼毕，尽让平水田与兄岑。遂隐居，以畜蜂豕为事，教授者满于天下，营业者三百余人。"⑥这是我国最早的养蜂授徒的记载。郭璞有我国第一首《蜜蜂赋》⑦，赋中详细介绍了蜜蜂的生活习性，"无花不缠""无陈不省"说明了蜜源的所在，以"经营堂窟，繁布金房，叠构玉室"指蜜蜂蜂房的精致，用"咀嚼华滋酿以为蜜"说明酿蜜的过程，"散似甘露，凝如割肪"是指液态和固态的蜂蜜。人们甚至已经明确"冰鲜玉润，髓滑兰香"的蜜与蜡的具体功用是"百药须之以谐和，扁鹊得之而术良"。赋的末尾还写到了蜜蜂明显的社会属性，"徽号明于羽族，阍卫固乎管钥"说明蜂群有详细的职责分工，蜂巢门口有专门负责把守的蜜蜂。

---

① 周祖谟校笺：《方言校笺》（附索引），中华书局1993年版，第70页。
② （汉）王充著，张宗祥校注，郑绍昌标点：《论衡校注》，上海古籍出版社2010年版，第459页。
③ 黄寿祺、梅桐生译注：《楚辞全译》（修订版），贵州人民出版社2008年版，第169页。
④ 吴龙辉主编：《中华杂经集成》第2卷，中国社会科学出版社1994年版，第489页。
⑤ （晋）陆机著，刘运好校注：《陆士衡文集校注》，凤凰出版社2007年版，第502页。
⑥ 吴玉贵、华飞主编：《四库全书精品文存·高士传》，团结出版社1997年版，第38页。
⑦ （清）陈元龙编：《历代赋汇》，江苏古籍出版社、上海书店1987年版，第551页。

南北朝时期蜂的记载多沿用前代"蜂小而毒""蜂起而动""群蜂所舍集蜜"等特征。"蜂小而毒",例如《后汉书》卷十四中就有"古人以蜂虿为戒"① 之句,就是说人们提防着蜂的毒螫人。"蜂起而动"的例子有《后汉书·孝安帝纪第五》"灾异蜂起,寇贼纵横"② 以及《后汉书·刘玄刘盆子列传第一》"时青、徐大饥,寇贼蜂起,众盗以崇勇猛,皆附之"③ 等。描写"蜂蜜之酿"的有《庾子山集》卷三中《陪驾幸终南山和宇文内史》中"花留酿蜜蜂"④ 等句。

早在《春秋左传注·文公》中就有"且是人也,蜂目而豺声,忍人也,不可立也"⑤ 的记载,到了南北朝时期形容"蜂目豺声"的大大增加,形容人眼睛像蜂,声音像豺,相貌凶恶、声音可怕。如《魏书·景穆十二王传下》中"城阳本自蜂目,而豺声复将露也"⑥,以及《南齐书》卷一"沈攸之苞祸,岁月滋彰,蜂目豺声,阻兵安忍"⑦ 和《南齐书》卷四十八中的"蜂目虿尾,何关美恶"⑧ 等多处,后来,颜师古注《汉书》卷一上用"蜂目"⑨ 来形容秦始皇眼睛的敏锐之象,这便是袭承"蜂目豺声"而来,以相似的形象作为描述的依据。

3. 蜂意象在唐宋诗中的丰富与定型

蜂的文学形象历经了多朝的演变,到了唐代已经具有了比较丰富的文化蕴含。从数据的统计来看,《全唐诗》中蜂出现的次数高达 211 次,这种剧增的态势代表着蜂作为独特的文学形象,已经广泛地被诗人接受和自

---

① (宋)范晔:《后汉书》,中华书局 2007 年版,第 164 页。
② 同上书,第 60 页。
③ 同上书,第 140 页。
④ (北周)庾信撰,(清)倪璠注,许逸民点校:《庾子山集注》,中华书局 1980 年版,第 179 页。
⑤ 杨伯峻编:《春秋左传注》(修订本),中华书局 2009 年版,第 514 页。
⑥ (北齐)魏收:《魏书》,中华书局 2000 年版,第 345 页。
⑦ (梁)萧子显:《南齐书》,大众文艺出版社 1999 年版,第 13 页。
⑧ 同上书,第 342 页。
⑨ (汉)班固撰,(唐)颜师古注:《汉书》,中华书局 2000 年版,第 2 页。

觉使用，唐代的诗人们对于蜂之意象，有着自己独特的欣赏眼光，尽管在唐以前蜂就被赋予了诸如"蜂虿之毒""伯奇掇蜂""君臣之义""蜂目豺声"等多样化的文化蕴含，但这些特征到了唐代，进入诗中所占的比例却非常低，例如"蜂虿之毒"入诗与前代"说蜂必言毒"情况相比大为减少，只有李白的"拾尘掇蜂，疑圣猜贤"①（《雪谗诗赠友人》）、李端的"伯奇掇蜂贤父逐，曾参杀人慈母疑"（《杂歌》）、白居易的"掇蜂杀爱子，掩鼻戮宠姬"②（《读史五首》）、"劝君掇蜂君莫掇，使君父子成豺狼"（《天可度——恶诈人也》）和"曾家机上闻投杼，尹氏园中见掇蜂"（《思子台有感二首》）这几首诗中用到了"伯奇掇蜂"这个遭恶人挑拨离间的典故，这当然是和几位诗人的切身经历有关，都是遭受过别人挑拨的受害者。"君臣之义"仅白居易在诗中写到了"蜂巢与蚁穴，随分有君臣"③（《郡中春宴，因赠诸客》）、"蝶知双伉丽，蜂分见君臣"④（《闲园独赏》）这两处。"蜂目豺声"更是寥寥无几。上文已经阐述了蜂与春季的关系，下面重点研究蜂与宋代经济社会的关系。

在我国古代，养蜂隶属小畜，排列于禽虫之末，这就决定了蜜蜂在封建经济中的从属地位。它虽然无法与农桑业相比，但由唐而宋后，养蜂经过千百年缓慢的发展，逐渐形成了气候，广泛深入到了宋代的经济社会的各个方面，为人们的饮食养生、医疗保健、美容健体、日常生活用品等方面带来了重要的变革，从而为养蜂业争取到了平稳的发展机会，成为宋代的新兴副业，为百姓生活带来了甜蜜的信号。

（1）蜂诗体现宋人养蜂技术的进步。随着印刷术的发明，宋代养蜂文献兴起，使养蜂技术有了突飞猛进的发展，传播业的兴盛带动了养蜂产业的兴旺发达。代表宋代养蜂水平的重要文献是王禹偁的《记蜂》：

---

① （清）王琦注：《李太白全集》，中华书局2011年版，第425页。
② 谢思炜：《白居易诗集校注》，中华书局2006年版，第207页。
③ 谢思炜：《白居易诗集校注》第2册，中华书局2006年版，第873页。
④ 谢思炜：《白居易诗集校注》第5册，中华书局2006年版，第2472页。

○ 诗说虫语
唐诗宋词里的昆虫世界

商于兔和寺多蜂。寺僧为予言之，事甚具。予因问："蜂之有王，其状何若？""其色青苍，差大于常蜂耳。"问："胡以服其众？"曰："王无毒，不识其它。"问："王之所处？"曰："窠之始营，必造一台，其大如栗，俗谓之王台。王居其上，且生子于中，或三或五，不常其数。王之子尽复为王矣，岁分其族而去。山甿患蜂之分也，以棘刺关于王台，则王之子尽死而蜂不拆矣。"①

文中已经明确指出了蜂王的形态、在蜂群中的地位和作用，知道了蜂巢的建造和作用，并了解蜂群如何分蜂，能利用什么办法进行人工干预。养蜂水平的提高使得蜂蜜产量大大增加，欧阳修在诗中就以"蜂蜜满房花结子"②（《详定幕次呈同舍》）来形容蜂蜜的量多。陶弼有诗"养成崖谷黄蜂蜜，羞死江湖白藕房"③（《茉莉花》），将蜂窝的饱满和富实与空空的湖藕进行对比，说明茉莉花蜜的甜美与丰富。而黄庭坚则描写了蜜蜂酿蜜时的热闹纷繁之态，他在《庚申宿观音院》中写道："旁有蜂蜜庐，颇闻衙集喧。"④ 形容家养蜜蜂数量的巨大，就像喧闹的集市一般。

宋诗中不仅记载了大量的酿蜜情景，还记载了宋代多种蜜源植物，弄清楚了蜂蜜的白、黄、赤等色泽均与花的品种有关系，不同的植物酿出来的蜂蜜种类也是不同的，例如黄连蜜是"色黄而味小苦"的、梨花蜜是"色如凝脂"的，而桧花蜜则"色小赤"，颜色更深的何首乌蜜"色更赤"。蜜蜂采集百花酿蜜，如果"花色不同"，就会"蜜色随异"。苏轼的诗中就有"天工点酥作梅花，此有腊梅禅老家。蜜蜂采花作黄腊，取腊为

---

① 四川大学古籍所：《小畜集》卷14 第1册，《宋集珍本丛刊》，线装书局2004年5月版，第623页。
② 北京大学古文献研究所编：《全宋诗》第6册，北京大学出版社1998年版，第3705页。
③ 北京大学古文献研究所编：《全宋诗》第8册，北京大学出版社1998年版，第4999页。
④ 北京大学古文献研究所编：《全宋诗》第17册，北京大学出版社1998年版，第11530页。

花亦其物"①（《腊梅一首赠赵景贶》），说明蜜蜂采腊梅花成蜜就是黄色的。

蜂业技术的进步还体现在收蜂方法上的改良，苏辙在《收蜜蜂》诗中非常形象地展示了全过程：

> 空中蜂队如车轮，中有王子蜂中尊。分房减口未有处，野老解与蜂语言。前人传蜜延客住，后人秉艾催客奔。布囊包裹闹如市，坌入竹屋新且完。小窗出入旋知路，幽圃首夏花正繁。相逢处处命俦侣，共入新宅长子孙。今年活计知尚浅，蜜蜡未暇分主人。明年少割助和药，惭愧野老知利源。②

宋人知道蜜蜂怕烟熏的特性，在先用蜂蜜诱引的基础上，再用烟把蜂驱逐到布袋子里去，带到蜜蜂的新家进行人工饲养。这时候的养蜂器具和蜂群管理技术都比前代有了明显的进步，人们还知道"王子蜂中尊"的关系，会利用蜂王来管理蜜蜂、繁衍幼蜂。技术方面另一个很明显的进步就是合理割蜜，诗中所说"蜜蜡未暇分主人"，就是在割取蜂蜜时，深知合理采蜜的重要性，不竭泽而渔，要准确把握割蜜的数量和时间，既不让蜂儿饿坏而影响繁殖和幼蜂成长，也不留太多蜜在蜂巢，以免蜂儿懈怠采蜜。另外，人们还知道在夜间悄悄割蜜，不惊扰蜂群。

（2）蜂诗体现宋代生态保护意识。宋代有关生物资源的合理利用和保护措施是比较完备的，宋初就有规定要求官府在交通要道醒目处粉刷墙壁，书写告示，告知百姓不得违时捕猎禽兽、非法猎杀野生动物。太祖建隆二年（961）二月十五日禁采捕诏曰："鸟兽虫鱼宜各安于物性，置呆罗网，当不出于国门，庶无胎卵之伤，用助阴阳之气。其禁民：无得采捕虫鱼，弹射飞鸟，仍为定式。"太宗太平兴国三年（978）四月三日诏曰：

---

① 北京大学古文献研究所编：《全宋诗》第14册，北京大学出版社1998年版，第9457页。
② 北京大学古文献研究所编：《全宋诗》第15册，北京大学出版社1998年版，第10100页。

○ 诗说虫语
唐诗宋词里的昆虫世界

"方春阳和,鸟兽孳育,民或捕取,甚伤生理,自今宜禁民:二月至九月,无得捕猎及持竿挟弹,探巢摘卵,州县长吏严饬里胥,伺察擒捕,重致其罪。仍令州县于要害处粉壁,揭诏书示之。"① 一系列诏书的颁布,反映了宋代统治阶级的生态意识,注意到了保护人类生存环境整体和谐的重要性。

蜜蜂是社会性昆虫,在生态平衡中扮演着不可或缺的角色,但是,原始的取蜜是一种杀鸡取卵的做法,人们或是焚烧蜂窝取蜂蛹和蜜,或是烟熏蜜蜂再夺巢,不管用哪一种都会对蜜蜂群体造成不可逆转的伤害,汪藻的《蜂儿行》就揭露这样极其残忍的做法:

> 蜜蜂以蜜为生涯,为人采蜜安于花。霜蜂尝恐奇祸作,深崖大壑悬其家。生儿孚乳自毫末,幼成玉蛹肩相差。分房戢戢莲绽子,拥户娟娟兰茁芽。惊猜肯使樵牧近,千尾负毒争防遮。那知长安贵公子,酒酣咀尔不摇牙。登盘未辨翅与股,百金购买囊红纱。琴鱼漫传仙物美,桂蠹空取蛮方赊。吾闻厚味古所戒,暴及胎卵宁非奢。合围火攻无脱者,举族孥戮奚罪耶。厥包作贡自谁始,从今可吊不可夸。②

本来辛勤劳动的蜜蜂是可以长期为人类提供蜂蜜的,然而"长安贵公子"之流对美食的贪欲,让蜜蜂即便躲在深崖大壑筑窝,也逃不掉举族孥戮的悲剧。野生资源被毁灭的危害性已经逐渐被人们所认识,杀蜂取蛹、烧蜂取蜜这种极为野蛮的掠夺式经济方式遭到了诗人的排斥和控诉。曾几也作有《食蜂儿有感》:

> 蜂儿虽小物,各自有君臣。夺食已非义,焚巢兹不仁。杀身缘底罪,作俑定何人。不惮高论直,宁辞远送珍。解包颜有喜,

---

① (清)徐松辑:《宋会要辑稿》刑法2之159,中华书局1957年版,第6575页。
② 北京大学古文献研究所编:《全宋诗》第25册,北京大学出版社1998年版,第16520页。

入坐齿生津。海错休前列，山肴且不陈。其谁心恻怛，为汝鼻酸辛。愿下孩虫令，恩倾雨露春。①

曾几认为蜂蛹虽小，也是各自有其社会职责，取了来吃已属不义之举，更何况还要焚烧蜂巢，这便是极大的不仁。人们把蜂蛹当作珍贵的礼物相送，津津有味地品尝这一包由无数小生命做成的美食，让诗人见之落泪。诗人非常期待朝廷下达保护幼虫的诏令，以维护这自然生态的平衡与和谐。还有杨万里的《蜂儿》：

> 蜜蜂不食人间仓，玉露为酒花为粮。作蜜不忙采花忙，蜜成犹带百花香。蜜成万蜂不敢尝，要输蜜国供蜂王。蜂王未及享，人已割蜜房。老蜜已成蜡，嫩蜜方成蜜。蜜房蜡片割无余，老饕更来搜我室。老蜂无味只有滓，幼蜂初化未成儿。老饕火攻不知止，既毁我室取我子。②

这是一幅多么让人心酸的画面，蜜蜂对人类毫无危害，辛勤采蜜还为百花授粉，酿成蜂蜜还不会自行享用，知道君臣之义，先献给蜂王。可是蜂王还来不及品尝就遭到了世人的窃取，人们窃蜜之后还将蜂巢的蜡片全部割走，毁了蜜蜂的居所，更可恶的是还要搜刮最后的价值，年老的蜜蜂不好吃就被烧死了，幼嫩的蜂蛹被无情夺走，制成了美味佳肴。杨万里用蜜蜂的口吻叙述了遭受的巨大毁灭之痛。

保护野生动物是维护生态平衡的有力手段，昆虫作为自然界非常重要的组成部分，也会对人类社会产生极大的反作用。从这些蜂诗中诗人们对毁窝食蛹的抗议来看，保护蜜蜂所生活的生态圈已经逐步得到了宋人的重视。

（3）蜂产品广泛深入百姓日常生活。宋代养蜂业遍布大江南北，蜂产品在餐饮保健、医疗养生、手工业等方面大放异彩，在老百姓生活中扮演

---

① 北京大学古文献研究所编：《全宋诗》第 29 册，北京大学出版社 1998 年版，第 18547 页。
② 北京大学古文献研究所编：《全宋诗》第 42 册，北京大学出版社 1998 年版，第 26458 页。

着重要的角色。蜂蜜是酿酒的原料，我国是世界上最早酿制蜂蜜酒的国家，有文字记载的国外最早饮蜂蜜酒的是英国，"蜜月"习俗也源自英国，说的是英国的新婚夫妻在新婚后第一个月每天饮用象征爱情甜蜜的蜂蜜酒，共度婚后第一次旅行的习俗。但是英国是在1485年都铎王朝后才出现蜂蜜配制酒。随着郑和下西洋的影响，大量中华文化和生产经验在东南亚得到传播，1877年英国占领了郑和当年途经的印度后，才酿出了全蜂蜜酒。因此，即便只从宋代算起，我国的蜂蜜酒历史也比其他国家早了几百年。

苏轼是宋代蜂蜜酒最大的传播者。宋神宗元丰三年（1080），他因"乌台诗案"被贬黄州团练副史，因"不得签书公事"而清静自在。他作诗好酒，亲自改良了蜂蜜酿酒的方法，酿出口感绵醇香甜的养生蜂蜜酒，竟然获得了"开瓮香满城"的效果，还写下了脍炙人口的《蜜酒歌》：

> 真珠为浆玉为醴，六月田夫汗流沘。不如春瓮自生香，蜂为耕耘花作米。一日小沸鱼吐沫，二日眩转清光活。三日开瓮香满城，快泻银瓶不须拨。百钱一斗浓无声，甘露微浊醍醐清。君不见南园采花蜂似雨，天教酿酒醉先生。先生年来穷到骨，问人乞米何曾得。世间万事真悠悠，蜜蜂大胜监河侯。①

酒如人生，苏诗中不仅回顾了酿酒的辛劳和收获的喜悦，更掺杂了苏轼对百味人生的独特体会，繁华落尽后的淡定与释然，伴随着蜂蜜酒，品评人生的得失，内心的平和胜却世间万事。苏辙还专门作诗《和子瞻蜜酒歌》与之相和：

> 蜂王举家千万口，黄腊为粮蜜为酒。口衔涧水拾花须，沮洳满房何不有。山中醉饱谁得知，割脾分蜜曾无遗。调和知与酒同

---

① 北京大学古文献研究所编：《全宋诗》第14册，北京大学出版社1998年版，第9319页。

法，试投麯糵真相宜。城中禁酒如禁盗，三百青铜愁杜老。先生年来无俸钱，一斗径须囊一倒。餔糟不听渔父言，炼蜜深愧仙人传。掉头不问辟谷药，忍饥不如长醉眠。①

一杯蜂蜜酒，就能让诗人诗兴大发。与好友相携，共饮美酒乃人生之幸事，晁补之也喜欢饮蜜酒，他有诗云："雪堂蜜酒花作醅，教蜂使酿花自栽。"②（《次韵苏公翰林赠同职邓温伯怀旧作》）还有杨万里赞蜂蜜酒："眉间蜜酒发轻黄，对著诗人不惜香。"③（《腊梅四首》）都是表达对蜜酒的喜爱之情。

蜂蜜还是医疗保健中的佳品，早在汉代问世的《神农本草经》中已将蜂蜜列为药中上品。到宋代，蜂产品被广泛用于医疗卫生领域，它是治疗多种疾病不可或缺的原料，且富含多种蛋白质、氨基酸、有机酸、维生素、色素、芳香物质。蜂蜜、蜂房、蜂蜡全部有药用价值。苏轼的《安州老人食蜜歌》中这样写：

> 安州老人心似铁，老人心肝小儿舌。不食五谷惟食蜜，笑指蜜蜂作檀越。蜜中有诗人不知，千花百草争含姿。老人咀嚼时一吐，还引世间痴小儿。小儿得诗如得蜜，蜜中有药治百疾。正当狂走捉风时，一笑看诗百忧失。东坡先生取人廉，几人相欢几人嫌。恰似饮茶甘苦杂，不如食蜜中边甜。因君寄与双龙饼，镜空一照双龙影。三吴六月水如汤，老人心似双龙井。④

其中的"蜜中有药治百疾"就是对蜂蜜药用价值最好的解释。梅尧臣也多次写到蜂蜜的药用功能，他的《题腊药》中写道："颓颜早觉衰，乃

---

① 北京大学古文献研究所编：《全宋诗》第 15 册，北京大学出版社 1998 年版，第 9985 页。
② 北京大学古文献研究所编：《全宋诗》第 19 册，北京大学出版社 1998 年版，第 12819 页。
③ 北京大学古文献研究所编：《全宋诗》第 42 册，北京大学出版社 1998 年版，第 26217 页。
④ 北京大学古文献研究所编：《全宋诗》第 14 册，北京大学出版社 1998 年版，第 9431 页。

藉药扶持。及此季冬日，预修来岁宜。鼎成无犬见，蜜炼有蜂知。借问月中兔，长年何所为。"[1] 说明蜜是制药的重要原料。他还有"炼蜜有时蜂竞至，坠羶无数蚁来衔"[2]（《依韵和许待制病起偶书》）之句，皆说明了蜜在医疗保健中的重要作用。

蜜蜡能为手工业生产提供原料，制成蜡烛用来照明，这在没有电的宋代社会是非常重要的，因此上贡的蜂产品中，蜡烛也名列其中。蜂蜜还能制成各种各样的食品供人享用，蜜饯在宋代已经是常见食品。

（4）蜂产品的上贡与贸易。因为蜂产品的各种价值，在宋代它们是上贡朝廷的必需品，《宋史·地理志》中记载了大量关于蜂产品上贡的情况。事实上，缴纳蜂产品已经逐步成为百姓身上沉重的负担，不仅是蜂蜜、蜜蜡，还有蜂子也在其中。以附录二图表为例，还可以看出我国各省上缴蜂产品的分布情况，除了蜂业大省陕西、山西、甘肃，其他各地也都要上贡一定数量的蜂产品，这就足以证明宋代蜂业的繁荣程度。

随着对蜂产品需求的不断增长，宋王朝开辟了多种渠道以满足社会经济生活的需要，从而赋予了蜂蜜开放的市场化表现。蜂蜜是宋与西夏商品交易中的重要物资，西夏李德明继位后，停止对宋作战，专门派遣使臣使宋商谈贸易之事，西夏自景德四年（1007）"于保安军置榷场……以香药、瓷、漆器、姜桂等物易蜜、蜡、麝脐、毛褐、羱羚角、硇砂、柴胡、苁蓉、红花、翎毛"[3]。可见，宋人对蜂产品的喜好和需求是非常明显的，大量从西夏过来的蜂产品滋润了宋人的日常生活。随着需求量的日益增大，也促使了本土养蜂业的进一步发展。

以上史料说明，在宋代逐步发达的社会经济中，文字印刷传播方式的升级，促进了养蜂知识的推广应用，带来了养蜂技术的进步。技术的进步促成了蜂蜜种类的多样性，加快了蜂蜜行业的市场化进程，丰富了百姓的

---

[1] 北京大学古文献研究所编：《全宋诗》第 5 册，北京大学出版社 1998 年版，第 2978 页。
[2] 同上书，第 3169 页。
[3] 梁太济、包伟民：《宋史食货志补正》，中华书局 2008 年版，第 700 页。

生活，并有了对自然生物资源进行保护的生态意识。以上种种原因，使宋代的养蜂业出现了飞跃，成为我国养蜂业的正式形成时期。

第二节　昆虫诗词的生命意识

一　蜉蝣与中国古代文人的生命情怀

（一）蜉蝣文学形象的溯源

蜉蝣是一种昆虫的名字，翅半透明，成虫生存期极短，一般均朝生暮死。《尔雅音训》载："蜉蝣，《说文》作𧎢游，《夏小正》作浮游。"[①]"浮游"一词与蜉蝣的生活环境、动作姿态、行为习惯是息息相关的，同时还能够反映出另一个更深层次的情感寄托，即"漂泊游历"。

《诗经·曹风·蜉蝣》："蜉蝣之羽，衣裳楚楚。"毛传："蜉蝣，渠略也。朝生夕死。"孔疏云："舍人曰：'蜉蝣，一名渠略。南阳以东曰蜉蝣，梁宋之间曰渠略。'"《方言》十一："蜉蝣，秦晋之间谓之渠略。"[②]

蜉蝣与文人之间是有心灵对话的，并不是每一种微小的、有翅膀的生命都能够引发作者的联翩遐思，特定时间遇上特定的物体，正好契合作者当时的心绪，那么蜉蝣也就自然而然地被赋予了作者的自我观照。

蜉蝣最早出现的文学作品是《诗经·曹风·蜉蝣》。中国文人惜春悲秋的时间意识来自《诗经》，《诗经》时代已经有人在迷茫和无奈中追问"我是谁，我从哪里来，我要到哪里去"之类的问题了，它不仅蕴含了大量关于时间意识的作品，更是人们在体悟现实世界的时候产生的对生命存

[①]　黄侃笺识，黄焯编次：《尔雅音训》，上海古籍出版社1983年版，第255页。
[②]　徐朝华注：《尔雅今注》，南开大学出版社1987年版，第295页。

在的思索，这种思索源于对生存现实残酷性的无奈，显示出了文学的自觉意识，《曹风·蜉蝣》就为其后世文学中的蜉蝣意象埋下了伏笔，奠定了一个基础的形象。《曹风·蜉蝣》哀叹：

> 蜉蝣之羽，衣裳楚楚。心之忧矣，于我归处！
> 蜉蝣之翼，采采衣服。心之忧矣，于我归息！
> 蜉蝣掘阅，麻衣如雪。心之忧矣，于我归说！①

关于"蜉蝣之羽"一句的解读，《毛传》有："蜉蝣，渠略也，朝生夕死，犹有羽翼以自修饰。"马瑞辰《通释》："盖诗人不忍言人之似蜉蝣，故转言蜉蝣之羽翼有似于人之衣裳，此正诗人立言之妙。"②之后的"之翼"与前面大致相同。"衣裳楚楚"和"采采衣服"形容衣裳的鲜明和华丽之美，在鲜亮的外表背后，反复咏叹"心之忧矣"，又该于何处依归？蜉蝣"掘阅"的动作是古人细致观察而来的，古代"阅"与"穴"相通，昆虫穿穴而出，穿着一身如雪般鲜洁明亮的衣服，这和刚成为成虫的蜉蝣生物特性是一致的，蜉蝣初生其翼半透明，故诗兴比以麻衣。

蜉蝣早在《诗经》中就成了表示生命短暂的固定意象，是先秦文学惜时的代表作。《毛诗序》曰"蜉蝣，刺奢也。昭公国小而迫，无法以自守；好奢而任小人，将无所依焉。"③本诗来源地曹国于公元前487年为宋国所灭，灭亡之前的曹国沦为晋楚争霸拉锯战的受害国。曹国国君曹共公"甚荒唐"，公元前637年晋公子重耳经过曹国时，作为一国之君的曹共公竟然置风云变幻的战争形势不顾，因好奇重耳"骈胁"而躲在帘子后面看重耳洗澡，由此可见其手下的臣子大夫和大小官吏也好不到哪里去。《左

---

① 周振甫译注：《诗经译注》（修订本），中华书局2010年第2版，第192—193页。
② 白凤鸣：《先民生存的艰难与悲喜〈国风〉读注》，中国社会科学出版社2011年版，第422页。
③ （清）王先谦：《诗三家义集疏》，岳麓书社2011年版，第518页。

传·僖公二十三年》就有这样的记载"闻其骈胁，欲观其裸。浴，薄而观之。"① 由此，曹国的命运也就可想而知了。《曹风》中不同人的叹息与无奈，怨刺与祈盼交织在一起，奏出了忧国忧民人士痛苦与煎熬中的声音。诗人借漂亮而短命的蜉蝣来讽刺时事，"刺奢"即婉转表达对统治阶级沉湎奢华现状的忧虑，通过对蜉蝣的描写来表达朝不保暮的担心。蜉蝣这种小昆虫，虽有楚楚之衣裳，但朝生暮死，看到它便不禁联想到个人的生命、所处朝代的短促与紧迫，而人生荣华如梦如幻，正如蜉蝣之楚楚衣裳。这一惊心动魄的联想，引发了诗人浓浓的焦虑。但这个"刺奢"的观点也有反驳的声音，方玉润《原始》驳之云："盖蜉蝣为物，其细已甚，何奢之有？取以为比，大不相类。天下刺奢之物甚多，诗人岂独有取于掘土而出、朝生暮死之微虫耶？"② 不管他们对蜉蝣的描写是否具有刺奢的立意，这首诗善于状物，叹息深沉，喻意警人，大有"生年不满百，常怀千岁忧"的情感。

在《诗经·曹风》之后，三国魏国阮籍有"蜉蝣玩三朝，采采修羽翼"③（《咏怀·其四十九》）之句。古人认为餐风饮露、不食人间烟火者乃高洁的象征，因而在咏蝉时往往寄托惜时、高洁之意，其实于蜉蝣而言，也有异曲同工之妙，诗人们更愿意赋予蜉蝣一种向好的态势。荀况认为蜉蝣高洁："不饮不食者，蜉蝣也。"④（《荀子·大略篇》）《淮南子》说："蚕食而不饮，二十二日而化；蝉饮而不食，三十日而蜕；蜉蝣不食不饮，三日而死。"⑤

西晋傅咸有《蜉蝣赋》：

---

① 白凤鸣：《先民生存的艰难与悲喜〈国风〉读注》，中国社会科学出版社2011年版，第421页。
② 聂石樵主编：《诗经新注》，齐鲁书社2000年版，第274页。
③ （清）陈祚明评选，李金松点校：《采菽堂古诗选》，上海古籍出版社2008年版，第252页。
④ （清）王先谦：《荀子集解》，中华书局2012年版，第501页。
⑤ 杨有礼注说：《淮南子》，河南大学出版社2010年版，第572页。

诗说虫语
唐诗宋词里的昆虫世界

读诗至蜉蝣,感其虽朝生暮死,而能修其羽翼,可以有兴,遂赋之。有生之薄,是曰蜉蝣。育微微之陋质,羌采采而自修。不识晦朔,无意春秋。取足一日,尚又何求?戏淳淹而委余,何必江湖而是游。①

傅咸是傅玄之子,承袭父爵,历任御史中丞、司隶校尉等职。在朝"劲直忠果,劾按惊人"(吴郡顾荣语),竟敢冒犯外戚杨骏,一时京都肃然,权贵慑服。自他在朝表现来看,风格峻整,疾恶如仇,颇得父风。②傅咸今存世的30余篇赋中以咏物小赋居多,《蜉蝣赋》《萤火赋》等都是他的昆虫赋,这些小赋皆有一定的寄托。之前《曹风·蜉蝣》把蜉蝣羽翼同妇女衣裙联系了起来,像轻云舒卷,如嫩柳拂水,美不胜收却转瞬即逝,蕴含了惜时与刺奢的自觉的文学意识。傅咸赋中则增加了哲学的问辩,即便身份卑微,"育微微之陋质"却依然能够"自修",这是与其一贯的正统儒学思想分不开的。蜉蝣"不识晦朔,无意春秋",不因为别人认为自己的生存时间短而自暴自弃,从来不知道月有阴晴圆缺,春夏会有往返轮回,但这不是蜉蝣的遗憾,就算只有一天的生命,它也要活出自己的精彩。"取足一日,尚又何求"生动地表达了蜉蝣淡定处世、坚持自我秉性的生活本真,它真正达到了"不以物喜,不以己悲"的境界,强调了君子要修身养性、洁身自好、品行高洁。

再往后到宋代,苏轼的《前赤壁赋》全新展示了蜉蝣的意象,将蜉蝣与天地进行对比观照,从而大大影响了宋代词人的创作,极大地延展了对蜉蝣的哲学想象空间,宋代词人只要写到蜉蝣的,无一不受其影响。当然,这不仅与作品本身的优秀品质有关,也与苏轼在宋代的影响力及其文章在当时的流传程度有关。

---

① (清)陈元龙编:《历代赋汇》,江苏古籍出版社、上海书店1987年版,第556页。
② 徐公持编:《魏晋文学史》,人民文学出版社1999年版,第281页。

（二）唐宋诗词中的蜉蝣意象及其审美内涵

在千百年文学的流转中，蜉蝣从未淡出文人的视野，直到今天，我们依然能通过诗词的载体，感受到由蜉蝣而生发的种种想象，把握住人与蜉蝣间那若即若离的隐约联系。从源头再往后发展，蜉蝣在《全唐诗》《全宋词》中同样给后人留下了大大的思考空间。它给人的第一印象是有一双美丽动人、永不回收的翅膀；第二印象是轻灵霓裳随水而逝的生命浮游；第三印象是小小的身体里所蕴含的令人敬佩的冒死勇气和不藐视微小生命的强大信念。

蜉蝣之美——只争朝夕的惊艳出世。蜉蝣作为一只普通的昆虫，它的翅膀和飞行的姿态也许并不是最美的，但是它最罕见，总是出现次数寥寥而匆匆。人们总是习惯忽视眼前常见的美好，转而寻找不常见的景致，蜉蝣就正好切中了文人寻找"异样美"的眼光。蜉蝣静止于水面的时候楚楚动人，因为它善于借助粼粼水体的衬托来展示其透明如雪的羽翼，形容蜉蝣状貌之美，抓紧时间展示自己美好的一面，从三年的蛰伏到一朝的美貌惊现，尽情展示了时不我待的生命绽放。

水面上的蜉蝣，真是像极了酒面上的泡沫，不管是颜色、姿态、还是持续时间都那么吻合，甚至超过了频频出现的"绿蚁"的相似度。唐末诗人谭用之的"碧玉蜉蝣迎客酒，黄金毂辘钓鱼车"①（《贻费道人》）即言蜉蝣似乎比蚁更像浮于酒面上的泡沫，翅清亮而透明，泡沫转瞬即逝，蜉蝣亦转瞬即逝。从《诗经》第一次赋予了蜉蝣羽翼美貌之后，蜉蝣就是公认的漂亮昆虫，也是诗人和词人心仪的对象。

唐诗人张九龄的"鱼游乐深池，鸟栖欲高枝。嗟尔蜉蝣羽，薨薨亦何为"②（《感遇十二首》）中一个"薨薨"便将繁密的蜉蝣群飞之象述于笔

---

① 《全唐诗》第22册，中华书局1960年版，第8671页。
② 《全唐诗》第2册，中华书局1960年版，第571页。

端，蜉蝣羽翼不仅醒目，而且是它的重要象征。同样写蜉蝣羽翼的还有储光羲的"蜉蝣时蔽月，枳棘复伤衣"①（《巩城东庄道中作》）写蜉蝣群飞之盛貌，似乎可以遮挡住月亮的光辉。李程的"茫茫尘累愧腥膻，强把蜉蝣望列仙"②（《赠毛仙翁》）更是将蜉蝣飘飘欲仙的羽翼直接幻化为"仙"的样子。

至宋代，诗人郑清之的"麻衣忽见蜉蝣阵，砚池观鱼来紫石"③（《和茸芷雪韵其二》）不仅写出了蜉蝣的样貌，更写出了蜉蝣群聚的特征。蜉蝣常在春夏两季雨后出现，从午后至傍晚，常有成群的雄虫进行"婚飞"，雌虫独自飞入群中与雄虫配对。因而蜉蝣阵形容的就是这种壮观的景象，无数的蜉蝣组成的图案好像一幅巨大的美丽画面，"忽见"一词则真实再现其出现时间之短，形成蜉蝣阵很迅速，当然，蜉蝣死后随水漂流，随之消退的速度也是很快的。而晋朝郭义恭的《广志》将蜉蝣消逝的姿态写得更加富有凄凉美："蜉蝣可烧啖，美于蝉。蜉蝣在水中翕然生，覆水上，寻死随流。"④ 蜉蝣是短暂而极尽华美的代言，宋代诗人张继先的"蜉蝣世界何须恋，蟠蛛衣裳不必携"⑤《金丹诗四十八首其四八》将事物之美好与短暂悉数托付在"蜉蝣世界"里，并借这个无比美好的比喻来表达自己的心声。

此外，宋代其他几位写蜉蝣之美的诗人如苏辙的"魏京饶士女，春服聚蜉蝣"⑥（《次韵子瞻减降诸县囚徒事毕登览》）、苏籀的"楚楚奢靡翾蜉蝣，下士阘然媚俗流"⑦（《退士一首》）、许必胜的"蜉蝣炫衣裳，楚楚苦

---

① 《全唐诗》第 4 册，中华书局 1960 年版，第 1392 页。
② 《全唐诗》第 11 册，中华书局 1960 年版，第 4145 页。
③ 北京大学古文献研究所编：《全宋诗》第 55 册，北京大学出版社 1998 年版，第 34636 页。
④ （唐）欧阳询撰，汪绍楹校：《艺文类聚》卷 97《虫豸》，上海古籍出版社 1999 年新 2 版，第 1684 页。
⑤ 北京大学古文献研究所编：《全宋诗》第 20 册，北京大学出版社 1998 年版，第 13528 页。
⑥ 北京大学古文献研究所编：《全宋诗》第 15 册，北京大学出版社 1998 年版，第 9823 页。
⑦ 北京大学古文献研究所编：《全宋诗》第 31 册，北京大学出版社 1998 年版，第 19646 页。

不保"①（《山中杂咏其四》）等，尤以最后一首将蜉蝣的美丽衣裳为悲剧的载体，但是这美丽的衣裳却无法长久保留，逃不了毁灭的结局，却依然楚楚动人，从最初诗经的华美之服"刺奢"到"楚楚苦不保"的叹息，它的淡定一如带血的微笑，留给诗人一份残酷的美好，并由此赢得了世代人们的惋惜与动容。

蜉蝣之悲——朝生暮死的惜时感悟。《夏小正》里"蜉蝣"作"浮游"，这个词语顾名思义和其状貌有着直接的关联，历代文人飘零的身世极易在蜉蝣身上找到共鸣。"浮"《广雅》中言："漂也。浮游也。"古佛语有"浮世"之说，指生活的空虚。而"游"在古代就意味着远行，无根的漂浮和远行正是浮游的象征意义。而只有在这些"浮游"的日子里，才会激发起作者无限的创作冲动。

《文心雕龙·物色篇》云："春秋代序，阴阳惨舒，物色之动，心亦摇焉。""岁有其物，物有其容；情以物迁，辞以情发。一叶且或迎意，虫声有足引心。况清风与明月同夜，白日与春林共朝哉！"②唐人虞有贤"留不住，去不悲，醯鸡蜉蝣安得知"③（《送卧云道士》）便是将自然流转的规律引入了自己的思考，微小的个人在浩渺的历史长河里，仅能"满酌数杯酒，狂吟几首诗"④而已。朝生暮死是蜉蝣特殊的昆虫学属性，而中国古代的诗歌又常常看重对时序物候的敏感性体验。蜉蝣一出现的时候，就会马上预见其紧随而来不可避免的死亡，这是蜉蝣本身和观察者都不可避免的问题，这也是为什么蜉蝣后来会由"采采羽翼"发展为一个象征生命短暂的意象的原因。

《全唐诗》26 次出现"蜉蝣"一词，其中与惜时相关的就占了大半。

---

① 北京大学古文献研究所编：《全宋诗》第 37 册，北京大学出版社 1998 年版，第 23223 页。
② 王运熙、周锋撰，《文心雕龙译注》，上海古籍出版社 2012 年版，第 309 页。
③ 《全唐诗》第 24 册，中华书局 1960 年版，第 9672 页。
④ 同上书，第 9672 页。

○ 诗说虫语
唐诗宋词里的昆虫世界

陈陶的"金乌试浴青门水,下界蜉蝣几回死"①(《飞龙引》)是对时光荏苒与轮回的伤感。储光羲有"人生如蜉蝣,一往不可攀"②(《田家杂兴八首》)的无奈之叹。陆弘休有"莫惜今朝同酩酊,任他龟鹤与蜉蝣"③(《和訾家洲宴游》)的豁达,他以龟鹤延年、长寿无疆的特征与一日之生的蜉蝣进行对比,得出了"今朝有酒今朝醉"的及时行乐愿望。白居易虽有"长生无得者,举世如蜉蝣"④(《郊陶潜体诗十六首》)这样怅然的直接抒怀,但更多的是"莫忘蜉蝣内,进士有同年"⑤(《酬吴七见寄》)的希望。李衢的"蜉蝣吟更古,科斗映还新"⑥(《都堂试贡士日庆春雪》)则形象地展示了在科举制路上的努力与奋斗以及对入仕的憧憬。

陆龟蒙的"为分科斗亲铅椠,与说蜉蝣坐竹根"⑦(《寄怀华阳道士》)则通过对华阳道士的诉说来找寻生命的意义。唐彦谦"俯仰烟波内,蜉蝣寄此身"⑧(《过湖口》)也是面对湖口的烟波水域,联想到此生如蜉蝣般的惜时之感,并且从这中间看到了人生在世的价值与意义,即便短暂,也要璀璨。日月河山、浩渺烟波这些长久的自然之物仿佛在审阅人生的短促,永恒与瞬间,伟大与渺小的强烈反差使人的心理受到深刻的冲击。对于宇宙人生的哲学问辩,其要义在于参照物的选择。生必有死,万生同赴的宿命是无法逆转的。人在历史烟波面前,就好比蜉蝣在人面前一样渺小,微小的生命转瞬即逝,蜉蝣和人在某种意义上是相同的。

吕岩写"蜉蝣世界实足悲,槿花性命莫迟迟"⑨(《赠刘方处士》)以槿花朝开暮落的习性,来抒发"可怜荣落在朝昏"的生命意识,感叹蜉蝣

---

① 《全唐诗》第21册,中华书局1960年版,第8472页。
② 《全唐诗》第4册,中华书局1960年版,第1386页。
③ 《全唐诗》第22册,中华书局1960年版,第8719页。
④ 谢思炜:《白居易诗集校注》第2册,中华书局2006年版,第510页。
⑤ 同上书,第579页。
⑥ 《全唐诗》第16册,中华书局1960年版,第6258页。
⑦ 《全唐诗》第18册,中华书局1960年版,第7197页。
⑧ 《全唐诗》第20册,中华书局1960年版,第7674页。
⑨ 《全唐诗》第24册,中华书局1960年版,第9706页。

世界的可悲,和槿花一样,两者都是朝生暮死的命运,都只见朝阳而不见夕落,再念及唐家汉室的兴衰历史,难免生出对人生苦短的惋惜与怅然。因此,蜉蝣的惜时意象一直从唐代延续到宋代,连南宋魏了翁也说"而余生世竟何事,孔翠兹影蜉蝣裳"①(《大理曾少卿欲见余近作录数篇寄之以诗为谢且云连日疮疡作读余文而愈因次其韵》),完全化用了蜉蝣的综合意象,既有美丽之羽翼,更有对"生世"的强烈自觉精神和反思意识。

蜉蝣之勇——处险不惊的励志举动。白居易在《禽虫十二章》中有"蟏蛸网上罥蜉蝣,反覆相持死始休。"②之句,反映了蜉蝣无畏死亡的斗争精神。《全宋诗》中唯一一首专门咏蜉蝣的是陆游的《蜉蝣行》:

> 蜉蝣至细能知时,春风砲雨占无遗。
> 蜻蜓满空乃不知,庭除一出无归期。
> 乐哉蜻蜓高下飞,蜉蝣未尽何忧饥。
> 檐间蜘蛛亦伺汝,吐丝织纲腹如鼓。③

在这首诗中,蜉蝣可谓是处处险境,《文心雕龙·物色篇》也说道"是以诗人感物,联类不穷"④,说明时序物候的变化、周围环境的异同会引起人们或喜或悲的情感抒发。陆游在诗中写到细微的蜉蝣尚能知道以"小时"来计算生命,足以说明生命的短暂与可贵,而在这短暂的时间里,怎样才是有意义的呢?蜉蝣朝生暮死也要绽放生命之美的励志举动,也曾经激励过很多人、点化过很多人。

诗歌结合蜉蝣多在雨后成群出现的生物属性,看到了蜉蝣面临的多重险境。它短暂的生命总是和风雨交加的天气联系在一起,而这种恶劣的天气随时都会导致蜉蝣提早死亡,这是其面临的第一险。第二险是满空飞舞

---

① 北京大学古文献研究所编:《全宋诗》第 56 册,北京大学出版社 1998 年版,第 34895 页。
② 谢思炜:《白居易诗集校注》,中华书局 2006 年版,第 2828 页。
③ 北京大学古文献研究所编:《全宋诗》第 40 册,北京大学出版社 1998 年版,第 25021 页。
④ 王运熙、周锋撰:《文心雕龙译注》,上海古籍出版社 2012 年版,第 309 页。

的蜻蜓等着捕捉蜉蝣来填饱肚子,而刚从水底探头探脑出来的蜉蝣们甚至都没有时间意识到身边的危险,更别提躲避危险了。它们只要一出水就无法走回头路,这份一往无前的决绝,如同昙花一现般,显示出巨大的涅槃之勇。就算侥幸逃过了风雨交加的第一险境,避开了蜻蜓捕食的第二危机,还有第三险:"檐间蜘蛛"织好了大大的陷阱在等着蜉蝣自投罗网呢,有翅飞翔,也许正是走向毁灭的途径。

  蜉蝣生命里短短的一天时间,竟然会面临如此之多的危难,也正因为蜉蝣生存环境的险恶、生存时间的紧迫,才更加彰显蜉蝣独有的勇气与力量。这种勇气与力量在诗人笔下焕发出了动人的光彩,诗人为蜉蝣的多舛之命而担忧,而蜉蝣自己却依然遵循着千百年来的生存规律,在幼虫阶段,蜉蝣要在水下生活长达三年左右的时间,它们在孵化后短短数小时即结束生命前争相交配繁殖,它们生存的意义就在于繁衍后代,完成这个历史使命后就随水而逝。蜉蝣这种不断繁殖、死亡、新生、成长,再繁殖、死亡、新生的生命过程,不会因为任何外物的影响而中断了这个种族的发展进程,这种精神不正是诗人所钦佩的吗?

  人的个体比之宇宙洪荒,如沧海之一粟,短短人生几十年,于天地万物来说也不过是弹指一挥间的事。因此,人在更为微小的蜉蝣面前反而能真实地认识自我,学会倔强地在世间留下痕迹。人奋斗着的一生,也能算是千年历史中的一瞬间。诗人在抒发人生苦短的时候,同样用一种对生命不可抗拒规律的大无畏的精神,以蜉蝣般的勇气,以只争朝夕的信心来换取千秋的铭记。蜉蝣之勇就在于它敢于面对死亡,完成最美的绽放。于人而言,这种绽放就是完成毕生使命时那种努力的姿态。

  蜉蝣之微——高尚人格的参照衬托。以蜉蝣形态之微小、生命之短暂来衬托自我之高尚人格和远大志向的作品不少,这种写法的滥觞便是苏轼的《前赤壁赋》:

    ……寄蜉蝣于天地,渺沧海之一粟。哀吾生之须臾,羡长江

之无穷。……①

在这里浸透了苏轼在被贬黄州时期淡然处之的心态，他在山水之间发问，对话宇宙自然，深化哲学思索，故而获得精神的永续。小小的蜉蝣在天地中简直是太微不足道了，但正因为如此，才在与天地对比的时候有着强烈的反差效果，进而达到写作的意图。这种豁达淡然的人生态度引发了苏轼诗情的盎然和生活的韵味，人生如寄的感伤在"变与不变"的哲理洗礼下变得纯净，处穷与居贫的生活不再是悲苦的源头，唯有将心灵释放到天地万物中，才能活出最豁达的人生。对高尚人格的不变追求，对理想信念永恒的执着，即便微小，也有着巨大的存在价值。

尤其值得一提的是《前赤壁赋》里蜉蝣意象对宋代词人的影响力是惊人的。在《全宋词》中共有八处写蜉蝣，这八处蜉蝣竟然全部化用苏轼的《前赤壁赋》蜉蝣意象而来。其一是王之道的《水调歌头·用王冲之韵赠僧定渊》：

> 败屋拥破衲，惊飙漫飕飕。不离当处人见，操彗上蓝游。弹指九州四海，浪说其来云聚，其去等风休。莫作袈裟看，吾道惯聃丘。
>
> 齐死生，同宠辱，泯春秋。高名厚利，眇若天地一蜉蝣。闲举前人公案，试问把锄空手，何似步骑牛。会得个中语，净土在阎浮。②

其二是刘学箕的《松江哨遍》：

> 木叶尽凋，湖色接天，雪月明江水。凌万顷、一苇纵所之。若凭虚驭风仙子。听洞箫、绵延不绝如缕，余音袅袅游丝曳。乃

---

① 孔凡礼点校：《苏轼文集》，中华书局1986年版，第6页。
② 周笃文、马兴荣主编：《全宋词评注》第3卷，学苑出版社2011年版，第1118页。

举酒赋诗，玉鳞霜蟹，是中风味偏美。任满头堆絮雪花飞。更月澹篷窗冻云垂。山郁苍苍，桥卧沈沈，夜鹊惊起。

噫。倚兰桨兮。我今恍惚遗身世。渔樵甘放浪，蜉蝣然、寄天地。叹富贵何时。功名浪语，人生寓乐虽情尔。知逝者如斯。盈虚如彼，则知变者如是。且物生宇宙各有司。非已有纤毫莫得之。委吾心、耳目所寄。用之而不竭，取则不吾禁，自色自声，本非有意。望东来孤鹤缟其衣。快乘之、从此仙矣。①

其三是刘将孙的《沁园春》：

壬戌之秋，七夕既望，苏子泛舟。正赤壁风清，举杯属客，东山月上，遗世乘流。桂棹叩舷，洞箫倚和，何事呜呜怨泣幽。悄危坐，抚苍苍东望，渺渺荆州。

客云天地蜉蝣。记千里舳舻旗帜浮。叹孟德周郎，英雄安在，武昌夏口，山水相缪。客亦知夫，盈虚如彼，山月江风有尽不。喜更酌，任东方既白，与子遨游。②

其四是陈纪的《念奴娇》：

凭高眺远，见凄凉海国，高秋云物。岛屿沈洋萍几点，漠漠天垂四壁。粟粒太虚，蜉蝣天地，怀抱皆冰雪。清风明月，坐中看我三杰。

为爱暮色苍寒，天光上下，舣棹须明发。一片玻璃秋万顷，天外去帆明灭。招手仙人，拍肩居士，散我骑鲸发。钓鳌台上，叫云吹断残月。③

---

① 周笃文、马兴荣主编：《全宋词评注》第7卷，学苑出版社2011年版，第195页。
② 周笃文、马兴荣主编：《全宋词评注》第9卷，学苑出版社2011年版，第1079页。
③ 同上书，第714页。

其五、其六是林正大词中两次出现的蜉蝣，一次是引用了苏轼原文，一次是《括酹江月》：

> 泛舟赤壁，正风徐波静，举尊属客。渺渺予怀天一望，万顷凭虚独立。桂桨空明，洞箫声彻，怨慕还凄恻。星稀月淡，江山依旧陈迹。
>
> 因念酾酒临江，赋诗横槊，好在今安适。谩寄蜉蝣天地尔，瞬目盈虚消息。江上清风，山间明月，与子欢无极。翻然一笑，不知东方既白。①

其七是曹冠的《哨遍》：

> 壬戌孟秋，苏子夜游，赤壁舟轻漾。观水光、弥渺接遥天，月出于东山之上。与客同，清欢扣舷歌咏，开怀饮酒情酣畅。如羽化登仙，乘风独立，飘然遗世高尚。客吹箫、音韵远悠扬。怨慕舞潜蛟、动凄凉。自古英雄，孟德周郎。旧踪可想。
>
> 噫，水与月兮，逝者如斯曷尝往。变化如一瞬，盈虚兮、莫消长。自不变而观，物我无尽，何须感物兴悲怅。夫天地之间，物各有主，惟同风月清赏。念江山美景岂可量。吾与子、乐与兴徜徉。听江渚、樵歌渔唱。□侣鱼虾、友麋鹿，举匏尊相劝，人生堪笑，蜉蝣一梦，且纵扁舟放浪。戏将坡赋度新声，试写高怀，自娱闲旷。②

其八是蒲寿宬的《渔父词》：

> 白首渔郎不解愁。长歌箕踞亦风流。江上事，寄蜉蝣。灵均

---

① 周笃文、马兴荣主编：《全宋词评注》第7卷，学苑出版社2011年版，第225页。
② 周笃文、马兴荣主编：《全宋词评注》第4卷，学苑出版社2011年版，第1193页。

那更恨悠悠。①

尽管每首词词牌形式不一，主旨内容不同，但是以小见大的方式是共同的，寄托在蜉蝣身上的情感是一致的。

二 蝉文化与历代文人的生命意识

（一）蝉图腾与文人生命意识的溯源

首先我们要追问的是蝉诗为什么会被文人赋予浓厚的生命意识？蝉诗中的生命意识起源可以上溯到新石器时代。那时候，古人们尚处于探索大自然的起步阶段，生产力水平十分低下，人只是自然界小小的一部分，完全倚赖大自然的养育，对于天地万物的规律是充满疑惑的，人们只能被动地去适应身边的自然环境，接受春夏秋冬的季节轮回，承担生老病死的巨大考验，这便导致了古人对自然界诚惶诚恐的心态。虽然无法预知和把握自己的生命，但对"生"的渴望和对"死"的恐惧一直就是古人心头的症结，人们希望能够长生于这个世界，但面对死亡的不可避免却显得那么无力与无助。随着时间的推移和文明的进步，人们逐渐有了死亡意识，同时便产生了长生幻想。

图腾崇拜是史前人类特定生产力发展阶段的产物，是新石器时代原始人类所依赖的物质生活条件的客观反映。渔猎经济时代，人类的生存繁衍要依靠动植物作为来源，这也就成为原始动植物图腾崇拜的客观基础。"图腾信仰的表现形式是多种多样的，动物成为最早且数量最多的图腾，蝉就是其中重要的一种。蝉属于同翅目蝉科昆虫，是古老的昆虫种群，又名知了，楚谓之蜩、宋卫之间谓之螗蜩、陈郑之间谓之蝘蜩。"② "它在中

---

① 周笃文、马兴荣主编：《全宋词评注》第9卷，学苑出版社2011年版，第418页。
② 周祖谟校笺：《方言校笺》（附索引），中华书局1993年版，第68页。

国古代象征复活和永生,被人视为吉祥的象征。"① 这个象征意义来源于蝉特殊的生命周期。蝉的一生从被产于木质组织的卵开始,若虫一孵出就钻进土中,幼虫靠吸食多年生植物的根液生存,在土中生活若干年(北美洲东岸森林中的蝉幼虫可在地下生活长达 17 年之久)。之后某一天,蝉蛹从地下破土而出,经历蜕壳羽化后在高枝栖息。

在古人看来,蝉就是可以死而复生的昆虫,即便到了地底下也能再获得重生,并且还能飞翔。这种飞天是与神沟通,蝉变成了人、神通达的灵物。再深入一点去思考,古人把人死后的地下生活与蝉进行比较,将蝉在地下的生活经历视为人死后在墓葬中的生活,把蝉羽化上树飞天的行为视为死人成仙升天的象征。古人觉得自己在自然界找到了人死而复生、羽化成仙的现实依据,那就是蝉,这就是古人将蝉作为死而复生的信仰来源的解释。《淮南子·精神》中就有"蝉蜕蛇解,游于太虚"②。也正因为如此简单而原始的依附和类比,才会产生后代与生命意识息息相关的蝉文化。

蝉与生命意识的契合早在有文字记载之前。在尚不能用系统的语言文字来记载宇宙万物的时期,随着生产生活的发展,逐步出现了按万物形状来雕刻的装饰品,蝉是较早进入雕刻范围的昆虫。我们可以先回顾新石器时期蝉在各地人们生活中的情况。"内蒙古地区 6000 年前的红山文化就记载了古人的蝉崇拜意识,蝉作为饰玉供人佩戴,红山文化后期还出现了三蝉玉璧。"③ "黄河流域距今 4500—4000 年的龙山文化中出土了大量有丰富意义的玉蝉,如人头蝉身玉蝉神、骑蝉飞天图腾神,生动地展现了史前古人神幻虔诚的精神世界,还有了熊蝉、蛙蝉巫的复合图腾。"④ "长江流域距今 4700—4400 年的石家河文化有蝉形佩,作为特色玉器之一,有胖瘦之

---

① 黎兆元:《中国古玉与图腾崇拜文化》,汕头大学出版社 2010 年版,第 160 页。
② 赵宗乙译注:《淮南子译注》,黑龙江人民出版社 2003 年版,第 343 页。
③ 黎兆元:《中国古玉与图腾崇拜文化》,汕头大学出版社 2010 年版,第 162 页。
④ 同上书,第 161 页。

分，厚薄不一。"① "距今5300—4200年的良渚文化时代有作为坠饰的精美玉蝉。"② 夏、商、周到春秋战国时期的玉蝉一直绵延不断，直到出现汉代著名的汉八刀玉蝉，将玉蝉崇拜推向顶峰。

"先秦时期盛行玉崇拜，蝉是最早进入葬丧礼仪的昆虫之一，商代妇好墓中出土了三件与蝉有关的器物，分别是玉蝉、绿松石蝉蛙合体、圆雕石蝉。"③ 这种文化的渊源造就了后世文人对蝉所寄托的深远的生命意识。到了西周时期，西周玉器大致可以分为礼器、装饰玉和工具三大类，蝉又进入装饰玉中，成为古人大量佩戴祈求平安的护身符。"各类人物、动物形玉雕饰品较商代有了更大发展，不仅造型多样，包含了人物、龙凤等瑞兽以及自然界所能见到的各种禽、兽、鱼、昆虫等，数量巨大，而且制作精美，形象逼真自然，具有很强的艺术感染力。这些带有穿孔的肖形玉雕饰，多数是作为棺饰使用，是西周玉器的一大特色。"④ 从近代考古发掘的夏商周时期动物形玉饰在墓葬中的具体功能来看，蝉还被当作玉琀使用，就是放进死者的口中，以求得蝉神庇护和再生。秦汉开始流行蝉形琀，随着道家思想的流行，人们认为蝉餐风饮露，很高洁，置于死者口中利于其早日飞出转世，而蝉四年一次从土中钻出、蜕皮、生翅、飞于天地之间，正好似一个人羽化升天的过程，这种蝉形玉琀的葬玉从此固定下来。

（二）宋前蝉文化生命意识的发展

1. 先秦诸子对蝉的书写与文人生命意识起源

《诗经》中有多处提到了蝉，《豳风·七月》里的"五月鸣蜩"⑤ 从时

---

① 袁胜文：《中国古代玉器》，南开大学出版社2012年版，第40页。
② 同上书，第51页。
③ 古方：《红粉帝国的幽梦——图说殷墟妇好墓》，重庆出版社2006年版，第84页。
④ 袁胜文：《中国古代玉器》，南开大学出版社2012年版，第117页。
⑤ 白鸣凤：《先民生存的艰难与悲喜〈国风〉读注》，中国社会科学出版社2011年版，第439页。

间上界定了蝉出现的大致时间,代表着先民已经有了明确的珍惜时间和生命的愿望;《小雅·小弁》"菀彼斯柳,鸣蜩嘒嘒"①句写到了蝉生活的环境;《卫风·硕人》用"螓首蛾眉"②写蝉鸣的状貌;《大雅·荡》的"如蜩如螗"③以蝉之声引发对历史的感叹,托古讽今。这说明了在春秋战国时期,蝉已经开始有了多样化的生命意识,既有对过往的反省,也有对当下的鞭策。《列子·仲尼篇》中公仪伯谏宣王,他以自身力气和蝉翼相喻,曰:"臣之力能折春螽之股,堪秋蝉之翼。"④秋蝉之翼非常薄,古人多以其指最轻之物,而这个以力气闻名的人就真的是这样吗?原来,他要说的是生命的智慧就在于"隐"。《荀子·致士篇》云:"夫耀蝉者务在明其火、振其树而已,火不明,虽振其树,无益也。今人主有能明其德,则天下归之,若蝉之归明火也。"⑤说的是蝉的"向阳性",表明其生命追求价值和坚守的方向,即"德"。《庄子·山木》中有非常明显的生命危机意识,庄子在雕陵一带游玩时,"睹一蝉,方得美荫而忘其身,螳螂执翳而搏之,见得而忘其形"⑥,这就是"螳螂捕蝉,黄雀在后"的来源,以蝉不知身后的危险来形容生命中不可预知的因素。《楚辞·招隐士》中有"岁暮兮不自聊,蟪蛄鸣兮啾啾"⑦,也是对生命忧患意识的思考,"岁暮"指年岁已老,寿命衰也,心中烦乱常含忧的情绪,寄托在秋天的蝉意象上,使之蒙上了浓重的生命思索,"蜩蝉得夏,喜呼号也。秋节将至,悲嚘噍也。以言物盛则衰,乐极则哀,不宜久隐,失盛时也。"⑧由蝉的生命历程联想到短暂人生,抒发了由蝉及己的生命意识。

---

① 胡淼:《〈诗经〉的科学解读》,上海人民出版社2007年版,第345页。
② 白鸣凤:《先民生存的艰难与悲喜〈国风〉读注》,中国社会科学出版社2011年版,第172页。
③ 胡淼:《〈诗经〉的科学解读》,上海人民出版社2007年版,第456页。
④ 杨伯峻:《列子集释》,中华书局2012年版,第130页。
⑤ (清)王先谦:《荀子集解》,中华书局2012年版,第256页。
⑥ 张松辉:《庄子译注与解析》《外篇山木第20》,中华书局2011年版,第398页。
⑦ 黄灵庚集校:《楚辞集校》,上海古籍出版社2009年版,第1048页。
⑧ 同上书,第1049页。

2. 汉以后蝉文化中生命意识的延续

我们都知道生命具有短暂和不可重复性，但人们并不愿意看到这种情况。文学家往往从非理性角度思考生命问题，西汉时期人们已经认识到肉体是一种"虚无性的存在"①，因而他们总是积极寻找对抗肉体死亡的方法与手段，涌现出大量关于死亡焦虑、长生幻想及以民本思想、王道德政理想为核心的国家忧患意识和群体大生命意识的作品。而且，这种明显的生命感伤色彩在秋季尤为突出，"寒蝉""秋蝉"就是这一阶段对生命忧患意识最佳的载体。刘向（前77—前6）在《说苑·正谏》里写少孺子借"螳螂委身曲附欲取蝉"②的典故来劝吴王罢兵，这里已经是对生命忧患意识的提炼。东汉曹大家（班昭）（约49—120）和蔡邕（132—192）均作有《蝉赋》，前者写"微陋"之虫亦有高扬的生命绝唱；后者以凄凉的语气抒发了对生命流转中"声嘶嗌以沮败，体枯燥以冰凝"的感慨，体现了"要明年之中夏，复长鸣而扬音"③的生命相约。《古诗十九首》中《皎皎明月光》里写"秋蝉鸣树间，玄鸟逝安适"④，秋蝉的生命行将到尽头，时节转变之迅速，生命流逝之无情，在诗中体现了浓郁的生命沧桑之感。

魏晋时期大量咏蝉的描写问世，曹植《赠白马王彪》中借秋来"寒蝉鸣我侧"的萧条之景，来体现"感物伤我怀"⑤的生命思考，他的《蝉赋》化用蔡邕《蝉赋》中的蝉形象，展示了"吟嘶哑以沮败，状枯槁以丧形"的自我生命状态，使蝉绝望的"知性命之长捐"⑥生命形象深深印刻在赋史上。赋中蝉所处的环境使它无法逃避，只有一死。树上有黄雀、螳螂，空中有蜘蛛，地下有草虫，处处危机四伏，处处是险恶陷阱。即便躲

---

① 刘向斌：《西汉赋生命主题论稿》，中国社会科学出版社2012年版，第1页。
② （汉）刘向撰，向宗鲁校证：《说苑校证》，中华书局1987年第1版，第212页。
③ 邓安生编：《蔡邕集编年校注》，河北教育出版社，2002年第1版，下册第453页。
④ （梁）萧统编，（唐）李善注：《文选》卷29《诗·杂诗上》，中华书局1977年版，第410页。
⑤ （魏）曹植著，赵幼文校注：《曹植集校注》，人民文学出版社1984年版，第297页。
⑥ 同上书，第93页。

入花园，却躲不了狡童的袭击。即便没有种种意外，依旧会随着秋霜下降，终归枯槁而丧形。这种无法逃脱的绝望，是曹植对人生彻底悲观的总结，万千迫害集于一身，死神的身影随时到来，这种巨大的悲剧性，借蝉这小小的生命体验融进了无垠的文学世界，从而影响了之后数不清的文人墨客乃至书画文艺的创作。

晋代傅玄的《蝉赋》中有"当隆夏而化生"，尚停留在对生命源自"化生"的认识阶段。傅咸（239—294）作有《鸣蜩赋》和《黏蝉赋》，他在位时咏蝉："感年岁之我催。孰知命之不忧？"写出自己感悟时光有限，生命有极，在"咏梁木之有摧。生世忽兮如寓，求富贵于不回"中寄托自己在仕途中正直行事，中正不阿的处世态度。从咏蝉到言志，以生命意识为媒介表达着自己坚持生命中的正确操守。陆云（262—303）的《寒蝉赋》重点赞扬了蝉的"五德"品质，这是后世对蝉成为文人理想人格化身的确立，丰富和创新了蝉在生命意识中的内涵，抒发了对"文、清、廉、信、俭"生命品质的追求。另外还有孙楚（？—293）、温峤（288—329）、萧统（501—531）的《蝉赋》均蕴含着中古时期文人对生命意识的主动思考。南北朝时期褚玠（528—580）的《风里蝉赋》写秋风中高柳鸣蝉的断续之声，抒发了"饮露"之高洁精神追求。可以说，魏晋文人们共同赋予了蝉比较稳定的生命意蕴，也体现传统儒家思想与蝉品质的内在关联，由此再生发出蝉一生高洁清灵的象征意义，表达不与污世合流的生命价值观。

纵观汉代至唐以前写蝉的诗赋，我们可以得出这样一个合理的生命意识归纳：以蝉喻人生的个体生命感伤属于文学家对现实生命的关怀，由此深化的讽谏、美颂等表达政治理想、家国大业的则具有深刻的社会终极关怀意味，这是生命价值更高境界的写照。

（三）唐代蝉诗的生命主题倾向

延续前代生命探索的足迹而来，唐代的人们同样热衷于用物质和精神

○ 诗说虫语
唐诗宋词里的昆虫世界

这两种方式寻求永生不死之法。人们重视养生之道的应用，例如丹药养生、食材养生等途径，人们还重视神仙信仰、哲学思辨，以此作为精神长生的依据。唐代诗人们将自己的生命观和生命价值观寄寓在蝉诗中，希望蝉能够带来对生命困境的解脱，呈示理想的生命意识和表达生命历程的感受。因此，唐代蝉诗中很多主题便都可以纳入生命这个范畴，展现出唐代诗人特有的精神世界。蝉意象除了表达"文清廉信俭"的生命理想外，还有失意文人的落寞孤寂和感时伤世的悲剧体验。

唐代不少咏蝉诗体现了生命意识的悲剧体验。那么，我们要追问的第一个问题就是唐诗中蝉的生命悲剧意识源自何时？我们如果按照初唐、盛唐和中晚唐来进行比较，就会发现一个有意思的"锥形"：初唐写蝉诗不以数量取胜，寥寥几首却产生了极为深远的影响，可以视为锥形的顶端；经过盛唐的酝酿，组成了其中间部分，这一发而不可收的咏蝉高潮在中晚唐得到了最终的集体呼应，构成了圆锥的底部，生命意识始终是纵贯其中的主线。

蝉在唐诗中的地位是不容置疑的，它体现了整个唐代高远文学气象，融合了文人对生命品质的追求，展示出唐王朝政治生命的朝气与希冀，一时一代之政治理想在蝉诗中有了直接的体现。初唐李世民在诗中咏蝉，代表了帝王以及整个统治阶级对于蝉文学形象的写作方向，他对蝉的歌颂体现了对其"高洁"生命价值观的肯定。虞世南的《咏蝉》代表了初唐文人对待生命的严肃态度，也是诗人对"高洁"生命体验的追求。

全盛时代，人们热衷于高亢的激情讴歌，大鹏、凤凰、骏马等意象一度辉煌了整个诗坛，因为它们更容易与诗人碰撞出动人的火花。人们最初寄理想于高远之蝉声的发端，已经被现实的伟大成就所淹没，此时的文人，大多已经不屑于去写这曾经给予了贞观君臣无限寄托的蝉诗了。情况持续到中唐，蝉因世情之变而逐步成为文人"悲秋"的自我哀鸣。中晚唐时期，文人的生存环境与之前相比大不一样，党争的加剧，战乱的迭加，科考的羁绊，合奏出一曲"大国小家"的失落哀音。

"高洁"与"悲秋",蝉诗见证、伴随并记录了整个大唐王朝由盛而衰的过程,体现了"着诗人之色彩"的蝉与世情人生间千丝万缕的联系。蝉意象不自觉地完成了其历史的演变,形成了独特而有序的发展规律。

1. "高洁如蝉"背后的思考——文人自我身份的认同与标举

"高洁"蝉最明显的文化标签。锤炼"高洁"的品质,不仅是文人个体对生命价值的极大尊重,亦体现出文人群体"忧国忧民"的社会责任意识和美政理想。随着人类对自然界认识水平的提高,蝉"死而复生""羽化登仙"的历史定论,在唐宋时期已经失去了一统天下的地位。诗人关注蝉,不仅是源自先唐以来蝉的文化渊源,更重要的是唐人借蝉的自然属性而将其作为寄情的最佳载体。按照约定俗成的欣赏习惯,历数进入文学中的主流昆虫,人们绝不会视地上的爬虫、壁间的吟虫或者矮丛中的飞虫等为高洁之物。蝉是昆虫文学中唯一高高在上需要仰视的。它隐身于高枝绿叶中,发出自我真实而高亢的声音,餐风饮露,孑立独行,这是蝉"高洁"品质的直接来源。"清高"的中国文人历来不愿随波逐流,更不屑同流合污。他们希望有一方纯净的精神世界,来安放自己傲视天下的倔强灵魂,即便是独自咀嚼因追求"高"而带来的孤独,体味因向往"洁"而导致的与社会格格不入,文人们都乐意接受。从这个意义上看,言蝉即言人。

诗可以兴,亦可以观;可以群,亦可以怨。诗人咏蝉,总是不自觉地把自己拔高到蝉的"高洁"位置。蝉诗"可兴、可观"的用途,在初唐文人、政治家虞世南身上表现得比较贴切。先看虞世南的《蝉》:

> 垂绥饮清露,流响出疏桐。居高声自远,非是藉秋风。①

他是文坛领袖,更是朝廷重臣,这双重身份扩大了他诗歌的接受度和

---

① (唐)虞世南撰,胡洪军、胡遐辑注:《虞世南诗文集》,浙江古籍出版社2012年版,第23页。

传布性。一首《蝉》诗就足见其雍容大气的风度和清高自信的气质，彰显出唐代万象更新的上升时期文臣之风采。绥原指蝉的触须，是官服的代称，诗人咏蝉，既是自喻，也是自勉。前两句描绘蝉的习性之高洁，生活环境之清丽。后两句体现了他人生立身之准则，处世之态度。"居高声自远，非是藉秋风"是他对蝉理性的评价与赞赏。人们认为蝉声之所以传得远，是因为凭借着秋风的传送，而作者改变了这一看法，他强调是因为蝉"居高"而致"声自远"。这就如人生的修养，不能靠外力的帮助，而是要凭借内心的强大和完美。政声离任后，民意闲谈中，为官者的名声会因人格力量而远播千里。由此可见诗人身上那清廉纯正如高洁之蝉的品格魅力。

再看李百药的《咏蝉》：

> 清心自饮露，哀响乍吟风。未上华冠侧，先惊翳叶中。①

李百药的《咏蝉》诗做到了人蝉契合，物我合一，先言蝉的清心之貌，饮露之习，这是李百药为官所向往的境界，而"哀响"的出现寓托了感情上的曲折。蝉尚未登上华冠之侧，先被"惊"而躲于叶中。暗含了为官宦海身不由己，也必会遇到种种起伏，经受诸多考验的忐忑心态，不经历风雨又何能见彩虹？他们都有幸处于一个政清人和的创作环境，唐太宗的多首诗作中咏到了蝉，例如《赋得弱柳鸣秋蝉》："散影玉阶柳，含翠隐鸣蝉。微形藏叶里，乱响出风前。"②因为有统治者的亲自参与，使文人得到了极大的鼓舞。朝中大臣虞世南、李百药带头积极响应，咏蝉诗在初唐这一时期是最单纯也最令人向往的。

随着历史车轮的滚滚前行，蝉的文化承载越来越厚重，从最初贞观君臣抒发踌躇之志，出现了替蝉鸣不平的另一种声音，过渡到抒发离愁别恨，再到愤而怨刺的痛斥。"高洁"生命理想的背后，充满了文人精神追

---

① 《全唐诗》第 2 册，中华书局 1960 年版，第 538 页。
② 《全唐诗》第 1 册，中华书局 1960 年版，第 19 页。

求之路上的颠沛流离,饱受风雪交加的困厄,可最终,笔下那些不朽的蝉诗,终于成就了他们含着眼泪的笑!

虞世南的《蝉》道出了文人最欣赏蝉的原因,可仕途险恶,有几人能够真正成就志得意满的人生?当高洁的灵魂被无情地吹落在地上,理想与现实的泥淖成为不可调和的矛盾。这无情的鸿沟割裂了文人的心灵与现实的人生,灵魂与生命在渐行渐远中脱节,巨大的、撕裂的痛楚煎熬着文人伤痕累累的生命。谁还能单纯地活在"高洁"的梦中?既然选择了"高洁如蝉"的追求,那就要承担起"受难如蝉"的历练。蝉逃不过生命中的秋风,于是产生了文人的"悲秋"情怀;蝉难敌身后的螳螂,人也难免遭受生命的种种磨难。

2."受难如蝉"的"悲秋"情结——文人生存环境的自我审视与反思

钟嵘《诗品·序》:"若乃春风春鸟,秋月秋蝉,夏云暑雨,冬月祁寒,斯四候之感诸诗者也。"① 蝉本夏虫,却和秋虫蟋蟀一样,在唐诗中成为"悲秋"之声的代表。蝉入秋而鸣是因为生命行将终止,诗人在时不我待的光阴流逝中,产生了与蝉相同的生命伤感共鸣。

"悲秋"母题在蝉诗中的大量使用,源于安史之乱后的中唐,昔日的盛世已不复存在,建功立业的理想化为了泡影,百孔千疮的社会民生,成为文人们痛苦的心灵伤痕,唐王朝也到了生命的秋天。白居易和刘禹锡的唱和之作中有多首蝉诗,两人多年来惺惺相惜的友情,是文学史上的一段佳话,而两人晚年对生命主题的共同关注,则丰富了"悲秋"蝉诗的内容。

先看白居易两首《早蝉》:

> 六月初七日,江头蝉始鸣。石楠深叶里,薄暮两三声。一催衰鬓色,再动故园情。西风殊未起,秋思先秋生。忆昔在东掖,宫槐花下听。今朝无限思,云树绕滏城。②

---

① (南朝梁)钟嵘:《诗品》,中州古籍出版社2010年版,第41页。
② 谢思炜:《白居易诗集校注》,中华书局2006年版,第831页。

○ 诗说虫语
唐诗宋词里的昆虫世界

月出先照山，风生先动水。亦如早蝉声，先入闲人耳。一闻愁意结，再听乡心起。渭上新蝉声，先听浑相似。衡门有谁听，日暮槐花里。①

朱《笺》认为第一首是"作于元和十二年，江州"②，白居易当时45岁，迁江州司马时期。人过中年后，已逐步萌生出对生命的思考，随着年岁的增加，白诗越来越多地体现出了对生命的不舍与无奈的惆怅。蝉声始鸣，作者就已敏锐地捕捉到了新秋第一声，从而唤起了浓浓的秋思。后一首"作于元和十三年（818），江州"③。早蝉与闲人的对比，更容易引发思乡的愁意，羁留之地的蝉音和故乡的蝉音听起来是多么相似，远离故土却年年闻蝉，"衡门有谁听"更显诗人独自闻蝉的寂寥。

宝历二年（826）的苏州任上，白居易作了他的第三首蝉诗《六月三日夜闻蝉》："荷香清露坠，柳动好风生。微月初三夜，新蝉第一声。乍闻愁北客，静听忆东京。我有竹林宅，别来蝉再鸣。不知池上月，谁拨小船行。"④这首诗里虽有乡愁，但不是仕途上的贬谪期，故没有江州时期蝉诗那般郁闷。

两年后的大和二年（828）秋，白居易在长安作《闻新蝉赠刘二十八》："蝉发一声时，槐花带两枝。只应催我老，兼遣报君知。白发生头速，青云入手迟。无过一杯酒，相劝数开眉。"⑤刘禹锡则以《答白刑部闻新蝉》"蝉声未发前，已自感流年。一入凄凉耳，如闻断续弦。晴清依露叶，晚急畏霞天。何事秋卿咏，逢时亦悄然"⑥进行回复。这是白刘第一次关于蝉诗互和之作。诗里闻蝉而悲的字句，透露出了浓浓的时岁流逝

---

① 谢思炜：《白居易诗集校注》，中华书局2006年版，第837页。
② 同上书，第831页。
③ 同上书，第837页。
④ 同上书，第1922页。
⑤ 同上书，第2052页。
⑥ （唐）刘禹锡撰，高志忠校注：《刘禹锡诗编年校注》卷11，黑龙江人民出版社2005年版，第1427页。

之愁。这时候的白居易按官阶来说是最高的，但这时候他已经56岁，早到了已知天命而待花甲的年纪了。青云之路的缓慢和生命老去的迅速，让诗人更加理性。也是从这一年起，白诗的蝉就不再仅仅只是表达自己思乡的情绪，而是转入了对生命倏忽易逝的深刻思考。次年（829），刘禹锡先作《始闻蝉，有怀白宾客，去岁白有闻蝉见寄诗，云"只应催我老，兼遣报君知"之句》"蝉韵极清切，始闻何处悲。人含不平意，景值欲秋时。此岁方晼晚，谁家无别离。君言催我老，已是去年诗"① 给白居易。刘白二人同年出生，此时均已近花甲之岁，每年闻蝉，自然就有了岁暮的惆怅，早秋与别离之境，在岁月迁逝面前，显得尤令人悲。白居易时居洛阳，便以《答梦得闻蝉见寄》回复："开缄思浩然，独咏晚风前。人貌非前日，蝉声似去年。槐花新雨后，柳影欲秋天。听罢无他计，相思又一篇。"② 这是友情的见证，在无奈地老去时，还有相伴的老友，这也是晚年生活的乐趣吧。

  时间飞快地流逝到了开成二年（837），这一年白居易还在洛阳，因"十年来常与梦得索居，同在洛下，每闻蝉，多有寄答，今喜以此篇唱之"③，即《开成二年夏闻新蝉赠梦得》："十载与君别，常感新蝉鸣。今年共君听，同在洛阳城。噪处知林静，闻时觉景清。凉风忽袅袅，秋思先秋生。残槿花边立，老槐阴下行。虽无索居恨，还动长年情。且喜未聋耳，年年闻此声。"④ 这一篇中的"十年"不是确数，"禹锡大和五年冬赴苏州任刺史，遇洛阳，与居易别后，至开成二年仅有七年，此云'十载与君别'者，举成数耳"⑤。这是白居易最后一首写蝉的诗，65岁的诗人"还动长年情"，思念友人的时候，觉得活着就是好事，庆幸自己身体还不错，耳未聋，能

---

① （唐）刘禹锡撰，高志忠校注：《刘禹锡诗编年校注》卷12，黑龙江人民出版社2005年版，第1528页。
② 谢思炜：《白居易诗集校注》，中华书局2006年版，第2135页。
③ 同上书，第2709页。
④ 同上书，第2709页。
⑤ 同上书，第2709—2710页。

○ 诗说虫语
唐诗宋词里的昆虫世界

听见蝉的鸣叫，虽老却不伤的闲适流于纸端。刘禹锡因此作《酬乐天闻新蝉见赠》："碧树鸣蝉后，烟云改容光。瑟然引秋气，芳草日夜黄。夹道喧古槐，临池思垂杨。离人下忆泪，志士激刚肠。昔闻阻山川，今听同匡床。人情便所遇，音韵岂殊常。因之比笙竽，送我游醉乡。"①

生命母题是蝉的文学书写中感情蕴含最丰富却最无奈的，羁旅、贬谪的生涯是诗人闻秋蝉而悲的情感诱因。不独白居易在谪任江州、外任苏州期间多次写因秋季蝉音引起的浓郁乡愁，另外还有李咸用写蝉次数较多，如《早蝉》里因"乍闻为早蝉"②，想到自己目前的"游人无定处"而倍觉思乡之苦，回忆起"前年湘竹里，风激绕离筵"的情景，不免悲从中来。杜荀鹤的《离家》："丈夫三十身如此，疲马离乡懒著鞭。槐柳路长愁杀我，一枝蝉到一枝蝉。"③ 写自己年复一年地听着柳枝上的蝉鸣，感叹自己年岁逐增却还要疲于奔波的命运。大历十才子之一的耿湋经历过坎坷的被贬出朝之遭遇，他作《新蝉》以寄怀："今朝蝉忽鸣，迁客若为情。便觉一年谢，能令万感生。微风方满树，落日稍沈城。为问同怀者，凄凉听几声。"④ 外贬过程中的悲秋与其他种种情况不一样，政治理想的失落和离家别亲的伤感交织在一起，前路漫漫却不知归期，这种悲怆凄凉的迁客之感是难以言说的。因此，我们在生命历程坎坷的诗人笔下，总能触碰人性最柔软却最无助的思乡愁绪。

唐代文人的生存环境，是由蝉诗透露出的一个值得让人关注的问题。在秋风凛冽的威胁之外，蝉还面临"黄雀在后"的阴影，也许一不小心就有性命之忧。首先看戴叔伦的《画蝉》：

---

① （唐）刘禹锡撰，高志忠校注：《刘禹锡诗编年校注》卷14，黑龙江人民出版社2005年版，第1919页。
② 《全唐诗》第19册，中华书局1960年版，第7398页。
③ 《全唐诗》第20册，中华书局1960年版，第7982页。
④ 《全唐诗》第8册，中华书局1960年版，第3004页。

>   饮露身何洁，吟风韵更长。斜阳千万树，无处避螳螂。①

《画蝉》体现了作者对蝉的欣赏与担忧。通过对蝉遭遇螳螂的类比，引申到高洁之士往往会遭遇危险的境遇。这反映了当时社会的黑暗状况，如蝉一般的正直人士，往往遭遇莫名其妙的祸害，文人所处的生存环境之差，可见一斑。再看骆宾王的《在狱咏蝉》：

>   西陆蝉声唱，南冠客思侵。那堪玄鬓影，来对白头吟。露重飞难进，风多响易沉。无人信高洁，谁为表予心。②

这首诗为骆宾王上疏触怒武则天被害下狱后所作。初唐四杰之一的骆宾王是传统儒家思想的绝对捍卫者。他的忠君思想是绝对停留在李唐王朝统治之下的，因此，对于武则天称帝、女人执政之事他非常愤恨，一篇《代李敬业传檄天下文》可谓振聋发聩，尽述平生之志。然而，以卵击石的悲剧不会因个人的杰出才华而中止，尽管武则天死后大唐又回到了李家天下，但骆宾王却只能在战败失踪多年后才得到百姓的顶礼膜拜，这本身就是一个悲剧。本诗是骆宾王在狱中含着无比悲愤的心情所作，以比兴的方式，将自己和蝉穿插比较，互为映衬。字字含泪，字字言蝉，却又字字关己。

此时的作者已经两鬓斑白，在宦海浮沉的岁月里，见长的只有自己的白发，满腔忠君报国之热忱反而遭遇被诬入狱的结果，世道混乱污浊到了这般田地，任何事情都那么难以做到，就像狱外高枝上鸣叫的蝉，也会遭遇"露重飞难进，风多响易沉"的环境，更何况还在狱中苦苦挣扎的作者呢？没有人相信自己的高洁品质，这颗为朝廷效忠的火热之心，要向谁去表达？这是对社会现实最尖锐的质问，连侍御史都无法把握自己的人生，更何况千千万万普通文人，要想在官职有限、官吏黑暗的官场现状中，通

---

① 《全唐诗》第 9 册，中华书局 1960 年版，第 3100 页。
② 《全唐诗》第 3 册，中华书局 1960 年版，第 848 页。

○ 诗说虫语
唐诗宋词里的昆虫世界

过科考达成入仕的梦想,是多么的不切实际!这就是武后执政时期的文人生存环境,不公平的命运逼迫诗人发出了心底的控诉。虽然身陷囹圄,但骆宾王依然带给读者如蝉般傲然的风骨,情辞激烈间充溢着隐忍的悲愤,人蝉合一,读来令人哽咽,更令人动容!

如果说普通文人生存的环境差,也许还不足以代表整个文人群体,但体内流淌着李氏血液且少年时就名动洛阳的李商隐,也同样逃不出这个恶劣的文人生存环境。下层文士有他们的烦恼和悲剧,上层文士同样承受着巨大的苦难。先看李商隐的《蝉》反映的生存现状:

本以高难饱,徒劳恨费声。五更疏欲断,一树碧无情。薄宦梗犹泛,故园芜已平。烦君最相警,我亦举家清。①

诗人借蝉自比,以高洁之姿的形象反衬"徒劳"之"恨",联想宦海一生如同泛梗飘零,孤立无援,世道无情,然"举家清"的写照,依旧让我们读出了他在恶劣的生存环境中,所秉承的那份信仰与坚守。

李商隐一生陷身于牛李党争,无辜成为因党派之争而终身受害的牺牲品。晚唐时期,牛李两派的争斗日益加剧。李商隐年轻时才华横溢,被召入牛党的令狐楚门下,令狐楚对他教育有加,关怀、指导、提携他的成长。然而,阴差阳错的是他因才华赢得了李党王茂元的垂青,并主动择他为婿,为感激令狐楚对自己的教育和提携,直到他去世后,李商隐才入了王茂元幕府。党派之争潮起潮落,李党执政的时候,他的命运也许稍微好一点,牛党掌权时,则完全视他为背叛的异党,对他的辩解再也听不进去半个字。李商隐的旷世之才,就这样在牛李党争中耗尽,终其一生,不得施展。他的满腔激情与怨愤时刻交错在胸中,最后却只能发出"鸟应悲蜀帝,蝉是怨齐王"②(《韩翃舍人即事》)的感慨。

---

① 刘学锴、余恕诚:《李商隐诗歌集解》(增订重排本),中华书局2004年第2版,第1135页。
② 同上书,第998页。

第四章 唐宋昆虫诗词的文化意蕴

晚唐王朝面对社会现实，已经失去了自救的能力，科举已经不大可能成为普通文人上升的通道，很多人终生不第。大批失意的文士在科举之路上蹉跎一生，因而出现了巨大的心理落差，无情的社会给文人们当头棒喝，罗隐耗尽30余年的岁月，参加十次科考却依然失败，豪权们已经把握了整个官场，他在悲愤难捺下对社会发出了辛辣的讽刺，《蝉》一改往日高洁的象征，成了借权财而升高官的代表：

  天地工夫一不遗，与君声调借君绥。风栖露饱今如此，应忘当年滓浊时。①

该诗中的蝉化身为令人不耻的小人，枉占了蝉餐风饮露的圣洁，一旦借到了"绥"，也就是官帽，就忘记了自己当年是从怎样的滓浊基础上生存的。还有贾岛的《病蝉》更加写出了文人在晚唐时期深刻的绝望：

  病蝉飞不得，向我掌中行。折翼犹能薄，酸吟尚极清。露华凝在腹，尘点误侵睛。黄雀并鸢鸟，俱怀害尔情。②

贾岛描绘了一个奔波潦倒、穷酸贫贱的下层文士的切实境遇。他自己一生才高命蹇，却依然不堕污浊而保持自清，不随波逐流而终日如履薄冰。诗中用"折翼"的蝉来自比困顿的科举求仕之路，用"酸吟"写下层文士生活之艰难。诗人空有满腹才华和高洁之志，却毁在了黑暗腐朽的官场污浊之中，晚唐文士生存环境之艰难可见一斑。诗歌处处透露着文士的绝望，这只饱含着诗人积怨控诉的病蝉，是贫穷的文人群体愤恨的共鸣之声。但即便要面对无可逃避的黑暗社会，他们也不失高洁之志最后的守望。这就是寒士的精神，这更见证了产生寒士的时代和他们的血泪！

---

① （唐）罗隐著，潘慧惠校注：《罗隐集校注》（修订本），浙江古籍出版社2011年版，第322页。
② 《全唐诗》第17册，中华书局1960年版，第6658页。

第三节　昆虫诗词与唐宋科举

科举诗词曾经是唐宋诗词中并不受关注的一类，但随着现代学者研究的深入，不少科举与文学的研究成果迭现。纵观唐宋科举诗词，不论是从意象的运用还是情感的表达，不管是悲秋之思还是伤春之憾，昆虫始终活跃在其中，并且还拥有了自己的专属语汇，这是昆虫诗词值得关注的土壤。昆虫伴随着举子们一路走来，见证了因科考而产生的悲欢离合，感受了及第与落第的人间冷暖，体味了不同时期的世态炎凉。

本书列举的科举昆虫诗词的来源主要有两条途径：一条是根据今人对唐宋科举文学的相关研究；另一条是收集各时期诗词丰富的举子，以其年谱、行年考或传记等史料为依据，按图索骥，厘清作者当时所在地，在做什么事，交游对象的情况等，以有准确记载的诗作为分析的依据。由这两条途径选择的作品全部在科举诗的范围之内。当然，备考和落第两种情况有时候不一定泾渭分明，因为唐宋科考可以连续参考，大多数走上科考之路的举子如果落第，基本上会考虑次年继续再考，也就是说，落第之后就马上转入了下一个备考期。因此，只要不是明显抒发落第之愁的，本书且归为备考期之作。

一　昆虫意象与举子备考诗的文本书写

唐宋时期的交通工具是落后的，加之道路崎岖，考场遥远，举子一旦踏上这条科举之路动辄数年，乃至数十年。江淹的《别赋》开头便说"黯然销魂者，惟别而已矣"①。盛唐因参加科举而离亲别乡的举子，多充满了建功立业的心态，承载着家国理想抱负的光环。但毕竟是前路未卜的离愁，生离甚至会成为死别，随着举子对科举的日益热衷，人们也越发重视送别了。送别诗与当时科举特定的社会环境有关。唐代罗邺在离家赴考的秋季，听到年年岁岁催人老的蝉声，百感交集之下作《蝉》诗：

才入新秋百感生，就中蝉噪最堪惊。能催时节凋双鬓，愁到江山听一声。不傍管弦拘醉态，偏依杨柳挠离情。故园闻处犹惆怅，况是经年万里行。②

别后的远行，充满了心酸与艰难。每逢佳节倍思亲，寄人篱下的生活让举子有着太多的不得意，尤其是秋风乍起和落第怅然的时候，他们的思乡之作暗含了无比神伤的情绪，任何一个小小的触发点，都能引动举人的愁思。严羽在《沧浪诗话》中说："唐人好诗，多是征戍、迁谪、离别之作，往往能感动激发人意。"③ 这离别就往往是因科举而来的，杜荀鹤在《秋日怀九华旧居》就用"烛共寒酸影，蛩添苦楚吟"④ 来抒发远赴他乡赶考的苦涩，本来秋日就已经满心悲楚了，蛩吟之声愈发让诗人感觉心酸，这种代表秋愁的小昆虫，无端又加重了这份怀念的愁怨。还有陆畅的《闻早蝉》：

落日早蝉急，客心闻更愁。一声来枕上，梦里故园秋。⑤

李咸用《旅馆秋夕》：

牢落生涯在水乡，只思归去泛沧浪。秋风萤影随高柳，夜雨

---

① （明）胡之骥注：《江文通集汇注》，中华书局1984年版，第35页。
② 《全唐诗》第19册，中华书局1960年版，第7529页。
③ （宋）严羽著，郭绍虞校释：《沧浪诗话校释》，人民文学出版社1961年版，第198页。
④ 《全唐诗》第20册，中华书局1960年版，第7941页。
⑤ 《全唐诗》第14册，中华书局1960年版，第5441页。

蛩声上短墙。百岁易为成荏苒，丹霄谁肯借梯航？若教名路无知己，匹马尘中是自忙。①

这两首诗也是借着昆虫而言情，本来是平淡无奇的自然之物，因为作者的心境而有了不同的体验，早蝉的急切让诗人心里的忧愁再次加重，秋风里的萤火虫在夜晚烘托了凄清的景致，耳畔一声声蛩吟伴随让人忧心的雨，坠进了诗人的心底。

唐代举子们的远行中，会面临复杂的饮食、住宿和交通工具等困难，因此他们把旅途称为行役，漫漫科举路上，他们或以干粮充饥，或沿途乞食，或自行炊煮，或忍饥上路，加之正常的饮食时间难以保证，冷暖失调和水土不服导致举子们身体虚弱。另一个就是住宿条件的极大制约，缺衣少被而生病，雨雪天气而受凉，更有投宿荒寺废庙遭遇极大心理恐慌而胆战心惊、夜不能眠。露宿还极易遭到盗贼、猛兽的袭击，加之交通意外等种种困厄，使举子们遭受了身心的双重压力，也使很多的举子客死他乡，悲怆至极。诗人郑谷在诗《哭进士李洞二首》中就哀悼了客死蜀地的进士李洞，诗歌写得苍婉悲凉，用野外的虫声来衬托李洞死后的孤寂，"昨夜草虫鸣"似乎在为进士之死而喑鸣，"冢树僧栽后，新蝉一两声"②，更是将客死的悲惨抒发得淋漓尽致，因事而伤，因人而哀，虫声与蝉鸣也由此被蒙上了沉重的哀思色彩。

二 昆虫意象与文人干谒诗的文学表达

唐代的科举取士，尤其是进士科的竞争一直十分激烈。《文献通考》记载：

---

① 《全唐诗》第19册，中华书局1960年版，第7406页。
② 《全唐诗》第20册，中华书局1960年版，第7715页。

德宗贞元十八年勒：明经、进士自今以后，每年考试所收人，明经不得过一百人，进士不得过二十人，如无其人，不必要满此数。①

《通典》里也记载：

进士大抵千人，得第者百一二；明经倍之，得第者十一二……开元以后，四海晏清，士无贤不肖，耻不以文章达，其应诏而举者，多则二千人，少犹不减千人，所收百才有一。②

"皇帝亲自下诏书限制进士科录取人数，势必增加了数千举子的心理压力。举子们不仅要面对百分之一二的录取率，对于庶族举子来说，他们还要面对士族公卿子弟的竞争"③，夹缝中生存的压力何其大也！因此，文人们能做的，可行性较大的就是干谒，用自己的文学才华打动达官显贵，以期获得提携与推荐。"唐代诗人干谒的目的是对功名仕途的向往和追求。在封建社会中，文人的生存命运总是与仕途穷通紧密相连，追求功名和积极入仕是文人普遍具有的人生观和价值观，而干谒正是文人实现其生存价值和理想的重要途径和手段之一。"④孟浩然有诗《荆门上张丞相》：

共理分荆国，招贤愧不材。召南风更阐，丞相阁还开。觏止欣眉睫，沉沦拔草莱。坐登徐孺榻，频接李膺杯。始慰蝉鸣柳，俄看雪间梅。四时年篱尽，千里客程催。日下瞻归翼，沙边厌曝鳃。伫闻宣室召，星象列三台。⑤

这是一首表达成就事业愿望的干谒诗，反映了他参加科举活动的心

---

① （元）马端临撰：《文献通考》卷29《选举2》，浙江古籍出版社1988年版，第274页。
② （唐）杜佑：《通典》卷15《选举3》，中华书局1984年版，第84页。
③ 王佺：《唐代干谒与文学》，中华书局2011年版，第161页。
④ 同上书，第5页。
⑤ 《全唐诗》第5册，中华书局1960年版，第1658页。

理。虽然他终身未仕，以隐士名世，但这种外在的隐士形象，难以埋没他内心深处对功名进仕的向往。诗人以鸣柳之蝉与雪间之梅的形象自比，在突出了年岁的无情和入仕的渴望之余，表达了自己的高洁之志。干谒是一种社会心理的折射、一种人格理想的追求，这种行为沉淀在唐代诗人的笔下就有了干谒之作。杜荀鹤也有干谒诗《投宣谕张侍郎乱后遇毗陵》：

此生今日似前生，重著麻衣特地行。经乱后囊新卷轴，出山来见旧公卿。雨笼萤壁吟灯影，风触蝉枝噪浪声。闻道中兴重人物，不妨西去马蹄轻。①

杜荀鹤进入科场后，屡试不第，为此他常年奔波，四处干谒，终于在大顺二年（891）46 岁的时候进士及第，从早年的高远理想到晚年的乞怜渴求，真是"科举累人不浅，人多为此所夺"②的典型例子。参考期间，他因黄巢之乱隐居九华山、长林山达十余年，始终保持着追求功名科第的信念，他的隐居和功名并不冲突，出山后的这首诗就充分展现了作者进取的精神和坚强的毅力，为了证明自身的价值，即便要经历无比坎坷的历程，依旧无怨无悔，笑傲马蹄轻。诗中用到了蟋蟀和蝉两种昆虫意象，体现了乱后静思的情景，诉说自己的贫困，烘托对信仰的坚守和希望。不经历风雨，怎能见彩虹，面对仕途的挫折，而生出不屈不挠的顽强精神，不变的入仕希望是他的特征。中盛唐诗人钱起在《离居夜雨奉寄李京兆》中说：

永夜不可度，蛩吟秋雨滴。寂寞想章台，始叹云泥隔。雷声匪君车，犹时过我庐。电影非君烛，犹能明我目。如何琼树枝，

---

① 《全唐诗》第 20 册，中华书局 1960 年版，第 7962 页。
② （宋）朱熹撰，朱杰人、严佐之、刘永翔主编：《朱子全书》（修订本）第 14 册，上海古籍出版社、安徽教育出版社 2010 年版，第 414 页。

梦里看不足。望望佳期阻，愁生寒草绿。①

诗歌从蛩吟凄凄的秋夜开始自我哀怜，向李京兆诉说自己的愿望。一个人在孤寂的晚上，听蟋蟀伴着秋雨滴答的吟唱彻夜无眠，蟋蟀之声勾起了诗人理想未能实现的怅惘，想着自己与对方云泥之别的干谒之路，充满了未知的不确定因素，这条干谒的路能够走多远？

在唐代的干谒行为中，失败的数量远远大于成功的数量，基于对干谒目的的现实需要，文人们在多次失败的打击下变得冷静和压抑，甚至是委曲求全。对干谒对象的奉承与吹捧已经使文人自身人格与尊严遭到了挑战，自我贬低与刻意讨喜的现象越来越突出，这就不再是光明磊落的选择，因而自我掩饰和渐生的悔意开始产生。面对干谒的失败，被命运无情摆布、冷落的现实，后悔与愤恨之情让文人反思自己的行为。针对自己的干谒失败经历，杜甫有着深刻的体会，他在《自京赴奉先县咏怀五百字》中写道：

顾惟蝼蚁辈，但自求其穴。胡为慕大鲸，辄拟偃溟渤。以兹悟生理，独耻事干谒。②

他在困守长安期间，曾经因为对功名的渴望而有过奉承权贵的干谒之举，多次失败让他痛定思痛，让他感到前所未有的耻辱和悔恨，恨自己不该随波逐流丧失自我的人格操守。他以粗鄙微陋的蝼蚁自比，即便再微不足道，也能够靠自己的力量拥有家园，真不该有着不切实际的梦想，幻想一步登天的虚妄抱负。事实上，杜甫也没再有过类似低三下四的干谒行为，并劝诫身边的朋友不要走这条路，他以自己人格的成熟和自我批判的勇气赢得了自己内心的尊严。

---

① 《全唐诗》第 7 册，中华书局 1960 年版，第 2613 页。
② 同上书，第 2265 页。

三 昆虫意象与士子金榜挂名诗的情感展现

登第又称及第、登科、得第等,指举子合格通过科举考试。唐代科举登第后不直接授予官职,还要通过吏部举行的释褐试,通过以后才能取得官职,有的登第举子多年没能通过释褐试而无法获得官职,韩愈就是其中一个。到了宋代,进行了一定的改革,登第即可授官,金榜挂名时就是仕途之始。因此,宋代举子对登第的喜悦更为明显,因而留下了近千首登第诗,用以抒发欢喜和荣耀之情。宋代科举考试及第者会参加诸如观看发榜、唱名赐第、探花游街、报喜谢恩、喜宴等一系列的庆祝活动,而探花则是其中最有趣的一项内容。唐以来,皆是由及第者中选年轻英俊者为探花,北宋沿袭了这个习惯。探花郎一般要自己作诗,他人再来附和赠诗。北宋黄裳有《代探花郎二首》,其一云:

蟾宫兄弟满清都,竞向花前醉索扶。昨夜碧桃源里去,蕊香多少上蜂须。①

这是一首反映登第探花赋诗活动的作品,洋溢着青春的畅快,有着明显的科举文化特色。探花是在放榜谢恩后不久举行的,阳春三月蜂飞蝶舞,百花争艳,探花使访遍长安园林佛寺,采集名花异卉,心情雀跃而踌躇满志,在他们眼中的繁花盛景是对寒窗苦读最好的回报,与花相依相伴的蝴蝶、蜜蜂等也沾上了及第的喜气,人和蜂蝶合而为一,在花丛中尽情飞舞,舒展着多年来心头的压抑。

人人都道科举苦,罗隐在《湖上岁暮感怀有寄友人》中回顾了科举考试时的岁月是"雪天萤席几辛勤,同志当时四五人。兰版地寒俱受露,桂

---

① 北京大学古文献研究所编:《全宋诗》第16册,北京大学出版社1998年版,第11084页。

堂风恶独伤春"①。雪天萤席成为不分寒暑地苦读的象征，化用了囊萤照读的典故，后世广为引用。举子们忐忑中等待着激烈竞争的结局，只盼望用及第的苦尽甘来洗刷备考时的一切艰难。

唐著名诗人顾况之子顾非熊是一位科场耆老，也是中唐末期的著名诗人。他蹉跎考场近三十年后，终于在会昌五年（845）被唐武宗特放榜及第，喜极之余写下了《关试后嘉会里闻蝉感怀呈主司》一诗：

> 昔闻惊节换，常抱异乡愁。今听当名遂，方欢上国游。吟才依树午，风已报庭秋。并觉声声好，怀恩忽泪流。②

这首诗出人意料地打破了"闻蝉而悲"的固定模式，因为及第的大喜事，完全改变了顾非熊的心境，他的所见所闻皆围绕着自己的春风得意，连树上的蝉在诗人听来都发出了喜悦的鸣声。相比往年听到蝉鸣，那科举不第的愁绪只会让诗人感到浓浓的落寞和"异乡愁"，今岁因功名遂，而觉"声声好"，不禁喜极而泣。蝉的悲喜意蕴随着科举的指挥棒发生了改变，虽然在强大的"闻蝉而悲"传统思维面前，这种"喜悦"的变化实属偶然，却也是蝉诗多样化存在的具体表现。只是，这样的"欢喜"，相比蹉跎三十载的青春年华、抛家弃爱的孤寂岁月，科举是否真正值得诗人还有他身后无数落第的举子们去追随，去欢喜，抑或去忧伤呢？前路依旧漫漫！

三十多年，一个人一生中本该大有作为的时期都消磨在了年复一年的科考之中，这喜蝉的背后，该是反衬了人生怎样的悲惨？尤其是当他在经历了千辛万苦才进入仕途之后，竟然没有打算有所建树，而是毅然决然地投向了归隐的路途，这可真算是生命的玩笑！即便他将科考当成展示诗才

---

① （唐）罗隐著，潘慧惠校注：《罗隐集校注》（修订本），浙江古籍出版社2011年版，第262页。

② 《全唐诗》第15册，中华书局1960年版，第5786页。

的舞台,那这费尽心思的干谒投献也是他艺术生命的悲哀。要怪就怪唐代的进士比例实在太小,而赴考者甚众,故而导致大量落第之人,这也成为社会潜在的一个不稳定因素,唐末黄巢起义就是一个实证。这种弊端在宋代得到了一定的扭转,每年录取的人数大大超过前朝,此为后话。

四 昆虫意象与举子落第诗词的心境抒发

当及第者畅快于"春风得意马蹄疾,一日看尽长安花"[1](孟郊《登科后》)的时候,还有更多的落第者在独自咀嚼失落的苦涩,他们被命运无情地黜落,在长安繁花似锦的春色里,默默遥望曲江宴集的荣耀,品尝世间残酷的悲欢炎凉。对落第者而言,唯一能寄托的便是来年的考试。姚合在落第后就写了《寄杨茂卿校书》一诗,失败的打击让他先是备感惭愧,"羞为路人轻"[2],觉得无颜回乡,继而鼓起勇气,以"腐草为萤"的故事来激励自己,他说"腐草众所弃,犹能化为萤"[3],连人人都觉得无用而弃之的腐草尚能等到化身为美丽萤火虫的一天,自己又怎能轻易言败?于是终于打定主意,"决心住城中,百败望一成"[4],希望再奋斗一年。小小的昆虫也能给失意者以巨大的鼓励,这种类比在贾岛诗中也有体现。贾岛在其落第后作《早蝉》一诗:

> 早蝉孤抱芳槐叶,噪向残阳意度秋。也任一声催我老,堪听两耳畏吟休。得非下第无高韵,须是青山隐白头。若问此心嗟叹否,天人不可怨而尤。[5]

---

[1] 《全唐诗》第11册,中华书局1960年版,第4205页。
[2] 《全唐诗》第15册,中华书局1960年版,第5634页。
[3] 同上书,第5634页。
[4] 同上书,第5634页。
[5] 《全唐诗》第17册,中华书局1960年版,第6677页。

落第是自己的命运，即便孤芳自赏，年华老去，也不可怨天尤人，依然坚持自己如蝉般高洁的志向和信仰。诗中流露出了浓重的归隐情绪，而这种归隐也是很多落第举子共同的选择。当然，这和《病蝉》的感触还是有很大的不一样。

年年岁岁的科举考试，不断上演着有人欢喜有人愁的剧情，这种对前路未知的忐忑，迎春而舞的昆虫或高枝哀鸣的秋蝉都撩拨着诗人春愁秋恨的沉沉怅惘。唐代于武陵的《咏蝉》（一作《客中闻早蝉》）就抒发了前路未卜的悔意：

江头一声起，芳岁已难留。听此高林上，遥知故国秋。应催风落叶，似劝客回舟。不是新蝉苦，年年自有愁。①

每一年的十月，都有无数举子如过江之鲫涌向长安，牛希济在《荐士论》中说："孟冬之月，集于京师。麻衣如雪，纷然满于九衢。"② 这就足以看出竞争之激烈，于武陵从蝉声里听到了自己愁苦的心音，年年岁岁这样无休止地落第，却又反反复复地为考试而忧愁，耗费了青春，流逝了理想，却一事无成，这深深的悔意和不甘的困扰，让诗人纠结万分。都是落第之愁，唐人项斯的《闻蝉》则写出了这个落第群体的共鸣：

动叶复惊神，声声断续匀。坐来同听者，俱是未归人。一棹三湘浪，单车二蜀尘。伤秋各有日，千可念因循。③

蝉声初起，又是一年科考时，上一年落第的阴影尚未散去，羁留长安等待下一年考试的大有人在，一起听蝉，一起感伤，皆是有因缘的呀。不平的科举之路，让失意情怀的抒发成为项斯科举诗的主要内容，这个群体

---

① 《全唐诗》第 18 册，中华书局 1960 年版，第 6894 页。
② 中国基本古籍库：《经济类编·卷 47·文学类·贡举》，第 1287 页。
③ 《全唐诗》第 17 册，中华书局 1960 年版，第 6420 页。

○ 诗说虫语
唐诗宋词里的昆虫世界

共同体味落第的悲伤、羁旅的惆怅、对故乡的思念，还有对自己无法选择的人生的无可奈何。科举之路不仅充满了漂泊无依的劳苦，更多的还有精神上的愁忧，反反复复无穷尽。中唐雍陶也是被科举深深困扰，他多次落第而长年漂泊在外，羁旅情思牵绊着苦寒的处境，如他的《蝉》诗：

> 高树蝉声入晚云，不唯愁我亦愁君。何时各得身无事，每到闻时似不闻。①

诗中道出了自己极度渴望结束这种难熬的历程，却又无法置身于科举之外的现实。当然，这些惆怅全部都围绕着一个关键词"科举"，来鹄在《闻蝉》中便说："莫道闻时总惆怅，有愁人有不愁人。"②

落第的另一种原因也许就不如上文说的那么简单了。多种原因许多举子终生未仕，不是因为他们的文采水平或是运气不好，有时，人为的阻挠才是问题的关键。贾岛的《病蝉》就写道：

> 病蝉飞不得，向我掌中行。折翼犹能薄，酸吟尚极清。露华凝在腹，尘点误侵睛。黄雀并鸢鸟，俱怀害尔情。③

贾岛决定走向仕途之时，也正是唐王朝下坡路愈走愈快之时，衰败与腐朽之势日益加剧，坎坷的仕途和拮据的生活，贫病饥寒时时折磨着他，使他的心灵逐渐笼上了厚重的阴霾。积极进取的士子大多命运厄于一第，失败几乎是他们考试的必然。贾岛的生活处境也随着一连串的失败而愈下，甚至到了"乞米"的境地。他在这首诗中公开用比兴的方式表达自己的怨愤之情，体现了自己屡试不第、心中不服的愤懑，也因此触怒权贵，在长庆二年（822）举行的进士考试中遭到驱逐。④

---

① 《全唐诗》第 15 册，中华书局 1960 年版，第 5919 页。
② 《全唐诗》第 19 册，中华书局 1960 年版，第 7360 页。
③ 《全唐诗》第 17 册，中华书局 1960 年版，第 6658 页。
④ 郑晓霞：《唐代科举诗研究》，复旦大学出版社 2006 年版，第 280 页。

登第者，毕竟是读书人中的极少数幸运儿，宋代的举子在累举不第的打击下，面对倍感失落的科举现实，做出了多样的人生选择，有的克制情绪，表示不堕穷途之泪；有的弃科考，浪迹江湖间；有的继续苦读，以期来年再考；还有的诙谐讥讽，大骂考官；更有心情悲哀、消极避世者，寄希望于下一代，例如南宋内忧外患之际的科考环境中，匿名词人无何有翁在《江城子·和》中说："说与儿门，书里有高粱。"① 词人年年"踏槐"应举，白忙一场，年华在科举中消逝殆尽，科名依然如同邯郸美梦、黄粱枕上，遥遥无期。科举总会吸引一代代读书人之追捧，可这中间失落的悲叹又岂是蝉声所带来的声声叹息？"小年抵死踏槐忙？叹蝉声，早斜阳。"② 实为叹人生，悲乎！

还有一部分不愿意参加科举考试的人士所作的科举诗，体现了复杂的科举情结。比如隐士林逋的《寄和昌符》就是对落第举子昌符处境的同情之诗，安慰和鼓励他克服困难，继续应试或者寻找另一条实现自我价值的途径。他赞扬了昌符的杰出才华，因下第而要分别之际，借"蝉噪夕阳初"③的描绘抒发"离愁不可写"④的心绪。

五　昆虫意象与考官锁院诗词的意境营构

科举之路在不断发展，宋代官方为了将士子培养成符合时代需要的官员，社会、家庭为了举子顺利及第，就特别重视有关科举的教育，随之产生了与科举关系密切的学官职位。然而，学官生活却犹如冷宫生活，曾几甚至用"秋萤屡干死，明月以为烛"⑤来形容这冷僻与艰苦的岁月。同样，

---

① 周笃文、马兴荣主编：《全宋词评注》第 10 卷，学苑出版社 2011 年版，第 104 页。
② 同上书，第 104 页。
③ 北京大学古文献研究所编：《全宋诗》第 2 册，北京大学出版社 1998 年版，第 1202 页。
④ 同上书，第 1202 页。
⑤ 北京大学古文献研究所编：《全宋诗》第 29 册，北京大学出版社 1998 年版，第 18505 页。

○ 诗说虫语
唐诗宋词里的昆虫世界

还有考官和学官一样，要忍受不寻常的寂寥，宋代的锁院制度限制了考官的自由，在科举期间他们是不能与外界联系的，长时间待在考院里难免寂寥，盼望着结束后去欣赏大好春光。还有的试官也作词来表达锁宿无聊的心情，如赵鼎所作"知他窗外促织儿，有许多言语"①（《贺圣朝·锁试府学夜坐作》），这是写秋试，数十日的锁院生活实在无聊，节物迁逝，就会生出许多秋思来，又没个人能说说话，梦醒后的作者无法入眠，只能听窗外促织儿的鸣唱，这种寂寥在蟋蟀的衬托下更加凄凉。

离开试院，他们看到明媚阳光下自由飞翔的小昆虫便也会诗兴大发，例如杨万里的《初出贡院买山寒球花树枝》中就透露出了"便有蜜蜂三两辈，喙长三尺绕枝忙"②的闲适。这些产自试院中的咏物诗不免也被打上浓郁的科举特色，如华镇的《试院初闻蟋蟀》云"窗前落尽梧桐叶，床下新闻蟋蟀声"③，以连串的秋季之物衬托孤独的心境，张耒则是说自己"每劳蛩作伴"④（《未试即事杂书，率用秋日同文馆为首句》），以表达节物迁逝之感触。还有欧阳修的"蜂蜜满房花结子，还家何处觅残春"⑤（《详定幕次呈同舍》）写自己的落寞，他在锁院唱和中还流露出思念妻儿的盼望之情，同样是通过昆虫所传达的物候变迁，他的"入帘蝴蝶报家人"⑥（《和较艺将毕》）写得生动自然，"蝴蝶报归"显得亲切感人。王安石在嘉祐八年所作的《试院中》则体现了自己迟暮之感，例如用蟋蟀之鸣来烘托心境的"萧萧疏雨吹檐角，喧喧鸣蛩啼草根"⑦，写出了在试院淹留期间，满眼萧瑟的秋景，还隐含着自己虽有变革天下的决心，却有志难抒、力不从心的无奈。

---

① 唐圭璋编：《全宋词》第 2 册，中华书局 1999 年新 1 版，第 1223 页。
② 北京大学古文献研究所编：《全宋诗》第 42 册，北京大学出版社 1998 年版，第 26363 页。
③ 北京大学古文献研究所编：《全宋诗》第 18 册，北京大学出版社 1998 年版，第 12363 页。
④ 北京大学古文献研究所编：《全宋诗》第 20 册，北京大学出版社 1998 年版，第 13308 页。
⑤ 北京大学古文献研究所编：《全宋诗》第 6 册，北京大学出版社 1998 年版，第 3705 页。
⑥ 同上书，第 3701 页。
⑦ 北京大学古文献研究所编：《全宋诗》第 10 册，北京大学出版社 1998 年版，第 6716 页。

最能代表宋代试官之诗水平的当推欧阳修和梅尧臣之作，他们有一个共同的特点就是善于利用比兴，在试院小小的天地中营构广远的空间想象，用生动的笔墨再现考场的真实画面。蚕与蚁这类小昆虫就这样进入了诗人的视线。欧阳修和梅尧臣分别形容考生入场考试的情景："无哗战士衔枚勇，下笔春蚕食叶声。"①（《礼部贡院阅进士就试》）"白蚁战来春日暖，五星明处夜堂深。"②（《较艺和王禹玉内翰》）欧阳修用"春蚕食叶"比拟考生运笔凝神写作的情状，并衬托了考场的宁静和考生的众多，春蚕食叶还充满着生命向上的希望。梅诗"白蚁作战"写考生默默答卷的紧张神态，还当即称赞欧阳修"食叶蚕声句偏美，当时曾记赋将成"③（《较艺赠永叔和禹玉》）。由此，源自他们而盛行的官试诗，便在欧阳修"春蚕食叶"这一重要语汇的带动下逐渐风行。形容在考场安静的氛围中奋笔疾书的答卷声也有了自己的专用词汇，"蚕声"亦成为奔赴希望的号角之声，例如：

笔端万字洒飞霎，岂畏食叶春蚕喧。④（谢逸《送谭子仁游太学》）

飘飘六翮鸣皋意，浩浩三眠食叶声。⑤（程俱《和王给事易简殿试举人五首·试进士》）

下笔万蚕争食叶，为文三峡泻惊湍。⑥（喻良能《试诸生直庐书事》）

食叶蚕声行入听，探珠骊颔不应悭。⑦（陈造《试院赠三同官（八月十二日）》）

---

① 北京大学古文献研究所编：《全宋诗》第 6 册，北京大学出版社 1998 年版，第 3698 页。
② 北京大学古文献研究所编：《全宋诗》第 5 册，北京大学出版社 1998 年版，第 3219 页。
③ 同上书，第 3220 页。
④ 北京大学古文献研究所编：《全宋诗》第 22 册，北京大学出版社 1998 年版，第 14835 页。
⑤ 北京大学古文献研究所编：《全宋诗》第 25 册，北京大学出版社 1998 年版，第 16356 页。
⑥ 北京大学古文献研究所编：《全宋诗》第 43 册，北京大学出版社 1998 年版，第 27009 页。
⑦ 北京大学古文献研究所编：《全宋诗》第 45 册，北京大学出版社 1998 年版，第 28140 页。

○ 诗说虫语
唐诗宋词里的昆虫世界

白苎新袍入院凉,春蚕食叶响回廊。①(辛弃疾《鹧鸪天·送廓之秋试》)

关于"春蚕食叶"这一类词被后人多次援引,成为科举诗词的典型意象,到后面也难逃俗套,故而难以出新,但蚕声已随着科举历史的滚滚车轮,印刻在了每一个参加科考的士子心中。

迁逝之感不仅存在于举子多年应考的心境中,即便及第入仕,这种心态亦还是有的。在科举的同年诗作中尤为突出,他们在登第多年后聚首,不免再度激发岁月如梭的共鸣。例如蔡襄的"杯中明月时摇动,草际飞萤乍有无"②(《清暑堂会同年》)。蔡襄是少年得意的代表,他十八岁就进士及第,三十多年后与同年再聚首,回忆自己当年的年轻气盛、激情豪迈,感叹如今的"雪满鬓"之态,回顾久经官场的风波洗礼与宠辱人生,大家都逐渐老去,于是更加珍视相聚的美好时光。

昆虫这个小小的文学意象因创作主体的不同心境,而在科举诗中呈现出多姿的面貌,丰富了科举诗相对狭隘的创作视野,生动了枯燥的经集典故,为科举诗带来了一丝鲜活与灵动,即便有悲凉和沧桑,也不失其真实的性情!

第四节 昆虫诗词的讽刺功能

一 苍蝇诗词——讽刺作品的杰出代表

蝇是一种常见的小昆虫,在中国文学和文化中有着不太好的名声。清

---

① 唐圭璋编:《全宋词》第 3 册,中华书局 1999 年新 1 版,第 2449 页。
② 北京大学古文献研究所编:《全宋诗》第 7 册,北京大学出版社 1998 年版,第 4822 页。

钱谦益《列朝诗集·乙集第四》所载《蝇》诗云："眇形才脱粪中胎，鼓翅摇头可恶哉。苦不自量何种类，玉阶金殿也飞来。"① 可见对苍蝇的厌恶之情。

蝇在我国分布广泛，自古以来就伴随着人类社会而存在，早在农业社会里，人们就熟悉它飞行时的声音，了解它的生活习性，更憎恶它扰人的德行，因而在文学作品中，蝇很早就是人们所厌恶的形象，这也可以从以下文字中推测。《淮南子》云："烂灰生蝇"②，古人憎之，多有辟法。《埤雅》："蝇好交其前足，有绞绳之象。……段氏云……青蝇类粪尤能败物，虽玉犹不免，所谓蝇粪点玉是也。盖青蝇善乱色，苍蝇善乱声。故诗以青蝇刺谗，而《鸡鸣》曰'匪鸡则鸣，苍蝇之声'也。"③

（一）蝇意象的文学起源及嬗变

1. 苍蝇之声的文学书写

《诗经》中的蝇有两处，其一是单纯指生活中常见的苍蝇声音。见《齐风·鸡鸣》：

"鸡既鸣矣，朝既盈矣。"
"匪鸡则鸣，苍蝇之声。"
"东方明矣，朝既昌矣。"
"匪东方则明，月出之光。"
"虫飞薨薨，甘与子同梦。会且归矣，无庶予子憎？"④

《鸡鸣》采用丈夫和妻子一问一答的对话形式展开叙事，风格含蓄蕴藉，这是作品最大的特色。"惟妙惟肖地刻画了贪睡的丈夫形象和警畏、

---

① （清）钱谦益撰集：《列朝诗集》，中华书局2007年版，第2344页。
② 杨有礼注说：《淮南子》，河南大学出版社2010年版，第553页。
③ 高明乾、佟玉华、刘坤：《诗经动物释诂》，中华书局2005年版，第124页。
④ 周振甫译注：《诗经译注》（修订本），中华书局2010年第2版，第123页。

心存政事的妻子形象，富有士大夫家庭的生活情趣。"① 短短的对话中有两处出现了苍蝇的影子，均为形容声音。《毛传》有："苍蝇之声，有似远鸡之鸣。"② 首句是士大夫之妻催促丈夫赶快起床去上早朝，告诉他鸡已经叫了，去早朝的人都快到齐了，丈夫不想起床，便找借口敷衍，说那不是鸡叫，而是苍蝇声，估计是他没睡醒，听着鸡叫声音也觉得若有若无。第三章说苍蝇嗡嗡乱飞，我愿与你同入梦，早朝散了的人就要回家了，你可是喜欢被人憎？入情入理的劝说，刻画出了一个有责任感的好妻子形象，且诗歌所用的词语皆为日常生活常见的鸡、蝇、日、月，读来便觉生活味十足。

此后，诗词中写扰人声音的时候便经常用苍蝇声来形容，如《列朝诗集·闰集第五》的《蝇》："呼朋引类竞纷然，入我房栊扰昼眠。鼓翼有声喧耳畔，侧身无赖簇眉边。频惊栩栩南柯兴，始信营营止棘篇。挥汗未能操咏笔，任他长剑逐堂前。"③ 唐以后，简单形容苍蝇声音的有顾况《独游青龙寺》中的"蚁步避危阶，蝇飞响深殿"④，轩辕弥明的"时于蚯蚓窍，微作苍蝇鸣"⑤，还有《古今诗话》收徐融的《夜宿金山》中"淮船分蚁队，江市聚蝇声"⑥。苍蝇之声带有讽刺意味的有李白的《来日大难》句："蝉翼九五，以求长生。下士大笑，如苍蝇声。"⑦ 裴度的《中书即事》也有"白日长悬照，苍蝇谩发声"⑧。元稹的《月三十韵》有："麟斗宁徒设，蝇声岂浪讥？"⑨ 还有李咸用《升天行》里的"堂堂削玉青蝇喧，寒鸦

---

① 李兆禄：《诗经齐风研究》，齐鲁书社 2008 年版，第 221 页。
② （清）王先谦：《诗三家义集疏》，岳麓书社 2011 年版，第 396 页。
③ （清）钱谦益撰集：《列朝诗集》，中华书局 2007 年版，第 6725 页。
④ 《全唐诗》第 8 册，中华书局 1960 年版，第 2934 页。
⑤ 《全唐诗》第 22 册，中华书局 1960 年版，第 8914 页。
⑥ 同上书，第 8954 页。
⑦ （清）王琦注：《李太白全集》，中华书局 2011 年版，第 253 页。
⑧ 《全唐诗》第 10 册，中华书局 1960 年版，第 3756 页。
⑨ （唐）元稹著，冀勤点校：《元稹集》（修订本），中华书局 2010 年第 2 版，第 172 页。

啄鼠愁飞鸢"①。

诗僧齐己将蝇声引入禅境，反不受其扰，他有一首《谢人惠竹蝇拂》："妙刮筼筜制，纤柔玉柄同。拂蝇声满室，指月影摇空。敢舍经行外，常将宴坐中。挥谈一无取，千万愧生公。"② 充满了理趣，丝毫不觉嗡嗡的蝇声对作者心态的影响，他以禅意而感恩的心来看待身边的事物，故而获得由内而外的宁静。辛弃疾也有即兴所和诗句"欲烹无鱼来，苍蝇声绕屋"③来形容苍蝇嗡嗡之声的可恶。不过，形容苍蝇之声的也只限于在唐宋少量的诗中存在，宋词里则难寻踪迹。

2. 苍蝇之微的文学表达

形容青蝇的细微，常和蜗角这一形象组合出现，唐诗中鲜有这层含义，偶尔一见的如吴融的"鱼子封笺短，蝇头学字真"④（《倒次元韵》），詹琲的"蝇利薄于青纸扇，羊裘暖甚紫罗衣"⑤。但一到宋代就大为改变，尤其是在宋词里大比例出现，据统计，《全宋词》出现的44处蝇，有27个是表微小之意。同样都是写蝇细微的，但有高下褒贬之分，言及利益的多如蝇头小利皆是有着贬义色彩，蝇头小楷反而招人喜欢。借贬低蝇头小利来表达自己的高洁，这也是一个有意思的地方。

一句"寒梢微萼，点点蝇头许"⑥ 就将人带进了宋词的婉约之境，这里的蝇没有给人以往的厌恶感，反而让人生出一种对小巧事物的怜爱之情。刘克庄《满江红》的"蝇头字，篝灯写"⑦ 展现出书房之景，治学之态，蝇头小字，妙笔生花。王仲甫《蓦山溪》里的"蜗角名，蝇头利，著

---

① 《全唐诗》第19册，中华书局1960年版，第7381页。
② 《全唐诗》第24册，中华书局1960年版，第9485页。
③ 夏承焘、游止水：《辛弃疾》，上海古籍出版社1979年版，第59页。
④ 《全唐诗》第20册，中华书局1960年版，第7869页。
⑤ 《全唐诗》第22册，中华书局1960年版，第8643页。
⑥ 周笃文、马兴荣主编：《全宋词评注》第10卷，学苑出版社2011年版，第170页。
⑦ 周笃文、马兴荣主编：《全宋词评注》第7卷，学苑出版社2011年版，第695页。

甚来由顾"①，表达自己与世无争的淡定心境。刘学箕在《沁园春·叹世》中也感叹"浮利虚名，算来何用，蜗角蝇头"②。

宋诗里写蝇的次数高达692次，而且承载的意义非常广泛。仅在"微小"这一个意义上，就有"蝇头"111处，远比唐诗要多。苏轼有首《墨妙亭诗》："颜公变法出新意，细筋入骨如秋蝇。徐家父子亦秀绝，字外出力中藏棱。"③古人论书法，以"多骨微肉"，能表现笔力者为上，谓之"筋书"。苏轼的这首诗里就用秋蝇"细筋入骨"的生物特征来形容颜真卿变更书法，别具特色，行文用墨的精细有力。清代文学家赵翼认为"坡诗不尚雄杰一派，其绝人之处在乎议论英爽，笔锋精锐，举重若轻，读之似不甚用力，而力已透十分，此天才也。"④因而在其《瓯北诗话》中，他就用了这首诗来做例子。

3. 青蝇之恶的文学抒发

除了以上常见的两种情况，蝇出现在文学作品中的还有一种情况，那就是明显的社会价值取向，尤其是在唐代。唐人厌恶蝇，唐诗给青蝇们扣上了沉重的帽子，蝇的社会形象空前恶劣，这个渊源可以上溯至先秦时代，《诗经》中除《鸡鸣》外第二处写蝇的是《小雅·青蝇》：

> 营营青蝇，止于樊。岂弟君子，无信谗言。
> 营营青蝇，止于棘。谗人罔极，交乱四国。
> 营营青蝇，止于榛。谗人罔极，构我二人。⑤

青蝇就是大头金蝇，此诗表达古人对蝇的反感并拿它的脏秽可恶比喻"谗人"，拿它的"营营"之声比喻"谗言"，劝谏"岂弟君子"不

---

① 周笃文、马兴荣主编：《全宋词评注》第1卷，学苑出版社2011年版，第717页。
② 周笃文、马兴荣主编：《全宋词评注》第7卷，学苑出版社2011年版，第203页。
③ 北京大学古文献研究所编：《全宋诗》第14册，北京大学出版社1998年版，第9160页。
④ （清）赵翼：《瓯北诗话》，凤凰出版社2009年版，第46页。
⑤ 周振甫译注：《诗经译注》（修订本），中华书局2010年第2版，第339—340页。

要偏听偏信他们。朱熹《诗集传》:"诗人以王好听谗言,故以青蝇比之,而戒王勿听也。"① 当是一首讽谏诗。劝谏君王不要听信小人的谗言。《毛诗序》认为此诗是"刺幽王宠幸褒姒,迫害太子宜臼。朱熹不信王为幽王,但不言何王,朱熹的解释,较为实事求是"②。这里是蝇的讽刺作用第一次在文学作品中出现。唐代韩愈在《昌黎集》卷三六《送穷文》中说:"蝇营狗苟,驱去复还"③,"蝇营"即典出于此,而且还补齐了苍蝇令人讨厌的另一方面——驱去复还,"止于樊""止于棘""止于榛"等"多句暗合此意"④,你赶它走,它换一个地方停,赶走一批又来一批,总是不断根。

《楚辞·九叹·怨思》中也有"若青蝇之伪质兮,晋骊姬之反情"⑤。文中青蝇在王逸《楚辞章句》中:"青蝇变白使黑,变黑成白,以喻谗佞。"⑥ "伪质指狡诈,青蝇变化多端。"⑦ 晋骊姬的"反情"是指她污蔑太子申生的悖逆之举。

晋代傅咸作《青蝇赋》:

> 幸从容以闲居,且游心于典经。览诗人之有造,刺青蝇之营营。无纤芥之微用,信作害之不轻。既反白而为黑,恒怀蛆以自盈。秽美厚之鲜絜,虫嘉肴之芳馨。满堂室之薨薨,孰闺寓之得清。⑧

傅咸讽刺青蝇蝇营狗苟,毫无用途,却危害不浅,兴风作浪,黑白颠

---

① 周振甫译注,徐名翚编选:《诗经选译》,中华书局 2005 年版,第 340 页。
② 同上书,第 239 页。
③ 孙昌武:《韩愈诗文选评》,上海古籍出版社 2002 年版,第 168 页。
④ 林赶秋:《诗经里的那些动物》,重庆大学出版社 2010 年版,第 164 页。
⑤ 黄寿祺、梅桐生译注:《楚辞全译》(修订版),贵州人民出版社 2008 年版,第 270 页。
⑥ 黄灵庚疏证:《楚辞章句疏证》,中华书局 2007 年版,第 2467 页。
⑦ 詹杭伦、张向荣编著:《楚辞解读》,中国人民大学出版社 2008 年版,第 301 页。
⑧ (清)陈元龙编:《历代赋汇》(影印本),凤凰出版社 2004 年版,第 557 页。

○ 诗说虫语
唐诗宋词里的昆虫世界

倒，喜好污浊，暗指小人所作所为和蝇没什么两样。"白璧青蝇"这个成语的意思是指青蝇玷白璧，比喻谗人陷害忠良。陈子昂《宴胡楚真禁所》："人生固有命，天道信无言。青蝇一相点，白璧遂成冤。"[1] 李白的《鞠歌行》："楚国青蝇何太多，连城白璧遭谗毁。"[2] 即表达这层含义，青蝇和奸人总容易被联想到一起，因此高适也在《钱宋八充彭中丞判官之岭南》中告诫"若将除害马，慎勿信苍蝇"[3]。

　　唐代写青蝇之恶的诗歌相对丰富，进入宋代就转向了，宋诗尚存这一类型，但宋词就完全不一样。《全宋词》里更多展示的是蝇小巧的模样，用其令人厌恶的本性方面的反而不多见。再往元明清时期发展，骆文盛[4]（1496—1554）作有《怜寒蝇赋》。马积高先生《赋史》云："过去写蝇的赋颇多，从晋傅咸的《青蝇赋》到宋欧阳修的《憎苍蝇赋》、孔仲武的《憎蝇赋》，都托物寄意，对苍蝇般的恶人有所讽刺。但傅作已不全，难窥全豹；欧赋太散漫，物的特点与人的特点未能融洽；孔赋稍好，然立意过分宽厚，文辞亦少风趣。《怜寒蝇赋》则曲折多姿，逸趣横生，在诸赋中当为第一。"[5] 由此足见此赋在咏物赋中后来居上的地位和别具一格的创作风格，这篇赋也最终让蝇在文学作品中的借代意义被真正固定和升华，并起到了承上启下的作用，一直影响后人的文学创作。

怜寒蝇赋

　　吁嗟乎寒蝇，尔胡为乎有生？翳气序之流易，欻凉飙之袭盈。念尔类之尚繁，顾非时而营营。岂弱质之能久，谅寒威之莫胜。尔乃僵矣其形，凄矣其声；既跄于飞，复蹶于行。方缩缩以

---

[1] 《全唐诗》第 3 册，中华书局 1960 年版，第 910 页。
[2] （清）王琦注：《李太白全集》，中华书局 2011 年版，第 204 页。
[3] 《全唐诗》第 6 册，中华书局 1960 年版，第 2239 页。
[4] 武康（今浙江德清县）人，嘉靖十四年（1535 年）进士，授翰林院编修，曾两典文衡，时号为得士。以不附和严嵩，称疾不出，隐居山林，足迹不及城市。
[5] 赵逵夫、龚喜平：《历代赋评注·明清卷》，巴蜀书社 2010 年 2 月第 1 版，第 296 页。

憔悴，遂奄奄而伶俜。点污莫施其技，攻钻曷见其能。或沿几而莫起，或触棍而辄仆。障不施以曷入？尘未挥而先堕。进退蜷蹋，将焉攸措？

吁嗟乎寒蝇，眷言尔寒，能无尔怜？感念畴昔，忽复长叹。方夫太昊司辰，祝融挥鞭，赤日在地，炎威赫然。尔于斯时，气适志便。跷足洋洋，鼓翼翩翩；翕兮类征，陁兮群喧；逐污湛秽，醉醲饱膻；弗召以合，祛之莫殚；恣意一时，贻患百端。

吁嗟乎寒蝇，讵知物从化迁，时不可常！惟暑尔乘，寒宜尔藏。庶知止而不殆，或自逭于丧亡。尔乃淹留濡滞，自掇其殃。独不见夫蝠游以夜，枭鸣于晦，妖狐乘昏，尸虫伺寐：盖有所肆，尚有所避也。岂趋就之憒憒，能自逃于颠踬哉！

吁嗟乎寒蝇，始予尔怜，亦终尔患。念死灰之复然，将殒枝之再蔓。刿蠃豕之蹢躅，惟《易》繇之明鉴。爰命童子，攘臂执绋，尔扑尔摧，用殄厥类，靡令子遗。羌除恶之务尽，弗自嫌于乘危。庶几无庭宇虚静，帷幄褰开。俟南风之景延，当时物之葳蕤。绝扰攘于尔辈，欣四体之悠哉。①

该赋是一篇托物寓意、借题讽喻的咏物短篇，文章由自然到社会，由蝇到人，融描写、抒情和说理为一体，通过对苍蝇暑日得意时的为非作歹、恣意横行的张狂之态和天寒地冻失势时的狼狈万分、奄奄待毙的丑态进行对比，表达作者鲜明的好恶观，对丑恶事物深恶痛绝的态度，寄托了作者针砭时弊的现实寓意。

（二）唐诗中的蝇意象分析

《全唐诗》中共有113处提到蝇，其中出现在李白、韦应物、高适、

---

① 赵逵夫、龚喜平：《历代赋评注·明清卷》，巴蜀书社，2010年2月第1版，第295页。

杜甫、顾况等人诗中的较多。唐代的蝇主要是处于被批判的位置，青蝇点素、青蝇点璧、如蝇逐臭、蝇营狗苟、青蝇吊客、托骥之蝇等典故和成语广泛出现在诗歌中，罗隐（833—909）在其《蟋蟀诗》里用"苍蝇多端，黑白偷安。……与子伫立，裴回思多"①来表达对苍蝇以及有类似苍蝇这样恶劣行径之人的厌恶，作恶多端从此成为唐代写蝇诗的一个显著特征。

1. 借青蝇点璧来蔑视奸佞小人

汉代王充在《论衡·累害》里说："清受尘，白取垢；青蝇所污，常在练素。"②成语"青蝇点素"即出于此处。"青蝇"就是指进谗言的人，"素"是指洁白的生绢，青蝇飞过的粪便污染了素练，还有相近的如青蝇点璧、青蝇染白均是喻指小人用谗言诬害好人。初唐时期，陈子昂有诗《宴胡楚真禁所》：

> 人生固有命，天道信无言。青蝇一相点，白璧遂成冤。清室闲逾邃，幽庭春未暄。寄谢韩安国，何惊狱吏尊。③

诗中青蝇就那么轻轻"一点"，就在纯白之璧上落下了污点，使白璧蒙受不白之冤，这是非常鲜明的比喻。陈子昂作为初唐诗文革新人物之一，他反对唐初靡丽诗风，力主恢复汉魏风骨。在武则天当政时期，他不顾酷吏当政的危机，坚持直言进谏，被权臣记恨。待他因父老解官归家后，被受权臣武三思指使的射洪县令段简罗织罪名迫害入狱，最终冤死狱中。

李白好用"白璧青蝇"入诗，这是诗人表达忠臣被诬陷的愤怒时的惯用写法。与他自己的生平遭遇有关，以他大半辈子的客寓生涯为基础，他如同"飘然无心云"一般，"经历了朝廷的光赫体验以及诸如因谗言、失

---

① （唐）罗隐著，潘慧惠校注：《罗隐集校注》（修订本），浙江古籍出版社2011年版，第391页。
② （汉）王充著，张宗祥校注，郑绍昌标点：《论衡校注》，上海古籍出版社2010年版，第8页。
③ 《全唐诗》第3册，中华书局1960年版，第910页。

意而离去的情形"①，这个"谪仙人"因其自身洒脱不羁的个性言行而被宫中奸臣多次谗言诋毁。因此，愤懑失意的他这样解释自己被从长安放逐的原因："白璧竟何辜，青蝇遂成冤。"②（《书情题蔡舍人雄》）在长安被"谗"之事，从李白的多首诗中可以看出端倪，他恨在朝权贵借刀杀人的毒辣和阴险，被谗之冤，惧谗之痛而不得解的委屈，又有谁能够体会？

最能表达这种情感的当为李白晚年所作的四言体长诗《雪谗诗赠友人》，在长达70多句的篇幅里，李白奋笔疾书，尽情洗雪自己多年的被谗之辱：

嗟予沉迷，猖獗已久。五十知非，古人尝有。立言补过，庶存不朽。包荒匿瑕，蓄此顽丑。月出致讥，贻愧皓首。感悟遂晚，事往日迁。白璧何辜，青蝇屡前。群轻折轴，下沉黄泉。众毛飞骨，上凌青天。萋斐暗成，贝锦粲然。泥沙聚埃，珠玉不鲜。洪焰烁山，发自纤烟。苍波荡日，起于微涓。交乱四国，播于八埏。拾尘掇蜂，疑圣猜贤。哀哉悲夫，谁察予之贞坚。彼妇人之猖狂，不如鹊之强强。彼妇人之淫昏，不如鹑之奔奔。坦荡君子，无悦簧言。擢发续罪，罪乃孔多。倾海流恶，恶无以过。人生实难，逢此织罗。积毁销金，沉忧作歌。天未丧文，其如余何。妲己灭纣，褒女惑周。天维荡覆，职此之由。汉祖吕氏，食其在傍。秦皇太后，毒亦淫荒。蠨蛸作昏，遂掩太阳。③

用蘧伯玉典行年五十而知四十九年非当指诗人作诗时的年纪，"月初致讥"指斥宫中小人编造谣言，竟然凭着《月出》之诗来扑风捉影，信口雌黄，恶意诬蔑他跟杨贵妃之间逾越规矩，"拾尘掇蜂"就像子贡谗言诋

---

① ［日］松浦友久著，刘维志、尚永亮、刘崇德译：《李白的客寓意识及其诗思——李白评传》，中华书局2001年版，第122页。
② 《全唐诗》第5册，中华书局1960年版，第1741页。
③ （清）王琦注：《李太白全集》，中华书局2011年版，第425页。

○ 诗说虫语 唐诗宋词里的昆虫世界

毁颜回,尹吉甫后妻诬陷伯奇的手段一样。这么冤枉的事情发生在光明磊落的李白身上,他怎能不为自己叫屈?因而怨愤出声:"白璧何辜,青蝇屡前。"李白自比白玉,以青蝇比谗者,揭发了高力士、杨贵妃一类诬陷正直之士的行径。在这首诗里,李白痛批的主要是血口喷人的"猖狂妇人"杨贵妃,她罗织了大量李白莫须有的罪名,真是欲加之罪何患无辞,说是"积毁销金"一点都不为过。李白的冤屈和楚怀王时的屈原产生了共鸣,当年的屈原也是将小人比喻成丑恶的东西来抨击。由屈原联想到李白,由郑袖想到杨贵妃,由楚怀王想到唐玄宗,李白正是被当朝小人合谋诬蔑,以达到逐之出京的目的,这时候的朝政正如李白《古风》中"殷后乱天纪,楚怀亦已昏"①那样黑暗。《鞠歌行》里"玉不自言如桃李,鱼目笑之卞和耻。楚国青蝇何太多,连城白璧遭谗毁。荆山长号泣血人,忠臣死为刖足鬼"②,说明害李白蒙冤的"青蝇"又何止一人?应该是一群小人作乱才会如此,因为他们这群腐朽集团已经把持了摇摇欲坠的朝政,李白就是在这样的怨愤中离开了长安。李白离京后的诗作还常把进谗小人比作乱七八糟的丑恶事物,比如"群沙""浊水""燕雀""群鸡""群犬""鱼目""蹇驴""蟊贼""东施"等奇形怪状的东西,而他"谪仙人"气质的形成关键,就在于这段被谗的遭遇,他把庄子汪洋恣肆的特点和屈原鸣屈沉沙的感人结合在一起,从而创造了"非太白不能道也"的辉煌。

李白《玉壶吟》中说:"君王虽爱蛾眉好,无奈宫中妒杀人。"③ 这些"宫中"人是李白实现"愿为辅弼"美政理想的最大障碍,因此李白对他们非常痛恨。李白的多首作品中都流露出了对青蝇之流不屑一顾的蔑视,《将游衡岳,过汉阳双松亭,留别族弟浮屠谈皓》的"秦欺赵氏璧,却入邯郸宫。本是楚家玉,还来荆山中。丹彩泻沧溟,精辉凌白虹。青蝇一相

---

① 《全唐诗》第 5 册,中华书局 1960 年版,第 1678 页。
② (清)王琦注:《李太白全集》,中华书局 2011 年版,第 204 页。
③ 同上书,第 328 页。

点，流落此相同"① 就有此意。另外如《翰林读书言怀，呈集贤诸学士》："青蝇易相点，白雪难同调。"② 和另一首《答王十二寒夜独酌有怀》中的"一谈一笑失颜色，苍蝇贝锦喧谤声"③ 都可作为《雪谗诗赠友人》中"白璧何辜，青蝇屡前"的呼应。

韦应物的《棕榈蝇拂歌》："棕榈为拂登君席，青蝇掩乱飞四壁。文如轻罗散如发，马尾牦牛不能絷。柄出湘江之竹碧玉寒，上有织罗萦缕寻未绝。左挥右洒繁暑清，孤松一枝风有声。丽人纨素可怜色，安能点白还为黑。"④ 起句看是描述平常之景，一个普通的家用制品，却能落脚到"安能点白还为黑"的思考上，成为这首咏物诗的志之所在。再看元稹《秋堂夕》：

炎凉正回互，金火郁相乘。云雷时交构，川泽方蒸腾。清风一朝胜，白露忽已凝。草木凡气尽，始见天地澄。况此秋堂夕，幽怀旷无朋。萧条帘外雨，倏闪案前灯。书卷满床席，蟏蛸悬复升。啼儿屡哑咽，倦僮时寝兴。泛览昏夜目，咏谣畅烦膺。况吟获麟章，欲罢久不能。尧舜事已远，丘道安可胜。蜉蝣不信鹤，蜩鴂肯窥鹏。当年且不偶，没世何必称。胡为揭闻见，褒贬贻爱憎。焉用汨其泥，岂在清如冰。非白又非黑，谁能点青蝇。处世苟无闷，佯狂道非弘。无言被人觉，予亦笑孙登。⑤

诗里说的是夏秋交汇之后的所思所感，在这个特定的季节里，遥想尧舜时期的历史，回望自己生平所经历的种种，由眼前之景和联想之境，"非白又非黑，谁能点青蝇"表达了自己褒贬爱憎的态度和为人处世的方式。相似的还有牟融的《寄永平友人》，表达世事难违的无奈以及对友人

---

① （清）王琦注：《李太白全集》，中华书局2011年版，第627页。
② 《全唐诗》第6册，中华书局1960年版，第1865页。
③ 《全唐诗》第5册，中华书局1960年版，第1821页。
④ 《全唐诗》第6册，中华书局1960年版，第2006—2007页。
⑤ （唐）元稹著，冀勤点校：《元稹集》（修订本），中华书局2010年第2版，第62页。

○ 诗说虫语
唐诗宋词里的昆虫世界

的同情和安慰：

> 朔风猎猎惨寒沙，关月寥寥咽暮笳。放逐一心终去国，驱驰千里未还家。青蝇点玉原非病，沧海遗珠世所嗟。直道未容淹屈久，暂劳踪迹寄天涯。①

忠臣见逐，青蝇点玉、沧海遗珠之憾又怎去弥补？岁月已过，年华不再，满腔热血与激情又付与何人说？

高适（700—765）是一个经历了李唐王朝自盛而衰的转变过程的诗人，他的生平活动大致在唐玄宗时期。"这个时代生产力高度发展，经济文化空前繁荣，但这个时代也发生了安史之乱，当时的边镇幕府有一条吸引文人进身入仕的蹊径。"② 这是高适生活的时代背景，也是盛唐边塞诗产生的时代背景，高适就是这样作为盛唐边塞诗派的代表人物在文学史上占了一席之地位。他在《饯宋八充彭中丞判官之岭南》中叮嘱自己的好友在将来的路上一定要注意苍蝇之类奸人的危害，不要轻信进谗言之人，要提防苍蝇之流可能造成的伤害：

> 睹君济时略，使我气填膺。长策竟不用，高才徒见称。一朝知己达，累日诏书征。羽翮忽然就，风飙谁敢凌。举鞭趋岭峤，屈指冒炎蒸。北雁送驰驿，南人思饮冰。彼邦本倔强，习俗多骄矜。翠羽干平法，黄金挠直绳。若将除害马，慎勿信苍蝇。魑魅宁无患，忠贞适有凭。猿啼山不断，鸢跕路难登。海岸出交趾，江城连始兴。绣衣当节制，幕府盛威棱。勿惮九嶷险，须令百越澄。立谈多感激，行李即严凝。离别胡为者，云霄迟尔升。③

---

① 《全唐诗》第 14 册，中华书局 1960 年版，第 5317 页。
② 左云霖：《高适传论》，人民文学出版社 1985 年版，第 15 页。
③ 《全唐诗》第 6 册，中华书局 1960 年版，第 2239 页。

诗歌头四句为宋八怀才不遇鸣不平，但当他进身幕府、随主将赴边关时，给予了正面的鼓励并催他登程，诗中细细道来的不舍和叮嘱，表达了在那个时期对友人的同情和慰勉，也反映了他急于用世的志愿，在那个特殊的风云变幻的时代，要想如自己意愿般地生存，是一件很不容易的事情，在诗中不仅看到了作者对朋友"防蝇"的关切，其实也是高适自己对仕途人生的警觉。

2. 借讽刺苍蝇的恶劣习性以书愤

苍蝇的恶劣本性是人们熟知的，唐代人们已经比较客观地了解了苍蝇的一些特征，它的第一特征是逐臭，哪里臭就往哪里钻，常喻臭味相投，后来的成语"如蝇逐臭"，就是指像苍蝇那样跟着有臭味的东西飞。比喻人奉承依附有权势的人或一心追求钱财、女色等。皇甫湜《出世篇》最后一句就说"下顾人间，涸粪蝇蛆"，极言肮脏之地，而蝇就喜欢生长在这样的环境里。唐代徐夤（登乾宁年间进士第，894）《逐臭苍蝇》：

> 逐臭苍蝇岂有为，清蝉吟露最高奇。多藏苟得何名富，饱食嗟来未胜饥。穷寂不妨延寿考，贪狂总待算毫厘。首阳山翠千年在，好奠冰壶吊伯夷。①

《逐臭苍蝇》体现了诗人的个性，全诗不断地排出对比之物来逐层加重感情的宣泄，由眼前的具体事物苍蝇和清蝉的对比，联想到了苟且得到的哪有资格说富有，靠施舍而饱食的滋味还比不上忍饥挨饿。最终以高度赞扬伯夷之志而收尾。苍蝇在全诗中作为被讽刺的对象，种种丑态被放大成贪婪之人的举动，毫无志节可言，强烈的反衬使作者充分表达了自己的爱憎，寄托了高洁的守望。著名诗僧齐己的《酬元员外见寄八韵》中也用了"艳冶丛翻蝶，腥膻地聚蝇"②这样强烈的对比之句，来形容苍蝇喜欢

---

① 《全唐诗》第 21 册，中华书局 1960 年版，第 8149 页。
② 《全唐诗》第 24 册，中华书局 1960 年版，第 9471 页。

腥膻类的生活环境。

第二是蝇营狗苟，这个成语出自韩愈的《送穷人》中"蝇营狗苟，驱去复还"，指苍蝇喜欢成群结队聚集在一起，结党营私一同作乱，屡禁不止，用来比喻为追求名利不顾廉耻的人。杜甫在《寄刘峡州伯华使君四十韵》中写道："江湖多白鸟，天地有青蝇。"[1] 诗人处在一个政治腐败和动荡不安的时期，对佞谗当道的现实状况是深有感受的。蝇性贪，贪夫谗人亦贪也。这个时期杜甫的不少诗作，就通过否定现实政治，回忆开元、天宝盛世的美好，来表达自己政治生活的基本立场。也在此时，由于在现实生活中，诗人处于到处"青蝇"营营，无法驱赶的政治"天地"，面对自己不幸的政治生活，诗人发出了"天地有青蝇"的愤慨，从心底渴盼一块远离现实污浊的理想之境。储光羲的《同王十三维偶然作十首》中有"丹鸟飞熠熠，苍蝇乱营营"[2] 的描写，展示出了丹鸟与苍蝇的对比，体现了丹鸟飞翔的熠熠之感和苍蝇群飞营营之乱的高下之分。白居易《反鲍明远白头吟》由写蝇之本性过渡到物性乃至人性：

> 炎炎者烈火，营营者小蝇。火不热真玉，蝇不点清冰。此苟无所受，彼莫能相仍。乃知物性中，各有能不能。[3]

诗中把蝇的特点列举了"营营""不点清冰"等，营营既可以理解为群飞的混乱之象，又是嗡嗡烦人的声音，驱赶不走，屡屡出现。"不点清冰"体现蝇怕冷的特征，这是其生理属性使然。诗僧贯休《古塞下曲四首》"古塞腥膻地，胡兵聚如蝇"[4] 之句不仅说到蝇所喜欢的充满臭味的腥膻之地，更讽刺胡兵如恶心的苍蝇般聚集之态。

第三是蝇性贪婪、偷懒，喜欢不劳而获，坐拥别人的成果，胃口大，

---

[1] 《全唐诗》第 7 册，中华书局 1960 年版，第 2516 页。
[2] 《全唐诗》第 4 册，中华书局 1960 年版，第 1385 页。
[3] 谢思炜：《白居易诗集校注》，中华书局 2006 年版，第 259 页。
[4] （唐）贯休著，胡大浚笺注：《贯休诗歌系年笺注》，中华书局 2011 年版，第 208 页。

遇到美食就不能自已，往往丧生在食物之上。韩愈《纳凉联句》："昼蝇食案繁，宵蚋肌血渥。单绨厌已襀，长箑倦还捉。"① 这是蝇的日常生活的基本轨迹，它是偷食者的代言。唐代杨鸾的《即事》里这样写："白日苍蝇满饭盘，夜间蚊子又成团。每到更深人静后，定来头上咬杨鸾。"② 全诗诙谐幽默，却又充满了真实的生活味道，面对无孔不入的苍蝇蚊子，诗人很无辜，不仅饭盘里的饭白天被苍蝇给偷吃了，晚上连自己都被可恶的蚊子给"偷吃"了。诗人用自嘲的笔法写出了自己被蚊蝇所扰的无可奈何。

说到不劳而获，"托骥之蝇"是一个比较切中的比兴说法。《史记·伯夷列传》中有"伯夷、叔齐虽贤，得夫子而名益彰。颜渊虽笃学，附骥尾而行益显"③。司马贞索隐："苍蝇附骥尾而致千里，以譬颜回因孔子而名彰也。"④ 讲的是"盐源虽好学，但还是因为他跟上了孔夫子，所以才使得世人皆知"⑤。《后汉书·隗嚣传》有"苍蝇之飞，不过数步，即托骥尾，得以绝群"。李贤注："张敞书曰：'苍蝇之飞，不过十步；自托骐骥之尾，乃腾千里之路。然无损于骐骥，得使苍蝇绝群也。'见《敞传》。"⑥ 由此，苍蝇又被用作"附骥得益"之典。成语"托骥之蝇""青蝇附骥"的原意就是喻指追随贤能之后而得以显名的人。而后，唐代诗人王湾《秋夜寓直即事怀赠萧令公裴侍郎兼通简南省诸友人》中有"敢忘衔花雀，思同附骥蝇"⑦。

蝇喜腥膻死尸之味，即便人迹罕至，青蝇也会寻味而至。由此特性而引出"青蝇吊客"这个成语。这是来自三国时期的一个故事，《三国志·吴书·虞翻传》裴松之注引《翻别传》："自恨疏节，骨体不媚，犯上获罪，当

---

① 《全唐诗》第22册，中华书局1960年版，第8906页。
② 《全唐诗》第25册，中华书局1960年版，第9876页。
③ （汉）司马迁：《史记》，中华书局1959年版，第2127页。
④ 同上书，第2128页。
⑤ （汉）司马迁撰，韩兆琦主译：《史记》，中华书局2008年版，第1309页。
⑥ （宋）范晔撰，（唐）李贤等注：《后汉书》，中华书局1965年版，第523页。
⑦ 《全唐诗》第4册，中华书局1960年版，第1171页。

长没海隅,生无可与语,死以青蝇为吊客,使天下一人知己者,足以不恨。"① 后因以"青蝇"为生罕知己、死无吊客之典。故事讲的是会稽人虞翻在孙权手下任骑都尉官,他为人刚直,志气高爽,狂放不拘,敢于直言劝谏,他醉酒骂张昭与孙权。孙权一气之下就把他流放到交州。在流放途中,虞翻潜心钻研古籍,广收门生,感慨自己没人可以交谈,死后只有青蝇作为吊唁的宾客。"青蝇吊客"本谓虞翻心境悲伤,想自己死后无人治丧,只有苍蝇作吊客来凭吊自己。后比喻人生无一知己,毕生落落寡合,孤独无友。

元稹《出门行》:"仁兄捧尸哭,势友掉头讳。丧车黔首葬,吊客青蝇至。"② 这里讲述卞和两兄弟云泥之别的故事,卞和的弟弟由于投机取巧,欺上瞒下,骗取高官厚禄,事发被处死,生前一呼百应而死后无人问津,只有他哥哥"捧尸哭",得势时所谓的朋友皆忌讳他,掉头就走。生前没有真正的知己朋友,死后没有人悼念,只有青蝇飞舞坟头。作者以此来言明自己所坚持的正确方向。刘禹锡的《伤丘中丞》:

> 邺下杀才子,苍茫冤气凝。枯杨映漳水,野火上西陵。马鬣今无所,龙门昔共登。何人为吊客,唯是有青蝇。③

这首诗感慨"才子"生前死后、今昔之别的巨大差异,借生前的荣华富贵之貌,反衬被冤杀后只有青蝇为吊客的荒凉,人心之变化就是这样令人伤怀绝望。李贺《感讽五首》中的"都门贾生墓,青蝇久断绝。寒食摇扬天,愤景长肃杀"④ 写出了贾谊墓地的荒凉,无人探问的年岁已经很久远了,吊客日渐绝迹,这里青蝇就是喻指原本就少得可怜的吊客,整个一幅彻底被遗忘的悲哀之景,对于命运与自己差不多舛违的贾谊,李贺对其充满叹息与同情,这也显示出李贺意识中对人生价值实现的愿望。他也曾

---

① (晋)陈寿撰,(宋)裴松之注:《三国志》,中华书局2011年版,第1104页。
② (唐)元稹著,冀勤点校:《元稹集》(修订本),中华书局2010年第2版,第304页。
③ 《全唐诗》第11册,中华书局1960年版,第4022页。
④ 《全唐诗》第12册,中华书局1960年版,第4411页。

是一个满怀热情、深有抱负的青年，一面被排斥压抑在一个无聊的小职位上，一面眼看着种种叫人激愤的事情，怎能不叫他的作品里充满悲怆、愤郁、怨怒、凄凉的意味呢？所以他的作品里"反映的是当时社会上活生生的现实，表现出了阴森森的'鬼才'气息"①。寒山诗《诗三百三首》："死将喂青蝇，吊不劳白鹤。饿著首阳山，生廉死亦乐……转怀钩距意，买绢先拣绫。若至临终日，吊客有苍蝇。"②充满死生豁达之感，为了坚持心中的理想，可以效仿首阳山之义，可以置生死于度外，可以抛却世人重视的入土为安的传统，在生时要活得光明磊落，不蝇营狗苟，死后即便尸首"喂青蝇"，不被人理解，无人凭吊，亦有"青蝇吊客"，这该是需要多大的勇气才能做到的。

3. 以苍蝇的生活时间来表明时令物候

古人很早就了解了蝇的生活规律，它们多在春末出现，仲秋减少，这和现代生物科学研究是一致的。韩愈在其《秋怀诗》中有"秋气日恻恻，秋空日凌凌。上无枝上蜩，下无盘中蝇"③的记录，说明秋天到了以后，树枝上高歌的蝉消失了，夏天萦绕在食物边上那些可恶的苍蝇也不见了。杜甫《早秋苦热，堆案相仍》中写道：

> 七月六日苦炎热，对食暂餐还不能。每愁夜中自足蝎，况乃秋后转多蝇。束带发狂欲大叫，簿书何急来相仍。④

他在诗中写了一种不大正常的气候现象，本来进入秋季以后，因为天气变凉的原因，苍蝇这类昆虫应该减少才对，但是因为"苦炎热"，"蝎""蝇"这些虫子一点也不减少，这令人烦躁的秋天导致了作者恨不得"束带发狂欲大叫"。这哪里是早秋，分明还是夏季的景致，就像罗隐在《早

---

① 陈治国编：《李贺研究资料》，北京师范大学出版社1983年版，第141页。
② 《全唐诗》第23册，中华书局1960年版，第9064页。
③ 《全唐诗》第10册，中华书局1960年版，第3766页。
④ 《全唐诗》第7册，中华书局1960年版，第2415页。

○ 诗说虫语
唐诗宋词里的昆虫世界

秋宿叶堕所居》中所描述的一样：

> 池荷叶正圆，长历报时殚。旷野云蒸热，空庭雨始寒。蝇蚊犹得志，簟席若为安。浮世知谁是，劳歌共一欢。①

杜甫写那早秋多蝇和罗隐的蝇蚊犹得志有着异曲同工之妙。真正的秋到了之后，看李嘉祐（一作司空曙《酬崔峒见寄》）的《江湖秋思》中有：

> 趋陪禁掖雁行随，迁向江潭鹤发垂。素浪遥疑八溪水，清枫忽似万年枝。嵩南春遍伤魂梦，壶口云深隔路歧。共望汉朝多霈泽，苍蝇早晚得先知。②

诗歌突出了蝇作为季节性很强的昆虫的感知能力，看到了"雁行随"，联想到秋的愁，苍蝇尚知冷暖，作者的思绪也随之落到了"如人饮水，冷暖自知"的氛围中。秋季一到，昆虫几乎都会有所反应，不能越冬的昆虫会在产卵后死去，能越冬的早已找好了冬眠的地方，静静地躲起来不再活动。苍蝇遇冷后的反应在韩愈《送侯参谋赴河中幕》中是这样描述的："默坐念语笑，痴如遇寒蝇。"③ 显出一种痴痴的傻样。罗隐在《寄韦赡》中的描述也是如此："风催晓雁看看别，雨胁秋蝇渐渐痴。"④ 他还有一首《秋霁后》："净碧山光冷，圆明露点匀。渚莲丹脸恨，堤柳翠眉颦。蝉已送行客，雁应辞主人。蝇蚊渐无况，日晚自相亲。"⑤ 则完整地将秋季的明显物候特征描绘出来了。

蝇与人们的日常生活总会有千丝万缕的关联，有张籍《和李仆射西

---

① （唐）罗隐著，潘慧惠校注：《罗隐集校注》（修订本），浙江古籍出版社2011年版，第206页。
② 《全唐诗》第6册，中华书局1960年版，第2162页。
③ 《全唐诗》第10册，中华书局1960年版，第3804页。
④ 《全唐诗》第19册，中华书局1960年版，第7588页。
⑤ 同上书，第7576页。

园》中"竹凉蝇少到,藤暗蝶争潜。晓鹊频惊喜,疏蝉不许拈"① 的高兴。有元稹《苦雨》中的郁闷,他写自己厌恶的雨天,多虫之扰让诗人烦闷不已:"江瘴气候恶,庭空田地芜。烦昏一日内,阴暗三四殊。巢燕污床席,苍蝇点肌肤。不足生诉怒,但若寡欢娱。"② 李商隐的《洞庭鱼》写鱼多之貌就像雨前搬家的蚂蚁、秋后挣扎的苍蝇那样多:"洞庭鱼可拾,不假更垂罾。闹若雨前蚁,多于秋后蝇。"③ 苍蝇既然有怕冷的特性,那么古人就会有办法来对付它了,李贺的《出城别张又新,酬李汉》中就有这样的对策:"开贯泻蚨母,买冰防夏蝇。时宜裂大袂,剑客车盘茵。"④ 这些都与生活的智慧、情趣、态度有着种种关联,因而也丰富了文学的世界。

(三)宋代诗、词中的蝇意象管窥

宋代欧阳修曾作《憎苍蝇赋》,孔武仲也有《憎蝇赋》,这两篇赋都是把苍蝇作为憎恶对象来批判的。较之诗词的简要概括,赋这种形式更能够详细体现作者的意图,确保了足够的空间进行淋漓尽致的声讨。在宋词中,对苍蝇的批判力度远远小于这两篇赋,《全宋词》中蝇出现的总次数为 44 次,带批判意味的少,形容"微小"之意的多。其中表示贬抑"蝇头小利"的有 21 处,写文字细小的"蝇头小楷"的有 6 处,如刘克庄《满江红》中"蝇头字,篝灯写"⑤、陈著《摸鱼儿》中的"蝇书小楷,转老转奇妙"⑥ 等。《全宋词》中除向子諲的《蝶恋花》中有"生怕青蝇轻点污"⑦、杨泽民的《醉桃源》中"毋为附骥蝇"⑧ 之外,就难以见到更多

---

① 《全唐诗》第 12 册,中华书局 1960 年版,第 4330 页。
② (唐)元稹著,冀勤点校:《元稹集》(修订本),中华书局 2010 年第 2 版,第 20 页。
③ 刘学锴、余恕诚:《李商隐诗歌集解》(增订重排本),中华书局 2004 年第 2 版,第 754 页。
④ 《全唐诗》第 12 册,中华书局 1960 年版,第 4436 页。
⑤ 周笃文、马兴荣主编:《全宋词评注》第 7 卷,学苑出版社 2011 年版,第 695 页。
⑥ 周笃文、马兴荣主编:《全宋词评注》第 8 卷,学苑出版社 2011 年版,第 775 页。
⑦ 周笃文、马兴荣主编:《全宋词评注》第 3 卷,学苑出版社 2011 年版,第 573 页。
⑧ 周笃文、马兴荣主编:《全宋词评注》第 8 卷,学苑出版社 2011 年版,第 687 页。

○ 诗说虫语
唐诗宋词里的昆虫世界

比兴之意义了。

　　成语蝇头小利常比喻非常微小的利润,这个意义在唐代就有出现过,但范围非常小,没什么人跟风引用。《全宋诗》中则多次提及这层含义,其中数苏轼的《满庭芳》"蜗角虚名,蝇头微利,算来著甚干忙"① 最为出名,后人多以为"蝇头小利"就是语出于此。宋代的词人们在"蝇头小利"的问题上都有着完全相同的看法,无一不对这种追求微小利益的举动表示否定和不屑。范成大就说:"人世会少离多,都来名利,似蝇头蝉翼"②。赵师侠也说"蝇头蜗角微利,争较一毫芒"③,刘学箕则是将名利比作浮云,抒发"浮利虚名,算来何用,蜗角蝇头"④ 的感慨。刘清夫认为"蝇头蜗角都休竞。万古豪华同一尽"⑤。吴潜同样是淡定地表达了自己"争似得江湖,烟蓑雨笠,不被蜗蝇系"⑥ 的态度。

　　相比较而言,宋诗则有鲜明的议论化、散文化的特征,诗人们关心时事,寄托社会理想。与唐诗主情致的特征不同,宋诗更重理性。《全宋诗》中出现蝇692次,有27首专门咏蝇的诗。贴近生活而言志的咏蝇诗如梅尧臣的《蝇》:

　　　　乘炎出何许,人意以微看。怒剑休追逐,疑屏漫指弹。与蚊更画夜,共蜜上杯盘。自有坚冰在,能令畏不难。⑦

　　咏物之诗,可以见人言外之意,方回认为此诗"当与老杜'萤'诗相表里玩味"⑧。梅尧臣作为宋初比较有开拓精神的诗人,他还有一些丑得过

---

① 周笃文、马兴荣主编:《全宋词评注》第1卷,学苑出版社2011年版,第853页。
② 周笃文、马兴荣主编:《全宋词评注》第5卷,学苑出版社2011年版,第234页。
③ 周笃文、马兴荣主编:《全宋词评注》第6卷,学苑出版社2011年版,第276页。
④ 周笃文、马兴荣主编:《全宋词评注》第7卷,学苑出版社2011年版,第203页。
⑤ 同上书,第939页。
⑥ 同上书,第1038页。
⑦ 北京大学古文献研究所编:《全宋诗》第5册,北京大学出版社1998年版,第3184页。
⑧ (元)方回编:《瀛奎律髓》,上海古籍出版社1993年版,第361页。

火的诗歌，如《扪虱得蚤》《八月九日晨兴如厕见鸦啄蛆》等，但此举打破了美丑和雅俗的界限，为宋"无物不可作诗，无事不可吟咏"打开了局面，"圣俞尤喜写农村社会事务，题材之广，非同时人所及，较诸流连光景之诗，更具意义"①。后来的苏轼在以丑为美、化俗为雅的境界上颇有建树，不仅没有粗鄙之感，反而体现了作者坦荡的胸怀，展示了生机勃勃的景象。

苏过写《秋蝇篇》，讽刺只贪图眼前的享受的苍蝇，只顾着眼前有好吃的就尽情吃，没有危机意识，也从来不理会还有秋冬的到来会要了它们的命。曾几的《蚊蝇扰甚戏作》也很有意思：

> 黑衣小儿雨打窗，斑衣小儿雷殷床。良宵永昼作底用，只与二子更飞扬。开尊匕箸须一洗，破卷灯火尤相妨。从来所持白羽扇，自许百万犹能当。安知手腕为汝脱，以小喻大真成狂。挥之使去定无策，葛帐十幅眠空堂。朝喧暮哄姑听汝，坐待九月飞严霜。②

诗歌用形象的写法栩栩如生地再现了一幅被蚊蝇惹恼而无奈的画面，首句就从外部形态特征出发，将苍蝇和蚊子分别比作黑衣小儿和斑衣小儿，读来让人忍俊不禁，借着两个动作"如雨""如雷"写出了蚊蝇猖狂的动态，不管白天黑夜，人们就算扇扇子扇到手腕脱臼也没法对付这可恶的"二子"，真是只能以静制动，恨恨地说看等到九月飞严霜的时候，你还嚣张得起来不？和老师曾几一样，陆游在罢归山阴之时，也将视线更多地投向广袤的农村，在这里他收获了大量的作品，深刻感受到了农村生活的艰辛与充实，虽然自己不一定会直接参与劳动，但毕竟已经很努力地接近社会最基础的阶层了，能够最直观地感受民生疾苦。如他充满生活本真面貌的《十月苦蝇二首》：

> 村北村南打稻忙，浮云吹尽见朝阳。不宜便作晴明看，扑面

---

① 刘守宜：《梅尧臣诗之研究及其年谱》，（台北）文史哲出版社1980年版，第51页。
② 北京大学古文献研究所编：《全宋诗》第29册，北京大学出版社1998年版，第18525页。

飞蝇未退藏。

十月江南未拥炉，痴蝇扰扰莫嫌渠。细看岂是坚牢物，付与清霜为扫除。①

在诗歌创作方面，对陆游影响最大的是曾几，曾几在古稀之年依旧为国事操心，1161年夏秋之间，陆游"自敕令所罢归，他看到老师78岁高龄的终日所谈，止有忧国，带给了他极大的感动。1206年陆游82岁时，宋金之间的战局，正在胶着状态中，陆游终日所谈，也是止有忧国，在这一点上，陆游是无愧于他的老师的"②。这首《十月苦蝇二首》写于孝宗乾道三年（1167）十月，也就是曾几过世后的那一年，在山阴三山别业。四年前（1163），诗人因"不满佞臣龙大渊、曾觌结党营私而被贬，后又因党人弹劾，免归故里，当1167年春上，龙大渊、曾觌为孝宗所黜，十月小阳春，陆游为扰扰苍蝇所苦，马上便将苍蝇和这些佞臣联想到一起"③。陆游的晚年生活都在农村中度过，这些关于山阴风土的诗作反映了他对故乡的热爱和对农村生活的欣赏。同时期的杨万里在诗集中运用人民的语言是比较成熟的，陆游这一点不如他，杨万里的《冻蝇》《秋蝇》均写日常生活中的平凡琐事，所描绘的也不过是再普通不过的苍蝇，例如这首《冻蝇》："隔窗偶见负暄蝇，双脚挼挲弄晓晴。日影欲移先会得，忽然飞落别窗声。"④ 他能够通过苍蝇这小小的生命去表达自己刚强劲健的意志和人格精神。"在冬季恶劣的环境中，诗人笔下的冻蝇也显示出了自己的生命力，全然没有原本让人厌恶的感觉。"⑤ 他在尽量寻找自然审美对象与人之精神品质之间的相通点，这体现了他理学的思维和对生命和谐的理解。

刘克庄也有两首关于蝇的诗歌，其一是《冬蝇》，对这冬季还出现的

---

① 北京大学古文献研究所编：《全宋诗》第39册，北京大学出版社1998年版，第24275页。
② 朱东润：《陆游研究》，中华书局1961年版，第7页。
③ 邹志方选注：《陆游诗词选》，中华书局2005年版，第19页。
④ 北京大学古文献研究所编：《全宋诗》第42册，北京大学出版社1998年版，第26215页。
⑤ 郭艳华：《杨万里文学思想研究》，中国社会科学出版社2012年版，第122页。

苍蝇十分厌恶："百虫已藏蛰，此物出何哉。甚矣绿衣幰，公然赤帻来。居尝污脯醢，尤嘉败樽罍。刑故宁论小，无分卵与胎。"① 另一首是介绍蚊蝇习性的《蚊蝇五言一首》："蚊集殊难散，蝇驱已复回。偏能侵枕簟，尤喜败樽罍。恰则噬脐去，何曾洗足来。化工生育尔，岂不甚仁哉。"② 写苍蝇"驱去复还"的恼人特点，喜欢到处乱飞，传播肮脏的东西。

禅理诗处处透露着智慧，往往能给人以突然的启迪。南禅宗"磨砖成镜"是一个关于"顿悟"的著名佛教故事，传说四川有一个叫马祖道一的禅师，来到南岳衡山一个草庵里，天天关起门来修禅，南岳般若寺的怀让禅师（677—744）上前询问："大德坐禅，图什么？"马祖回答："图作佛。"怀让禅师便就地取了一块砖，在大石上不断地磨着，一连数天，马祖坐不住了，便问："禅师，你磨砖究竟是要干什么？"怀让一笑，说："我磨砖是想做一面镜子。"马祖很诧异："磨砖哪能做成镜子？"怀让说："是呀，磨砖不能成镜，坐禅焉能成佛？"马祖一听，如醍醐灌顶，瞬间顿悟，欣然投在怀让门下，终成一代宗师。怀让的这个"顿悟"典故深刻地影响了南岳佛教南禅宗的后世弟子。后来，怀让禅师所发展的法系称为"南岳下"，南岳下十二世禅师释守端就有一个关于"顿悟"的著名偈颂《蝇子透窗偈》：

为爱寻光纸上钻，不能透处几多难。忽然撞着来时路，始觉平生被眼瞒。③

讲的是苍蝇为了寻求光明而不停地往窗纸上钻，瞎蒙乱撞而屡次失败，不能钻出去。忽然一下子撞对了飞来时候的路，才觉得平生是被自己的眼睛所欺瞒。这就同磨砖成镜、掘地看天、缘木求鱼一样，虽是苦行，但无法达

---

① 北京大学古文献研究所编：《全宋诗》第 58 册，北京大学出版社 1998 年版，第 36738 页。
② 同上书，第 36678 页。
③ 北京大学古文献研究所编：《全宋诗》第 11 册，北京大学出版社 1998 年版，第 7360 页。

到目的。禅悟不等于一味打坐，要反观自心，才能洞见真知。其实早在唐代的古灵神赞就已经参悟了《蝇子透窗》的禅理，并用来帮助自己的恩师开悟，诗是这样写的："空门不肯出，投窗也大痴。百年钻故纸，何日出头时！"① 此偈一语双关，一面讥讽苍蝇无知，不知天地广大，被假象迷惑，认为陈年窗纸是光明洞天；一面警策师父不要墨守经论典籍，死守文字不放。唐代之后郑清之的《戏作窗蝇诗》也让人视之而思："曾记窗蝇古德诗，笑渠未有出头时。蓦然撞破窗间纸，透出虚空未是迟。"②

宋诗中还有讽刺苍蝇自不量力的，如韩驹《嘲蝇》中的"何关蝇辈事，也复强飞鸣"③。有看透世间冷暖的如项安世《秋蝇》："凭暖欺人扑面飞，天寒堕案却相依。世间冷热情何限，怜汝为生独细微。"④ 有借青蝇发感慨的如张嵲《七月二十日忽有青蝇翔舞坐隅挥之不去》："每见营营止樊棘，不应遗矢未央宫。恐报苻坚事端事，自疑今在洒心中。"⑤ 有对苍蝇恨之入骨而大加批判苍蝇的，如卫宗武的《咏蝇》："营营止于棘，或赤而或黑。皓皓染成污，奸魂并佞魄。"⑥ 还有李吕的《戒蝇》："我夙造恶业，半生苦疮癞。蝇喙利如针，秉箑倦挥灭。彼蝇业更深，曾不慕香洁。乘间恣飞舞，嗜此秽脓血。我虽以慈受，汝愧宁可雪。狂念傥不悛，善计有一说。海上逐臭夫，正是汝俦埒。速往从这游，从容度岁月。贪痴志原足，人害永除绝。相汝下劣躯，不过藉炎热。微倖岂可常，肃霜妨凛冽。"⑦ 这些都是从各自的角度写蝇，态度不一，笔下的蝇也就被赋予了多样化的面貌，极大地丰富了咏蝇作品的广度。

---

① 姜子夫主编：《禅诗精选》，大众文艺出版社 2005 年版，第 32 页。
② 北京大学古文献研究所编：《全宋诗》第 55 册，北京大学出版社 1998 年版，第 34675 页。
③ 北京大学古文献研究所编：《全宋诗》第 25 册，北京大学出版社 1998 年版，第 16632 页。
④ 北京大学古文献研究所编：《全宋诗》第 44 册，北京大学出版社 1998 年版，第 27450 页。
⑤ 北京大学古文献研究所编：《全宋诗》第 32 册，北京大学出版社 1998 年版，第 20542 页。
⑥ 北京大学古文献研究所编：《全宋诗》第 63 册，北京大学出版社 1998 年版，第 39489 页。
⑦ 北京大学古文献研究所编：《全宋诗》第 38 册，北京大学出版社 1998 年版，第 23811 页。

二 唐宋蚊意象的讽刺功能

永贞革新失败以后，刘禹锡的讽刺诗进入了另一个境界。当时的他与最高统治集团处于某种对立状态。王叔文被杀、唐顺宗暴死以及宪宗下诏不准八司马量移等严酷的事实给他以巨大的刺激。他发现自己成了"罪人"。忠心耿耿地报国安民，无私无畏地革除积弊，反而有"罪"，这是他百思不得其解的。"他感到震惊与愤怒，但严酷的现实又不允许他公开抗争，于是一首首'讽托幽远'的诗篇就这样产生了。"①《聚蚊谣》里这样写道：

  沉沉夏夜兰堂开，飞蚊伺暗声如雷。嘈然欻起初骇听，殷殷若自南山来。喧腾鼓舞喜昏黑，昧者不分听者惑。露花滴沥月上天，利嘴迎人著不得。我躯七尺尔如芒，我孤尔众能我伤。天生有时不可遏，为尔设帷潜匿床。清商一来秋日晓，羞尔微形饲丹鸟。②

"殷殷"出自《诗经·召南·殷其雷》："殷其雷，在南山之阳。"③ 原来是形容雷声的。作者借此夸张的声音来形容蚊子的嗡嗡声，这是故意的渲染和夸大手法。诗人用"喧腾鼓舞""利嘴迎人"来揭露蚊子们的丑恶形象，而这正代表了诗人所憎恶的永贞革新失败后那一群宦官佞臣，蚊子的"伤人"与小人的谣言中伤相呼应，可怜堂堂七尺男儿，竟被一群小小蚊子攻击。其实，之前刘禹锡就曾经在《上杜司徒启》中以"骇机一发，浮谤如川""飞语一发，胪言四驰"来形容当时谣言四起的厉害。以诗证文，足见当时社会混乱黑暗的严重局面。诗末指出蚊子们恶贯满盈，必将

---

① 吴汝煜：《刘禹锡传论》，陕西人民出版社1988年版，第192页。
② （清）彭定求等校点：《全唐诗》第11册，中华书局1960年版，第4000页。
③ （清）王先谦：《诗三家义集疏》，岳麓书社2011年版，第116页。

○ 诗说虫语
唐诗宋词里的昆虫世界

受到应有的惩罚。诗中所使用的漫画化的笔法、讽刺的语句、愤怒的诅咒，表明他已经突破了儒家诗教的禁锢，转而将诗歌作为匕首和投枪来反击了。

宋代梅尧臣有一首著名的《聚蚊》：

日落月复昏，飞蚊稍离隙。聚空雷殷殷，舞庭烟幂幂。蛛网徒尔施，螗斧讵能磔。猛蝎亦助恶，腹毒将肆螫。不能有两翅，索索缘暗壁。贵人居大第，蛟绡围枕席。嗟尔於其中，宁夸觜如戟。忍哉傍穷困，曾未哀癃瘠。利吻竞相侵，饮血自求益。蝙蝠空翱翔，何尝为屏获。鸣蝉饱风露，亦不惭喙息。薨薨勿久恃，会有东方白。①

1033 年底，围绕仁宗废郭后这一事故，统治阶级内部发生了一次小规模的斗争。"同平章事吕夷简、权三司使范讽支持废后，右司谏范仲淹、权御史中臣孔道辅等反对废后。失败后，仲淹出知睦州、道辅出知泰州。尧臣是同情仲淹的。他的《聚蚊》《清池》等诗，都反映了这一次的斗争。"② 后来，"欧阳修有《和圣俞聚蚊》一首，题景祐元年（1034）。两首诗都充满对于腐朽统治的厌恶心情"③。

---

① （宋）梅尧臣著，朱东润编年校注：《梅尧臣集编年校注》，上海古籍出版社 2006 年新 1 版，第 61 页。
② 同上书，第 57 页。
③ 同上书，第 62 页。

第五章

昆虫诗词与唐宋文人精神

第一节　蟋蟀意象的个案考察——蟋蟀意象与白居易诗歌

白居易善于将身边的事物写进诗中，平易是其一大特点。在白居易的诗作中，涉及蟋蟀意象的共有 17 首，纵览整个唐宋诗，数量上无人可及。究其原因，一是他本身的坎坷经历与个人爱好；二是他尤善于安排蟋蟀的"二号"位置；三是他的作品收集整理流传得比较完整，可考订的数目比较多。

一　白居易的蟋蟀诗

本节辑录并考订的主要是白居易诗中所涉及的有具体实名的蟋蟀，例如蟋蟀、促织、蛩、秋虫。主要考订诗歌所写的地理位置、写诗时间、唱和对象、文化渊源、诗人自身当时的处境及其从诗中表现出的心态等。考订的参照底本为谢思炜先生的《白居易诗集校注》，文后附录一篇，将考订材料以表格形式展示。

（一）《东陂秋意寄元八》

> 寥落野陂畔，独行思有馀。秋荷病叶上，白露大如珠。
> 忽忆同赏地，曲江东北隅。秋池少游客，唯我与君俱。
> 啼蛩隐红蓼，瘦马蹋青芜。当时与今日，俱是暮秋初。
> 节物苦相似，时景亦无殊。唯有人分散，经年不得书。①

---

① 谢思炜：《白居易诗集校注》，中华书局 2006 年版，第 550 页。

本诗当为贞元二十年（804）秋白居易在东陂独行后有感而作，用来送给好友元宗简。前一年，他们同游曲江时已有答和之作，当时白居易作《答元八宗简同游曲江后明日见赠》，朱金城著《白居易集笺校》注："约作于贞元十九年（803）至永贞元年（805）之间"①，不过贞元二十年（804）他作校书郎时游下邽、洺州、邯郸，东陂当时正是位于下邽县，那么《东陂秋意寄元八》当作于那时，即804年秋。再由"经年不得书"句推断，《答元八宗简同游曲江后明日见赠》的准确成诗时间应该是贞元十九年（803）秋。

803年春，白居易"登书判拔萃科第三等，后任校书郎，再登才识兼茂明于体用科第四等，806年4月授盩厔尉"②。写这首诗的时候，是白居易第一次踏上仕途的秋季，按说他应该是踌躇满志的，但是这首充满了牵挂与愁苦的作品，又不得不让人去追问，他的"愁"从何而来？他的"愁"表现在其实早已存在的"归隐"念头里，为什么年纪轻轻就有了归隐的念头，这就和他考取功名之前的艰辛生活历程有着重要的联系。这是他诗歌中第一次出现蟋蟀意象，用其声音作为触发点，描述隐藏在红蓼之下的蟋蟀之声，进而抒发秋思。

（二）《寓意诗五首》之三

> 促织不成章，提壶但闻声。嗟哉虫与鸟，无实有虚名。
> 与君定交日，久要如弟兄。何以示诚信，白水指为盟。
> 云雨一为别，飞沉两难并。君为得风鹏，我为失水鲸。
> 音信日已疏，恩分日已轻。穷通尚如此，何况死与生。
> 乃知择交难，须有知人明。莫将山上松，结托水上萍。③

---

① 谢思炜：《白居易诗集校注》，中华书局2006年版，第451页。
② 陈才智：《元白诗派研究》，社会科学文献出版社2007年版，第382页。
③ 谢思炜：《白居易诗集校注》，中华书局2006年版，第197页。

这是他第二次写蟋蟀。顾学颉《白笺拾零四则》认为此五诗作于元和初年（806）。因为前面"赫赫京内史"那首当是指《旧唐书·顺宗纪》中记载的上一年度发生的一件事，即"永贞元年（805）李实、韦执谊由高官旋即被远贬的遭遇"①。白居易时年35岁，"4月份刚为盩厔尉"②，寓言也有自警之途。促织在这里不是使用其原本的悲秋之鸣意象，而是代表"无实有虚名"的反面形象，并与只会啼叫的鹈鹕鸟并论，借着两种动物"华而不实"的属性，来讽刺那些见异思迁的"故人"，说明交友一定要慎重，切莫"结托水上萍"。

（三）《题李十一东亭》

相思夕上松台立，蛩思蝉声满耳秋。
惆怅东亭风月好，主人今夜在鄌州。③

朱《笺》认为这首诗作于元和三年（808），地点在长安。"李十一即李建，东亭当在李建长安的宅第中。"④作者写诗时值初秋的傍晚，友人李建正"治于鄌"，而白居易在长安任左拾遗、翰林学士，他从盩厔回长安任职已近一年。第三次写蟋蟀，他又带来了新的面貌。这时候安静的"蛩思"正隐含他自己的秋思，和第二次一样，也没有用蛩吟的声音来激发，人不思而蛩思，用拟人的手法去凸显蟋蟀更深的含义。

（四）《凉夜有怀》

念别感时节，早蛩闻一声。风帘夜凉入，露簟秋意生。
灯尽梦初罢，月斜天未明。暗凝无限思，起傍药阑行。⑤

---

① 谢思炜：《白居易诗集校注》，中华书局2006年版，第196页。
② 陈才智：《元白诗派研究》，社会科学文献出版社2007年版，第381页。
③ 谢思炜：《白居易诗集校注》，中华书局2006年版，第1062页。
④ 同上书，第484页。
⑤ 同上书，第1098页。

（五）《禁中闻蛩》

悄悄禁门闭，夜深无月明。西窗独暗坐，满耳新蛩声。①

（六）《秋虫》

切切暗窗下，喓喓深草里。秋天思妇心，雨夜愁人耳。②

这三首朱《笺》认为均作于元和三年（808）至元和五年（810），这时候白居易比较稳定地在长安做官，从左拾遗、翰林学士到京兆户曹参军，日子过得相对比较平静。这三次写蟋蟀全是用了蟋蟀之声来感怀。天气当属初入秋，故名"早蛩""新蛩"，没有具体的寄托，比较单纯地抒发自己内心的思绪。

（七）《夜坐》

斜月入前楹，迢迢夜坐情。梧桐上阶影，蟋蟀近床声。曙傍窗间至，秋从簟上生。感时因忆事，不寝到鸡鸣。③

朱《笺》："作于元和九年（814），下邽。冬季回长安做太子左赞善大夫。"④这是丁母忧之后第一次写蟋蟀。这次的蟋蟀第一次走近诗人的床边，提醒他这个冬天即将离开下邽，返回长安复职了。平静而节制的三年丁忧，悄然改变了诗人的心境。伴随着往事的回忆，他在床上从蟋蟀鸣叫的月夜独坐到雄鸡报晓的清晨。

在下邽丁母忧的三年时间，是白居易沉淀和反思的时期。在此之前，元和五年（810）好友元稹贬官江南，自己卸任拾遗，政治上的进退影响

---

① 谢思炜：《白居易诗集校注》，中华书局2006年版，第1099页。
② 同上书，第1099页。
③ 同上书，第1128页。
④ 陈才智：《元白诗派研究》，社会科学文献出版社2007年版，第381页。

了白居易的思想。不惑之年已到,他对生命的反思、隐退的情绪,再一次随着不如意的现实而若隐若现,元和七年(812)所作的闲适诗《适意二首》比较有代表性。

(八)《夜雨》

　　早蛩啼复歇,残灯灭又明。隔窗知夜雨,芭蕉先有声。①

朱《笺》认为,这首诗约作于元和十一年(816)至元和十三年(818),期间白居易在45—47岁,任职江州司马。这是一首写心境的应景之作,也是白居易被贬江州期间,三次写到蟋蟀的其中之一。在这里的蟋蟀被作为雨声的反衬,"早蛩"点明时间当为初秋蟋蟀刚起之时。因为晚上下雨,蟋蟀停止了鸣叫,夜晚万籁俱寂,只留下漫漫长夜雨打芭蕉的声音,陪伴作者那同样湿漉漉的心。

(九)《秋晚》

　　烟景淡濛濛,池边微有风。觉寒蛩近壁,知瞑鹤归笼。
　　长貌随年改,衰情与物同。夜来霜厚薄,梨叶半低红。②

朱《笺》:作于长庆四年(824),洛阳。这一年白居易从杭州刺史到洛阳任太子左庶子分司。从元和九年(814)结束"丁母忧"后,元和十年(815)在长安做太子左赞善大夫,同年八月被诬遭贬,由长安到江州任刺史,再遭追贬为江州司马。元和十三年(818)12月由江州至中州任刺史,元和十五年(820)被召回长安,唐穆宗长庆元年(821)迁任尚书主客郎中,知制诰,进中书舍人,又转上柱国。

此时的朝中朋党倾轧,国事日非。为避免卷进政治斗争的旋涡,长庆

---

① 谢思炜:《白居易诗集校注》,中华书局2006年版,第772页。
② 同上书,第1846页。

二年（822）他主动请求外任，出为杭州刺史。长庆四年（824）再回到洛阳，作了此诗。不到十年，辗转了七个地方任职，从江州司马之后几乎每年要换一个地方任职，"长貌随年改"可谓真实写照了，在其母亲去世后的十年里，不管身体还是心态，他都苍老了很多。蟋蟀这个意象，在白居易的诗里至少消失了六年，这六年正好是元和十四年（819）他从江州去中州任刺史后的频繁迁移期，在政治上忙碌起来的他，反而没有了刚被贬谪的愁怨，尤其在苏杭任职期间为官认真、兴修水利、清廉正直，深得百姓爱戴。

到洛阳的第一个秋季，他诗里的蟋蟀第一次伴着"衰情"出现，这时候的白居易已经 53 岁，早已过了知天命的年纪，字面上的蟋蟀是因为感觉到了寒冷而躲到了人的屋子里鸣叫，夕阳西下，闲云野鹤也要返家。随着年岁逐增，容貌不复当年，人的衰老和万事万物遵守同样的自然规律。言外之意，是作者的乡情意识，在寒蛩声里悄然萌发了。

（十）《题西亭》

> 朝亦视簿书，暮亦视簿书。簿书视未竟，蟋蟀鸣座隅。
> 始觉芳岁晚，复嗟尘务拘。西园景多暇，可以少踟蹰。
> 池鸟澹容与，桥柳高扶疏。烟蔓袅青薜，水花披白蕖。
> 何人造兹亭，华敞绰有余。四檐轩鸟翅，复屋罗蜘蛛。
> 直廊抵曲房，窈窕深且虚。修竹夹左右，清风来徐徐。
> 此宜宴佳宾，鼓瑟吹笙竽。荒淫即不可，废旷将何如。
> 幸有酒与乐，及时欢且娱。忽其解郡印，他人来此居。①

朱《笺》："作于宝历元年（825），苏州，西亭位于苏州刺史治所内。"② 这一年，白居易从太子左庶子分司到苏州做刺史。为官深得人心。

---

① 《全唐诗》第 13 册，中华书局 1960 年版，第 4967 页。
② 谢思炜：《白居易诗集校注》，中华书局 2006 年版，第 1658 页。

再往后他还聪明地为自己考虑好了一条"中隐"的道路。

(十一)《九日寄微之》

眼暗头风事事妨,绕篱新菊为谁黄。闲游日久心慵倦,痛饮年深肺损伤。

吴郡两回逢九月,越州四度见重阳。怕飞杯酒多分数,厌听笙歌旧曲章。

蟋蟀声寒初过雨,茱萸色浅未经霜。去秋共数登高会,又被今年减一场。①

朱《笺》:"作于宝历二年(826),苏州。这一年秋后他到次年初期间,他返回洛阳。"② 这是一首赠元稹的诗。一到蟋蟀之音响起的时候,秋思的念头便浮现出来。重阳节的相会又实现不了了,在江南的日子,两次都是九月,句句都是对元稹抒发的同病相怜的心声。

(十二)《劝酒十四首·何处难忘酒七首》

何处难忘酒,长安喜气新。初登高第后,乍作好官人。
省壁明张榜,朝衣稳称身。此时无一盏,争奈帝城春?
何处难忘酒,天涯话旧情。青云俱不达,白发递相惊。
二十年前别,三千里外行。此时无一盏,何以叙平生?
何处难忘酒,朱门美少年。春分花发后,寒食月明前。
小院回罗绮,深房理管弦。此时无一盏,争过艳阳天?
何处难忘酒,霜庭老病翁。暗声啼蟋蟀,干叶落梧桐。
鬓为愁先白,颜因醉暂红。此时无一盏,何计奈秋风?
何处难忘酒,军功第一高。还乡随露布,半路授旌旄。

---

① 谢思炜:《白居易诗集校注》,中华书局2006年版,第1928页。
② 陈才智:《元白诗派研究》,社会科学文献出版社2007年版,第383页。

玉柱剥葱手，金章烂榼袍。此时无一盏，何以骋雄豪？
何处难忘酒，青门送别多。敛襟收涕泪，簇马听笙歌。
烟树灞陵岸，风尘长乐坡。此时无一盏，争奈去留何？
何处难忘酒，逐臣归故园。赦书逢驿骑，贺客出都门。
半面瘴烟色，满衫乡泪痕。此时无一盏，何物可招魂？①

汪《谱》、朱《笺》：作于大和四年（830），在洛阳任太子宾客分司。在自序中，白居易写自己"予分秩东都，居多暇日""每发一意，则成一篇"，写蟋蟀这首包含了白居易对生老病死的担忧。他很担心自己成为"老病翁"，秋天落叶凋零的景致，蟋蟀催人老的声音，无时无刻不让作者心生忧虑，只有借酒暂醉，忘记一时罢了。明代周宪王《和白香山何处难忘酒（六首）》就有此诗的唱和：

何处难忘酒，重阳戏马台。菰蒲随水落，橘柚待霜催。
蟋蟀吟将老，茱萸插几回。此时无一盏，黄菊向谁开。②

（十三）《南塘暝兴》

水色昏犹白，霞光暗渐无。风荷摇破扇，波月动连珠。
蟋蟀啼相应，鸳鸯宿不孤。小僮频报夜，归步尚踟蹰。③

朱《笺》："作于大和九年（835），64岁的白居易在洛阳作太子宾客分司。"④ 这时候他的诗歌老友元稹已经离世四年，自己也感觉这风烛残年，步履蹒跚，孤苦之感伴随着风中干枯的荷叶和此起彼伏的蛩吟，感叹着蟋蟀间鸣叫尚且还有个相呼应的伴，鸳鸯更是双宿双飞，而自己身边的

---

① 谢思炜：《白居易诗集校注》，中华书局2006年版，第2144页。
② （清）钱谦益撰集：《列朝诗集》第1册，中华书局2007年版，第50页。
③ 谢思炜：《白居易诗集校注》，中华书局2006年版，第2475页。
④ 陈才智：《元白诗派研究》，社会科学文献出版社2007年版，第382页。

伴却越来越少。明显的孤寂感体现在字里行间，诗歌处处充满"老气"，处处流露出对生命流逝的无奈和对自己身体的担忧。

（十四）《新秋夜雨》

　　蟋蟀暮啾啾，光阴不少留。松檐半夜雨，风幌满床秋。
　　曙早灯犹在，凉初簟未收。新晴好天气，谁伴老人游。①

朱《笺》："作于开成五年（840），洛阳，69岁的诗人仍是太子少傅分司。"② 这是作者最后一次在诗歌中写到蟋蟀，也是一首非常明显的惜时感怀的作品。又到了一年的秋天了，蟋蟀在暮色里啾啾鸣叫，提示人们时光不由人。最无奈的是雨后天晴的第二天，"谁伴老人游"的提问，一下子就能将人拉回他几十年的过往和无数次与友人相伴游玩的回忆中去，实为乐景写哀的佳作。

还有三首长篇诗歌：《代书诗一百韵寄微之》《东南行一百韵，寄通州元九侍御，澧州李十一舍人、果州崔二十二使君，开州韦大元外、庾三十二补阙、杜十四拾遗、李二十助教员外、窦七校书》《江南喜逢萧九彻，因话长安旧游，戏赠五十韵》。

《代书诗一百韵寄微之》这首诗汪《谱》、朱《笺》认为"作于元和五年（810），地点在长安。这一年他经历了从左拾遗到京兆户曹参军（5月5日），到翰林学士的转变"③。诗是写给元稹的，诗中以"野秋鸣蟋蟀，沙冷聚鸂鶒。"④ 感叹时光荏苒，回首两人相似的仕途遭遇，抒发友情难得的感慨。

《东南行一百韵，寄通州元九侍御，澧州李十一舍人、果州崔二十二使君，开州韦大元外、庾三十二补阙、杜十四拾遗、李二十助教员外、窦七校书》朱

---

① 谢思炜：《白居易诗集校注》，中华书局2006年版，第2813页。
② 陈才智：《元白诗派研究》，社会科学文献出版社2007年版，第383页。
③ 同上书，第382页。
④ 谢思炜：《白居易诗集校注》，中华书局2006年版，第977页。

《笺》:"作于元和十二年(817),江州。做江州司马第二年。"① 这首是在贬谪期间郁闷愤恨的作品,今昔对比的落差和对奸佞小人的讽刺交织在一起,"书床鸣蟋蟀,琴匣网蜘蛛。"② 隐含着自己被遗弃的怨愤。

《江南喜逢萧九彻,因话长安旧游,戏赠五十韵》朱《笺》:作于元和十一年(816)至十三年(818)。江州。该诗为在被贬江州期间逢故人而作。中有"野风吹蟋蟀,湖水浸菰蒋"③ 之句,乃由应时之景感慨自身命运无法自己把握的无奈,这里用到了蟋蟀的"身轻",转而觉得自己也不过是小小的存在,虽然饱含着希望和期待,却难免不会落到蟋蟀被野风吹的命运。

二 白居易诗中蟋蟀意象的特征

白居易把自己的诗歌分成讽喻诗、闲适诗、感伤诗和杂律诗四种。蟋蟀意象多出现在他的闲适诗中,成为白诗"悲秋"的一个固定意象。他将生活中的细小事物用入诗中,赋予这人人可见、可触、可感的小昆虫以生动的文学形象,化俗为雅。蟋蟀丰富了白诗生活化的内涵,而白诗又给了蟋蟀艺术想象的生命。我们首先看白诗中蟋蟀意象的两个特征。

(一)出现频率的特征

白诗蟋蟀意象与其行踪紧密相关,白居易每换一处地方,只要恰逢秋季,就会有至少一首诗里用到蟋蟀。但凡他游历、做官、归隐的地方,如下邽、盩厔、长安、江州、苏州、洛阳等,每到一地他都会在秋季的诗里留下蟋蟀的痕迹。

白诗蟋蟀与写作时间关系复杂。蟋蟀出现的季节自然不用说,不管早

---

① 陈才智:《元白诗派研究》,社会科学文献出版社2007年版,第383页。
② 谢思炜:《白居易诗集校注》,中华书局2006年版,第1245页。
③ 同上书,第2898页。

秋还是暮秋，都是秋天。作者写它却不是这么有规律，表现为早年的由疏而密，晚年的由密而疏。入仕初期，隔年一写；从盩厔返回长安为官期间平均每年一次；丁母忧期间因在家乡，故而秋愁稍淡，未写蟋蟀；江州之贬后重拾蟋蟀，每年一写；再往后是每地一写；晚年定居洛阳期间，每五年才写一次蟋蟀，皆有浓重的生命伤逝之感。

从年轻时爱写蟋蟀到老年避写蟋蟀，这样的变化暗示着白居易晚年对生老病死的担忧。从其他白诗中，尤其是晚年和刘禹锡的唱和之作，可以看出两人在生老病死问题上的共同看法，非常忧虑却无可奈何的情绪。也许在暮年时，蟋蟀已经成为他不敢直面的角色了，与之相适应的心理体验就是他对生老病死的忐忑。

（二）蟋蟀意象在白居易诗中大多扮演配角

白居易在他所导演的蟋蟀镜头中，只有两次让蟋蟀扮演一号主角，一是《禁中闻蛩》，一是《秋虫》。另外十五首全部将蟋蟀摆在二号配角的位置。为什么大量的蟋蟀在白诗中属于从属地位？这首先是由其意象特质决定的，蟋蟀历来就是悲秋的代言，但白居易的秋思并不是悲"蟋蟀"，他只是需要借助蟋蟀这个现有的意象来言志、抒情，并在合适的时候选用它的姿态、声音，还有动作，这些就属于蟋蟀在白诗中的具体功能。这个二号配角就这样被固定下来，但它的地位绝不是可有可无，而是非它莫属的。

有了这两个特点的把握，我们便可以进行白诗蟋蟀与主题生成的探究了。白居易是公认的对诗歌领域的开拓做出重要贡献的诗人，以其题材的广泛性、风格的亲民性和广远的辐射性而高居诗坛之上。

三 蟋蟀意象对白居易诗歌主题生成的作用

（一）蟋蟀意象丰富了白居易诗歌的讽喻主题

在蹇长春著《白居易评传》中，他将白居易最为看重的讽喻诗分成五类:"对君主的讽谏;对权豪贵近的鞭挞;对黩武开边、佣兵玩寇的批判;对人民疾苦的深切同情;对妇女命运的关注。他认为白诗以'补察时政''泄导人情'为主旨,表现其'兼济之志'的讽喻诗,是其全部诗作中最富有人民性和现实主义精神的部分。"① 在讽喻主题的这个五分法之外,还有一种是值得关注的,那就是诗歌的处世教化功能,白居易在讽喻中告诫自己,同时也是提点世人。比如《寓意诗五首》之三:

促织不成章,提壶但闻声。嗟哉虫与鸟,无实有虚名。
与君定交日,久要如弟兄。何以示诚信,白水指为盟。
云雨一为别,飞沉两难并。君为得风鹏,我为失水鲸。
音信日已疏,恩分日已轻。穷通尚如此,何况死与生。
乃知择交难,须有知人明。莫将山上松,结托水上萍。②

这是白诗中蟋蟀背负的唯一一次反面形象。开头用起兴之法,以促织和提壶之声引发评价"无实有虚名",接着再开始自己的主题阐述。"促织不成章"句,言促织之声没有起到一点作用,光会在那里空叫唤,寓意着下文对所谓"说得比唱得还好"的一类人,要加以甄别,不要轻易相信那些白水为盟的誓言。说明在生活中,像促织、提壶这样空鸣叫的人很多,择交是慎重的事情,不能将山上松轻易托付给随时可变的浮萍。白居易阐述了自己择友的要求,这也是他自己一直做得很好的地方,比如早期和元稹生死不渝的友谊,后期结识刘禹锡的惺惺相惜,这都是作者人生阅历的指针,教化作用不容忽视。

(二)蟋蟀意象增加了白居易诗歌闲适主题的灵动感

蟋蟀一年一代,它们的一生只能吟唱一个秋季。因此,昆虫轻易能带

---

① 蹇长春:《白居易评传》,南京大学出版社2002年版,第465页。
② 谢思炜:《白居易诗集校注》,中华书局2006年版,第197页。

来和植物不一样的生命感受，它们灵动、智慧、有思想、有个性，会随着诗人的心境或哭或笑或沉思。它虽贴近人类的生活，却拥有自己独特的性格、生活的空间，不是轻易可以把玩、鉴赏的。人类，面对昆虫，有时候需要做到精神上的仰视。《题李十一东亭》"蛩思蝉声满耳秋"就描绘了一只沉思的蟋蟀。作者赋予它以人的特征，好像它和人一样会思考秋季，在这个情境中，作者已经将自己和蟋蟀融为一体了。

白居易本人对闲适诗也很重视。他在《与元九书》中表白："仆志在兼济，行在独善，奉而始终之责为道，言而发明之则为诗。谓之讽喻诗，兼济之志也；谓之闲适诗，独善之意也。"他还解释说："又或退公独处，或卧病闲居，知足保和，吟玩性情者……谓之闲适诗。"元稹在《白氏长庆集序》中说："闲适之诗长于遣。"这一个"遣"字准确地说出了白居易的闲适诗是用来排遣的，仕途的失意，理想的幻灭，都需要有排遣的通道，他一直都在找寻精神解脱的良径，面对官场险恶的现状，他尽可能地求外任、分司，宁可置身外地，也不愿天天与权豪们沉瀣一气。他在受排挤、遭放逐的时候，尽可能使自己保持平和、淡定的心境，而闲适诗正是他官场失意、身处逆境，本着"独善"的想法而作的，这时候，蟋蟀已跃入他的笔下，增加了诗歌的灵动。尤其是前期的闲适诗，因为蟋蟀或鸣或思的不同姿态，足以丰富秋季的夜晚，让单调的秋思多了听觉上、视觉上的韵味。

蟋蟀在这些闲适诗中始终扮演着不可或缺的配角。如果说白诗讽喻学杜甫，那闲适则是学陶渊明。白居易的一生最喜爱且受影响最深的诗人莫过于陶渊明了。从整体风貌上看，白氏那种真率自然，"平淡而有思致"的诗风，无疑深受陶氏的影响。[①] 郭沫若指出："陶渊明也好，白乐天也好，他们的闲适诗，是对于恶浊的顽强的封建社会的无言的抗议！"[②] 正是

---

① 蹇长春：《白居易评传》，南京大学出版社2002年版，第505页。
② 郭沫若：《关于白乐天》，《文艺报》1955年第23号。

这个配角的出现，使白诗在秋风萧瑟的夜晚，于冰冷的景致中点缀了人性的温暖。《东陂秋意寄元八》是诗人秋季在下邽独自漫步郊外时，路边的"残荷""白露"霎时让他回忆起"当年今日"携友同游的开心，不禁想起了远方的友人元宗简。物是人非景相似，一片寂寥无人应，唯一回答诗人的是躲在红蓼叶下的蟋蟀之鸣，什么都似乎和往年一样，却又什么都悄然变样了。这种聪明的小昆虫能够准确而细致地传达作者的情绪，比如《南塘暝兴》的"蟋蟀啼相应"之句，看起来像虫儿之间的呼应，实际上难道不正是作者对友伴的羡慕、向往之情？这种诗，对于一个朝廷官员来说，对于那个沉滓泛起的封建社会来说，无疑是反其道而行之的一缕清风！

（三）蟋蟀意象加深了白居易诗歌感伤主题的表现力

白氏闲适诗也可以元和十年（815）江州之贬为分水岭。这之前，虽然也"流露出对官场失意的惆怅，对仕途艰难的疑惧，但崇尚恬淡闲旷，追求心身安适，依然是他早期闲适诗的基调"①。江州之后的闲适诗则显示出诗人对人生、仕途更深刻的体悟，被诬远贬、多地飘零，这样的遭遇发生在谁身上，都会有愤懑、怨恨的情绪，但出身寒微的他，甘于"蔬食布裘"，恬淡知足的个性，平和淡泊的心态让他能够勇敢地面对，即便惆怅，即便消极，也不至于让他放弃"独善之义"的坚守。这是一种自我的超越，即便伤痕累累，也不同流合污。漂泊各地的伤感与自适，从此在他的闲适诗里扎下了根。

白诗以蟋蟀物性来写悲。情，是诗歌的本源和生命线。所有的好诗都浸润着作者真实情感的因素。写悲秋的诗，若单是描绘一幅无声的图景，是很难打动人的。但本来有声的、可触可感的立体的画面，突然静下来了，读者会怎么理解？白居易那"野风吹蟋蟀，湖水浸菰蒋"，这一幅风

---

① 蹇长春：《白居易评传》，南京大学出版社2002年版，第508页。

送蟋蟀声的画面就足以让人断肠而泣。蟋蟀本是微小的生命，但人们常习惯用蟋蟀的鸣叫来暗示秋天的到来，它那第二角色也正是起到了这渲染的作用。但作者偏偏没有写人们熟知的鸣叫，而是勾勒了萧瑟秋风中发抖的蟋蟀，微小的它连生命都无法自己掌控，却还要拼命地、独自去抵挡野外肆虐的狂风。蟋蟀小小的身体和狂风一对比，就让人悲从中来，为蟋蟀的命运而揪心，这和作者自身的遭遇又是何等近切！

　　以蟋蟀的哀音来抒情。蟋蟀的哀音抒情是相对传统的写法，但白诗每一回的蟋蟀都有不同的表现力。"书床鸣蟋蟀"写荒凉，落差巨大。"蟋蟀吟将老，茱萸插几回"写伤时，抒发自己对生老病死巨大的痛楚与忧虑。"暗声啼蟋蟀，干叶落梧桐"以"啼哭"衬托暗夜之悲，象征人的衰老也是和自然规律一样，像秋风中梧桐的落叶，不知什么时候就会扫入尘土。白氏笔下的蟋蟀之音饱含了作者的情感，且随着年岁逐增，越老的时候，这种哀音越强，不鸣则已，一鸣惊人。在经历了大和五年（831）三岁幼子、老友元稹相继猝然离世的情感重创后，五年时间他笔下的蟋蟀悄然无迹。831年是给白居易留下哀痛和感伤较多的一年，虽然他强打精神唱出"身心安处为吾土，岂限长安与洛阳"这样豁达的调子，但身体的每况愈下，怎能让他轻松？直到大和九年（835），他才发出了"蟋蟀啼相应，鸳鸯宿不孤"的感叹，这时候的他，真的累了，中唐的政局旋涡他再也不想置身其中，他称病坚决拒绝出任同州刺史，从而开启晚年"七年为少傅"的悠闲生活。这时候，表面上强装的旷达和淡定再也不能让他身世两忘了，总有一丝难以名状的苦涩与悲凉从指尖流出，甚至还有为活着而活着的意味。

　　开成五年（840）秋，他生命中最后一次写蟋蟀，在洛阳所写的《新秋夜雨》有"蟋蟀暮啾啾，光阴不少留"之感叹。年近七十的他因嗜酒如命，头年十月还患了轻度的中风，幸好借助自己多年参禅悟道的心理调节，加以正确的用药治疗，一个月后战胜病魔基本康复了。病愈后，又一个秋天到来的时候，他感慨地表达了对生命无限的眷恋，对友情无比的珍视。"新晴好天气，谁伴老人游。"晚年貌似闲适，实则悲凉寂苦，秋季一过,蟋蟀也就唱到了生命的尽头,光阴却不会因为任何人而停留。即便他有佛道思想的缓冲,有事事放开的豁达,但面对自己生命的衰老,这年复一年的蟋蟀之音,该是他多么不愿意听到的提醒!这一年之后,他退休了,远离政治,以佛为伴,四处游玩,直到离世之前。这期间的诗歌中再也没写这样看似伤时的诗句,这也许就是他自己的心理暗示在起着积极的引导作用吧。

第二节　吕渭老与昆虫词

吕圣求,名渭老,或云滨老。今存《圣求词》一卷。嘉兴人,宣靖间朝士。赵师秀序其词云:"宣和末,有吕圣求者,以诗名,讽咏中率寓爱君忧国意,不但弄笔墨清新俊逸而已……婉媚深窈,视美成、耆卿伯仲耳。"[①] 这是对吕渭老文学水平的高度肯定。他早期词作多抒写个人情趣,语言精练,风格秀婉。后身逢国难,以写忧国词作出名,豪放悲壮,诚挚感人。词风格多样,内容广泛。有写闺情思愁的婉约词,有表达人生世事感慨的哲理词,也有感叹自己怀才不遇、报国无门的雄放词。昆虫意象是吕渭老诗作中非常突出的一个特点。

吕渭老是南渡词人之一,从南渡词人的地理分布来看,主要集中在两浙路、江南东路的信州、饶州和江南西路等地,而两浙路的分布最为密集。据统计,《全宋词》共收词人1326家,北宋词人167家,南宋词人571家,南渡词人488家。可见,南渡词人约为北宋词人的3倍。又《全宋词》共收词约2万首。除无名氏与小说灵怪词1500首不计,则余18500首。南渡词为8854首,约占全宋词的48%。在南渡词人中,吕渭老、朱敦儒、向子諲、蔡伸、周紫芝、张元幹、李弥逊等词人尤喜用昆虫入词,

---

① 施蛰存主编:《词集序跋萃编》,中国社会科学出版社1994年版,第320—321页。

据《全宋词》记载，在上述7位南渡词人作品中，昆虫出现次数依次为：蝶39次，蜂17次，蝉13次，萤13次，蚕10次，蝇4次，蚕4次。本书拟从众多的南渡词人中，分析以吕渭老词作为代表的昆虫入词现象，以其作品为例，具体分析这时期昆虫意象词的特征，探索和发现南渡词人的心路历程和感情指向。

吕渭老现存词134首，其中有35处提到昆虫，昆虫入词总量位居上述7位词人之首，其他依次为朱敦儒18处，向子諲18处，蔡伸15处，周紫芝13处，张元幹13处，李弥逊12处。吕渭老词作中的34处昆虫意象分别是蝶13处，萤7处，蜂6处，蝉3处，蚕3处，蚕2处，蜻蜓1处。由此可见，他最爱用的是蝶，比排名第二的萤几乎多了一倍。

一 残梦迷蝶："南渡"人生的伤怀咏叹

宋代靖康之难是中国历史上的一大转折。这场政治的风云巨变对宋人的心态、思维，乃至人生观都不同程度地造成了前所未有的冲击。自此之后，中国词坛上多了一个特殊的群体——南渡词人。吕渭老是南渡词人中作品颇丰的一个，这一群体的主要特征是：经历了"靖康之变"与南渡迁徙之苦，词风有明显变化，或为抗金复国而大声疾呼，或为豪情壮志而引吭高歌，或为感时伤怀而由衷咏叹，或为国破家亡而落泪悲吟。词人身上均抹上了"南渡"这一特定时期的时代色彩。

昆虫诗词最早可追溯到2600年前的《诗经》，与我们诗词关系最密切的昆虫当首推蝶、蜂、蝉、蚕，词人们不仅仅描写昆虫本身，更多的是把这些昆虫与人结合起来。蝴蝶是造物主的宠物，以其华美的色彩、翩跹的仪态，引起人类浓厚的兴趣，自古以来深得人们的喜爱。6000年前，浙江河姆渡新石器时代的人们，就按照蝴蝶的外形，以玉、陶土等制成了大量用于装饰的"蝶形器"。2500年前，中国第一部辞书《尔雅》里，出现了最早的"蝶"字。

○ 诗说虫语
唐诗宋词里的昆虫世界

蝴蝶被吕渭老用来寄托浪漫的情感，在其词作中，蝴蝶的身影不仅仅出现在现实的生活中，更是频繁入梦，以歌女为托，表达自己梦里梦外不觉已由黑发变霜华的年轮。例如《最落魄》：

纤鞋窄袜。红茵自称琵琶拍。明衣妆脸春梳掠。好好亭亭，那得恁标格。

匆匆一醉霜华白。归来偏记蓝桥宅。五更残梦迷蝴蝶。觑著花枝，只被绣帘隔。①

这首词里作者明写歌女，实指自己在似睡非睡的状态间恍惚回到了故地，南渡匆匆，借酒浇愁，这一醉便从翩翩少年韶华景变成了霜华白的年纪，看着在天地间自由自在飞翔的蝴蝶，似乎就在眼前，又似乎远在梦境，无法捉摸，只被绣帘隔，总也到不了，看不清这迷茫的景致。

在生物学上，蝴蝶属变温动物，只有在20℃左右才能灵活地飞舞，而当温度偏低时则行动迟缓甚或完全丧失了活动能力，这将导致它们动或静的行为会随着日照变化的特殊现象。《渔家傲》中的"梅花老。南园蝴蝶飞芳草"②正是梅落之时春暖花开，蝴蝶翩然而至。《燕归梁》"杨花蝴蝶乱分身。飞不定、暮云晴"③等，都是将气候时令、个人心绪寄托在蝴蝶这个灵动的梦幻的身影里。

二 寂寂飞萤：孤旅伤怀的生命体验

从生物学上来看，流萤出没于枯树，通常在天气变凉时数量急剧下降，夏夜萤火虫到处飞舞，到了早秋，则栖息在微寒的露草中。萤，在历

---

① 周笃文、马兴荣主编：《全宋词评注》第3卷，学苑出版社2011年版，第1062页。
② 同上书，第1064页。
③ 同上书，第1069页。

来的词中有两个表现作用：一是与浪漫的爱情或回忆相关，吕渭老亲历南渡过程，有着忧国哀民的思想基础，代表了南北分裂背景中文人的现实心态。面对国破家亡的惨痛变故和最高统治者妥协迁就的政策，吕渭老也有意志消沉，报国无路的一面，因此他试图摆脱桎梏，回归本真。比如《木兰花慢》："新愁暗生旧恨，更流萤、弄月入纱衣。除却幽花软草，此情未许人知。"花草寄情，这种物是人非的新仇旧恨，在流萤孤寂的映衬下透入骨髓，同样的情怀可以再看《千秋岁》：

  宝蟾悬镜。露颗倾荷柄。飞萤点点明花径。凝愁情不展，宿酒风还醒。天似晓，银河半落星相趁。
  心事都无定。才致元相称。春过了，秋将近。小窗通竹圃，野色连金井。得仗个，多情燕子分明问。①

二是表现作者自然平和的心情和清幽宁静的环境。南渡后生活方式的改变，导致吕渭老的词作内容发生了变化，热衷于寄情于物于景，即抒发出世情怀、寄情于物的词。例如《江城子》中"点点萤光，偏向竹梢明"②。当然，大部分词作都不会只是抒情，或只是写景，都是情景交融，前后相通。所以在大部分唱和词，萤的这两个作用都是同时出现。《百宜娇》中"燕拂帘旌，鼠窥窗网，寂寂飞萤来去"③，《小重山》中的"天如水，团扇扑流萤"④和《倾杯令》的"小窗明、疏萤浅照"⑤都是这种意境。

三 暮蝉啼歇：日薄西山的凄婉相思

南渡后的吕渭老年轻不再，他感物伤怀、触景生情的想法不断呈现于

---

① 周笃文、马兴荣主编：《全宋词评注》第3卷，学苑出版社2011年版，第1101页。
② 同上书，第1079页。
③ 同上书，第1084页。
④ 同上书，第1069页。
⑤ 同上书，第1086页。

笔端，悲秋意识不着痕迹地贯穿于对自然事物的描写中，溶注于对生活景象的摹状中，蝉、蚕、蟋蟀三种意象分别指代着老之将至的悲凉、终生而思的寂寞和日不久矣的哀鸣。

（一）吕渭老笔下的蝉

经过中国古代长时间的历史文化积淀，蝉意象已经超越了本来的生物学意义，而被文人们赋予深层而丰富的文化内涵。从地下发掘的新石器时代的玉蝉，古铜器上雕镂的"蝉纹"到我国最早的诗歌总集《诗经》中对它的咏唱，其身价之尊不言而喻了。蝉意象凝聚着古代文人的一些心理情感和生命体验，吕渭老《豆叶黄》的"芰荷香外一声蝉"①就将一时一地一声一景充分展示，成为情感抒发的载体。

暮蝉是愁苦的海洋，南渡后，由于各种社会矛盾的浮现，分而治之的政治格局，此时的文人对前途充满未知。随着年纪渐长，吕渭老词作中日薄西山的感慨不断出现，例如《满江红》：

> 晚浴新凉，风蒲乱、松梢见月。庭阴尽、暮蝉啼歇。萤绕井阑帘入燕，荷香兰气供摇箑。赖晚来、一雨洗游尘，无些热。
>
> 心下事，峰重叠。人甚处，星明灭。想行云应在，凤凰城阙。曾约佳期同菊蕊，当时共指灯花说。据眼前、何日是西风，凉吹叶。②

从自然外物想到人生之秋，生命之暮的倏忽即至，恐年岁之不吾与，世事难测，曾经约好秋日赏菊，时间到了却只看到西风吹着日渐寒冷的叶子。蝉在古代文人心目中是有着独特意义的物象，蝉的某些特殊习性往往能够引发文人士大夫对自身境遇的审视和人生状态的思考。再如《一落索》：

---

① 周笃文、马兴荣主编：《全宋词评注》第3卷，学苑出版社2011年版，第1099页。
② 同上书，第1056页。

蝉带残声移别树。晚凉房户。秋风有意梁黄花，下几点、凄凉雨。

渺渺双鸿飞去。乱云深处。一山红叶为谁愁，供不尽、相思句。①

蝉和残音近，蝉声与残生意近，"移"字可看出南渡后的凄凉，一山的红叶都数不尽相思的愁苦之情。借雨点，望双鸿自由离去，看着云朵都觉得和思绪一样是乱的。

（二）吕渭老词中的蚕

在《诗经》305 篇诗歌中，与蚕桑有关的就达 27 篇。这些诗歌的描写，证明了蚕业逐渐向黄河流域普及的过程。南渡后，江南的养蚕同样牵动着文人的笔端，蚕吐"丝"与"思"谐音，绵长之貌就好比思念之情绵延不断，例如《小重山》的"满怀离绪过春蚕"②，在离别后春蚕的意象频繁地出现在词作中，春蚕孕育结茧，暗示着对爱情的追求。《谒金门》的"花尽叶长蚕又抱。子规啼未了"③，既是现实生活场景的一种展现，同样也是心绪的一种刻画。又如《贺新郎》：

斜日封残雪。记别时、檀槽按舞，霓裳初彻。唱煞阳关留不住，桃花面皮似热。渐点点、珍珠承睫。门外潮平风席正，指佳期、共约花同折。情未忍，带双结。

钗金未断肠先结。下扁舟、更有暮山千叠。别后武陵无好梦，春山子规更切。但孤坐、一帘明月。蚕共茧、花同蒂，甚人生要见，底多离别。谁念我，泪如血。④

---

① 周笃文、马兴荣主编：《全宋词评注》第 3 卷，学苑出版社 2011 年版，第 1089 页。
② 同上书，第 1095 页。
③ 同上书，第 1090 页。
④ 同上书，第 1083 页。

（三）吕渭老的词与蟋蟀

蟋蟀感秋而鸣，它既是秋季的代表也是夜虫的代表，还是一种声音酸楚的形象。"秋"在中国古代文化含义里并不是一种纯粹的物候，而是包含了丰富的生命意识，成为时间将尽的表征。秋的意象所隐含的那种萧条悲凉的观念也贯注在古代文人世事沧桑的抒写中，弥漫着怀古伤逝的情愫。听蟋蟀声而悲秋，在南渡词中颇为常见。吕渭老悲秋，从听到声音到对月沉思，意境逐步深化，再超越一己之情，产生强烈而深沉的忧国忧民感触，例如《浪淘沙》：

> 凉露洗秋空。菊径鸣蛩。水晶帘外月玲珑。烛蕊双悬人似玉，籁籁啼红。
> 宋玉在墙东。醉袖摇风。心随月影入帘栊。戏著锦茵天样远，一段愁浓。①

四 蜂愁蝶恨：无奈而居的闲愁清泪

蜂愁蝶恨意象在吕渭老词中出现的频率较高，南渡后的一段平静生活，返回无望的落寞之感，让他寄情于小景，得过且过的这种日子成为词作的表现对象。例如《薄幸》：

> 青楼春晚。昼寂寂、梳匀又懒。乍听得、鸦啼莺弄，惹起新愁无限。记年时、偷掷春心，花间隔雾遥相见。便角枕题诗，宝钗贳酒，共醉青苔深院。
> 怎忘得、回廊下，携手处、花明月满。如今但暮雨，蜂愁蝶恨，小窗闲对芭蕉展。却谁拘管。尽无言、闲品秦筝，泪满参差

---

① 周笃文、马兴荣主编：《全宋词评注》第3卷，学苑出版社2011年版，第1094页。

雁。腰支渐小，心与杨花共远。①

"暮雨"如丝，暗淡而凄清，隐含少女心情的纷烦与凄苦，"蜂愁蝶恨"一景，承"暮雨"而来，明写蜂愁蝶恨，实写少女心绪，"小窗"闲对，暗示出她那美好的爱恋，已如流水落花，不堪回首。作者用蝶衬托出晚春初夏乡村的寂静，山水闲适之间，有淡淡的怅惘，这种南渡后无奈而居的生活现状，思之心悲，见之动容，闲愁情泪只能积郁纸中。又如《江城子慢》的"蜂蝶乱、点检一城春色"②、《眼儿媚》的"天涯不见归帆影，蜂蝶尽西东"③、《蝶恋花》的"但凭蝴蝶传深怨"④ 等。

吕渭老南渡后的心态是复杂的、变化的，虽然焦虑于乱世，渴望拯救现实，但现实并没给他提供这种可能。在乱世中，找不到自我，于是寻求解脱，留滞他乡，却有安放心灵的渴望，归宿感的缺失让他产生及时行乐的思想，如《品令》的"共粉蝶、闲相趁"⑤、《蝶恋花》的"趁蝶西园，不觉鞋儿褪"⑥、《握金钗》的"风日困花枝，晴蜂自相趁"⑦、《梦玉人引》的"结伴踏青，趁蝴蝶双飞"⑧、《生查子》的"摊钱临小窗，扑蝶穿斜径"⑨、《西江月慢》的"桃杏散平郊，晴蜂来往，妙香飘掷"⑩，等等。

昆虫意象研究是从微观的角度所进行的研究。吕渭老南渡后，以表达心绪见长的词有了更加丰富的蕴含，他的词明显的特征就是不再满眼尽是脂粉气，下笔就是小儿女，更多地呈现出写实、反思和追问的面貌。

---

① 周笃文、马兴荣主编：《全宋词评注》第3卷，学苑出版社2011年版，第1052页。
② 同上书，第1081页。
③ 同上书，第1085页。
④ 同上书，第1072页。
⑤ 同上书，第1073页。
⑥ 同上书，第1072页。
⑦ 同上书，第1070页。
⑧ 同上书，第1086页。
⑨ 同上书，第1087页。
⑩ 同上书，第1091页。

第三节　王沂孙与昆虫词

王沂孙，号碧山，又号中仙，又号玉笥山人。其生在周密之后，张炎之前。有《碧山乐府》，又名《花外集》。《全宋词》里王沂孙有三首均以《齐天乐》为词牌名的咏虫词，分别是：《齐天乐·萤》（碧痕初化池塘草）、《齐天乐·蝉》（一襟馀恨宫魂断）、《齐天乐·蝉》（绿槐千树西窗悄）。

这三首词历来为评论家所推崇，沈祥龙在《论词随笔》中说："咏物之作，在借物以喻性情。凡身世之感，君国之忧，隐然蕴于其内，斯寄托遥深，非沾沾焉咏一物矣。"[1] 认为王碧山咏物"皆别有所指，故其词郁伊善感"[2]。清代周济在道光十二年（1832）编《宋四家词选》，把王沂孙和周邦彦、辛弃疾、吴文英并列，并把张炎归到王沂孙这一派里面。陈廷焯说："王碧山词，品最高，味最厚，意境最深，力量最重。感时伤世之言，而出以缠绵忠爱。诗中之曹子建、杜子美也。词人有此，庶几无憾。"[3] 他在《白雨斋词话》中对王沂孙还有着大量的推崇之词，可见王沂孙在清代文人的世界里是有影响力的。

钱咏《履园谭诗》云："咏物诗最难工，太切题则粘皮带骨，不切题则捕风捉影，须在不即不离之间。"[4] 刘熙载《艺概·词曲概》言："东坡《水龙吟》，起云'似花还似非花'，此句可作全词评语，盖不即不离也。"[5] 朱宝莹《诗式》言："咏物若但刻画一物，纵使尽态极妍，要非诗

---

[1] 国家清史编纂委员会编：《清代诗文集汇编》第731册，上海古籍出版社2010年版，第156页。
[2] 同上书，第156页。
[3] （清）陈廷焯著，彭玉平导读：《白雨斋词话》，上海古籍出版社2009年版，第41—42页。
[4] （清）钱泳撰，张伟点校：《履园丛话》，中华书局1979年版，第225页。
[5] （清）刘熙载：《艺概》，上海古籍出版社1978年版，第119页。

家所取也,惟在似物非物,非物似物之间。"① 刘熙载的"不即"和朱宝莹的"非物"有着共同的指向,都是要不拘泥于所描写的对象;而"不离"和"似物"就是说不能离开所描写的对象。在《全宋词》的 29 首专题写虫的词中,借虫抒意者不在少数,利用所了解的昆虫的某些生物特性来表达人的感悟与思考。先看王沂孙的萤词:

齐天乐·萤

碧痕初化池塘草,荧荧野光相趁。扇薄星流,盘明露滴,零落秋原飞磷。练裳暗近。记穿柳生凉,度荷分暝。误我残编,翠囊空叹梦无准。

楼阴时过数点,倚阑人未睡,曾赋幽恨。汉苑飘苔,秦陵坠叶,千古凄凉不尽。何人为省。但隔水馀晖,傍林残影。已觉萧疏,更堪秋夜永。②

陈廷焯在《白雨斋词话》中说:"或问比与兴之别。余曰:宋德祐太学生《百字令》《祝英台近》两篇,字字譬喻,然不得谓之比也。以词太浅露,未合风人之旨。如王碧山咏萤、咏蝉诸篇,低回深婉,托讽于有意无意之间,可谓精于比义。"③ 这首词借咏萤寄托亡国之恨,托意较为深远。首句:"碧痕初化池塘草,荧荧野光相趁。"因为在水边草根产卵,成虫较少进食,仅以露水、花粉、花蜜度日,喜欢在潮湿、杂草丛生的地方出现,常被误认为是腐草所化。《礼记·月令》腐草为萤的说法虽然不科学,但是也能够反映出萤的习性。

《艺文类聚》卷三引《周书·时训》也说"腐草化为萤",故有首句"碧痕初化池塘草,荧荧野光相趁"的由来。池塘的青草化作荧荧的光,

---

① 宋绪连、赵乃增、董维康主编:《唐诗艺术技巧分类词典》,中国人民大学出版社 1996 年版,第 683 页。
② (宋)王沂孙著,吴则虞导读:《王沂孙词集》,上海古籍出版社 2011 年版,第 40—41 页。
③ (清)陈廷焯著,彭玉平导读:《白雨斋词话》,上海古籍出版社 2009 年版,第 189—190 页。

诗说虫语　唐诗宋词里的昆虫世界

在天上闪烁，"相趁"说明萤相逐飞行于野外。碧山词厚重，善用典，"扇薄星流"和"盘明露滴"分别来自"轻罗小扇扑流萤"①（杜牧《秋夕》）、"类干沙之飞火，若清汉之星流"②（南朝梁萧和《萤火赋》）和汉魏易代时拆迁仙人承露盘的典故，传汉武帝曾在建章宫建造一个高达二十丈的铜柱，上建有一铜人，托着盘子，接着上天滴下的露泽。汉魏易代时，魏明帝将长安汉宫中拆迁至洛阳，"宫官既拆盘。仙人临载。乃潸然泪下"③；《太平御览》有"武帝作承露盘，仙人掌擎玉杯，以取云表之露"④。历来咏萤的作品往往有吊古伤时的痕迹，荧荧磷火又称鬼火，是荒郊野外尸骨残存的磷元素遇空气自燃而产生的现象，这往往让人联想到一种凄凉、诡异并且伤怀的情绪。

"练裳暗近"，指的是穿着素色衣服的人，萤飞近人，一种零落的况味扑面而来。"记穿柳生凉，度荷分暝"是从作者的回忆中来描绘萤火虫的优美姿态，这种感受让人凉意顿生，在暮色中，萤火虫飞越荷塘月色，留下光与影的构思非常精妙。再来一典故"误我残编，翠囊空叹梦无准"，借与萤火虫有关的故事，自叹国亡梦破，读书无用。《晋书·车胤传》记载车胤"家贫不能得油，夏月则用练囊盛数十萤火以照书，以夜继日焉"⑤。上片从萤火虫写起，归结到自身的国破境遇，惨不得志。下片也以写萤发端，而归结到亡国之恨。

"楼阴时过数点，倚阑人未睡，曾赋幽恨。"写出了在晚上因忧恨愁思所引发的夜不能眠，再到"汉苑飘苔，秦陵坠叶，千古凄凉不尽"的无限凄凉。昔日整洁美丽的汉苑，多少人梦中的天堂，竟然因为无人涉足而长满了青苔，被遗忘的角落总是无限凄凉的，秦陵树叶飞坠，预示国亡，这

---

① 《全唐诗》第16册，中华书局1960年版，第6002页。
② （清）陈元龙编：《历代赋汇》（影印本），凤凰出版社2004年版，第552页。
③ 《全唐诗》第12册，中华书局1960年版，第4403页。
④ （宋）李昉等撰：《太平御览》卷759《器物4》，中华书局1960年版，第3370页。
⑤ （唐）房玄龄等：《晋书》，中华书局2000年版，第1450页。

千古凄凉"不尽",使人苦楚倍甚,暗合宋亡之感。"何人为省?但隔水余晖,傍林残影。""何人"两字将人与萤写到了一个共同的位置,人萤合一,只有夜里的萤火虫能暗合这种亡国思君、前路渺茫的心境。"已觉萧疏,更堪秋夜永!"秋天夜长,前路无光,星星点点的萤光能够支撑几何?词人隐喻南宋遗民面对国亡器失的萧索河山,看不到一点希望,这种艰难的处境让读者感同身受。全文咏萤,精彩还在于没有直接用一个"萤"字,而是巧妙地用与之相关的事物来烘托,咏萤也将其心中的伤感、不解、无奈之情尽情表述,咏叹苍茫,深人无浅语,和当时大多数人的遗民情结相通,因而得到了广泛的认同感。

吴则虞笺注的《花外集》中这样叙述:"此亦当时拈题同赋之什,馀词鲜传耳。自来咏萤词赋,多为吊古哀时之作,取其宵燐碧血,助人凄冷。碧山此词,且有所指,其为瀛国公之事乎?"[①]《后汉书·孝灵帝纪》记载:"让、珪等复劫少帝、陈留王走小平津。尚书卢植追让、珪等,斩数人。其余投河而死。帝与陈留王协夜步逐萤光行数里,得民家露车,共乘之。辛未,还宫。"[②] 少帝、帝显,都是亡国殇主;露车共载,舆榇北行,这经历又是何等相似。借着萤火虫暗夜里的闪烁,来抒发亡国之痛。汉苑秦陵,这意蕴已经很明显了。

说到王沂孙的咏蝉词就需要提到《乐府补题》,这是宋末元初词人拈题分韵、结社联吟的产物,共收词37首,全部为南宋遗民所写。不著编者名氏,不过,从辑录词作内容考察,应是宋室遗民。宋端宗景炎三年(1278)戊寅,十二月,元"江南释教总统"杨琏真伽盗发宋帝六陵,断残肢体,劫掠珍宝,大施暴虐。次年,元世祖至元十六年(1279)己卯,王沂孙和周密、王易简、冯应瑞、唐艺孙、吕同老、李彭老、李居仁、赵汝钠、张炎、陈恕可、唐珏、仇远等14人(其中有佚名一家)分咏龙涎

---

① (宋)王沂孙撰,吴则虞笺注:《花外集》,上海古籍出版社1988年版,第47页。
② (宋)范晔撰,(唐)李贤等注:《后汉书》,中华书局2000年版,第236—237页。

○ 诗说虫语
唐诗宋词里的昆虫世界

香、白莲、莼、蝉、蟹诸题，编为《乐府补题》，这本集子隐指去年六陵被盗发之事。在这 37 首作品中，其中以蝉为吟咏对象的《齐天乐·余闲书院拟赋蝉》就占了 10 首，其余 27 首分别为《天香·赋龙涎香》8 首，《水龙吟·赋白莲》10 首，《摸鱼儿·赋莼》5 首，《桂枝香·赋蟹》4 首。管中窥豹，可见一斑，我们从这个集子中就能够看出当时的咏物词创作的频繁与多样化，也能看出当时和王沂孙交游甚密的词人的创作情况，从而大致推断王沂孙的部分生平经历。这本书所选的词人，其署名方式不同于一般选本。每首词下署"号 + 姓名 + 字"，号在姓名的前面，字在姓名的后面，如王沂孙，字圣与，号玉笥山人，书中则署为"玉笥王沂孙圣与"，没有写籍贯生平，想必拿到这本集子的人彼此之间是相当熟悉的。所选词人大都不是知名人士，生平事迹不详，词作不多，尤其是像冯应瑞和赵汝钠仅存词一首，全靠此书得以存传。集子前后无序跋，也没有目录。这种种现象都与众不同，料想《乐府补题》这部奇书应该是在当时局势下，编辑者所刻意留下的"无字碑"，抑或编者本身就无意将此集子外传，仅作为他们这几次文化沙龙的内部留念。

《乐府补题》的作词缘起因没有任何序跋说明，我们已经无法确定，它的"刊刻在元代，已无传本在世，明代吴讷钞本《唐宋名贤百家词》收录之，其他各家书目未见著录，清初黄宗羲、万斯同、全祖望曾有绍兴冬青义士祭祠之义，亦未见过《乐府补题》。汪森编选《词综》时，偶然间在长兴一藏书者处购得常熟吴氏抄白本，朱彝尊后来又将过录之本携至京师，由蒋景祁刊刻行世。"[1]朱彝尊说"诵其词可以观志意所存。虽有山林友朋之娱，而身世之感，别有凄然言外者。其骚人《橘颂》之遗音乎？"[2]陈维崧说：

> 嗟乎！此皆赵宋遗民作也。粤自云迷五国，桥谶啼鹃；潮歇三江，营荒夹马。寿皇大去，已无南内之笙箫；贾相难归，不见

---

[1] 陈水云等：《唐宋词在明末清初的传播与接受》，中国社会科学出版社 2010 年版，第 82 页。
[2] 马兴荣、吴熊和、曹济平编：《中国词学大辞典》，浙江教育出版社 1996 年版，第 275 页。

西湖之灯火。三声石鼓，汪水云之关塞含愁；一卷金陀，王昭使之琵琶写怨。皋亭雨黑，摇旗犀弩之城；葛岭烟青，箭满锦衣之巷。则有临平故老，天水王孙，无聊而别署漫郎，有谓而竟成逋客。飘零孰恤，自放于酒旗歌扇之间；惆怅畴依，相逢于僧寺倡楼之际。盘中烛灺，间有狂言，帐底香蕉，时而谰语。援微词而通志，倚小令以成声。此则飞卿丽句，不过宫女之闲谈；至于崇祚所编，大都才老《梦华》之轶事也。（《乐府补题序》，《迦陵俪体文集》卷七）

他们都注意到这是一部寓意深刻的作品，这部作品由朱彝尊带到京师后得到了很多人的效仿和喜爱，并由此掀起了一股依调同题的《乐府补题》唱和之风"[1]，只不过这部分人并没有让词承担过多的人伦教化之功用，受到当时作者所处的时代环境、士人心态变化和文体观念的演化，他们的唱和仅仅是把《乐府补题》作为一部优秀的唱和词集来解读或者娱乐，之前那种寓意深刻的内在已不复存。

清人张潮在《幽梦影》中说"蝉是虫中之夷齐，蜂为虫中之管晏"[2]，说蝉品性高洁，就像互让君位、逃往首阳山的两位隐士伯夷与叔齐；蜜蜂辛勤劳苦，鞠躬尽瘁，就像管仲、晏婴这两位名相。蝉最早出现在文学作品中是在《诗经》里，前面已经有过详细的分析，我们现在看王沂孙最著名的《蝉》。

齐天乐·蝉

一襟馀恨宫魂断，年年翠阴庭树。乍咽凉柯，还移暗叶，重把离愁深诉。西窗过雨。怪瑶佩流空，玉筝调柱。镜暗妆残，为谁娇鬓尚如许。

---

[1] 陈水云等：《唐宋词在明末清初的传播与接受》，中国社会科学出版社2010年版，第83页。
[2] （清）张潮撰，孙宝瑞注译：《幽梦影》，中州古籍出版社2008年第2版，第177页。

○ 诗说虫语 唐诗宋词里的昆虫世界

铜仙铅泪似洗,叹携盘去远,难贮零露。病翼惊秋,枯形阅世,消得斜阳几度。馀音更苦。甚独抱清高,顿成凄楚。谩想薰风,柳丝千万缕。①

《宋四家词选》对这首词的评语是:"此家国之恨。"② 碧山词厚重,典故运用得非常丰富,陈廷焯在《白雨斋词话》中高度评价王沂孙的词:"词品最高,味最厚,意境最深,力量最重。"③ 并把他与曹植、杜甫在诗中的地位相提并论:"感时伤世之言,而出以缠绵忠爱。诗中之曹子建、杜子美也。词人有此,庶几无憾。"④ 词里是咏残秋哀蝉的,"碧山《齐天乐》诸阕,哀怨无穷,都归忠厚,是词中最上乘"⑤。

词的首句由典而来,传蝉为齐后怨魂所化,将殇离之感着色于词,《古今注》记载:"昔齐后忿而死,尸变为蝉,登庭树嘒唳而鸣,王悔恨。故世名蝉为齐女焉。"⑥ 这种魂断之伤,年年重现,翠阴庭树下这小小的地方就是蝉的栖居之所,也是暗合齐妃年年哀鸣的典事。"乍咽凉柯,还移暗叶"隐隐写出了遗民词人的自危之心。"字字凄断,却浑雅不激烈。"⑦ 蝉鸣于庭树,为提防天敌,不得不经常转移位置。由此可以想到,王沂孙其实并不是一个有着非常鲜明的爱国主义色彩的人,他在宋亡前未曾进仕,宋亡时没有参加抗元斗争,宋亡后做过一任元的学官。他有着普通文人真实的一面,这种真实体现在他有爱国主义的感情,有对亡国的哀愁,还有往事不堪回首的感伤,但也仅仅是这些而已,他在乱世中煎熬,盛世难再,复国无望,只能在同僚的交游唱和中抒发一些感慨,故国故君之思是遗民的共同心声,作为文人的他很难以笔为刀,更不能投笔从戎。元代

---

① (宋)王沂孙著,吴则虞导读:《王沂孙词集》,上海古籍出版社2011年版,第45页。
② (清)周济编:《宋四家词选》,古典文学出版社1958年版,第50页。
③ (清)陈廷焯著,彭玉平导读:《白雨斋词话》,上海古籍出版社2009年版,第41页。
④ 同上书,第42页。
⑤ 同上书,第46页。
⑥ (五代)马缟撰:选自《苏氏演义外三种》《中华古今注》,中华书局2012年版,第136页。
⑦ (清)陈廷焯著,彭玉平导读:《白雨斋词话》,上海古籍出版社2009年版,第46页。

后来大量强募文官，王沂孙正是在那时候做的学正，他不能抵抗统治者的这种安排，不想做这个不知道是什么滋味的元代官吏，这是他不得公然抵抗、又不愿卖身求官的无可奈何的真实写照，和变节、投降不同，他们这一批人只能够暗中表达不愿与统治者合作的思想。

蝉声是清脆悦耳的，如玉佩相叩，玉筝试弹，和娇鬓互为映衬，由此引出第二个典故"娇鬓"，崔豹《古今注》说魏文帝时宫人莫琼树发明了一种发型薄如蝉翼，"制蝉鬓，缥缈如蝉"，词中却道娇鬓是"残妆"，不会久矣，美好的蝉鸣烘托女子美好的形象，顺理成章一个"怪"字引出无人赏爱和年华消逝的幽怨。秋雨送寒，时光流转，蝉的短暂生命也将结束。

接着在词的下片转入第三个典故，汉武帝曾在建章宫铸手捧承露盘的金铜仙人，专接上天恩赐的清露，汉魏易代时，魏明帝将长安汉宫中仙人承露盘拆迁至洛阳，"宫官既拆盘，仙人临载，乃潸然泪下"。金铜仙人辞汉之典是词人对蝉的饮露餐风而联想到的，国亡器失，江山易主，还可能直接隐射宋帝陵被盗之事。无生命的铜人尚且有如此感情，况蝉乎？时人认为蝉是靠露水生存的，承露盘迁走，还有蝉失清露难以生存的意思，往事不堪回首，有蝉之处皆有词人的顾影自怜，亦蝉亦人，人蝉合一。这种忧伤是无语相对的。

历代咏蝉诗词都是从蝉的某一个特征入手，象征某一种情致，点到即止，很少有人从蝉的前生今世来挖掘苦痛的根源，在这里面寄托深刻的亡国之痛。追忆昔日的美景只是徒劳，蝉与人、物与情融为一体，深婉有致。作者创作时采用了比兴手法。词中所表现的除了本身情景之外，别有寄托。读者也能够看出这种情形，所以欣赏起来，除了了解它的本身意义，还得去进一步追寻它本身以外的意义。如题所示，王沂孙的《蝉》句句切着蝉说，不但描写蝉的形状，并且揣摩蝉的神情。但就这些而论，已经是一篇很完美的作品了。但作者的用意却在将他当时亲身领略的家国兴亡之感，通过蝉的生活情态来表现。题目虽是咏蝉，主旨却在抒感。作者既然看重后者，读者也就不能专看表面，因为在这种情形之下，言外之旨常常比题中之义更其深挚动人。王鹏运四印斋本《〈花外集〉跋》引端木子畴释《蝉》：

> 详味词意，殆亦黍离之感。"宫魂"字点出命意。"乍咽""还移"，慨播迁也。"西窗"三句，伤敌骑暂退，燕安如故。"镜暗"二句，残破满眼，而修容饰貌，侧媚依然。哀世臣主，全无心肝，千古一辙也。"铜仙"三句，宗器重宝，均被迁敚，泽不下究也。"病翼"二句，更是痛哭流涕，大声疾呼，言海岛栖流，断不能久也。"余音"三句，遗臣孤愤，哀怨难论也。"漫想"二句，责诸臣到此，尚安危利灾，视若全盛也。①

则更是逐句推测作者的用心了。夏承焘先生所撰《〈乐府补题〉考》，从本事、作者、年代各方面证明《补题》诸词都是为了元朝江南释教总统杨琏真伽发掘宋帝陵寝而作。这首《蝉》也在其内。夏先生和以前各家的说法虽然不同，但认为这首词别有用意，却是一样的。我们从南宋亡国前后的时势、遗民悲愤抑郁的心理、《补题》各家唱和的动机、王沂孙本人惯用的表现手法等角度去研究，都可以证明：这些说法之间虽有差距，也不见得其所论到的每一细节都确实可据，"但评论诸家一致认为这首词寄托了家国兴亡之感，则是有见地、可信的。这类词，只要是对我国文学这种传统表现方法比较习惯的读者，欣赏的时候，就绝不会让它们的重点从眼中滑过去"②。陈廷焯《白雨斋词话》卷八云：

> 王碧山咏萤、咏蝉诸篇，低徊深婉，托讽于有意无意之间，可谓精于比意。若兴，则难言之矣。托喻不深，树义不厚，不足以言兴。③

---

① （宋）王沂孙撰，吴则虞笺注：《花外集》，上海古籍出版社1988年版，第140页。
② 沈祖棻：《宋词欣赏》，上海古籍出版社1980年版，第231页。
③ （清）陈廷焯著，彭玉平导读：《白雨斋词话》，上海古籍出版社2009年版，第190页。

这首《蝉》是处处切着蝉讲，将蝉人格化了，不但描摹其形态神情，并且写出了它的身世之感。情词婉转，一气贯穿，构成了一个很完整的艺术形象。但是，这首词还是很明显地使人看得出，它是别有寄托。因为蝉本来不过是一种小动物，到了秋天，渐近死亡，也是自然现象。若非作者别有用意，是不会以这样深沉的悲哀和巨大的痛苦来咏叹它的。同时，如果不是涉及君国之感，词中也就不会使用"宫魂""铜仙"等词和发出"消得斜阳几度""余音更苦"这种哀音。这也就构成了其所要寄托的内容与其所赖以寄托的艺术形象之间的某种距离。正因存在着这种距离，所以陈廷焯才一方面说它是"可谓精于比意"，另一方面又说它"不足以言兴"①。再来看碧山的另一首《齐天乐·蝉》：

> 绿槐千树西窗悄，厌厌昼眠惊起。饮露身轻，吟风翅薄，半剪冰笺谁寄。凄凉倦耳。漫重拂琴丝，怕寻冠珥。短梦深宫，向人犹自诉憔悴。
>
> 残虹收尽过雨，晚来频断续，都是秋意。病叶难留，纤柯易老，空忆斜阳身世。窗明月碎。甚已绝馀音，尚遗枯蜕。鬓影参差，断魂青镜里。②

《宋四家词选》对这首词的评语是："此身世之感。"③后人对这首《蝉》的评价次数不如"一襟馀恨宫魂断"那首《蝉》多。这首词依然是在典故运用的基础上，以历史上的后宫齐女和蝉的融合，来反映自身和家国的感情统一。蝉是种独特的小动物，到了夏季，人们时时可以听见它不停地嘶鸣，却很少能从树下直接看见它本身的模样，只能听到它从高枝传来的声音。它从不吝啬自己的嗓音，却隐藏在深深的绿荫中不轻易让人看

---

① 沈祖棻：《宋词欣赏》，上海古籍出版社1980年版，第238页。
② （宋）王沂孙著，吴则虞导读：《王沂孙词集》，上海古籍出版社2011年版，第42—43页。
③ （清）周济编：《宋四家词选》，古典文学出版社1958年版，第49页。

见。"秋意"点明时节,"病叶"不仅有实指,更有托指蝉的藏身之处将不再,还暗合自身渐老,空悲切。较上一首词不同,感觉有在元代做官的尸位素餐之虞,蝉已死,馀音绝,"尚遗枯蜕",指还留有一副人间的躯壳在,化用蝉鬓和齐女深宫断魂,在青镜中反照出这段历史的悲欢离合。

咏物词在宋末词人的笔下成为隐晦表达亡国哀痛的方式,在这首《蝉》里,作为咏物词的对象,蝉的文学蕴含在此时已经相对比较固定了,蝉在昆虫中有着与其他昆虫不一样的待遇,我国考古发现以昆虫为造型的玉器比较常见,而出土的昆虫造型玉器多为蝉形,如反山和六合发现的玉蝉,张凌山出土的蛙蝉复合体玉器。这种古老的图腾崇拜与蚕和蝗不同,蚕和蝗是农业社会的一种折射,蝉却不一样。蝉纹是青铜器上重要的装饰图案,并且与当时的宗教信仰有关。根据周尧《中国昆虫学史》推测,蝉可能是作为殷代奴隶主阶级所喜爱的珍贵食品,并作为祭祀祖先的东西,所以把它做成玉琀,让死人含在口里。王沂孙写昆虫不管是萤还是蝉,通篇之中竟然没有出现一个萤字和蝉字,却又是句句离不开描述的主体,句句都关联着吟咏的伤痛。因而周济在《宋四家词选序论》中说:"咏物最争托意,隶事处以意贯串,浑化无痕,碧山胜场也。"①

路成文《〈乐府补题〉考论》认为在《乐府补题》诸咏中,"以余闲书院赋蝉最难解索,其辞意之悲苦,非他词所及。从词中的'蝉歇''闻蝉'处来看,应该是创作于诸人夜游故苑(故宫苑囿)之后"②。参与此词咏蝉的词人有的借齐姬怨而化蝉的典故勾联到故苑深宫,有的直接落笔故苑,也有的虚实结合,既写故苑蝉鸣又写齐女之怨。宋亡之后,故苑荒废,诸人得以自由进出,之前周密与王沂孙曾经有数首词题咏于此,路成文推测此处应为西湖边一处亭台,为宫中之人经常游息之处。而如今故宫黍离之感不必多言,以蝉自比的意味甚浓,蝉的栖身之所自然与作者的栖

---

① (清)周济编:《宋四家词选》,古典文学出版社1958年版,第3页。
② 路成文:《宋代咏物词史论》,商务印书馆2005年版,第275页。

身之所有关联，蝉处高华之境，在词中已多数追忆，是过去时态，蝉处如今故苑的枯索之地，就是现在时态，以秋季蝉之将死于这枯索荒野山林，暗喻南宋遗民将老死山林之中。词中有个若隐若现的齐女，这几位词人经常用"鬓"来指代她，也许这并不单单指"蝉鬓"的典故，周密的《癸辛杂识》记载"村翁于孟后陵得一髻，发长六尺余，其色绀碧"[①]，谢翱《古钗叹》记载"白烟泪湿樵叟来，拾得慈献陵中髻，青长七色光照地，发下宛转金钗二"[②]，很有可能与另一件让遗民悲恸的事有关，不过这尚未成为学者的共识。

---

① （清）袁翼：《邃怀堂全集》骈文笺注卷3，清光绪十四年袁镇嵩刻本，第359页。
② 《渊鉴类函》381卷，《服饰部12》中国书店1985年版。

结 语

结语

　　唐宋时期，各类昆虫频繁出现在文学作品中，呈现了一种与传统春花秋月、亭台楼阁等静态物象完全不同的文学面貌。在这个动态的、微观的世界里，蜜蜂谙熟"君臣之义"与传统儒家思想不谋而合；封建文士清高自苦的现实处境与螳螂捕蝉的生命危机相映相衬；春愁秋恨的离情别绪，借诗人笔下的暗夜孤萤和草际蛩吟得以抒发。无处不在、无时不有的昆虫意象丰富了文学的视域，以其丰富的文学意蕴昭示了在文学史上不可忽视的地位。

　　本书以昆虫诗词为研究对象，从各类昆虫的意象表现、文化意蕴的角度对其文学功能进行了创新性的整体探索。书中展示了这一时期昆虫诗词的全貌，是对昆虫审美历史经验和文化传统的总结阐发，对该领域的文学审美起到了一定的启发作用。

　　本书上溯各体文学中的昆虫形象发端，《诗经》记载了除蝴蝶之外几乎全部的重要文化昆虫，从农事、爱情、后代繁衍等方面赋予了它们初始文学意蕴。《庄子》寓言开启了蝶梦与自由人生的千古哲学话题。在两汉魏晋南北朝这一风云际会的历史时期，风格多样的文人群体将目光投向昆虫的微观世界，以趋小善微、借物抒情的文学表达方式，成就了大量优秀的咏虫赋作：曹植的蝉赋是他悲剧人生的精神书写；傅氏家风弘扬了昆虫在人生追求中的见微知著的意义；儒家"五德"大义由陆云笔下的蝉而光华四射。

　　昆虫诗词因意象的丰富多彩而光彩照人。本书梳理了唐宋时期各类昆虫在意象特征上的相同之处和不同方面。从季节上看，春虫和秋虫意象有着明显的时间指向性和文学书写特色。春景之虫多反映愉悦、积极的情绪，体现的多是与爱情、劳动有关的社会生活。蜜蜂与花、蝶、鸟等多样化的动态组合，形成了妍丽多姿的文学图景；蝴蝶意象蕴含着对自由生命和爱情的执着追求，这一切，都体现了春天的蓬勃与希望。秋虫则传达出

○ 诗说虫语
唐诗宋词里的昆虫世界

明显的忧愁、愤懑和无奈情绪。在"悲秋"母题的一贯影响下，蟋蟀扮演了催人泪下的秋思媒介角色，秋蝉的哀鸣、萤火虫的独行对文人感悟"人生之悲"也起到了推波助澜的作用。昆虫意象之丰富还体现在螳螂、蚂蚁等深刻的哲学旨归上。"螳螂捕蝉，黄雀在后"的警世功能，在唐宋已经成为文人熟用的典故；"螳臂当车"在宋诗中的转变是源于那个时代对英雄的渴望和对舍生取义之勇气的激赏；"蚁梦"之哲学思索因李公佐的《南柯太守传》而发其滥觞，折射人生，穿透古今，从而将蚁的文学形象从酒樽中沥出，投入了更广泛的社会人生。

  本书投射整个昆虫世界，探索了唐宋昆虫诗的文化意蕴。文化首先体现民生，农业害虫与民生疾苦有着直接的关联，蝗灾是唐宋诗词里无法避免的社会话题，由此而生的"德政"与"暴政""酷吏"的价值取舍，体现了昆虫诗词对社会政治的敏锐反馈。蚕诗书写对唐宋诗词生态的建构有重要作用，女性文化在蚕诗中得到重视，笑贫不笑娼的社会心理极端扭曲，导致同为底层的舞伎与蚕女之间尖锐的矛盾。苛捐杂税推广到蚕丝领域的疯狂掠夺，成为社会矛盾的导火索。天人合一的祭祀文化和医疗巫毒的地域文化使蚕文化在更广范围里得以表现。

  本书还重点探索了昆虫与生命文化之间紧密的联系。生命文化最直接、也最突出的体现，是朝生暮死的蜉蝣。蜉蝣浸润了古人对美好事物逝去的惋惜之情，早在《诗经》中即被固定为人生短暂的象征，因其形态之美好，更凸显死亡之悲催。但即便微小，蜉蝣也能在《前赤壁赋》中以巨大的生命勇气，鼓励宋人的创作。不过，饱含生命思索，体现生命文化最有价值的部分是蝉。这是目前对昆虫文学研究中，今人涉及最多的一种昆虫，本书重点厘清了蝉在生命文化中的各种价值，从先秦诸子对生命的危机意识，过渡到魏晋融会个人体验的悲剧人生，再到唐宋高洁清远的生命价值观的进一步发展，生发出的入秋而悲和羁旅离愁的生命体验，充实了蝉对生命文化的重要建构作用。昆虫诗还从侧面反映、记录了科举文化，在备考、考试、及第或落第的过程中，考生甚至锁院的考官或多或少都因昆虫产生了思乡之愁。举子笔下的昆虫有明显的个人色彩，考官笔下的"春蚕食叶"声更增添了对科举的思考。

昆虫诗词反映出唐宋时期统治阶级在保护生态环境上的引导功能。诗中也可以看出劳动人民在利用昆虫经济价值的同时，还注意到了与自然环境和谐发展的重要性。这种兼顾可持续性发展的生产实践和探索，体现了可贵的原始生态意识。在对蜜蜂社会功能的探索中，宋代诗词全面展现了人与蜂在生产实践中的和谐发展，同时也反映了在生产环节之外，存在极大社会不公平的现状。

昆虫诗词同样是文化生态的反映。不同的创作环境，直接影响作者创作的主题和抒情言志的方式，继而形成了各朝代昆虫诗词代表作家迥异的创作风格。白居易对蟋蟀的情有独钟，融入了自己多年迁谪、外任宦海沉浮的思考；南渡词人群对词风迁易的艰难探索，倾注了偏安一隅的痛苦煎熬，微物小虫与吕渭老等人的忧国之心感同身受；南宋遗民词人群体更是以哀怨之蝉来抒发亡国之恨。文化在不同时代的涤荡中，选择了昆虫这一共同的载体，从而催生了具备警醒、反思功能的昆虫诗词。

本书采用了历时性和共时性相结合的方式，从历时性的维度进行了溯源和发展上的梳理，为昆虫文学从西周到宋末的演变提供了一条比较清晰的纵贯线。横向上，勾勒了各种昆虫的意象与文化内涵，丰富地呈现了昆虫诗词在唐宋文化浸润下生动的审美画面。

附 录

附录一：

《新唐书·卷三十七》录唐各地进贡蜂产品情况一览表[①]

	唐代地名	当代地名	蜂产品	更名上贡年份	资料来源
关内道	京兆府京兆郡	陕西西安	厥贡：蜡	开元后	志第二十七，第632页
	凤翔府扶风郡	陕西凤翔	土贡：蜡烛	至德元载后	志第二十七，第635页
	邠州新平郡	陕西彬县	土贡：白蜜	义宁二年后	志第二十七，第636页
	庆州顺化郡	甘肃庆阳	土贡：蜡	至德元载后	志第二十七，第638页
	丹州咸宁郡	陕西宜川	土贡：蜡烛	天宝元年后	志第二十七，第639页
	延州延安郡	陕西延安	土贡：蜡		志第二十七，第639页
	绥州上郡	陕西绥德	土贡：蜡烛	天宝元年后	志第二十七，第641页
河东道	晋州平阳郡	山西临汾	土贡：蜡烛	义宁二年后	志第二十九，第658页
	绛州绛郡	山西新绛	土贡：蜡烛		志第二十九，第658页
	慈州文城郡	山西吉县	土贡：白蜜、蜡烛	贞观八年后	志第二十九，第659页
	隰州大宁郡	山西隰县	土贡：蜜、蜡烛	天宝元年后	志第二十九，第659页
	辽州乐平郡	山西左权	土贡：蜡	中和三年后	志第二十九，第661页
	石州昌化郡	山西离石	土贡：蜜、蜡烛	天宝元年	志第二十九，第661页
	代州雁门郡	山西代县	土贡：蜜		志第二十九，第662页
	潞州上党郡	山西长治	土贡：石蜜	开元十一年	志第二十九，第663页
山南道	峡州夷陵郡	湖北宜昌	土贡：蜡	贞观九年后	志第三十，第676页
	归州巴东郡	湖北巴东	土贡：蜜、蜡	伍德二年后	志第三十，第676页
	夔州云安郡	四川奉节	土贡：蜜、蜡	伍德二年后	志第三十，第676页
	涪州涪陵郡	四川涪陵	土贡：蜡	武德元年后	志第三十，第677页
	房州房陵郡	湖北房县	土贡：蜡	武德元年后	志第三十，第678页
	复州竟陵郡	湖北钟祥	土贡：白蜜	天宝元年后	志第三十，第679页
	兴元府汉中郡	陕西汉中	土贡：蜡	兴元元年后	志第三十，第679页
	洋州洋川郡	陕西洋县	土贡：蜡	伍德元年后	志第三十，第680页

[①] （宋）欧阳修、宋祁撰：《新唐书》（1），中华书局2000年1月第1版。

续表

	唐代地名	当代地名	蜂产品	更名上贡年份	资料来源
	利州益昌郡	四川广元	土贡：蜡烛	天宝元年后	志第三十，第680页
	凤州河池郡	陕西凤县	土贡：蜡烛		志第三十，第680页
	兴州顺政郡	陕西略阳	土贡：蜜、蜡		志第三十，第680页
	成州同谷郡	甘肃礼县	土贡：蜡烛	天宝元年后	志第三十，第681页
	文州阴平郡	甘肃文县	土贡：白蜜、蜡烛	义宁二年后	志第三十，第681页
	集州符阳郡	四川南江	土贡：蜡烛	武德元年后	志第三十，第681页
	巴州清化郡	四川旺苍	土贡：石蜜		志第三十，第681页
	通州通川郡	陕西耀县	土贡：蜜、蜡		志第三十，第682页
陇右道	阶州武都郡	甘肃武都	土贡：蜜、蜡烛	景福元年后	志第三十，第685页
淮南道	庐州庐江郡	安徽合肥	土贡：蜡		志第三十一，第692页
	舒州同安郡	安徽潜山	土贡：蜡	至德二载后	志第三十一，第693页
江南道	湖州吴兴郡	浙江吴兴	土贡：蜜		志第三十一，第695页
	越州会稽郡	浙江绍兴	土贡：石蜜		志第三十一，第697页
	处州缙云郡	浙江丽水	土贡：蜡	天宝元年后	志第三十一，第698页
	汀州临汀郡	福建长汀	土贡：蜡烛	开元二十四年	志第三十一，第700页
	虔州南康郡	江西赣州	土贡：石蜜		志第三十一，第703页
	永州零陵郡	湖南永州	土贡：石蜜		志第三十一，第704页
	黔州黔中郡	四川彭水	土贡：蜡	天宝元年后	志第三十一，第705页
	施州清化郡	湖北恩施	土贡：蜡	天宝元年后	志第三十一，第705页
	奖州龙溪郡	湖南怀化	土贡：蜡	大历五年后	志第三十一，第706页
	夷州义泉郡	贵州湄潭	土贡：蜡烛	贞观十一年	志第三十一，第706页
	思州宁夷郡	贵州德江	土贡：蜡	贞观四年后	志第三十一，第706页
	费州涪川郡	贵州思南	土贡：蜡	贞观四年后	志第三十一，第707页
剑南道	眉州通义郡	四川眉州	土贡：石蜜	伍德二年后	志第三十二，第710页
	翼州临翼郡	四川茂县	土贡：白蜜	武德元年后	志第三十二，第712页
	松州交川郡	四川松潘	土贡：蜡	武德元年后	志第三十二，第714页
岭南道	古州乐兴郡	贵州榕江	土贡：蜡	贞观十二年	志第三十三，第728页

注：石蜜一词在唐代究竟是蔗糖提炼物还是野外高山岩石间的野蜂蜜，历来看法不一。本书认为宋前的石蜜均为蜂蜜。原因有二。

第一是我国现存最早的药物学专著《神农本草经·上品》中有关于石蜜的最早记载："石蜜，味甘平，主心腹邪气，诸惊痫痉，安五脏诸不足，益气补中，止痛，解毒，除众病，和百药。久服强志轻身，不饥不老。一名石饴。"[①] 所指"止痛""解毒""和百药"等功能与蜂蜜相同，为特指山中野蜂所酿之蜜。南北朝著名医药学家陶弘景曰："石蜜，即崖蜜也。在高山岩石间作之。色青，味小酸。其蜂黑色似虻。"[②]《山海经》中记载："平逢之山……无草木，无水，多沙石……实惟蜂蜜之庐。"[③] 说明平逢山多沙石，"蜂蜜之庐"即指野外蜜蜂建造的用于储藏蜂蜜的蜂蜜脾及蜜脾所形成的蜜蜂窝、蜂巢、蜂房。唐代著名药学家陈藏器也说："崖蜜出南方崖岭间，房悬崖上或土窟中。人不可到，但以长竿刺令蜜出，以物盛取，多至三四石，味酸色绿。"[④] 李贺诗中有"自履藤鞋收石蜜"[⑤] 之句，其中石蜜就是专指山洞悬崖中野蜂所产之蜜。杜甫诗中也多次说崖蜜，例如"充肠多薯蓣，崖蜜亦易求"[⑥]（《发秦州》）、"崖蜜松花熟"[⑦]（《闻惠二过东溪特一送》）等。明代以前的医书里均以石蜜为崖蜜来记载，直到李时珍在《本草纲目》里把蜜、蜂蜜、石蜜等名称统一概括列为"蜂蜜"之后，后世才不再将蜂蜜称为石蜜。

第二是按照唐代上贡产地分布，石蜜也不应为蔗糖提炼物。甘蔗属禾

---

① （明）滕弘撰，（清）顾观光辑：《神农本草经 神农本经会通》，湖南科学技术出版社2008年版，第35页。
② （唐）李贺著，（清）王琦等评注：《三家评注李长吉诗歌》，上海古籍出版社1998年新1版，第63页。
③ 袁珂校注：《山海经校注》，上海古籍出版社1980年版，第136页。
④ （唐）李贺著，（清）王琦等评注：《三家评注李长吉诗歌》，上海古籍出版社1998年新1版，第64页。
⑤ 同上书，第63页。
⑥ 《全唐诗》第7册，中华书局1960年版，第2295页。
⑦ 同上书，第2581页。

○ 诗说虫语
唐诗宋词里的昆虫世界

本科草本植物，系亚热带、热带水果，我国的粤、闽、台、琼、桂、湘、赣、川、滇等省有栽种。在唐代，剑南、岭南和江南才是唐代蔗糖的主要产区，山西长治在历史上有蜂业记载，却并没有以种植甘蔗而闻名的记载，更何况还要从大量甘蔗中提取糖分来上贡。因此，其上贡的石蜜就不大可能是甘蔗提炼物，而是野生蜂蜜。同一时期上贡物品是有严格的名称统一分类的，由此可知，其他几处地方上贡的石蜜也应该是当时人们熟知的"崖蜜"的通称。

附录二：

《宋史地理志汇释》等史料录宋各地进贡蜂产品情况一览表①

路	府	当代地名	土贡蜂产品	资料来源
京西路 北路	河南府	河南洛阳	蜜、蜡	志第三十八，地理一，第39页
京西路 南路	邓州	河南邓州	花蜡烛一百条	《元丰九域志》卷一，中华书局1984年版，第21页。
河东路	隆德府	山西长治	蜜	志第三十九，地理二，第67页
河东路	平阳府	山西临汾	蜜、蜡烛	志第三十九，地理二，第68页
河东路	绛州	山西新绛	蜡烛	志第三十九，地理二，第68页
河东路	隰州	山西隰县	蜜、蜡	志第三十九，地理二，第72页
河东路	石州	山西离石	蜜、蜡	志第三十九，地理二，第72页
河东路	泽州	山西晋城	白蜜五斗	（清）徐松辑，《宋会要辑稿·食货》41之40，中华书局1957年11月第1版，第5556页
陕西路永兴军路	京兆府	陕西西安	蜡	志第四十，地理三，第80页
陕西路永兴军路	延安府	陕西延安	黄蜡	志第四十，地理三，第87页
陕西路永兴军路	鄜州	陕西富县	蜡烛	志第四十，地理三，第89页
陕西路永兴军路	庆阳府	甘肃庆阳	黄蜡	志第四十，地理三，第94页
陕西路 秦凤路	凤翔府	凤翔县	蜡烛	志第四十，地理三，第102页
陕西路 秦凤路	成州	甘肃成县	蜡烛	志第四十，地理三，第104页
陕西路 秦凤路	凤州	凤县	蜜、蜡烛	志第四十，地理三，第104页
陕西路 秦凤路	阶州	甘肃武都	蜡烛	志第四十，地理三，第104页
淮南路 西路	庐州	安徽合肥	蜡	志第四十一，地理四，第147页
江南东路	信州	江西上饶	蜜	志第四十一，地理四，第154页
福建路	汀州	福建长汀	蜡烛	志第四十二，地理五，第188页
夔州路	夔州	重庆奉节	蜜、蜡	志第四十二，地理五，第222页
夔州路	大宁监	巫溪县	蜡	志第四十二，地理五，第227页
夔州路	开州	重庆开县	黄蜡十斤	（清）徐松辑，《宋会要辑稿·食货》41之40，中华书局1957年11月第1版，第5557页
两浙路	睦州	浙江建德	白蜜五十斤	（清）徐松辑，《宋会要辑稿·食货》41之40，中华书局1957年11月第1版，第5557页

---

① 郭黎安编：《宋史地理志汇释》，安徽教育出版社2003年版。

附录三：

白居易蟋蟀入诗情况统计表

写作时间	年龄	作品名首句	地点	官职
贞元二十年（804）	33	东陂秋意寄元八	下邽	校书郎
元和初年（806）	35	寓意诗五首	盩厔	盩厔尉
元和三年（808）	37	题李十一东亭	长安	左拾遗、翰林学士
元和三年（808）—五年（810）	37—39	凉夜有怀	长安	左拾遗、翰林学士、京兆户曹参军
元和三年（808）—五年（810）	37—39	禁中闻蛩	长安	左拾遗、翰林学士、京兆户曹参军
元和三年（808）—五年（810）	37—39	秋虫	长安	左拾遗、翰林学士、京兆户曹参军
元和五年（810）	39	代书诗一百韵寄微之	长安	左拾遗、京兆户曹参军（5月5日）、翰林学士
元和九年（814）	43	夜坐	下邽	丁母忧结束
元和十一年（816）—十三年（818）	45	夜雨	江州	江州司马
元和十一年（816）—十三年（818）	45	江南喜逢萧九彻，因话长安旧游，戏赠五十韵	江州	江州司马
元和十二年（817）	46	东南行一百韵，寄通州元九侍御、澧州李十一舍人、果州崔二十二使君、开州韦大员外、庚三十二补阙、杜十四拾遗、李二十助教员外、窦七校书	江州	江州司马
长庆四年（824）	53	秋晚	洛阳	太子左庶子分司
宝历元年（825）	54	题西亭	苏州	苏州刺史
宝历二年（826）	55	九日寄微之	苏州	苏州刺史
大和四年（830）	59	劝酒十四首·何处难忘酒	洛阳	太子宾客分司
大和九年（835）	64	南塘暝兴	洛阳	太子宾客分司
开成五年（840）	69	新秋夜雨	洛阳	太子宾客分司
总计		17处		

附录四：

唐宋诗词的昆虫数量一览表

品种	全唐诗	全宋诗	全宋诗专咏数	全宋词	全宋词涉作者	备注
蝶	563	2234	92	689	279	《全宋词》不含词牌名中的蝶
蜂	211	1401	62	376	156	
蝉	1005	2074	122	343	162	含螓、蟪蛄
蛾	422	575	8	283	124	
蚁	183	1358	24	130	80	含蝼蚁、玄驹、蚍蜉
萤	309	833	51	106	57	
虫	535	2138	120	75	52	此处是泛指各类未命名的虫
蚕	240	1255	98	73	45	
蝇	113	704	27	44	33	
蟋蟀	66	383	35	25	23	含促织、莎鸡、络纬
蚊	68	493	53	10	9	
蜻蜓	30	114	3	8	8	
蜉蝣	26	65	1	8	7	
虱	38	317	19	11	6	
蝗	26	197	36	3	3	
蚋	23	101	6	2	2	
蠖	16	104	0	1	1	
蚤	13	580	7	5	5	
螟（蛉）	11	174	1	12	6	
虻	8	53	0	1	1	
螺蠃	3	25	1	5	3	
蛸	2	19	3	3	3	
蟊	5	51	0	1	1	
螳螂	6	35	6	0	0	
蜣螂	0	1	0	1	1	蜣螂（王令）

全唐诗中排名前六：蝉1005、蝶563、蛾422、萤309、蚕240、蜂211
全宋诗中排名前六：蝶2234、蝉2074、蜂1401、蚁1358、蚕1255、萤833
全宋词中排名前六：蝶689、蜂376、蝉343、蛾283、蚁130、萤106
全宋诗中专咏的排名前六：蝉122、蚕98、蝶92、蜂62、蚊53、蝗36

附录五：

《全宋词》昆虫词一览表

编号	成词年代	品种	词牌名	首句	作者及页码
1		蝶	望江南	江南蝶，斜日一双双。	欧阳修 153
2		蛾	鹧鸪天	蜜烛花光清夜阑。	惠洪 919
3		蝶	菩萨蛮	午庭栩栩花间蝶。	侯寘 1846
4		蝉	阮郎归	欲如臭腐化神奇。当观蝉蜕时。	张抡 1825
5	1196年秋	促织儿	满庭芳	月洗高梧，露溥幽草，宝钗楼外秋深。	张镃 2740
6	1196年秋	蟋蟀	齐天乐	庾郎先自吟愁赋，凄凄更闻私语。	姜夔 2793
7		蝉	绮罗香	障暑稠阴，梳凉细缕。	陈著 3843
8		蝉	绮罗香	袅入风腔，清含露脉，声在丝丝烟碧。	
9		蝉	绮罗香	霁晓楼台，斜阳渡口，凉腋新声初到。	
10		萤	贺新郎	池馆收新雨。	赵闻礼 3998
10		萤	贺新郎	池馆收新雨。	周密 4129
11	1279年秋	蝉	齐天乐	槐薰忽送清商怨，依稀正闻还歇。	
13	1279年秋	蝉	齐天乐	绿槐千树西窗悄，厌厌昼眠惊起。	王沂孙 4241
14		蝉	齐天乐	一襟余恨宫魂断，年年翠阴庭树。	
15		萤	齐天乐	碧痕初化池塘草，荧荧野光相趁。	
16	1279年秋	蝉	齐天乐	夕阳门巷荒城曲，清音早鸣秋树。	仇远 4292
17	1279年秋	蝉	齐天乐	翠云深锁齐姬恨，纤柯暗翻冰羽。	王易简 4330
18	1279年秋	蝉	齐天乐	柳风微扇闲池阁，深林翠阴人静。	唐艺孙 4332
19	1279年秋	蝉	齐天乐	绿阴初蔽林塘路，凄凄乍流清韵。	吕同老 4333
20	1279年秋	蝉	齐天乐	蜡痕初染仙茎露，新声又移凉影。	唐珏 4335
21		蝉	清平乐	娇声娇语。恰似深闺女。	
22		蝶	清平乐	轻姿傅粉。学得偷香俊。	
23		萤	清平乐	星星散散。绕地无人管。	陈德武 4366
24		促织	清平乐	啾啾唧唧。夜夜鸣东壁。	
25		蚊	清平乐	三三两两。夜夜教人想。	
26	1279年秋	蝉	齐天乐	碧柯摇曳声何许，阴阴晚凉庭院。	陈恕可 4463
27	1279年秋	蝉	齐天乐	蜕仙飞佩流空远，珊珊数声林杪。	
28		蜂			
29		蜂			

全宋词中咏虫词共29首，其中蝉15首，蝶4首，萤3首，蟋蟀3首，蜂2首，蛾1首，蚊1首。

主要参考文献

（以作者姓氏音序排列）

（一）著作

[1] 白鸣凤：《先民生存的艰难与悲喜〈国风〉读注》，中国社会科学出版社 2011 年版。

[2] （汉）班固撰，（唐）颜师古注：《汉书》，中华书局 2000 年版。

[3] 暴庆刚：《千古逍遥——庄子》，江西教育出版社 2008 年第 1 版。

[4] （南朝宋）鲍照著，丁福林、丛玲玲校注：《鲍照集校注》，中华书局 2012 年版。

[5] 北京大学古文献研究所编：《全宋诗》，北京大学出版社 1998 年版。

[6] 彩万志：《中国昆虫节日文化》，中国农业出版社 1998 年版。

[7] 彩万志等编：《普通昆虫学》，中国农业大学出版社 2011 年版。

[8] P. J. Gullan、P. S. Cranston：《昆虫学概论》（第 3 版），彩万志、花保祯、宋敦伦、梁广文、沈佐锐译，中国农业大学出版社 2009 年版。

[9] 蔡镇楚：《中国品酒诗话》，湖南师范大学出版社 2005 年版。

[10] （魏）曹植著，赵幼文校注：《曹植集校注》，人民文学出版社 1984 年版。

[11] 曹道衡：《汉魏六朝词赋》，上海古籍出版社 2011 年版。

[12] 赵幼文：《曹植集校注》，人民文学出版社 1984 年版。

[13] 查明昊：《转型中的唐五代诗僧群体》，华东师范大学出版社 2008 年版。

[14] （隋）巢元方撰，鲁兆麟等点校：《诸病源候论》，辽宁科学技术出版

社 1997 年版。

[15] 陈才智：《元白诗派研究》，社会科学文献出版社 2007 年版。

[16] 陈鼓应注译：《庄子今注今译》，中华书局 2009 年第 2 版。

[17] 陈水云等：《唐宋词在明末清初的传播与接受》，中国社会科学出版社 2010 年版。

[18] （晋）陈寿撰，（宋）裴松之注：《三国志》，中华书局 2011 年版。

[19] （清）陈廷焯著，彭玉平导读：《白雨斋词话》，上海古籍出版社 2009 年版。

[20] 陈文华：《梦为蝴蝶也寻花》，上海古籍出版社 2007 年版。

[21] 陈晓鸣、冯颖：《资源昆虫学概论》，科学出版社 2009 年版。

[22] 陈耀文：《花草粹编》，河北大学出版社 2007 年版。

[23] （清）陈元龙编：《历代赋汇》，江苏古籍出版社、上海书店 1987 年版。

[24] （清）陈元龙编：《历代赋汇》（影印本），凤凰出版社 2004 年版。

[25] 陈振耀：《昆虫世界与人类社会》（第 2 版），中山大学出版社 2008 年版。

[26] （清）陈祚明评选，李金松点校：《采菽堂古诗选》，上海古籍出版社 2008 年版。

[27] 成云雷：《庄子·逍遥的寓言》，上海古籍出版社 2009 年版。

[28] 程志、杨晓红、吕俭平：《诗经国风诗性解读》，齐鲁书社 2009 年版。

[29] 陈治国编：《李贺研究资料》，北京师范大学出版社 1983 年版。

[30] 程俊英、蒋见元：《诗经注析》，中华书局 1991 年版。

[31] 程俊英：《诗经译注》，上海古籍出版社 2012 年版。

[32] 《乐府补题》，丛书集成初编本，中华书局 1985 年新 1 版。

[33] （唐）戴叔伦著，蒋寅校注：《戴叔伦诗集校注》，上海古籍出版社 2010 年版。

[34] 戴震:《戴震全集》,清华大学出版社1997年版。

[35] 邓安生:《蔡邕集编年校注》,河北教育出版社2002年版。

[36] 丁成泉:《中国山水诗史》,华中师范大学出版社1990年版。

[37] 丁鼎:《礼记解读》,中国人民大学出版社2010年版。

[38] (清)《杜诗言志》,江苏人民出版社1983年版。

[39] (唐)杜佑:《通典》,中华书局1984年版。

[40] [法]法布尔:《法布尔观察手记——苍蝇的生活》,海南出版社1999年9月版。

[41] [法]法布尔:《法布尔说昆虫》(彩插本),长江文艺出版社2008年版。

[42] [法]法布尔:《昆虫记》(修订本),作家出版社2008年版。

[43] (宋)范晔撰,(唐)李贤等注:《后汉书》,中华书局1965年版。

[44] (宋)范晔:《后汉书》,中华书局2007年版。

[45] (宋)范晔撰,(唐)李贤等注:《后汉书》,中华书局2000年版。

[46] (元)方回编:《瀛奎律髓》,上海古籍出版社1993年版。

[47] (唐)房玄龄等:《晋书》,中华书局2000年版。

[48] 费振刚、胡双宝、宗明华辑校:《全汉赋》,北京大学出版社1993年版。

[49] 费振刚、仇仲谦、刘南平校注:《全汉赋校注》,广东教育出版社2005年版。

[50] (晋)傅玄著,(清)严可均校辑,高新民、朱允校注:《傅玄〈傅子〉校读》,宁夏人民出版社2008年版。

[51] 傅璇琮、蒋寅主编:《中国古代文学通论》,辽宁人民出版社2005年版。

[52] (晋)干宝撰,汪绍楹校注:《搜神记》,中华书局1979年版。

[53] (晋)干宝著,顾希佳选译:《搜神记》,浙江古籍出版社1985年版。

[54] 高明乾、佟玉华、刘坤:《诗经动物释诂》,中华书局2005年版。

[55] 高献红编：《王沂孙词新释辑评》，中国书店2006年版。

[56] 龚克昌、苏瑞隆等评注：《两汉赋评注》，山东大学出版社2011年版。

[57] 古方：《红粉帝国的幽梦——图说殷墟妇好墓》，重庆出版社2006年版。

[58] （明）滕弘撰，（清）顾观光辑：《神农本草经　神农本经会通》，湖南科学技术出版社2008年版。

[59] 顾茂彬、陈仁利主编：《昆虫文化与鉴赏》，广东科技出版社2011年版。

[60] （唐）贯休著，胡大浚笺注：《贯休诗歌系年笺注》，中华书局2011年版。

[61] 郭黎安编：《宋史地理志汇释》，安徽教育出版社2003年版。

[62] （宋）郭茂倩编：《乐府诗集》（全4册），中华书局1979年版。

[63] （晋）郭璞注，（宋）邢昺疏：《尔雅注疏》，上海古籍出版社2010年版。

[64] 郭宪编：《虫虫虫虫飞：读古诗，识昆虫》，重庆出版社2006年版。

[65] 郭艳华：《杨万里文学思想研究》，中国社会科学出版社2012年版。

[66] 韩格平等校注：《全魏晋赋校注》，吉林文史出版社2008年版。

[67] （宋）何薳撰，张明华点校：《春渚纪闻》，中华书局1983年版。

[68] 胡大雷：《中古赋学研究》，广西师范大学出版社2011年版。

[69] 胡淼：《〈诗经〉的科学解读》，上海人民出版社2007年版。

[70] 胡奇光、方环海撰：《尔雅译注》，上海古籍出版社2004年新1版。

[71] （明）胡之骥注：《江文通集汇注》，中华书局1984年版。

[72] 黄侃笺识，黄焯编次：《尔雅音训》，上海古籍出版社1983年版。

[73] 黄灵庚疏证：《楚辞章句疏证》，中华书局2007年版。

[74] 黄灵庚集校：《楚辞集校》，上海古籍出版社2009年版。

[75] 黄寿祺、梅桐生译注：《楚辞全译》（修订版），贵州人民出版社

2008年版。

[76]（宋）黄庭坚著，郑永晓整理：《黄庭坚全集辑校编年》，江苏人民出版社2008版。

[77]［美］霍利·毕晓普著，褚律元译：《蜜蜂传奇》，商务印书馆2007年版。

[78] 蹇长春：《白居易评传》，南京大学出版社2002年版。

[79] 鉴晔、华欣、穆昭天主编：《中国古代诗词分类大典》，华文出版社2004年版。

[80] 姜剑云编：《禅诗百首》，中华书局2008年版。

[81]（宋）姜夔著，夏承焘笺校：《姜白石词编年笺校》，上海古籍出版社1981年新1版。

[82] 姜子夫主编：《禅诗精选》，大众文艺出版社2005年版。

[83] 蒋振华：《庄子寓言的文化阐释》，湖南人民出版社2007年版。

[84] 康金声、李丹：《金元词赋论略》，学苑出版社2004年版。

[85] 孔凡礼点校：《苏轼文集》，中华书局1986年版。

[86] 蓝华增：《意境论》，云南人民出版社1996年版。

[87] 黎翔凤撰：《管子校注》，中华书局2004年版。

[88] 黎兆元：《中国古玉与图腾崇拜文化》，汕头大学出版社2010年版。

[89]（宋）李昉等撰，《太平御览》（全4册），中华书局影印1960年版。

[90] 李福标：《皮陆研究》，岳麓书社2007年版。

[91]（唐）李贺著，（清）王琦等评注：《三家评注李长吉诗歌》，上海古籍出版社1998年新1版。

[92] 李立：《看似逍遥的生命情怀——诗词与休闲》，云南人民出版社2004年版。

[93]（宋）李清照著，黄墨谷辑校：《重辑李清照集》，中华书局2009年版。

[94]（宋）李清照著，吴惠娟导读，郭时羽注：《此情无计可消除——李清照词注评》，上海古籍出版社2010年版。

[95] 李润强：《历史、社会与文学——牛李党争研究的新视野》，人民出版社 2012 年版。

[96] 李新宇：《元明辞赋专题研究》，中国社会科学出版社 2011 年版。

[97] （南唐）李煜著，王兆鹏导读，田松青注：《恰似一江春水向东流——李煜词注评》，上海古籍出版社 2010 年版。

[98] 李兆禄：《诗经齐风研究》，齐鲁书社 2008 年版。

[99] 梁太济、包伟民：《宋史食货志补正》，中华书局 2008 年版。

[100] 廖养正编：《中国历代名僧诗选》，中国书籍出版社 2004 年版。

[101] 林赶秋：《诗经里的那些动物》，重庆大学出版社 2010 年版。

[102] 刘继才：《中国题画诗》，辽宁人民出版社 2010 年版。

[103] 刘加云：《诗经通译》，江苏人民出版社 2008 年版。

[104] 刘洁：《唐诗题材类论》，民族出版社 2005 年版。

[105] 刘乃昌：《两宋文化与诗词发展论略》，山东大学出版社 2005 年版。

[106] 刘琴丽：《唐代举子科考生活研究》，社会科学文献出版社 2010 年版。

[107] 刘守宜：《梅尧臣诗之研究及其年谱》，（台北）文史哲出版社 1980 年版。

[108] 刘淑欣：《文学与人的生存困境》，中国社会科学出版社 2011 年版。

[109] （清）刘熙载：《艺概》，上海古籍出版社 1978 年版。

[110] （汉）刘向撰，程翔译注：《说苑译注》，北京大学出版社 2009 年版。

[111] （汉）刘向撰，向宗鲁校证：《说苑校证》，中华书局 1987 年版。

[112] 刘向斌：《西汉赋生命主题论稿》，中国社会科学出版社 2012 年版。

[113] （南朝）刘勰著，陆侃如、牟世金译注：《文心雕龙译注》，齐鲁书社 2009 年版。

[114] （后晋）刘昫等：《旧唐书》，中华书局 2000 年版。

[115] 刘学锴、余恕诚：《李商隐诗歌集解》（增订重排本），中华书局 2004 年第 2 版。

[116] 刘学锴：《温庭筠全集校注》，中华书局2007年版。

[117] 刘扬忠：《唐宋词流派史》，福建人民出版社1999年版。

[118] 刘逸生选注：《唐人咏物诗评注》，中山大学出版社1985年版。

[119] 刘永济校释：《文心雕龙校释》，中华书局2010年版。

[120]（唐）刘禹锡撰，高志忠校注：《刘禹锡诗编年校注》，黑龙江人民出版社2005年版。

[121] 刘尊明、甘松：《唐宋词与唐宋文化》，凤凰出版社2009年版。

[122] 刘尊明、王兆鹏：《唐宋词定量分析》，北京大学出版社2012年版。

[123] 路成文：《宋代咏物词史论》，商务印书馆2005年版。

[124]（吴）陆玑：《毛诗草木鸟兽虫鱼疏》，丛书集成初编本，中华书局1985年版。

[125]（晋）陆机著，刘运好校注：《陆士衡文集校注》，凤凰出版社2007年版。

[126]（晋）陆云著，刘运好校注：《陆士龙文集校注》，凤凰出版社2010年版。

[127] 赵逵夫：《历代赋评注》，巴蜀书社2010年版。

[128][美]罗伯特·埃文斯·斯诺德格拉斯：《昆虫的生存之道》，邢锡范、全春阳译，孔宁审校，上海科学技术文献出版社2010年版。

[129]（宋）罗泌：《路史》，中华书局1985年新1版。

[130]（唐）罗隐著，潘慧惠校注：《罗隐集校注》（修订本），浙江古籍出版社2011年版。

[131]（元）马端临：《文献通考》，浙江古籍出版社1988年版。

[132]（五代）马缟撰，吴企明点校：《中华古今注》，《苏氏演义 外三种》，中华书局2012年版。

[133] 马茂元：《古诗十九首探索》，作家出版社1957年版。

[134] 马兴荣、吴熊和、曹济平编：《中国词学大辞典》，浙江教育出版社1996年版。

[135] 马玉堃、李玲：《中国古代生物文化概论》，东北林业大学出版社 2005 年版。

[136] （宋）梅尧臣著，朱东润编年校注：《梅尧臣集编年校注》，上海古籍出版社 2006 年新 1 版。

[137] 孟昭连：《中国虫文化》，天津人民出版社 2004 年版。

[138] 聂石樵主编：《诗经新注》，齐鲁书社 2000 年版。

[139] 聂石樵：《唐代文学史》，中华书局 2007 年版。

[140] 欧阳代发、李军钧：《珠吟玉韵：诗词曲审美比较》，武汉大学出版社 2009 年版。

[141] （宋）欧阳修、宋祁：《新唐书》，中华书局 2000 年版。

[142] （唐）欧阳询撰，汪绍楹校：《艺文类聚》，上海古籍出版社 1999 年新 2 版。

[143] 潘百齐编：《全唐诗精华分类鉴赏集成》，河海大学出版社 1989 年版。

[144] （清）彭定求等编校：《全唐诗》，中华书局 1960 年版。

[145] 戚良德：《文心雕龙校注通译》，上海古籍出版社 2008 年版。

[146] 齐文榜校注：《贾岛集校注》，人民文学出版社 2001 年 11 月第 1 版。

[147] 齐文榜：《贾岛研究》，人民文学出版社 2007 年 3 月第 1 版。

[148] 钱南扬等：《名家谈梁山伯与祝英台》，文化艺术出版社 2006 年版。

[149] （清）钱谦益撰集：《列朝诗集》，中华书局 2007 年版。

[150] （清）钱泳撰，张伟点校：《履园丛话》，中华书局 1979 年版。

[151] 乔象锺、陈铁民主编：《唐代文学史》，人民文学出版社 1995 年版。

[152] 钦俊德：《昆虫与植物的关系》，科学出版社 1987 年版。

[153] 国家清史编纂委员会：《清代诗文集汇编》，上海古籍出版社 2010 年版。

[154] 邱静子：《〈诗经〉鱼虫意象研究》，文史哲出版社 2007 年版。

[155] 屈守元笺疏：《韩诗外传笺疏》，巴蜀书社 2012 年版。

[156] 《全唐诗》，上海古籍出版社 1986 年版。

[157] 《全唐诗》增订本，中华书局 1999 年版。

[158] （清）上强村民重编，唐圭璋笺注：《宋词三百首笺注》，人民文学出版社 2005 年版。

[159] 尚永亮：《生命在西风中骚动——中国古代文人与自然之秋的双向考察》，陕西人民教育出版社 1989 年版。

[160] 尚永亮：《唐五代逐臣与贬谪文学研究》，武汉大学出版社 2007 年版。

[161] 尚永亮等：《中唐元和诗歌传播接受史的文化学考察》，武汉大学出版社 2010 年版。

[162] 沈祖棻：《宋词赏析》，上海古籍出版社 1980 年版。

[163] 施蛰存主编：《词集序跋萃编》，中国社会科学出版社 1994 年版。

[164] （周）尸佼著，黄曙辉点校：《尸子》，华东师范大学出版社 2009 年版。

[165] 石磊译注：《商君书》，中华书局 2009 年版。

[166] （宋）司马光编：《资治通鉴》，中华书局 1956 年版。

[167] （汉）司马迁：《史记》，中华书局 1959 年版。

[168] （汉）司马迁：《史记》，中华书局 2000 年版。

[169] （汉）司马迁撰，韩兆琦主译：《史记》（文白对照本），中华书局 2008 年版。

[170] 四川大学古籍所编：《宋集珍本丛刊》，线装书局 2004 年版。

[171] ［日］松浦友久著，刘维志、尚永亮、刘崇德译：《李白的客寓意识及其诗思——李白评传》，中华书局 2001 年版。

[172] 宋绪连、赵乃增、董维康主编：《唐诗艺术技巧分类词典》，中国人民大学出版社 1996 年版。

[173] 孙昌武：《韩愈诗文选评》，上海古籍出版社 2002 年版。

[174] 孙昌武：《禅思与诗情》（增订本），中华书局2006年第2版。

[175] 孙浩鑫、孙欣、孙建君编：《祥禽瑞兽》，天津人民出版社2001年版。

[176] 孙望、常国武主编：《宋代文学史》，人民文学出版社1996年版。

[177] （清）谭献辑：《清词一千首》（箧中词），西泠印社出版社2007年版。

[178] 唐圭璋选编：《全宋词简编》，上海古籍出版社1986年版。

[179] 唐圭璋编：《全宋词》，中华书局1999年新1版。

[180] 唐圭璋编：《词话丛编》，中华书局2005年第2版。

[181] 唐圭璋编：《宋词纪事》，中华书局2008年版。

[182] 陶秉珍：《昆虫漫话》，开明书店1937年版。

[183] 汪子春、程宝绰：《中国古代生物学》，商务印书馆1997年版。

[184] （宋）王安石：《王安石集》，三晋出版社2008年第2版。

[185] （汉）王充著，张宗祥校注，郑绍昌标点：《论衡校注》，上海古籍出版社2010年版。

[186] （明）王夫之：《船山全书》，岳麓书社2011年版。

[187] 王凤阳：《古辞辨》（增订本），中华书局2011年版。

[188] （清）王闿运：《尔雅集解》，岳麓书社2010年版。

[189] 王利器：《新语校注》，中华书局2012年第2版。

[190] （宋）王令著，沈文倬校点：《王令集》，上海古籍出版社2011年第2版。

[191] 王茂福：《汉魏六朝名赋诗译》（修订本），陕西人民出版社2002年版。

[192] （清）王谟辑：《汉唐地理书钞》，中华书局1961年版。

[193] （宋）王溥：《唐会要》，中华书局1955年版。

[194] （唐）李白著，（清）王琦注：《李太白全集》，中华书局2011年版。

[195] 王佺：《唐代干谒与文学》，中华书局2011年版。

［196］王日根：《中国科举考试与社会影响》，岳麓书社2007年版。

［197］王炜民编：《中国古代礼俗》，商务印书馆1997年版。

［198］王文生主编：《魏晋南北朝文学史》，武汉大学出版社2009年版。

［199］（清）王先谦：《诗三家义集疏》，岳麓书社2011年版。

［200］（清）王先谦：《荀子集解》，中华书局2012年版。

［201］王秀林：《晚唐五代诗僧群体研究》，中华书局2008年版．

［202］王秀林：《齐己诗集校注》，中国社会科学出版社2011年版。

［203］王炎平：《科举与士林风气》，东方出版社2011年版。

［204］（宋）王沂孙撰，吴则虞笺注：《花外集》，上海古籍出版社1988年版。

［205］（宋）王沂孙著，吴则虞导读：《王沂孙词集》，上海古籍出版社2011年版。

［206］（宋）王应麟撰，张保见校注：《诗地理考校注》，四川大学出版社2009年版。

［207］王运熙、周锋：《文心雕龙译注》，上海古籍出版社2012年版。

［208］王兆鹏：《宋南渡词人群体研究》，（台北）文津出版社1992年版。

［209］王兆鹏：《两宋词人年谱》，（台北）文津出版社1994年9月版。

［210］王兆鹏等：《全唐五代词》，中华书局1999年版。

［211］王兆鹏：《唐宋词史论》，人民文学出版社2000年版。

［212］王兆鹏等编：《词学研究年鉴》，武汉出版社2000年版。

［213］王兆鹏：《词学史料学》，中华书局2004年版。

［214］王兆鹏：《两宋词人丛考》，凤凰出版社2007年版。

［215］王兆鹏主编：《唐宋词分类选讲》，高等教育出版社2007年版。

［216］王兆鹏：《南渡词人群体研究》，凤凰出版社2009年版。

［217］王兆鹏主编：《宋词鉴赏》，长江文艺出版社2009年版。

［218］王兆鹏、邵大为、张静、唐元：《唐诗排行榜》，中华书局2011年版。

[219] 王志彬译注：《文心雕龙》，中华书局2012年版。

[220] 魏明安、赵以武：《傅玄评传》，南京大学出版社2011年版。

[221] （北齐）魏收：《魏书》，中华书局2000年版。

[222] 吴桦：《虫趣》，学林出版社2004年版。

[223] 吴龙辉主编：《中华杂经集成》，中国社会科学出版社1994年版。

[224] 吴汝煜：《刘禹锡传论》，陕西人民出版社1988年版。

[225] 吴熊和：《唐宋词通论》，商务印书馆2003年版。

[226] 吴玉贵、华飞主编：《四库全书精品文存》，团结出版社1997年版。

[227] 夏承焘、游止水：《辛弃疾》，上海古籍出版社1979年版。

[228] 夏承焘：《唐宋词人年谱》（修订本），上海古籍出版社1979年新1版。

[229] 夏承焘：《夏承焘集》，浙江古籍出版社、浙江教育出版社1998年版。

[230] （梁）萧统编，（唐）李善注：《文选》，中华书局1977年版。

[231] （梁）萧子显：《南齐书》，大众文艺出版社1999年版。

[232] 谢思炜：《白居易诗集校注》，中华书局2006年版。

[233] 辛战军译注：《老子译注》，中华书局2008年版。

[234] 徐朝华注：《尔雅今注》，南开大学出版社1987年版。

[235] 徐公持编：《魏晋文学史》，人民文学出版社1999年版。

[236] 徐莉莉、詹鄞鑫：《尔雅：文词的渊海》，上海古籍出版社2008年版。

[237] 徐连达：《唐朝文化史》，复旦大学出版社2003年版。

[238] （清）徐釚著，唐圭璋校注：《词苑丛谈》，中华书局2008年版。

[239] 徐仁甫：《杜诗注解商榷》，中华书局1979年版。

[240] （清）徐松辑：《宋会要辑稿》，中华书局1957年版。

[241] 徐颂列：《唐诗服饰词语研究》，浙江教育出版社2008年版。

[242] 许伯卿：《宋词题材研究》，中华书局2007年版。

[243]（汉）许慎著，班吉庆、王剑、王华宝点校：《说文解字（校订本）》，凤凰出版社2004年版。

[244] 许兴宝：《人物意象研究：唐宋词的另一种关注》，中国社会科学出版社2007年版。

[245]（宋）严羽著，郭绍虞校释：《沧浪诗话校释》，人民文学出版社1961年版。

[246] 杨波：《长安的春天：唐代科举与进士生活》，中华书局2007年版。

[247] 杨伯峻编：《春秋左传注》（修订本），中华书局2009年第3版。

[248] 杨伯峻：《列子集释》，中华书局2012年版。

[249] 杨海明：《唐宋词史》，江苏古籍出版社1987年版。

[250] 杨海明：《杨海明词学文集》，江苏大学出版社2010版。

[251] 杨柳桥：《庄子译注》，上海古籍出版社2012年版。

[252] 杨清之：《唐前隐逸文学研究》，中央民族大学出版社2011年版。

[253] 杨天宇：《周礼译注》，上海古籍出版社2004年版。

[254] 杨有礼注说：《淮南子》，河南大学出版社2010年版。

[255] 于爱成编：《祥瑞动物》，中国社会出版社2006年版。

[256] 于赓哲：《唐代疾病、医疗史初探》，中国社会科学出版社2011年版。

[257] 俞士玲：《陆机陆云年谱》，人民文学出版社2009年版。

[258]（北周）庾信撰，（清）倪璠注，许逸民点校：《庾子山集注》，中华书局1980年版。

[259]（唐）虞世南撰，胡洪军、胡遐辑注：《虞世南诗文集》，浙江古籍出版社2012年版。

[260]（唐）元稹著，冀勤点校：《元稹集》（修订本），中华书局2010年第2版。

[261] 袁胜文：《中国古代玉器》，南开大学出版社2012年版。

[262] 曾枣庄、吴洪泽编：《宋代词赋全编》，四川大学出版社2008年版。

[263] 詹杭伦、张向荣：《楚辞解读》，中国人民大学出版社 2008 年版。

[264]（清）张潮撰，孙宝瑞注译：《幽梦影》，中州古籍出版社 2008 年第 2 版。

[265] 张觉：《荀子译注》，上海古籍出版社 2012 年版。

[266] 张松辉：《庄子译注与解析》，中华书局 2011 年版。

[267]（唐）赵崇祚辑：《花间集》，贵州人民出版社 1981 年版。

[268]（五代后蜀）赵崇祚著，房开江注，崔黎民译：《花间集全译》修订版，贵州人民出版社 2008 年版。

[269] 赵红菊：《南朝咏物诗研究》，上海古籍出版社 2009 年版

[270] 赵逵夫主编：《历代赋评注》，四川出版集团巴蜀书社 2010 年版。

[271] 赵力：《图文中国昆虫记》，中国青年出版社 2004 年版。

[272]（清）赵翼：《瓯北诗话》，凤凰出版社 2009 年版。

[273] 赵宗乙译注：《淮南子译注》，黑龙江人民出版社 2003 年版。

[274]（唐）郑谷：《郑谷诗集笺注》，上海古籍出版社 2009 年版。

[275] 郑晓霞：《唐代科举诗研究》，复旦大学出版社 2006 年版。

[276] 郑在瀛编：《李商隐诗全集》，崇文书局 2011 年版。

[277]（南朝梁）钟嵘：《诗品》，中州古籍出版社 2010 年版。

[278] 周秉高编：《全先秦两汉诗》，内蒙古大学出版社 2011 年版。

[279] 周笃文、马兴荣主编：《全宋词评注》，学苑出版社 2011 年版。

[280]（清）周济编：《宋四家词选》，古典文学出版社 1958 年版。

[281] 周绍良主编：《全唐文新编》，吉林文史出版社 2000 年版。

[282] 周先慎：《古诗文的艺术世界》，北京大学出版社 2002 年版。

[283] 周向涛编：《历代题画诗雅集》，时代初版传媒股份有限公司、黄山书社 2010 年版。

[284] 周啸天等：《似花还似非花——咏物·花鸟》，凤凰出版社 2009 年版。

[285] 周兴禄：《宋代科举诗词研究》，齐鲁书社 2011 年版。

[286] 周振甫译注，徐名翚编选：《诗经选译》，中华书局 2005 年版。
[287] 周振甫：《周振甫讲文心雕龙》，江苏教育出版社 2005 年版。
[288] 周振甫译注：《诗经译注》（修订本），中华书局 2010 年第 2 版。
[289] 周祖谟校笺：《方言校笺》（附索引），中华书局 1993 年版。
[290] 朱东润：《陆游研究》，中华书局 1961 年版。
[291] 朱海雷编：《关尹子·慎子今译》，浙江大学出版社 2012 年版。
[292] （宋）朱熹撰，朱杰人、严佐之、刘永翔主编：《朱子全书》（修订本），上海古籍出版社、安徽教育出版社 2010 年版。
[293] （宋）朱熹集注：《楚辞集注》，上海古籍出版社 1979 年版。
[294] 邹巅：《咏物流变文化论》，湖南人民出版社 2009 年版。
[295] 邹志方选注：《陆游诗词选》，中华书局 2005 年版。
[296] 左云霖：《高适传论》，人民文学出版社 1985 年版。

（二）论文

[1] 白福才：《蝉在中国古代诗词中的审美意义》，《延安教育学院学报》2005 年第 4 期。

[2] 陈爱平、杨正喜：《从雁蝉蛩声看古代诗歌的悲秋意识》，《华南农业大学学报》（社会科学版）2003 年第 1 期。

[3] 范智慧：《昆虫赋研究》，温州大学硕士学位论文，2011 年。

[4] 范智慧、吴国强：《咏蚊赋浅论》，《许昌学院学报》2011 年第 3 期。

[5] 高梦林：《碧山咏物词初探》，《辽宁教育学院报》（社会科学版）1987 年第 2 期。

[6] 葛凤晨：《回顾我国蜜蜂授粉发展历史》，《蜜蜂杂志》2012 年第 11 期。

[7] 关传友：《论中国的昆虫文化》，《古今农业》2005 年第 4 期。

[8] 郭锐：《唐代蜂业初探》，《中国社会经济史研究》2011 年第 1 期。

[9] 嵇保中：《昆虫诗话》，《南京林业大学学报》（人文社会科学版）

2003 年第 1 期。

[10] 姜金元：《夜音谛听——中国古典诗歌中的蟋蟀意象》，《理论月刊》2007 年第 5 期

[11] 蒋向艳：《蝴蝶在中国古典文学里的两个文化涵义》，《枣庄师专学报》2001 年第 2 期。

[12] 金贝翎：《唐诗"萤"意象初探》，《黄山学院学报》2008 年第 1 期。

[13] 靳然、侯毅、李生才：《飞虫走蝶入诗来——诗与昆虫》，《山西农业大学学报》（社会科学版）2007 年第 1 期。

[14] 刘辰：《从唐代科举诗看及第士人心态》，《衡阳师范学院学报》2010 年第 4 期。

[15] 刘隆有：《杜甫卖鸡：诗圣对生态苦难的深沉悲悯》，《环境教育》2011 年第 5 期。

[16] 刘培玉、刘俊超：《论中国文学的"悲秋"主题》，《郑州轻工业学院学报》（社会科学版）2006 年第 2 期。

[17] 马黎丽：《从〈曹风·蜉蝣〉说开来——浅论〈诗经〉中的生死观》，《贵州文史丛刊》2006 年第 4 期。

[18] 马黎丽：《傅玄、傅咸父子辞赋比较研究》，《安徽师范大学学报》（人文社会科学版）2012 年第 2 期。

[19] 牛海蓉：《也谈〈乐府补题〉的寄托》，《苏州大学学报》（哲学社会科学版）2006 年第 2 期。

[20] 彭亚萍：《蝗诗与蝗虫文化》，《南通航运职业技术学院学报》2008 年第 2 期。

[21] 尚永亮、刘磊：《蝉意象的生命体验》，《江海学刊》2000 年第 6 期。

[22] 史美珩：《"夕殿萤飞思悄然"句的来源及其他》，《浙江师范学院学报》1985 年第 1 期。

[23] 孙先知：《蚕神马头娘》，《四川蚕业》2001 年第 3 期。

[24] 孙雪艳：《〈乐府补题〉研究》，郑州大学硕士学位论文，2007 年。

[25] 王立：《论中国古代文学中的惜时主题》，《中州学刊》1988 年第 1 期。

[26] 王凌青：《论〈庄子〉成语的审美价值》，《湖州师专学报》1991 年第 1 期。

[27] 王茂福：《论骆文盛的〈怜寒蝇赋〉》，《温州大学学报》2006 年第 2 期。

[28] 吴晶：《论蝴蝶意象在李商隐诗中的多重涵义》，《浙江学刊》2001 年第 2 期。

[29] 熊飞：《刘禹锡、白居易唱和诗简论》，《湖北大学学报》（哲学社会科学版）1990 年第 2 期。

[30] 阎守诚：《唐代的蝗灾》，《首都师范大学学报》（社会科学版）2003 年第 2 期。

[31] 杨君玉：《宋代科举改革——"凭才取人"与"分路取人"之争》，《内蒙古农业大学学报》2008 年第 6 期。

[32] 杨淑培：《中国养蜂史之管见》，《中国农史》1988 年第 2 期。

[33] 尹炳森、周中堂：《论中国古代的咏蝶诗》，《济宁师专学报》2001 年第 1 期。

[34] 俞燕：《中晚唐咏物诗生命意识》，《辽宁行政学院学报》2007 年第 11 期。

[35] 岳红星：《试论蝉意象的文化内涵》，《中国矿业大学学报》（社会科学版）2002 年第 3 期。

[36] 张爱美：《论傅咸咏物赋的讽教传统》，《临沂大学学报》2012 年第 4 期。

[37] 张立海：《〈诗经〉中的时间意识探析》，《淄博师专学报》2008 年第 2 期。

[38] 张全明：《论宋代的生物资源保护》，《史学月刊》2000 年第 6 期。

[39] 张群：《生命的感叹与思索》，《石家庄师范专科学校》2001 年第 3 期。

[40] 张显运：《宋代养蜂业探研》，《蜜蜂杂志》2007 年第 5 期。

[41] 赵梅：《唐宋词中"蝶"的意象及其梦幻色彩》，《南京师大学报》（社会科学版）1997 年第 3 期。

[42] 赵卫华：《中国古典诗词中蟋蟀意象的悲秋文化内涵》，《河北学刊》2008 年第 5 期。

[43] 赵杏根：《宋代蝗灾应对和灾异观之变化》，《重庆文理学院学报》（社会科学版）2012 年第 5 期。

[44] 郑玉华、刘海英：《浅析王令诗〈原蝗〉〈梦蝗〉》，《潍坊教育学院学报》2008 年第 4 期。

[45] 朱晚平：《唐代咏蝉诗研究》，南京师范大学硕士学位论文，2012 年。

后记：山花烂漫虫儿飞

这本书终于快要完工了。掩卷之余，凝望书桌上这厚厚的一沓修改稿，心情很复杂，有轻松，有喜悦，有忐忑，更有释然。

5 年前读博士的时候，我在武汉大学樱园一舍住，每天清晨，都是在鸟儿的欢叫声中，被大自然的闹铃唤醒。穿过高而深的拱门长梯，下山去图书馆开始一天的学习。我很喜欢并且珍惜每天浴着朝阳离开狮子山的这段旅程，因为晚上十点图书馆闭馆回来，就只能从大路走了，即便有星有月，山路也不大适合夜行。

这是一段神奇的发现之旅，无数的诗兴就是在这段山路上迸发的。这本书的原动力，就来自于每天用脚步丈量的大自然。阳春三月，第一只舞蝶欣欣然张开翅膀的时候，那些遥远的诗歌便复活了，我可以在杜鹃花丛中，行吟"庄生晓梦迷蝴蝶，望帝春心托杜鹃"，也会在躲避那群繁忙的小蜜蜂时，忆起"采得百花成蜜后，为谁辛苦为谁甜"。还有下雨前慌张的小蚂蚁，突然蹦跶出来的蝗虫，威严举斧的螳螂，就这样不经意地闯进了我的世界。

这是一段凝神的沉淀之路，虫儿装点了山花烂漫的春，每天与它们为伴，可供发掘的昆虫诗歌越来越多。我不断地从唐诗宋词的篇章里找到灵魂的共鸣，与诗人心灵的契合也在一天天加深。夏夜从大路上山回宿舍，沿途的萤火虫，似乎在告诫珞珈学子不忘"车胤囊萤"的精神，即便"的历流光小"，却依然能"独自暗中明"的品性。满山早晚不息的蝉声，还有秋夜的蟋蟀声，每天都能带给我不一样的思考，我开始有意识地收集与昆虫相关的文献资料，因为我相信，它有跨越时空的魅力。

这是一段历练的拔节之行，关注小虫里的诗意，是一个小而深的方

○ 诗说虫语 唐诗宋词里的昆虫世界

向，也是一个跨学科交叉思考的创新。我的导师王兆鹏教授总能以一种欣赏的眼光，来鼓励我们这些学生的奇思妙想，即便我常沦陷在天马行空的想象中一个人奔驰，王师总能发现我的点滴进步，并巧妙地引导我不断深入到学术型的思维模式。王师的古代诗词的定量分析方法、海量的文学数据库，不仅带来了很多的研究便利，还完善了本书的结构系统，大大提高了研究的科学性。

春去秋来，寒暑更迭，在繁忙的求学生涯中，一篇篇关于昆虫诗词的小文章逐渐成型，案头也累积了厚厚的一叠，我琢磨着把它们整理出来，和喜欢自然，亲近唐宋的文友一起，望虫而歌。说是"缘情"也好，"寄托"也罢，喜欢过的诗词，吟诵过的岁月，还有那段不知疲倦的青春，一切的美好，都是值得纪念的。

李璐即兴于丁酉端午